Le secret de la botaniste

DE LA MÊME AUTRICE AUX ÉDITIONS J'AI LU

Le tableau du bel inconnu

JOANNA

LOWELL

Le secret de la botaniste

Traduit de l'anglais (États-Unis)
par Marie Castel

J'AI LU

POUR elle

Si vous souhaitez être informée en avant-première
de nos parutions et tout savoir sur vos autrices préférées,
retrouvez-nous ici :

www.jailu.com

Abonnez-vous à notre newsletter
et rejoignez-nous sur Facebook !

Titre original
THE RUNAWAY DUCHESS

Éditeur original
Publié en accord avec Berkley,
une marque de Penguin Publishing Group,
un département de Penguin Random House LLC.

Aux sorcières.

Prologue

Londres, mai 1883

Le duc de Cranbrook ne mit pas un genou à terre pour faire sa déclaration. Depuis le temps qu'elle le connaissait, Lavinia Yardley avait souvent béni le ciel pour les rhumatismes de cet homme, qui limitaient considérablement son rayon d'action. Cela lui avait permis d'éviter ses mains baladeuses et d'esquiver ses baisers.

La plupart du temps.

Immonde vieux bouc. Bien entendu, elle n'avait jamais eu la satisfaction de le lui dire en face.

— Me ferez-vous l'honneur de devenir mon épouse ? répéta le duc de Cranbrook.

Oh oui, il ressemblait à un vieux bouc, avec son regard lubrique et ses lèvres retroussées sur des dents jaunâtres. Des touffes de cheveux s'épanouissaient au-dessus de ses oreilles et se raréfiaient au sommet de son crâne.

— Mademoiselle Yardley, déclara-t-il. Ou devrais-je plutôt dire Lavinia. Chère Lavinia, je voudrais vous offrir bien plus que ces bagatelles, modestes témoignages de mon affection.

Son regard s'attarda sur le bouquet de roses rouges qui trônait sur un guéridon délabré. Il faisait chaud dans la pièce, trop chaud, et pourtant Lavinia frissonnait. Un froid glacial la transperçait jusqu'à la moelle. Comme elle avait été sotte de faire confiance à sa mère !

« Les roses ? C'est moi qui les ai achetées. Tu ne les trouves pas ravissantes ? »

Quels autres « modestes témoignages d'affection » sa mère avait-elle acceptés en son nom ?

— Je sais que vous saurez me rendre heureux.

Cette façon qu'il avait de baisser la voix, ces sous-entendus... Il passa une main sur sa joue et tira sur ses favoris argentés. Elle croisa les bras sur sa poitrine, et sa gorge se serra.

— En réalité, n'ayant guère connu de bonheur ces derniers temps, je ne suis pas vraiment en mesure d'en donner, balbutia-t-elle.

Le duc de Cranbrook fit un pas en avant, un rictus relevant ses lèvres. L'avidité qu'elle lut dans son expression la révolta.

— J'ai été sidéré, et même horrifié, d'apprendre que le ministère public avait accéléré la procédure et en était venu à ces extrémités. Aller jusqu'à vous chasser de votre propre demeure !

Il posa sa main sur sa poitrine, plus ému par sa propre réaction que par la détresse de Lavinia. Il n'avait pas ôté ses gants. Tant mieux, cela lui épargnait la vision de ses doigts pâles et boudinés. Elle se souvenait encore de cette soirée où il lui avait pétri la cuisse sous la table au cours d'un dîner donné par lady Chatwick. Elle en avait eu la nausée, mais elle avait gardé le silence. Le cabinet d'architecture de son père venait de répondre à un appel d'offres pour rénover l'une des propriétés de Cranbrook à la campagne.

— Tout cela est d'une grande injustice, dit-il. Weston a mal réagi. Mais hélas, un homme abandonné par celle qu'il aime est capable de tout.

Il faisait allusion à l'une des rumeurs parmi toutes celles qui avaient circulé cet hiver, et qui voulait que ce soit un chagrin d'amour qui avait poussé son ex-fiancé à poursuivre son père devant la justice de façon peu élégante. On racontait qu'il était là le jour où Lavinia et sa mère avaient dû quitter leur demeure de Chesterton Gardens. Ce commérage avait la vie dure ; son côté croustillant était un gage de popularité. Elle-même s'en rendait compte : un aristocrate réputé pour son tempérament colérique, éconduit et assoiffé de vengeance, et une beauté capricieuse qui avait provoqué la ruine de sa famille en manquant à ses engagements. C'était d'un romanesque achevé.

C'était n'importe quoi.

Les merveilleuses fiançailles de Mlle Yardley et du duc de Weston n'avaient pas fait long feu. Et si l'on en croyait les journaux, c'était elle qui y avait mis un terme.

Mais c'était faux. C'était lui qui avait rompu leurs fiançailles. Anthony n'avait jamais voulu l'épouser. Le père de Lavinia l'avait piégé. Encore un de ses nombreux abus de pouvoir. Son petit papa chéri avait profité de sa position d'administrateur de biens pour le compte de la famille d'Anthony. Il avait menti, volé et, pire encore, il avait causé du tort à Anthony et à sa sœur, Effie.

Ce faisant, il lui avait causé du tort à elle sa propre fille. Elle aussi avait été trahie.

— Un homme amoureux est également capable de tout.

Cranbrook entrouvrit les lèvres, découvrant ses dents jaunes. Il fit un pas vers elle, et des effluves sucrés et rances flottèrent sous ses narines. Une odeur de sueur et d'eau de Cologne qui venait s'ajouter à celle des roses qui commençaient à tourner avec la chaleur.

Il n'y avait pas de miroir dans cette enfilade de pièces faiblement éclairées – l'hôtel Rossell était vétuste, pour ne pas dire miteux –, mais les fenêtres lui renvoyèrent son reflet, lui confirmant qu'elle était aussi belle qu'à son premier bal. Toutes les chroniques mondaines des années 1880 et 1881 s'étaient accordées pour célébrer sa perfection. Et pourtant… la perfection s'accordait mal avec la pauvreté. Le père d'une perfection ne pouvait pas être en prison à Holloway.

Elle s'était réconfortée en portant ses anciennes robes, en s'efforçant de s'habiller chaque matin sans l'aide d'une femme de chambre, mais aujourd'hui elle aurait voulu être revêtue d'une toile à sac. D'un vêtement cachant son corps. Ou du moins d'une tenue convenant mieux à sa condition actuelle.

Elle se tenait près de la fenêtre, derrière une chaise dont elle saisit le dossier. Elle lui servirait d'arme s'il le fallait.

— C'est probablement la gêne qui vous retient. J'avoue qu'en venant vous voir ici... en voyant ce à quoi vous êtes réduite et en sachant que vous êtes désormais écartée de la société...

Il hocha la tête.

— La plupart des hommes hésiteraient à nouer des liens avec une femme dans votre situation. Mais je ne suis pas comme la plupart des hommes. Ma richesse et mon rang m'octroient toute liberté dans le choix d'une épouse. La tendresse est mon seul et unique guide.

Il s'interrompit tandis qu'elle le dévisageait sans comprendre.

— L'amour, s'empressa-t-il de préciser. Nierez-vous qu'il existe une forme de sympathie entre nous ? Ces derniers mois, mon cœur souffrait pour vous comme si vos souffrances étaient les miennes.

Elle laissa échapper un son bizarre. Une sorte de rire étranglé. De la sympathie ? Était-ce le nom qu'il donnait à ces privautés furtives et répugnantes ? Elle allait finir par le lui dire.

Immonde vieux bouc, vous me dégoûtez. Vous m'avez toujours dégoûtée.

Elle prit une inspiration mais, avant que les paroles sortent de sa bouche, elle entendit un faible grincement. Tous les gonds de l'hôtel Rossell avaient besoin d'être graissés. Sa mère venait d'ouvrir la porte qui séparait la chambre du salon. Elle les écoutait. Qu'attendait-elle pour faire irruption et interrompre cette scène ridicule ?

Un sale vieux vicelard, deux fois veuf, déversant son abjection sur sa fille unique dans cet hôtel sordide ! C'était insupportable. Sa mère, si faible qu'elle soit, allait sûrement l'envoyer promener, et l'affront transformerait la souris en lionne. Les mères protègent leurs petits.

Lavinia attendit. Un tremblement agitait sa paupière, et elle essaya de le réprimer du bout du doigt.

— Vous n'êtes pas faite pour mener une vie aussi épouvantable, poursuivit Cranbrook avec un revers de main. Plus de bals. Plus de sorties au théâtre. Plus de gaieté. Combien de temps encore pourrez-vous rester ici ? M. McCabe est un homme généreux, mais sa charité a des limites.

Elle sursauta. M. McCabe possédait plusieurs hôtels, certains somptueux, d'autres, comme celui-ci, décidément bien en dessous de ce qualificatif. Son père l'avait aidé à se faire élire à la tête de la Commission des travaux publics de la ville. Comment Cranbrook savait-il que McCabe avait mis à leur disposition cette suite vacante ?

— Je m'inquiète pour vous, chère Lavinia. Pour vous et pour votre mère.

Là ! C'était presque imperceptible. Il avait lancé un coup d'œil vers la porte entrouverte. Ah ! Il savait donc que sa mère se tenait derrière. Il savait... parce qu'ils avaient tout planifié.

La vue de Lavinia se brouilla un instant avant que son environnement resurgisse dans son champ de vision. Une subite acuité vint aiguiser tous ses sens. Les pores noirs qui constellaient les narines de Cranbrook. Les traces de suie sur le plafond. Cette odeur... de rose fanée, de musc, de saleté, de lubricité, de désespoir et de gâchis.

Qu'est-ce que cela pouvait bien faire, finalement, que Cranbrook se soit rapproché de sa mère ou que sa mère se soit adressée à lui ? Ils avaient arrangé cette rencontre. Ils s'étaient probablement déjà mis d'accord. À quelles conditions ? Un mariage en juin. Sa mère voudrait sûrement s'installer à Harcott House dès que possible. Peut-être même Cranbrook mettrait-il une maison à sa disposition. Ce serait encore mieux. Quoi d'autre ? Sa mère avait-elle négocié une intervention de Cranbrook en faveur de son père ?

Elle aurait voulu voir à travers la porte pour croiser le regard de sa mère. N'y avait-il vraiment pas d'autre solution ? Elle se doutait que sa mère, pâle et digne même lorsque leur compte en banque avait été vidé et leur maison saisie, tramait un plan, cherchait une solution. Chaque jour, pauvre folle qu'elle était, elle espérait une issue, un rebondissement : un parent lointain ou un Américain millionnaire les invitait à New York, la reine atténuait la condamnation de son père...

Lavinia y voyait clair, à présent. C'était elle, le plan. Elle allait être vendue comme un morceau de pain.

Respire. Respire. Tu peux refuser.

Refuser, et après ? Attendre un sauveur à l'hôtel Rossell ? Sa mère ? Ce millionnaire qu'elle s'était inventé ? La reine ?

Elle avait été éduquée dans la seule et unique perspective de se marier. Elle savait danser, chanter, jouer du piano, parler français, flirter, bouder, refuser les sucreries offertes lors d'un buffet, faire mine d'être fascinée alors qu'elle somnolait. Des qualités qui n'avaient aucune valeur au-delà d'un boudoir, d'une salle de bal, de sa petite vie douillette. Pendant une bonne partie de sa vie, cela lui avait convenu. Elle avait cru que George l'épouserait. Elle avait agi en conséquence. Elle s'était déshonorée. Personne ne le savait. Mais un époux s'en rendrait compte. Ce qui signifiait que, pour elle, un mariage était exclu.

Elle n'avait plus d'avenir.

Gouvernante ? Mais qui confierait l'éducation de ses enfants à la fille d'un voleur patenté ?

Vendeuse ? Elle devrait partager un dortoir crasseux avec de vraies vendeuses qui se curaient les dents et se teignaient les cheveux. Et si une de ses connaissances venait acheter un flacon de parfum ? Seigneur ! Elle mourrait de honte derrière son comptoir !

Femme de chambre ?

Les larmes lui montaient aux yeux. Elle battit rapidement des paupières. Elle se demanda si sa mère la voyait, si elle pouvait déchiffrer son expression.

— Lavinia.

Avec des trémolos dans la voix, Cranbrook fouilla dans la poche de sa redingote et en extirpa un petit écrin rond. Il l'ouvrit avec son pouce et fit apparaître un gros diamant entouré de saphirs.

— Ou devrais-je dire... madame la duchesse de Cranbrook ?

Elle lâcha un énorme soupir. Quelle farce de se retrouver ainsi pieds et poings liés par le destin !

Elle avait attendu des années pour obtenir ce titre de duchesse. Elle en avait rêvé depuis cet après-midi de printemps où elle avait couru après George en agitant son étui à cigarettes qu'il avait égaré. Il l'avait alors glissé dans sa poche, puis il avait caressé ses boucles en souriant et en l'appelant « ma Vinnie ». Elle, une enfant de sept ans. Lui, le marquis de Stowe à la réputation sulfureuse, déjà adulte, fort, beau et solaire. Il s'était écoulé une dizaine d'années avant qu'il se passe quelque chose entre eux, mais cet après-midi elle revoyait tout dans un flash.

Sa Vinnie.

Son George.

Duc et duchesse de Weston.

Et puis George était mort et avait tout emporté avec lui. L'amour. Le mariage féerique à St James. Le voyage à Paris. Les deux enfants auxquels elle avait déjà trouvé un prénom, un garçon et une fille. Le titre. Elle avait souffert en silence. Puis, pendant un court et étrange intervalle, elle avait cru connaître un répit. Anthony était celui qui la rapprochait le plus de George. Elle aurait pu déposer son fardeau auprès de lui, lui confesser son amour pour son grand frère, lui avouer même que George et elle avaient été amants. Il aurait pu comprendre.

Elle n'en avait pas eu le temps. Les choses étaient allées très vite, il avait rompu leurs fiançailles, épousé son excentrique professeure de peinture et ruiné la famille de Lavinia.

Elle releva la tête et dévisagea Cranbrook, ses yeux libidineux cerclés de rouge, ses joues bouffies par l'abus de vin, ses bajoues tombantes et son menton inexistant.

Le mariage pouvait, sous un certain angle, être une solution. Elle ferait ce qu'elle voudrait de ce vieil homme enamouré, tremblotant et lubrique, tellement obsédé par elle. S'il se rendait compte qu'elle n'était plus vierge, il ne dirait rien. Non, il la pincerait et la peloterait tout son content. Et elle, son épouse, sa duchesse, vivrait une vie dont le luxe compenserait l'horreur.

Si elle refusait, si elle privilégiait la voie de la dignité, celle-ci la mènerait à la pauvreté et à l'abjection. Et alors, combien de temps sa dignité tiendrait-elle ?

Elle était là, la solution. L'avenir.

Elle gardait les lèvres hermétiquement closes, les bras ballants. Cranbrook lui attrapa l'avant-bras, souleva sa main et déposa l'écrin sur sa paume. Les pierres précieuses scintillaient.

Elle se vendait cher, au moins.

Elle referma les doigts autour de l'écrin, éprouva une certaine satisfaction à serrer le poing de toutes ses forces.

Le « oui » ne pouvait franchir ses lèvres. Elle hocha la tête et ne broncha pas quand il ôta ses gants et prit son visage entre ses mains nues. Quand il l'obligea à entrouvrir la bouche sous la sienne, elle entendit un déclic.

Sa mère refermait la porte.

1

Bodmin, Cornouailles
Un mois plus tard

— Votre Grâce ?

La femme de chambre qui l'accompagnait était jeune et jolie. Toutes les domestiques au service du duc de Cranbrook étaient jeunes et jolies. Celle-ci, Beth ou Bess, quelque chose comme ça, avait essayé de jouer à l'infirmière dans le compartiment du train. Dès que Lavinia esquissait un geste, elle brandissait une bouteille d'eau de chaux ou se penchait sur elle avec un linge humide. Quand le train avait atteint Reading, le corsage de Lavinia était trempé, et cette dernière s'était déclarée complètement remise à seule fin d'éviter les soins maladroits de la jeune fille.

Elle porta une main à son visage bouffi et enflammé. Elle n'allait pas mieux du tout. Chaque pas qu'elle faisait le lui confirmait.

— Vous allez dans la mauvaise direction. La voiture est derrière vous.

C'était exact. Pourtant, Lavinia continua de se frayer un chemin sur le quai encombré. Les porteurs allaient et venaient pour décharger les bagages du duc. Une grosse poule rouge lui marcha sur le pied droit et, un instant plus tard, un jeune garçon qui la pourchassait avec des cris perçants lui écrasa le pied gauche. Elle s'immobilisa, et la femme de chambre lui marcha sur le talon. C'en était trop. Lavinia fit volte-face.

— Laissez-moi un peu d'espace ! gronda-t-elle d'une voix enrouée sortie de sa gorge desséchée.

La femme de chambre recula, et une ride soucieuse barra son front.

— Pardonnez-moi, Votre Grâce.

— Je n'ai que faire de vos excuses. Je veux que vous me laissiez tranquille.

Lavinia sentit une vague familière monter en elle, brûlante et impétueuse. Dans la famille Yardley, ses colères étaient légendaires. Et extraordinairement efficaces. Son père détestait la voir pleurer. Même devenue adulte, Lavinia s'était rendu compte que des torrents de larmes étaient le moyen idéal d'obtenir ce qu'elle voulait. Jusqu'à un certain point. Son père ne pouvait pas tout résoudre. Elle aurait beau pleurer toutes les larmes de son corps, cela ne ressusciterait pas les morts.

— Très bien.

La femme de chambre appuya son menton sur ses mains enlacées dans un geste enfantin. C'était encore presque une enfant, en réalité. Des joues encore rondes. Blonde. Si elle n'avait pas été en uniforme en train de se faire gronder, et si Lavinia n'avait pas porté une robe de voyage en faille de soie rose tandis qu'elle la tançait, les badauds auraient pu les prendre pour deux sœurs.

— Dois-je prévenir Sa Grâce... ?

Dites-lui d'aller au diable !

— Dites-lui que je suis dans la gare, lui répondit plus doucement Lavinia en prenant conscience des regards autour d'elle.

Des familles du coin en tenue rustique la dévisageaient, bouche bée, ou riaient sous cape d'un air entendu. Elle était consciente du spectacle qu'elle offrait : une aristocrate en train de réprimander sa pauvre et stoïque domestique. Comment osaient-ils la juger ? Ils ne savaient pas quelle nuit elle avait passée, ni qu'elle n'était mariée que depuis la veille et qu'aujourd'hui risquait d'être la pire journée de sa vie.

La femme de chambre s'obstina.

— Désirez-vous un rafraîchissement ? Il y a encore des gâteaux et des sandwichs dans le panier. Je pourrais...

— Je cherche les cabinets d'aisances, jappa Lavinia. Ou préférez-vous que j'appelle un porteur pour vomir dans un carton à chapeau ?

Cela cloua le bec à la domestique. Et fit s'esclaffer deux marchandes. Un fermier lourdaud vêtu d'une blouse de travail secoua la tête. Lavinia tenta d'adoucir son ton.

— Je n'en ai pas pour longtemps. Merci, Beth.

— Je m'appelle Nan.

La femme de chambre haussa les épaules et posa son regard bleu sur le fermier, qui retira le tuyau de la pipe qu'il tenait entre ses dents.

— Y a pas de cabinets ici, déclara-t-il avec un grand sourire. Les toilettes sont de l'autre côté des rails, sous le chêne brun.

Nan lui rendit son sourire et esquissa une petite révérence devant Lavinia, les lèvres pincées.

— Je vais prévenir Sa Grâce que vous êtes allée aux toilettes, dit-elle avant de faire volte-face d'une démarche guillerette et un tantinet impertinente.

Petite insolente. Lavinia tourna les talons et se dirigea d'un pas raide dans la direction opposée. Elle se moquait éperdument de plaire ou non au personnel. Pas quand ses relations avec le maître de maison étaient déjà si mal parties.

Un employé de la compagnie des chemins de fer longeait le train en étalant quelque chose qui ressemblait à du beurre sur les roues. Bientôt, le train allait s'ébranler, faisant disparaître son dernier lien avec Londres, avec sa vie d'avant. Son estomac se souleva. Elle croisa le regard d'un autre fermier – les Cornouailles étaient sujettes à une épidémie de blouses en toile – et secoua la tête. Nan pouvait bien faire la coquette avec les paysans, *elle* ne s'y abaisserait pas.

Comme elle passait devant lui, le fermier resta bouche bée. À Londres, les hommes ne se décrochaient pas la mâchoire comme ça. C'était impossible. Leurs mentons étaient engoncés dans des cols durs. Encore un des bénéfices de la civilisation.

— Vous avez quelque chose à me dire ? Ou votre bouche est-elle perpétuellement grande ouverte ?

Elle s'arrêta, les poings sur les hanches. Elle avait déjà apostrophé une femme de chambre sous les regards amusés des marchandes de volailles. Pourquoi ne remettrait-elle pas à sa place un cul-terreux ?

Le fermier regarda derrière lui sans comprendre et se redressa.

— Oui, reprit-elle d'un ton glacial. Vous !

Elle s'attendait à le voir bafouiller, confus. Chagriné. Sidéré par sa condescendance. Mais le fermier ne s'émut pas outre mesure. Et comme n'importe quel abruti à qui on donne une chance de se faire valoir, il manqua son coup. Ce qu'il bredouilla n'était certes pas un hommage à sa beauté :

— C'est ben la première fois que j'vois ça !

Il la regarda plus attentivement et laissa échapper un petit sifflement.

— Et vous v'nez bien d'Londres, pas vrai ?

Il se tourna vers une femme corpulente, aux vêtements tachés par la poussière du voyage, et lui désigna Lavinia.

— Qu'est-ce que j'dis toujours à propos de Londres ?

Il secoua la tête. La femme regarda Lavinia, les yeux écarquillés.

Lavinia porta la main à sa joue. Bien sûr ! Elle devait avoir l'air d'un monstre. Le rouge qui lui monta aux joues réactiva ses démangeaisons. Mortifiée, elle fit volte-face, mais la voix du fermier la poursuivit avec insistance :

— J'ai entendu dire qu'y en avait même à Buckingham !

Elle gravit sans grâce les marches de la passerelle en attrapant ses jupons. Le fermier continuait à pérorer :

— Faut faire bouillir les matelas !

Elle atteignit le quai le plus éloigné, le cœur battant. Cet homme pensait qu'elle avait été dévorée par des punaises de lit ! À l'hôtel Rossell, elle avait la hantise de ces bestioles, mais, Dieu merci, elle n'avait jamais été piquée. Même si cela avait été le cas, elle n'aurait rien dit à personne. Les habitants des Cornouailles étaient vraiment affreux. Ce pays de ploucs était un coin sinistre et arriéré, bon pour les rustres, les lourdauds et les invalides. Pas étonnant que Cranbrook s'y réfugiât dès qu'il le pouvait. Il n'y avait rien à faire ici pour un veuf âgé, sinon se prélasser sur une terrasse en pantalon de flanelle pour profiter de l'air marin. Et peloter les servantes. Il fallait être Barbe-Bleue pour vouloir emmener sa femme en voyage de noces ici.

Elle contempla la gare, un bâtiment peu avenant. Effectivement dépourvu de lieux d'aisances. Probablement encore éclairé à la lampe à huile, avec des amulettes accrochées au mur par les employés pour repousser les elfes. Elle le longea en soupirant et se dirigea vers le bout du quai. Là poussaient des arbres aux troncs courts et noueux couronnés de feuillages d'un vert intense, couleur de pois écrasés. Une bourrasque secoua les branchages, faisant tomber une pluie de gouttelettes froides. Nan ne lui avait pas rendu son chapeau. *La peste soit de cette fille.* Une version maladroite de Florence Nightingale. Par réflexe, Lavinia leva les bras pour protéger ses boucles, puis les laissa retomber. Il était un peu tard pour se préoccuper de sa coiffure. Des cheveux raides convenaient parfaitement à son humeur sinistre.

Qu'il pleuve, après tout !

Elle parcourut le paysage d'un œil furibond. Lequel était le chêne brun ? Tous les arbres étaient bruns. Normal, puisque c'étaient des arbres. Qu'est-ce qui faisait qu'un chêne était plus brun qu'un autre ? Il fallait résoudre une devinette pour pouvoir utiliser ces maudites toilettes. Et, par-dessus le marché, tremper ses chaussures en pataugeant dans la boue.

Quoique... Elle appuya légèrement sur son ventre. Peut-être réussirait-elle à se retenir et à ne pas vomir, en fin de compte. Le simple fait d'avoir traversé la voie ferrée et d'avoir mis le train entre elle et Cranbrook avait calmé sa nausée. Ses frissons s'étaient interrompus.

— Oh !

Le choc lui coupa le souffle. Le plus grand chien qu'elle ait jamais vu la bouscula, et son pied atterrit dans une flaque avec un *splash !* accompagné d'un aboiement sonore.

— Alfie ! Alfie !

En entendant son nom, l'animal sale et hirsute s'éloigna en bondissant. Non seulement les fermiers étaient naturellement déplaisants, mais il fallait en plus qu'ils voyagent escortés de volailles et de chiens de berger.

Elle frotta furieusement les traces de pattes sur la soie rose, ce qui ne fit qu'étaler les taches. Encore un réflexe. Elle finit par secouer sa jupe. Puis elle balaya du regard les charrettes et les carrioles garées sur l'herbe, portières ouvertes. Dans l'une des carrioles, un enfant était blotti sur les genoux de sa mère, la tête posée sur sa poitrine. Debout sur la remorque, le père aidait les porteurs à charger caisses, valises, parapluies, tapis et sacs de voyage. Elle aurait tant aimé dormir comme cet enfant, avec la tranquille assurance que ses parents veillaient sur elle, que tout était à sa juste place, que les longs voyages se terminaient en joyeuses retrouvailles et dans des lits douillets.

Elle avait très mal dormi, ces derniers temps. La nuit précédant le mariage, elle était restée assise sur une chaise, à écouter la respiration régulière de sa mère, en combattant son amertume – comment pouvait-elle dormir aussi paisiblement ? Et, la veille, elle avait vomi et s'était grattée toute la nuit, le visage enflé et la respiration sifflante.

La cérémonie de mariage avait été un cauchemar. Quatre cents invités dans leurs plus beaux atours agglutinés dans l'église. Des bancs noirs de monde. Des éventails qui s'agitaient. Cora, Agnès et Élise affairées autour d'elle dans l'antichambre, arrangeant son voile, s'efforçant gentiment de lui montrer les avantages d'une deuxième chance. Elle les comprenait parfaitement. Sa réputation éclaboussée, elle ne réintégrerait jamais leur petit groupe. Son mariage avec Cranbrook ne lui rendrait pas sa splendeur passée.

Dieu merci, la réception s'était faite dans l'intimité. Les amis de Cranbrook et la famille proche circulaient entre deux pièces abondamment fleuries de Harcott House. Sa mère avait conversé indéfiniment à voix basse avec lady Chatwick et lady Sambourn à propos de Dieu sait quoi. Quant à elle, elle était restée immobile dans un coin du salon, refusant de se laisser entraîner dans les conversations, ignorant les ricanements des fils de Cranbrook, deux blancs-becs. Chaque seconde qui passait l'accablait davantage. Elle avait fini par sortir de sa transe et s'était précipitée sur le balcon pour y chercher un peu d'air.

Cranbrook et le gros lord Browning étaient accoudés à la balustrade, tournant le dos au salon.

— ... damiana, phosphure de zinc, cocaïne et sirop de gingembre. Voilà ce que je prends pour faciliter l'érection. Alors, mon vieux, en veux-tu une caisse ? disait Browning en donnant une tape sur l'épaule de Cranbrook.

— J'ai épousé le meilleur stimulant qui soit. Tu veux connaître mon secret ?

Elle les avait regardés, horrifiée, tandis que Cranbrook martelait de son index la poitrine de Browning.

— La chair fraîche.

Il avait éclaté de rire.

— La chair... fraîche.

Et ils s'étaient encore congratulés en ricanant.

— Oh ! Voilà donc ton secret ? Je m'en souviendrai.

Browning avait soupiré en feignant la jalousie.

— Alors vas-y, petit polisson. Tu n'as pas un train à prendre ?

Cranbrook avait vidé sa coupe de champagne.

— Si. Mais si nous le manquons, nous pourrons toujours partir demain. On ne doit pas se précipiter, la première fois. C'est là que l'homme imprime sa marque.

Browning s'était de nouveau esclaffé.

— Il faut ramollir la cire, avait-il fanfaronné. Imprimer son sceau d'un seul coup. Sans trembler. Pas vrai, Cranbrook ?

Son cœur n'avait pas changé de rythme alors qu'elle s'enfuyait, mais ses battements s'étaient faits plus sonores. *Boum boum. Boum boum.*

Ce soir-là, Cranbrook réclamerait son dû. Et il découvrirait qu'il s'était fait gruger.

Sa poitrine s'était soulevée. La panique à l'état pur. Impossible de s'en débarrasser.

— Ce n'est pas à nous.

Le père de famille était juché sur un côté de la carriole et congédiait les porteurs qui transportaient une malle.

— Oh !

Sans réfléchir, elle se précipita vers eux.

— Oh, mais c'est à moi !

Les porteurs la rejoignirent et déposèrent la malle à ses pieds. Les larmes lui montèrent aux yeux. Sa malle. Le seul bagage qui ne portait pas la couronne ducale de Cranbrook. Seigneur, elle avait failli l'égarer, et avec elle ses robes des temps heureux, ses journaux, ses cahiers, ses albums et ses revues de mode. Son univers. Elle avait envie de la serrer dans ses bras, comme une vieille amie.

— Pardon pour cette confusion, lui dit le père.

Il n'y était pour rien. Mais, sensible à sa courtoisie, elle lui fit un petit signe de tête. Il était blond avec une moustache extravagante, correctement vêtu et l'air joyeux. Avec tact, il évita de laisser son regard s'attarder sur son visage tandis qu'il lui souriait de loin. À tous les coups, ce devait être un Londonien, un banquier ou un boursicoteur, marié à une femme d'ici et jeune père de famille nombreuse. Probablement en visite chez des cousins de Cornouailles. Elle avait toujours aimé enjoliver la réalité et griffonner ses rêves sur ces carnets qu'elle avait emportés avec elle. Cette famille avait l'air sortie d'un livre de contes. D'autres enfants dégringolèrent des arbres, des garçons et des filles armés de bâtons avec lesquels ils se battaient farouchement.

— Rendez-vous !

L'ordre résonna plusieurs fois tandis que la mêlée se rapprochait du bâtiment de la gare, suivie par un chœur qui criait :

— Jamais !

Les lèvres de Lavinia se retroussèrent, tirant sur ses cloques. Même sourire lui faisait mal.

— Il est temps d'y aller.

Le père se jeta dans la bataille pour attraper sa progéniture, empoignant les enfants qui se trouvaient à sa portée.

— Tout le monde ! Même vous, amiral Nelson.

La plus petite des filles jeta son bâton d'un air dépité. Après de nouveaux cris, des refus de baisser les armes et une mort tragique survenue au cours d'une succession d'étapes héroïques, tous se serrèrent dans les carrioles, et les cochers fouettèrent les chevaux. Les voitures s'éloignèrent de la gare, et Lavinia laissa échapper la respiration qu'elle avait retenue tout ce temps. Elle se sentait vidée, en proie à une profonde solitude qui allait de pair avec un sentiment plus troublant.

Le néant.

Elle n'était plus Mlle Lavinia Yardley. Mais elle n'était pas – et ne serait jamais – la duchesse de Cranbrook.

La foule sur le quai était plus clairsemée. Elle se pencha et posa une main sur le couvercle de sa malle. Qu'elle était sotte ! Quel réconfort pourrait-elle tirer d'une boîte en cuir ? Il fallait qu'elle se redresse. Qu'elle appelle les porteurs. Qu'elle retraverse la passerelle. Cranbrook – ou plutôt Peter, comme elle devait désormais l'appeler – l'attendait. Elle posa l'autre main sur sa malle et ferma les yeux.

— Madame Pendrake ?

Elle ouvrit les yeux et se redressa en secouant la poussière de ses gants. Encore un de ces paysans… Celui-ci s'approchait à une vitesse inquiétante. Il n'était pas en blouse, mais les pans de sa veste de chasse en épaisse toile brune battaient au vent sur une chemise au col ouvert négligemment retenu par une écharpe verte.

Comme les enfants, il était sorti des bois. Les Cornouailles avaient-elles le pouvoir étrange de multiplier les enfants et de faire surgir des individus de nulle part ?

— Je vous ai fait attendre. Le train est toujours en retard, mais je...

Le paysan ralentit et vint s'arrêter à ses côtés en avouant ingénument :

— J'étais encore plus en retard.

Il posa ses sacs et secoua les cheveux qui lui tombaient sur les yeux. Sa poitrine montait et descendait, mais il n'avait pas l'air essoufflé ni particulièrement confus. Des mains puissantes s'emparèrent des siennes.

— Madame Pendrake, reprit-il avec une affabilité non feinte, je suis heureux de faire votre connaissance.

Il n'était pas des Cornouailles, du moins il n'en avait pas l'accent. Mais aucun gentleman de la ville ne se serait promené ainsi tête nue et affublé d'une veste en toile. Et aucun gentleman de la ville ne l'aurait regardée avec tant de... simplicité. Il était de taille moyenne et devait baisser les yeux pour la regarder, mais il le faisait sans aucune forme de supériorité ni de prière. Comme si les différences de classes, auxquelles elle et ses amies d'autrefois accordaient tant d'importance, n'étaient que broutilles. Il s'en affranchissait et la regardait, un point c'est tout.

Sauf qu'il se trompait. Il voyait... Mme Pendrake ? Mais qui donc était cette Mme Pendrake ?

— Oh, je ne suis pas...

Elle retira ses mains des siennes à contrecœur, mais avant qu'elle ait pu poursuivre, l'expression de l'homme changea. Il fronça les sourcils et l'examina d'un œil soucieux. Elle refoula l'envie de baisser la tête. Que c'était embarrassant de se présenter, même sous un autre nom, avec ces bosses rouges qui la défiguraient ! Pourtant, elle se sentit comme apaisée par cet examen intense et méthodique. Elle leva le menton et le regarda à son tour. Il avait un visage on ne peut plus ordinaire, légèrement carré. Un nez proéminent. Des yeux d'un brun banal. Elle avait l'habitude des hommes qui prenaient des postures, qui orientaient leur tête pour offrir leur meilleur profil, qui payaient cher pour se faire coiffer avec une négligence virile mais très recherchée. George était vaniteux comme un paon.

Cet homme-là était sans artifices. Or les artifices étaient utiles. Conçus pour attirer, ils créaient aussi une barrière.

Leurs regards se croisèrent. Il était très près d'elle, et son regard était franc. Elle baissa les yeux. Seigneur Jésus ! Il portait aussi des guêtres.

— Ça m'a l'air douloureux, observa-t-il. Ce sont les alstroemères ?

À cette question extraordinaire, elle releva les yeux, et leurs regards se croisèrent de nouveau. Des yeux bruns ordinaires. Seule la frange de cils sombres leur donnait cette étonnante profondeur.

Elle s'éclaircit la voix.

— À vrai dire, je...

Elle s'interrompit avant d'opter pour la franchise :

— C'étaient des fraises.

À ces mots, il fit un pas en avant en fronçant les sourcils.

— Vous faites pousser des fraises ? Quelle variété ? Ce sont les feuilles ?

— Pousser ?

Elle cligna des yeux.

— Mais non, j'en ai mangé. Comme tout le monde.

Le visage de l'homme s'éclaira.

— Ah ! C'est une intolérance alimentaire. Je craignais que les lys ne soient la cause de cette urticaire.

Il se méprit sur les raisons de son air incrédule.

— Bien sûr, vous savez que leur sève est très irritante.

Il eut un hochement de tête malicieux.

— Je ne voulais pas insinuer que vous aviez manipulé ces spécimens sans faire attention. Mais la sève coule et se répand. J'ai moi-même attrapé des furoncles purulents à des endroits très mal placés.

— Vraiment ? répondit-elle faiblement, d'un vague ton de reproche qu'il ne parut pas remarquer.

— Quand cette réaction est-elle apparue ?

— Hier.

Elle remua, mal à l'aise. Il était bien trop direct. Et qui était cet individu qui envoyait des spécimens de lys plutôt qu'en bouquet ?

— Alors le pire est derrière vous.

L'assurance qu'elle décela dans sa voix lui noua la gorge. Bien entendu, cet étranger qui se fourvoyait n'avait pas la moindre idée de sa situation. Le pire était bel et bien à venir.

Soudain, le quai se mit à vibrer. Le train reprenait sa course. Elle s'était absentée trop longtemps. Nan allait venir la chercher d'un moment à l'autre, peut-être même Cranbrook en personne.

— La plupart des femmes mettraient plusieurs jours à se rétablir, reprit-il. Mais la plupart des femmes ne s'aventurent pas à traverser les montagnes du Tapa Shan alors qu'elles souffrent d'un accès de malaria.

Que diable... Elle se tourna vers lui, stupéfaite. Cette Mme Pendrake était-elle une exploratrice ? Un général de brigade ? Qui que ce soit, une chose était claire : cet homme l'admirait. Son ton était taquin mais plein d'estime.

— Pas seulement les femmes, rectifia-t-il. Nessa et Jenni me couperaient la tête si elles m'entendaient. Peu d'individus, homme ou femme, sont dotés de votre courage. Mais, à vrai dire, la plupart de ceux auxquels je pense sont des femmes. À cinquante ans, ma mère escaladait des falaises.

Il sourit, découvrant des dents blanches qui ressortaient sur son teint hâlé. Doux Jésus, ce n'était pas un sourire ordinaire. Comment avait-elle pu, elle, Lavinia Yardley, qui s'était toujours targuée d'être un excellent juge en matière de gentlemen, le trouver si banal ? Était-ce justement parce qu'il n'était pas un gentleman ? Ou parce qu'elle-même n'était plus Lavinia Yardley ?

Et après tout, qu'est-ce que cela changerait ? Si elle n'était plus Lavinia Yardley, ni la duchesse de Cranbrook, mais quelqu'un d'autre ?

Seigneur Jésus, si seulement elle pouvait être cette femme incroyable que cet homme admirait tant ! Elle préférait de loin les montagnes du Tapa Shan au domaine de Cranbrook à Fowey.

Les battements de son cœur s'accélérèrent.

Le sourire de l'homme s'élargit. Elle distinguait son cou nu sous son ridicule foulard. Quel laisser-aller ! Franchement ! Mais ils étaient en Cornouailles, et non dans Rotten Row[1]. Et son cou n'était pas une vision si désagréable.

— Vous êtes une légende, madame Pendrake.

Il secoua la tête, toujours aussi réjoui.

— Je ne pense pas que j'aurais poursuivi ma route en Mongolie si les loups avaient dévoré mon âne.

Elle lâcha un petit rire sarcastique. Mme Pendrake avait plus l'air d'une folle que d'une légende.

— Vous auriez eu raison, répondit-elle. J'espère que votre mère si téméraire y aurait elle aussi réfléchi à deux fois.

— J'en doute.

Il rit, puis il reprit son sérieux.

— Vous et votre mari, tous les deux..., dit-il en se redressant. Vous êtes des légendes. Je le pense sincèrement.

Et il disait vrai, à n'en pas douter. On lisait en lui à livre ouvert. Un livre avec des pages un peu écornées. La peau hâlée par le soleil, les rides au coin des yeux. C'était un visage qui avait vécu et qui reflétait

---

1. Coin chic de Hyde Park où l'on montait à cheval. *(N.d.T.)*

ses pensées et ses émotions. Cet instant lui aussi était frappé du sceau de la sincérité.

— Eh bien..., dit-elle.

Tout ceci lui échappait complètement. La locomotive ronronnait. Elle sentait l'odeur du charbon, mais aussi un parfum plus boisé, plus sain, que cet homme venu de la forêt transportait sur lui.

— Était-ce la première fois ?

— Je vous demande pardon ? fit-elle, interloquée.

— Les fraises.

Son regard se fit de nouveau insistant et inspecta son front, ses joues et son menton.

— Vous n'aviez jamais fait de réaction auparavant ?

Elle se raidit en résistant à l'envie de se gratter.

— Une fois seulement. J'étais toute jeune.

On lui avait administré un puissant laxatif, puis on l'avait plongée dans un bain de soude. Ensuite, pour la récompenser de son courage, son père lui avait lu un de ses contes préférés.

— Depuis, j'ai évité d'en manger.

— Elles étaient mélangées à autre chose, alors ?

Cet homme aimait poser des questions, aller au fond des choses. Mais la franchise de Lavinia avait ses limites. Elle haussa les épaules. Elle n'en dirait pas plus.

Elle ne lui dirait pas qu'elle avait quitté le balcon dans sa robe de mariée pour se diriger en toute hâte vers le buffet, où elle s'était forcée à avaler une fraise, puis une autre, alors même que ses lèvres commençaient à la démanger.

Je me suis volontairement empoisonnée. Oui, c'était désagréable. Mais je n'avais pas le choix, je devais me rendre rapidement et totalement malade. Rien d'autre n'aurait pu empêcher mon époux de consommer notre mariage. J'ai agi ainsi pour retarder ce moment. Voyez-vous, un autre a déjà imprimé sa « marque », une réalité que mon époux risque d'accepter avec moins d'indulgence que je ne l'espérais.

— Dans un sirop, je crois.

Le train cracha encore de la fumée et commença à s'ébranler en quittant la gare.

— Mais je me sens déjà beaucoup mieux, conclut-elle fermement.

Il y eut un silence au cours duquel l'homme parut réfléchir à quelque chose. Puis il hocha la tête.

— Très bien, dit-il. La semaine s'annonce chargée. Demain, nous irons cueillir des plantes sur la lande. Dans la soirée, nous nous rendrons à Kyncastle. Puis nous irons à Great Peth et au Lizard, après quoi nous rentrerons à Truro. Nous ferons un tour complet de la flore des Cornouailles.

Le moment était venu de lui avouer la vérité. *Je vous remercie, mais je préfère les fleurs en bouquet sur les cheminées. Quand votre fameuse Mme Pendrake, si heureuse en ménage, se présentera, je suis convaincue que vous passerez un moment formidable.*

Il avait pris un air malicieux en la regardant.

— Nous nous ressemblons. Pendant des années, j'ai aimé le danger et les défis. Je réussissais là où les autres avaient échoué. Les plantes des îles Britanniques m'assommaient. Et puis... les choses ont changé. Je ne regrette rien.

Il sourit.

— Enfin, pas tant que ça. Maintenant que je suis responsable des pépinières de Varnham, je peux toujours me trouver une mission quelque part si je veux goûter à nouveau aux engelures, au mal de mer et aux anguilles électriques.

Elle ouvrit la bouche.

Nous ne nous ressemblons pas. Je ne suis pas Mme Pendrake.

Le moment était passé. Il était venu et s'en était allé. Elle était prise dans quelque chose d'unique et de puissant. Tout son corps s'était imperceptiblement penché en avant.

Était-ce donc si facile de s'extraire d'une vie et de se glisser dans une autre ?

— Faites-moi confiance, reprit-il. Les Cornouailles ne vous décevront pas. Si nous y allions ?

Devant la gare, il ne restait plus qu'une carriole dont le cheval broutait l'herbe. Sur un geste de l'homme, le cocher sauta à terre pour l'aider à charger la malle.

La dernière voiture du train avait quitté la gare, dégageant le champ de vision entre les deux quais. En regardant par-dessus son épaule, elle pouvait voir les silhouettes en livrée qui s'affairaient et, derrière, la rangée des voitures noires et brillantes. Cranbrook sortait de l'une d'entre elles. Il tenait à la main sa montre, sur laquelle se réfléchissait la lumière du soleil. Elle ne pouvait pas quitter sa main des yeux. Dans le compartiment, il lui avait pétri la cuisse comme il l'avait fait lors de ce lointain dîner, mais cette fois il lui avait enfoncé ses gros doigts blancs et boudinés dans la chair. Elle avait poussé un petit cri angoissé, et il avait ri en la pinçant et en haletant tandis que la douleur lui coupait le souffle. Il aimait la faire souffrir. Sa détresse l'excitait.

Le dégoût la submergea, et la nausée revint. Elle ne vomit pas, toutefois. Elle traversa en courant l'herbe mouillée, plongea dans la carriole, où elle s'assit précipitamment.

C'était pure folie. Elle courait au désastre.

Boum... boum. Boum... boum. Son cœur se rappelait à elle. Elle était déjà un désastre ambulant.

L'homme grimpa à sa suite. Tout en lui était chaleureux, confiant, paisible. *Responsable des pépinières de Varnham*. C'était un jardinier entreprenant qui avait commencé sa carrière en cherchant des plants. Un passe-temps particulier et risqué. Elle se souvenait de l'année où une fleur qui ressemblait à une cloche en or avait raflé tous les prix aux floralies. Un tas d'histoires avaient couru sur le botaniste qui l'avait trouvée dans la jungle et sur le tigre qui l'avait pris en chasse.

Si on voulait une vie aventureuse à l'étranger, l'armée offrait certainement davantage de possibilités, sans parler de beaux uniformes.

Et cette Mme Pendrake. Une *chasseuse* de plantes ? C'était la première fois qu'elle en entendait parler. Elle-même s'était lancée une fois dans la cueillette de plantes à l'époque où les fougères sont à l'apogée de leur beauté. Elle avait fait partie d'un groupe de débutantes rieuses qui avaient fait demi-tour une fois arrivées dans le champ parce que leurs crinolines les empêchaient de passer entre les échaliers.

Les montagnes du Tapa Shan. La Mongolie. Mme Pendrake et son époux... des légendes dans le monde de la botanique. Et où était donc passé ce mari ? Avec un peu de chance, il était à la poursuite d'une variété de rhododendron rarissime dans le Borrioboola-Gah. S'il avait l'intention de les rejoindre en Cornouailles... La fin de partie serait sifflée avant même d'avoir commencé. Mais de quelle partie s'agissait-il ? Où cette ruse la mènerait-elle ? Il lui faudrait s'enfuir en Mongolie pour échapper à Cranbrook.

Quand la nouvelle de sa disparition arriverait à Londres...

— L'auberge n'est pas loin, déclara l'homme, interrompant le cours des pensées qui se bousculaient dans sa tête.

Elle essaya de sourire. Son sourire conquérant, légendaire. Son visage était encore raide et douloureux. Elle avait emprunté... non, elle avait volé une identité. On pouvait la lui reprendre d'un moment à l'autre.

La carriole fut secouée par un cahot alors qu'ils opéraient un grand cercle sur la pelouse. Elle pencha dangereusement sur un chemin truffé d'ornières. Elles étaient là. Elle les vit en passant. Les toilettes. Elles se trouvaient à l'ombre d'un grand arbre. Sans surprise, celui-ci était brun.

— Le chêne brun, murmura-t-elle.

— J'aurais dû m'en douter.

L'homme s'adossa à la banquette et croisa les jambes.

— « Une complète ignorance des arbres et des arbustes britanniques » ? Je vous cite.

Il avait l'air absolument ravi et frappa du plat de la main son genou qui tressautait. Même assis, il donnait l'impression d'une incroyable énergie physique. Il n'était pas étonnant qu'il ait eu envie de parcourir le globe.

— Dites-moi, comment avez-vous réussi à l'identifier ?

— Oh. Eh bien...

Elle tendit le cou pour y jeter encore un coup d'œil. Trop tard.

— N'importe qui peut reconnaître un chêne brun.

— Mais pas du tout ! affirma-t-il. Vous avez l'œil. Tout le monde peut voir qu'il est à moitié mort et sur le point de tomber sur ces toilettes. Là, je ne discute pas. Mais il faut une sacrée expérience pour déceler que son bois à l'intérieur est teinté alors qu'on ne voit pas de spores de *fistulina hepatica.* Je sais que c'est un chêne brun uniquement parce que je suis venu ici en août.

Ah ! Le chêne brun faisait donc référence à une caractéristique qui se trouvait à l'intérieur de l'arbre. Ses joues la brûlaient, et une rougeur gagnait sous l'urticaire. *Bien joué !* Il avait prêté à son commentaire idiot un sens beaucoup plus profond. Comme c'était merveilleux, cette présomption d'intelligence. Personne ne l'avait jamais trouvée intelligente. Jolie, oui. Astucieuse, peut-être. Intelligente, non. D'ailleurs, elle ne s'en était jamais vraiment souciée. Ce petit accès de colère rétrospective fut apaisé par une bouffée de gratitude. Une gratitude usurpée, lui souffla une petite voix intérieure, mais elle la fit taire et se cala sur la banquette.

— J'imagine qu'avec vous je vais aller de surprise en surprise, reprit-il.

Son instinct la poussait à lui répondre par un sourire coquin, mais elle préféra soutenir son regard posément.

— C'est probable, répondit-elle.

2

La promenade n'avait pas l'air de plaire à Mme Pendrake. Elle était assise, raide comme un piquet, un bras appuyé contre la portière. Ses yeux lui mangeaient le visage. Ils étaient bleus. De la couleur des myosotis qui tapissaient les haies.

Un cahot les fit sauter en l'air.

Neal donna un coup sur le plafond de la carriole juste pour la forme. Les cochers en Cornouailles roulaient comme des fous.

Si le diable en personne leur avait demandé de ralentir, ils l'auraient renversé sur leur passage. C'était d'ailleurs très amusant. Il avait toujours adoré rouler à tombeau ouvert. Enfin, non... pas toujours. Lors de cet orage en Argentine, sa monture s'était emballée et l'avait traîné sur un demi-mile, accroché à l'étrier. Cet épisode avait été douloureux et son nez en avait gardé des traces. Il avait presque été découpé en lanières par toutes ces variétés d'herbes de la pampa qu'il était venu ramasser. Mais, en d'autres circonstances, plus cela allait vite, mieux c'était. Cela améliorait la circulation.

La route s'incurva dangereusement, et le cocher fit claquer son fouet pour accélérer dans le virage. Mme Pendrake retint son souffle. Ses marbrures d'urticaire étaient devenues livides. Le sang avait déserté son visage, soulignant les marques de l'inflammation.

Aucun doute, la vitesse ne convenait vraiment pas à sa future épouse. Une divergence amusante. Il la taquinerait à ce sujet dans leurs vieux jours. L'exception qui confirmait la règle. Ils étaient après tout étrangement assortis.

« C'est ton double. » C'était ce que son ami Simon Hitchens lui avait dit après avoir assisté à la conférence de Mme Pendrake sur le *lilium regale*, le lys royal de l'Empire chinois, à la Royal Botanic Society. « En plus joli et en jupons. »

La voiture pencha, arrachant à Mme Pendrake un cri perçant et très féminin. Elle se cacha les yeux. En avait-elle fait autant sur les rapides du Yeh-Tan ? Ou brinquebalée le long des ravins enneigés dans la charrette tirée par son âne ? Ses écrits ne mentionnaient jamais d'effrois mortels, et ses indications encyclopédiques sur le terrain révélaient une attention obsessionnelle et inébranlable. Elle ne laissait tellement rien passer qu'un lecteur pouvait légitimement se demander s'il lui arrivait de cligner des paupières.

On entendit un son mat quand la roue gauche retoucha terre.

— Doux Jésus, murmura-t-elle, et il se rendit compte qu'elle était en train de prier.

Était-elle bigote ? La voiture fit une nouvelle embardée, et Mme Pendrake glapit sur un nouveau registre.

— Nom de Dieu ! jura-t-elle, révélant, à son grand soulagement, une saine distance dans ses rapports avec la religion.

— Faites quelque chose ! siffla-t-elle.

Il frappa de nouveau le toit de l'habitacle. Le cocher ne ralentit pas sa course mais n'accéléra pas non plus.

— Tout va bien se passer, dit Neal en souriant. Il n'y a quasiment jamais d'accidents.

Ses paroles n'eurent aucun effet, et elle garda son visage caché dans ses mains.

Du bout de sa botte, il coinça sa boîte d'herborisation en fer-blanc qui cognait contre son carton à dessin sur le plancher, endommageant les plantes posées en vrac. C'était dommage, mais ce n'était pas une perte irréparable. Sur un coup de tête, il avait décidé d'aller à la gare à pied. La partie de la lande qu'il avait explorée à l'aller était déjà bien répertoriée. Le révérend John Jenkins, de St Neot, avait fait un excellent travail en allant jusqu'à Kilmar Tor, situé très à l'ouest.

Il avait préféré attendre Mme Pendrake avant de s'aventurer sur un territoire plus vaste.

Et voilà qu'elle était ici, en chair et en os. Malade de peur.

— Vous sentez l'odeur du caille-lait jaune ?

Il inspira profondément par le nez et par la bouche. L'air du soir avait un goût de miel.

Elle releva la tête, s'appuya de nouveau contre la portière mais ne répondit pas. Elle avait l'air de retenir sa respiration.

Ce n'était peut-être pas la vitesse qui la troublait. Peut-être souffrait-elle de claustrophobie. Son frère Perran, récemment nommé à la faculté de médecine de l'hôpital de Londres, avait publié un article avec un professeur français sur la phobie des espaces clos. À Noël, il en avait exposé les grandes lignes à Neal tandis qu'ils parcouraient la demeure familiale de Penzance à la recherche des enfants, dont les jeux de cache-cache répétés prouvaient clairement qu'ils ne souffraient pas de claustrophobie. Il avait en effet fallu extraire d'un placard le plus jeune fils de Perran, qui avait remporté la partie. Neal pensait avoir lui-même ressenti des bouffées de claustrophobie quand il traversait l'Atlantique par mauvais temps, ou quand il prenait le thé à Londres, enfermé dans ces salons remplis de bibelots.

Sur cette route de campagne, ils n'étaient pas à proprement parler enfermés, mais les haies très élevées enserraient de si près les flancs de la voiture que les fougères et les digitales venaient fouetter les fenêtres. Parfois, une pierre rebondissait bruyamment sur les flancs de la carriole. Cela pouvait donner l'impression de plonger dans le gosier vert et interminable d'un monstre marin.

— Nous allons bientôt en sortir, dit-il. D'un instant à l'autre.

Mme Pendrake resta silencieuse et rentra la tête entre ses épaules. Il sentit les muscles de son front se raidir.

— Cela n'a rien à voir avec vos haies vives et souples des Midlands.

Il essaya d'attirer son attention sur la vue.

— Ces haies sont solides, remplies de cailloux. Preuve, s'il en fallait une, que notre cocher n'a jamais, dans sa longue carrière, effectué la moindre erreur de trajectoire.

Bien joué, Traymayne. Peut-être son argument n'était-il pas si rassurant. La grimace de la jeune femme le lui confirma, et sa question s'éleva comme une accusation :

— Les accidents sont-ils toujours mortels ?

— Quand ils se produisent…

Il s'interrompit au milieu de sa phrase et se reprit.

— Notre cocher n'a jamais eu d'accident et n'en aura jamais. Voilà ce que je voulais dire. Nous y sommes, regardez.

Les haies s'écartèrent de chaque côté de la route, et ils débouchèrent sur la crête d'une colline. La campagne ondulait au loin, et l'étendue verte des champs était striée de haies en fleurs. Le soleil couchant dardait ses rayons rougeoyants à travers les nuages. La route se déroulait devant eux, débarrassée de toute entrave.

Elle s'affaissa, et tout son corps se détendit. Lui aussi se relaxa. Il se passa la main dans les cheveux. L'anxiété était un sentiment contagieux. Avoir pris conscience du trouble de la jeune femme l'avait tendu comme un ressort. Il faudrait qu'il demande à Perran le nom grec pour désigner cet étrange phénomène.

Elle souffla et regarda autour d'elle.

— Voilà qui est mieux, dit-elle en se tournant vers la fenêtre. Ce sont des moutons ?

Il pencha la tête et regarda par-dessus son épaule.

— Non, ce sont des vaches.

— Mmm. Des petits modèles, alors.

Elle se rapprocha de la vitre. Il s'abstint de tout commentaire. Les animaux étaient loin, de petites taches sur les pâturages. Mais bon, cela ressemblait tout de même à des vaches. Des British Whites et des Jerseys. Visiblement, ce n'était pas une zoologiste.

— De quel côté se trouve la mer ?

— De ce côté.

Il dut se pencher sur elle pour la lui montrer. Au passage, il jeta un coup d'œil à ses cheveux blonds savamment enroulés et frisés. Les mèches qui s'étaient échappées de son chignon étaient en revanche raides comme des baguettes. Sa mère affirmait toujours qu'il y avait une relation inversement proportionnelle entre l'extérieur et l'intérieur d'une tête féminine. Plus la coiffure était sophistiquée, moins les capacités cognitives étaient développées.

— Nous ne nous dirigeons pas vers Fowey ?

Elle était toujours tournée vers la fenêtre et parlait avec une nonchalance étudiée. Pourtant, il voyait que ses épaules étaient tendues.

— Non, répondit-il lentement. Nous nous dirigeons vers le nord, et Fowey est au sud. Pourquoi ? Vous désirez vous y rendre ?

— Non !

Elle se détourna de la fenêtre et se recroquevilla sur la banquette. Ses mains gantées effleurèrent ses joues enflammées, puis elle les reposa sur ses genoux, bien serrées.

— C'était juste pour me situer. Pensez-vous qu'il va encore pleuvoir ?

Il hésita. Il y avait dans sa question quelque chose de redoutable et de familier. En général, c'était le prélude à des bavardages, ou alors à une conversation insipide ponctuée de silences gênés, mais cela témoignait rarement d'un intérêt quelconque pour les conditions météorologiques et leurs effets sur le comportement des hommes, de la flore ou de la faune. Il décida de la prendre au mot.

— S'il va pleuvoir ?

Il inspecta les nuages qui flottaient dans le ciel, se chargeant au fur et à mesure qu'ils survolaient les reliefs de la lande, et il haussa les épaules.

— Ma mère dit toujours qu'en Cornouailles il fait beau dans les romans et mauvais pendant les pique-niques. C'est un pays sauvage, balayé par les vents. Du moins, c'est le cas ici, dans cette région.

Mme Pendrake reprit la parole avec un drôle de tremblement dans la voix.

— Moi, j'aime les deux : les romans *et* les pique-niques.

À sa profonde stupéfaction, sa lèvre inférieure s'avança. Une enflure localisée. Mais non, il ne pouvait s'agir d'une subite aggravation de ses symptômes.

Mme Pendrake boudait.

Il la dévisagea, horrifié. Elle ne s'aperçut de rien. L'effroi qui l'avait saisie quand elle avait mentionné Fowey semblait s'être transformé en une tristesse boudeuse d'adolescente, avec la tête baissée et tout le reste.

— Il va se passer un certain temps, j'en ai peur, avant que je me remette à lire des romans et à pique-niquer.

— Je n'en sais rien, dit-il enfin, complètement perdu.

Fallait-il qu'il la réconforte ? Ce mouvement d'humeur était-il une blague espiègle ?

Il pensait s'être préparé à cette rencontre, avait ouvert son esprit à toutes les possibilités. Et si sa voix était désagréable ? Et s'il ne la trouvait pas jolie, comme l'avait décrite Simon ? S'ils n'avaient aucun rapport physique, quel qu'il fût ? C'étaient des questions secondaires. La relation qu'il désirait construire reposait sur des affinités intellectuelles et des intérêts communs. Le temps ferait le reste.

Il avait pour modèle le couple de ses parents. Leur profonde entente les avait soudés dans leurs recherches tout en alimentant une union qui avait duré des décennies. Lui, en revanche, n'avait obéi qu'à ses impulsions et ses désirs, avec des résultats désastreux. Loin de lui l'idée de séduire Mme Pendrake. Avec elle, il avait l'intention de créer des liens rationnels, affables, égaux et surtout équitables.

La conversation en était bien entendu la pierre angulaire. Ils avaient déjà commencé. Sur le papier. Quand il lui avait écrit pour la première fois, en avril, cela faisait cinq semaines qu'elle était rentrée de Hong Kong. Elle était à Londres, et leurs lettres, qui étaient devenues de plus en plus familières au fil du temps et moins strictement professionnelles, restaient centrées sur la botanique. Elle lui parlait des conférences qu'elle donnait à la Royal Botanic Society et dans les clubs locaux, des prix qu'elle proposait aux enfants des écoles de Newcastle-upon-Tyne. De son côté, il lui décrivait la flore de Cornouailles qu'il répertoriait, une œuvre immense et de longue haleine. Elle avouait elle aussi sa fascination pour les espèces endémiques des îles Britanniques, qu'elle avait longtemps négligées au profit des espèces exotiques. Ils n'avaient partagé que quelques détails personnels, mais leurs silences en disaient long. Leurs silences, mais aussi Simon, qui était passé maître en l'art d'exhumer les informations. Qu'il s'agît d'os de dinosaures ou de secrets de la bonne société, il avait un don pour mettre le doigt dessus. Mme Pendrake, qui entamait sa quatrième année de veuvage, était demeurée très romantiquement attachée au souvenir de son époux.

Fin mai, elle avait envoyé à Neal son manuscrit intitulé *Souvenirs d'une chasseuse de plantes en Chine, en Mongolie et dans l'archipel de Malaisie*. Il lui avait répondu par une invitation à l'accompagner dans une expédition en Cornouailles, ce qui lui permettrait de faire d'une pierre deux coups. Elle y trouverait l'occasion de se familiariser avec les espèces endémiques, et lui s'adjoindrait le soutien d'une collectionneuse émérite dans son travail de recensement de la flore.

Il cachait un troisième objectif dans son petit plan si bien ficelé.

À la fin de leur expédition, il lui demanderait de l'épouser. Si elle refusait, il lui présenterait ses arguments et attendrait qu'elle reconsidère sa proposition en tenant compte des avantages de la situation. Quoi qu'il arrive, ils seraient fiancés à temps pour faire la surprise à sa mère au festival d'été et exaucer son vœu ultime. C'était parfait.

Dans son plan, en revanche, il n'avait pas prévu un tempérament boudeur. Il allait devoir se replonger dans le manuel du séducteur. Il lui semblait se souvenir que la meilleure réponse à un accès de bouderie était de faire une promesse.

— Nous dénicherons une jolie crique, déclara-t-il. Il y en a beaucoup le long du cap Lizard. Cela fera un cadre merveilleux pour un pique-nique.

Cela la fit sourire, un drôle de sourire, un peu de travers, qui faisait pencher son nez vers la gauche. Était-ce une bizarrerie dans ses traits ? Ou les fraises lui avaient-elles irrité les sinus ?

— Je n'ai pas emporté de romans, soupira-t-elle, puis son visage s'éclaira. Mais j'ai tous mes numéros de *The Queen* !

Le sourire de Neal perdit de son assurance. Mais, après tout, pourquoi Mme Pendrake n'aurait-elle pas savouré, à ses moments perdus, la lecture des cancans du beau monde, des portraits de célébrités et des gravures de mode ? Pourquoi n'aurait-elle pas passé des heures à se faire friser les cheveux et à orner de rubans son décolleté ? À vrai dire, il avait été pris au dépourvu quand il l'avait aperçue à la gare. Il avait même vérifié sur le quai pour s'assurer qu'il n'y avait pas une autre femme moins délicate d'apparence qui attendait seule avec ses bagages. Si l'on faisait abstraction de ses paupières enflées et de l'éruption qui lui couvrait les joues, Mme Pendrake n'aurait pas déparé dans une garden-party à Mayfair. Avec ses anglaises blondes et sa robe en soie rose, elle avait tout de ces jolis papillons mondains avec lesquels il frayait jadis, à l'époque funeste, juste avant qu'il reprenne ses esprits. En fait, elle ressemblait à Elizabeth. Pourvu que sa mère ne s'attarde pas trop sur cette malheureuse coïncidence.

Elle porta de nouveau une main à son visage, hésita, puis reposa stoïquement ses deux mains sur ses genoux.

— Quelle barbe, marmonna-t-elle.

— Cela vous démange ? Attendez...

Il fouilla dans les nombreuses poches de sa veste. Calepin, crayon, étiquettes et élastiques, corde, fil de pêche, allumettes, flacons de graines et de spores, compas, couteau, ciseaux, truelle. Le verre tintait contre le verre, le métal contre le métal. Il avait inventé un système de classement à Varnham qu'il essayait d'appliquer à ses deux bureaux de Londres et de Truro afin de rationaliser les opérations. Quand il s'agissait de sélectionner, de recueillir et d'emballer des spécimens, il pouvait être méticuleux. De même quand il les mettait sous presse et les faisait sécher avant de les annoter. Mais l'organisation n'avait jamais été son point fort. Chaque fois qu'il quittait un de ses établissements, un assistant lui courait derrière pour lui rapporter son chapeau ou son sécateur.

— Ah ah, fit-il en refermant les doigts sur une fiole en verre large mais peu profonde. C'est un baume, expliqua-t-il en la lui tendant. J'en ai toujours sur moi, au cas où je me couperais ou me brûlerais avec des orties.

— Ou au cas où vous auriez une crise d'urticaire.

Elle dévissa le couvercle, les sourcils froncés, et respira le contenu.

— Qu'est-ce que c'est ?

Il appuya son coude sur la portière et déplaça le poids de son corps sur la droite. Il était difficile de s'installer devant elle dans cet habitacle réduit sans l'écraser un peu. Le contact physique ne faisait pas partie de son plan initial. C'était moins sa personne que ses connaissances qui l'attiraient.

— Un mélange d'aloe vera, de cire d'abeille et d'huile d'olive.

Il avait bricolé les ingrédients et leurs quantités respectives pendant des années avant d'arriver à cette simple formule. Pendant leur liaison qui s'était si mal terminée, il avait mortellement offensé Elizabeth en offrant un flacon de son baume à lady Phillifent. Un domestique qui apportait la saucière avait renversé une bougie et l'avait vilainement brûlée avec de la cire.

Lady Phillifent, tout en déclinant la proposition de Neal, s'était enquise des propriétés de l'aloe vera, et il s'était enfoncé davantage en répondant avec franchise et enthousiasme et en rapportant les descriptions faites par Carl Linnaeus.

À ce souvenir, ses lèvres se crispèrent. En dépit de tous ses rubans, Mme Pendrake était une femme exceptionnelle. Une femme qui avait bousculé les conventions pour aller sillonner le monde. Une femme qui savait juger de l'importance des travaux de Linnaeus. Il était injuste avec elle. Toutes les femmes intellectuellement brillantes n'étaient pas forcément affublées de pince-nez. Pour l'amour de Dieu, il avait lu son manuscrit ! Elle n'avait absolument rien en commun avec Elizabeth.

Elle ôta ses gants et trempa le bout de son doigt dans la fiole. Dégantés, ses doigts étaient minces et fuselés. L'œil de Neal s'arrêta sur ses bagues. En or, serties de diamants et de saphirs. M. Pendrake avait été plus fortuné et plus m'as-tu-vu que le botaniste de base.

Il détourna le regard pendant qu'elle se frottait la peau avec le baume.

— Merci, dit-elle. Monsieur...

Il tourna la tête et la dévisagea. Elle haussa les sourcils en marquant une pause théâtrale.

— Ne pensez-vous pas que...

— Oui, s'empressa-t-il d'acquiescer. Évidemment. Appelez-moi Neal.

— Magnifique.

Elle lui rendit le flacon et, l'espace d'un instant, un picotement parcourut sa paume au contact du verre frais et de ses doigts chauds.

— Faites-en autant, dit-elle.

Il lui sourit.

— Très bien... Muriel.

Elle rejeta la tête en arrière, déployant son long cou, le menton levé. Il sentit à nouveau son front se plisser, mais cette fois sous l'intensité de sa perplexité.

Elle avait la coiffure, le style et même le maniérisme de ces papillons londoniens. Mais... peut-être n'était-elle pas vraiment maniérée. Peut-être lui collait-il cette étiquette à cause de sa beauté. Car c'était bel et bien une beauté, inutile de le nier. Une éruption d'urticaire ne pouvait masquer l'évidence. Son patrimoine génétique avait doté Mme Pendrake d'un long cou de cygne et d'un petit menton pointu et effronté, et elle n'y était franchement pour rien. Il lui fallait bien bouger la tête de temps à autre. Il était injuste de qualifier ce geste de maniéré. Mme Pendrake ne rejetait pas du tout la tête en arrière comme le faisait Elizabeth.

Elle s'était mise à frotter sa pommette avec son pouce.

— Aloe vera, murmura-t-elle.

Il lui rendit le flacon.

— Gardez-le. Remettez-en ce soir avant de vous coucher. Vous savez, nous avons commencé à le commercialiser. Nous le vendons dans nos pépinières, sur catalogue et dans notre établissement londonien. En plus de calmer les blessures superficielles, cela adoucit la peau.

Les jardiniers en achetaient, ainsi que les botanistes amateurs, mais son directeur à Londres lui avait dit que les ventes s'envolaient grâce au bouche-à-oreille.

— J'ai presque envie d'en faire de la publicité en tant que cosmétique. Varnham pourrait devenir une marque.

Il pensait tout haut. Ses sœurs lui en avaient souvent fait le reproche. C'était un défaut qu'avaient de nombreux hommes, de penser à voix haute. De se lancer dans des explications inutiles aussi. Et de siffler.

Elle le contemplait pensivement.

— Comment l'appelez-vous ? s'enquit-elle.
— Le baume Varnham.
— C'est affreux. Ça ne donne pas envie de l'acheter.
Elle fit une moue de dégoût.
— On dirait le nom d'un produit pour cochons.
Elle avait des avis bien tranchés. Cela au moins n'était pas une surprise. Il toussota.
— Vous avez une meilleure idée ?
— Oh oui, des douzaines !
Elle réfléchit en tapotant de son doigt sa lèvre inférieure.
— Le baume de beauté naturel de Varnham. La crème de visage floral de Varnham. L'éclat jeunesse de Varnham. La lotion à l'aloe fraîche et durable de Varnham.
La carriole attaqua un grand virage, et elle s'interrompit pour regarder par la fenêtre. Les reliefs s'étaient adoucis au fur et à mesure qu'ils se rapprochaient de la lande. Dans la lumière du jour déclinant, les arbres rares, tordus par le vent, projetaient leurs ombres noires sur le paysage nu et désolé.
— Que faites-vous ? demanda-t-elle en détournant la tête au son de son crayon qui grattait le papier.
— Je note ce que vous m'avez dit. « L'éclat jeunesse de Varnham », c'est cela ?
Il l'inscrivit rapidement à l'intérieur de la couverture de son calepin. Voilà qui était prometteur. Une première collaboration, si mineure qu'elle soit. Il se revoyait se faufilant hors de son lit et s'asseyant dans l'entrée pour écouter le murmure des voix de ses parents. Son père lisait à voix haute un de ses articles en cours, et sa mère l'interrompait de ses commentaires, et vice versa.
« La lotion à l'aloe fraîche et durable. » Une autre belle formule. Il la nota aussi. C'était intéressant, elle avait montré plus d'intérêt pour la musicalité des mots, plus de finesse dans les termes de cette brève

énumération qu'elle ne l'avait fait dans son manuscrit de quatre cents pages.

Elle le regardait écrire avec une satisfaction non déguisée.

— Il faudrait que vous le parfumiez, ajouta-t-elle quand il releva son crayon. Un arôme de gardénia. Non ! D'*azalea*.

— Une des variétés que vous avez rapportées de Chine ? demanda-t-il avec un sourire, en glissant carnet et crayon dans sa poche.

Inutile de noter cela. Les Pendrake avaient introduit en Angleterre une ravissante collection d'azalées. C'était grâce à ces fleurs qu'il avait entendu parler du couple pour la première fois. Il s'était étonné de la rareté et de la justesse d'un tel partenariat, et il avait ensuite suivi leurs carrières. Mari et femme, une fine équipe de botanistes. C'était avant qu'ils lui envoient les graines et les échantillons de *davidia involucrata,* réussissant là où le botaniste de Varnham avait échoué.

— La plus parfumée, conclut-elle.

Elle était soudain radieuse. Son urticaire lui faisait plisser le nez et donnait à son sourire un petit air penché absolument adorable. Elle devait probablement se remémorer ces jours heureux sur l'île au climat tempéré de Chusan, quand elle parcourait les collines couvertes d'azalées.

— Alors, reprit-il, la tête inclinée. Nous pourrions l'appeler… « La lotion de Muriel à l'aloe et à l'azalée cent pour cent naturelle qui vous garantit un teint radieux » ?

— De Muriel ?

Elle ouvrit des yeux ronds.

— Oh ! Je vois. *Muriel.* Pendrake. Eh bien…

Elle s'agita sur la banquette, troublée.

— Vous devriez garder « Varnham » si vous voulez en faire votre marque de fabrique.

— Nous en reparlerons pendant le dîner.

L'auberge était en vue. Elle se détachait sur la lande, isolée et splendide derrière son muret de pierre. C'était typiquement le genre d'endroit qui séduisait les botanistes voyageurs. Elle se fondait presque dans le paysage, avec ses murs en schiste envahis de mousse et de petites hépatiques.

Il dissimula un sourire, attendant de voir se refléter sur le visage de Mme Pendrake le plaisir qui avait été le sien quand il avait découvert cette auberge pour la première fois.

Une paire d'yeux bleus pivota vers lui.

— Ne me dites pas que nous allons nous arrêter *là* ! C'est un tas de cailloux !

Il devait donc y avoir de nombreuses exceptions à la règle selon laquelle ils étaient faits l'un pour l'autre.

— Juste une nuit.

Son sourire se crispa.

— Vous verrez, à l'intérieur, c'est très confortable.

Des chats allaient et venaient dans la cuisine, et la veille, il avait marché sur un squelette de poisson en montant l'escalier. Les pièces sombres et biscornues auraient déplu à un voyageur exigeant, habitué aux lampes à gaz et aux meubles Chippendale. Mais pour les personnes éprises d'aventure, pour ceux qui aimaient dormir sur des lits de camp humides de rosée à la belle étoile, le charme des lieux l'emportait sur ces inconvénients mineurs. Le vent balayait la lande en hurlant toute la nuit mais l'auberge restait inébranlable, impassible et solide grâce aux fougères, à l'achillée et à la rue qui poussaient dans ses anfractuosités. Et s'il mentionnait l'achillée mille-feuille ? Par quel détail pourrait-il la captiver ?

— Il y fait bien chaud et sec, dit-il enfin, choisissant une réflexion plus banale parce qu'il l'avait vue frissonner.

De fait, le jour avait considérablement baissé, et l'air s'était refroidi. Les nuages bas étaient presque posés sur les tuiles du toit, engloutissant les conduits des cheminées. Pour un regard non averti, il fallait reconnaître que l'endroit était sinistre.

— Il y a un immense feu de cheminée, ajouta-t-il, plein d'espoir. C'est très gai. Même si la tourbe fait un peu de fumée en se consumant.

Le visage de la jeune femme avait perdu son éclat. La joie qu'elle avait éprouvée en faisant travailler son imagination pour trouver un nom au baume de Varnham s'était envolée comme une fleur se fane. Ses frissons s'accentuèrent, et elle se recroquevilla sur elle-même en appuyant son front contre la fenêtre.

— Muriel ?

— C'est juste que...

Sa voix tremblait.

— Ce n'est rien. C'est juste que... la journée a été excessivement longue.

Et, sous son regard horrifié, sa future épouse se mit à pleurer.

3

En attendant Muriel, Neal offrit une tournée aux mineurs. C'était nouveau pour lui d'avoir tant d'argent dans sa poche. Il avait essayé de négocier un salaire moins élevé, mais Charles Varnham n'avait pas voulu en entendre parler.

— Je ne baisserai pas d'un penny, et vous valez deux fois plus ! avait-il affirmé.

Neal aurait voulu lui dire : « Je donnerais n'importe quoi pour que les choses soient différentes. » Mais il s'était contenté de hocher la tête en serrant le bras de Varnham. Son interlocuteur connaissait son cœur. C'était précisément la raison pour laquelle il avait choisi de lui confier son entreprise. Neal ne se faisait pas d'illusions : ce n'était pas pour sa connaissance de l'établissement, ni même pour ses qualités de botaniste. Varnham était une affaire familiale, dirigée par les Varnham depuis des générations. Charles Varnham voulait un fils pour lui succéder, et Neal était l'être le plus proche qui lui restait.

Un raclement de tabourets sur le plancher en bois brut l'avertit de la présence de Muriel. Il était appuyé au bar et se redressa tandis que ses compagnons se levaient ou renversaient leurs verres. À croire qu'aucune femme n'était jamais entrée dans l'auberge de Crawthevyn.

Peut-être était-ce à cause de cette robe en tulle.

Muriel s'était changée et portait une robe du soir au décolleté plongeant, une étole en tulle vaporeux sur les épaules. Elle traversa la pièce à petits pas prudents pour éviter les flaques. *Pourvu que ce soit de la bière*, songea-t-il. Fallait-il qu'il se précipite pour les recouvrir de son mouchoir ? Seigneur Jésus, il avait mal préparé le terrain.

Dans sa première lettre, Muriel lui avait bien fait comprendre qu'elle n'avait aucune intention de travailler pour Varnham. Elle ne renouvelait pas non plus son contrat avec Edevane & Fernsby. Elle en avait assez de la Chine, de ses longs voyages et de ses périlleuses recherches. Elle avait accepté son invitation à herboriser en Cornouailles mais, visiblement, elle n'avait pas bien compris ce que cela impliquait. Elle avait dû penser qu'une expédition sur le sol britannique devait ressembler à une promenade dans Hyde Park.

Il aurait dû, mais il était trop tard, lui réserver une chambre dans un établissement moins délabré, comme l'une de ces petites auberges bien proprettes dans la grand-rue de Camelford.

Il lui offrit une chaise à la table la plus éloignée de la cheminée. Elle laissa néanmoins échapper une petite toux sèche et chargée de reproches tandis qu'elle s'asseyait, le dos bien droit. Son cœur se serra et il chassa une cendre qui volait, tout en songeant que ce geste de courtoisie chevaleresque était décidément absurde, puis il s'assit en face d'elle. Des volutes de fumée de tourbe montaient et s'enroulaient autour des poutres. La luminosité était si faible qu'il devinait à peine la couleur de sa robe – était-elle grise, bleue, lilas ? Il ne distinguait plus les marques sur son visage. Celles dues à son allergie et celles laissées par sa récente crise de larmes.

Mary, l'épouse de l'aubergiste, émergea des cuisines en donnant au passage un coup de pied au chat.

— Vilain glouton, marmonna-t-elle. Ouste !

Elle aperçut Neal et s'approcha avec un grand sourire. Elle portait une coiffe sur ses cheveux blancs, et son tablier, même dans la pénombre, n'avait pas l'air très propre.

— Neal Traymayne ! s'exclama-t-elle d'une voix joviale. Que puis-je faire pour vous ?

La veille, après avoir fait le rapprochement avec les Traymayne de Kyncastle, Mary s'était familièrement installée à la table de Neal et l'avait soumis à un feu roulant de questions. Sans dissimuler sa curiosité, elle avait méthodiquement épluché son arbre généalogique des racines jusqu'aux derniers bourgeons, en se levant de temps à autre pour lui rapporter un petit pâté à la viande. Elle ne l'avait laissé partir se coucher que quand il en avait eu mangé trois, suivis d'un pudding.

— Nous servir vos bons pâtés..., répondit-il en souriant. Quatre ! J'ai une faim de loup.

C'était vrai. Il avait bien parcouru vingt miles à pied en effectuant ce détour pour aller à la gare de Bodmin, et il n'avait emporté que des biscuits secs pour le déjeuner.

— Je veux bien aussi une autre bière, ajouta-t-il en soulevant son verre vide. Merci infiniment, Mary.

— Et vot' dame ?

Le regard incisif et rapide de Mary passa de l'un à l'autre et s'arrêta sur Muriel. Neal lui avait expliqué que la compagne de voyage qu'il allait chercher était une scientifique, une veuve respectable qui venait l'aider dans ses travaux botaniques. Mais il était conscient que l'image que Mary s'était forgée à partir des mots « scientifique » et « veuve respectable » n'avait rien à voir avec la réalité.

— Comme boisson ? demanda Muriel d'un air absent en passant sa langue sur ses lèvres.

Son attention avait été distraite par l'entrée d'un petit personnage en guenilles qui tituba vers le bar, écrasé par le poids du sac qu'il portait sur le dos. Neal devina qu'il s'agissait d'un colporteur.

Muriel ne prit même pas la peine de se tourner vers Mary.

— Avez-vous du champagne ?

Crénom de nom ! Elle avait répondu sans réfléchir, il en était sûr, et sans songer à mal. Il attendit un peu pour lui laisser le temps de prendre conscience de son impair, mais elle continua d'observer le colporteur avec un certain mépris.

L'auberge de Crawthevyn drainait une population de pauvres mineurs et de fondeurs, de fermiers, de vagabonds, de maquignons, de cochers et de familles en charrettes brinquebalantes qui y faisaient escale au cours de leurs voyages d'une côte à l'autre. Elle était bien incapable de servir du champagne français.

— Oh ! D'accord.

Mary criait pour couvrir le tapage. Les mineurs incitaient le colporteur à pousser la chansonnette en tapant du pied en rythme.

— Et à manger ?

Le martèlement des bottes cessa, et un mineur tendit au colporteur une pinte mousseuse. Muriel détourna son regard et reporta son attention sur Mary.

— À manger ? reprit-elle. Mais... je n'ai pas vu le menu.

— Il est devant vous, riposta Mary en esquissant une révérence moqueuse. *Fish & chips* ou pâtés à la viande. Qu'est-ce que ce sera pour vous, ma belle ?

Pendant un instant, Muriel la dévisagea tandis qu'un air de défi apparaissait sur son visage. Allait-elle lui demander une salade de homard et d'asperges à la sauce au beurre de Montpellier ? Neal se mordit l'intérieur des joues. En Chine, elle avait fréquenté des Européens, assisté à des dîners protocolaires à la Légation britannique, mais elle s'était aussi aventurée dans les campagnes. Dans son ouvrage, elle louait les âmes charitables croisées dans les villages et vantait la nourriture « délicieuse » et « plus intéressante que les repas servis à l'assiette avec des couverts » qu'elle avait mangés dans les consulats. Allait-elle se braquer devant un pâté de Cornouailles ?

— Je ne sais pas.

Elle fronça les sourcils et demanda à Mary :

— Qu'y a-t-il dans vos pâtés ?

— De tout sauf le diable ! riposta Mary. Mais nous l'y mettrions bien volontiers s'il s'aventurait en Cornouailles.

Elle fit un clin d'œil à Neal, qui avait entendu au cours de ses trente années d'existence plus d'une variation sur ce dicton. Muriel ouvrit la bouche, puis la referma

— Eh bien, va pour les pâtés, conclut Mary. Je vous plains, Neal Traymayne.

Elle se dirigea à grands pas vers les cuisines en hélant de loin le cuisinier. Muriel tripotait ses boucles, si brillantes et si pâles qu'on les aurait crues blanches comme la fumée.

— Les autres femmes ne m'aiment pas.

Elle repoussa ses boucles dans son dos. Il eut l'impression qu'elle était au bord des larmes, et elle tamponna effectivement ses yeux avec un bout de tulle.

— Vous devez me trouver un peu chochotte, reprit-elle en reposant le tulle et en le défroissant nerveusement du bout des doigts. Cette allergie aux fraises a dû me brouiller le cerveau.

Son rire fut tout aussi nerveux que ses gestes. Elle croisa son regard, puis détourna la tête.

— Je suis extrêmement volontaire, poursuivit-elle, les yeux baissés. Intrépide. Vous le savez, tout à fait extraordinaire. J'ai fait un tas de choses étonnantes, n'est-ce pas ? Mais depuis que nous nous sommes rencontrés, je n'ai fait que trembler d'effroi en craignant un accident et j'ai même pleuré ! Vous devez être atrocement déçu.

— Non, non, pas du tout, protesta-t-il, mais elle le regarda à travers ses cils en secouant la tête.

— Si, j'ai été lamentable. Je suis trop fatiguée et trop malade pour vous fournir des explications, et si nous mangeons l'un en face de l'autre, vous allez devoir passer votre dîner à me regarder avec la tête que j'ai ! Je ne sais pas si vous allez le supporter.

Avant qu'il ait eu le temps de se récrier, les bras de Mary vinrent s'interposer entre eux.

— Votre bière, dit-elle à Neal. Votre champagne, enchaîna-t-elle, les lèvres pincées, à l'adresse de Muriel.

Cette dernière la suivit du regard pendant qu'elle s'éloignait, puis elle reporta son attention sur les verres.

— Mais... ce sont deux bières, constata-t-elle.

— Oui.

Neal s'éclaircit la voix.

— En effet. Eh bien alors, trinquons !

Il leva son verre. Elle le dévisagea longuement, sidérée.

— *À votre santé*[1], dit-elle enfin en faisant tinter son verre contre le sien.

Il ne put s'empêcher de rire à la grimace qu'elle fit en buvant. Jamais il n'avait vu une pinte de bière bue avec autant de détermination. Elle reposa son verre et surprit son sourire. Tout à coup, elle se mit à rire elle aussi.

— Comment la trouvez-vous ? s'enquit-il.

— C'est le pire champagne que j'aie bu de ma vie.

Elle en reprit une gorgée en agitant sa main libre devant son visage pour chasser la fumée. Il fut chagriné

1. En français dans le texte. *(N.d.T.)*

de constater que la fumée allait en s'épaississant et qu'il faisait si chaud que l'un des mineurs s'était mis en bras de chemise. Mieux valait revenir en terrain connu et aborder un sujet qui leur était familier à tous les deux.

— Dans votre dernière lettre…, commença-t-il, mais elle l'interrompit avec sa main qui, cessant de l'éventer, tomba entre eux comme un couperet.

— Je vous en prie, dit-elle. Parlons plutôt d'un sujet que nous n'avons pas déjà abordé dans nos lettres. Cela sera tellement plus amusant.

Tous ceux qui étaient au bar explosèrent de rire, comme si l'esprit des lieux avait donné son accord.

Neal fit couler la bière fraîche dans sa gorge tout en réfléchissant.

— Comment vous est venue cette passion pour la botanique ? demanda-t-il enfin.

— Oh ! Je n'en sais trop rien. Les floralies, sûrement, comme pour n'importe quelle jeune fille.

Elle faisait courir son doigt le long de son verre. Peut-être sa question était-elle trop prévisible, trop impersonnelle. Elle avait voulu lui faire comprendre qu'elle ne désirait pas parler de plantes. Une autre question le taraudait.

Pourquoi avez-vous accepté de me rencontrer ? S'il ne s'était agi que de flirter avec une jolie veuve, il lui aurait posé cette question en l'accompagnant d'un regard éloquent. Mais il avait connu trop d'amours d'été. Celui-ci serait différent. Il préparerait soigneusement le terrain pour le faire durer au-delà des saisons.

— Je sais, reprit-elle.

Elle releva la tête et le regarda bien en face. Ses yeux bleus fonçaient à la lueur des bougies et prenaient la teinte des delphiniums.

— Une amie de ma mère avait une serre dans son jardin. C'est l'un de mes premiers souvenirs d'enfance.

Je me tenais à l'intérieur et je regardais tous ces arbres décorés de petits soleils jaunes.

— Des citrons, dit-il avec un sourire.

— De minuscules soleils.

Elle haussa les épaules.

— C'était magique, mais vous devez sûrement trouver cela idiot.

— Pas du tout, dit-il en toute sincérité.

Son père étudiait la chimie, la capture de la lumière par le carbone, le phénomène de photosynthèse. Il avait une façon bien à lui de décrire un citron. Mais il en existait d'autres.

— Dites-moi, reprit-il, avez-vous goûté à l'un de ces petits soleils ? L'amie de votre mère vous a-t-elle montré d'autres merveilles ?

Elle baissa les yeux.

— Elle est morte peu de temps après.

Elle fit une pause pendant que son doigt suivait le contour de son verre.

— Et vous ? D'où vous est venu cet intérêt pour les plantes ? demanda-t-elle en souriant, soudain curieuse.

Elle ne désirait pas s'attarder dans cette serre. Soit.

— Mon père était professeur de botanique.

Il avait moins de mal à évoquer son père maintenant. Pendant des années, le chagrin et la culpabilité l'en avaient empêché. Digory Traymayne était mort des suites d'une longue maladie, sans laisser néanmoins à Neal le temps de revenir d'Amérique du Sud avant son décès.

— Professeur de botanique, répéta-t-elle comme s'il s'agissait d'une langue étrangère.

Il avait été tellement plus qu'un professeur de botanique. Il avait aussi été un médecin, un écrivain, un homme bon et charitable.

— Il enseignait à l'université de Londres. Nous avons quitté les Cornouailles quand il a pris son poste.

À l'époque, il lui avait semblé que cela sonnait le glas de son enfance insouciante. Une entrave irrémédiable à toute gaieté et toute liberté. La vie s'était comme rétrécie. Fini les courses dans les haies. Fini les trajets en équilibre sur les charrettes de foin et les poursuites derrière les dindons dans le verger. Mais, pire encore, fini le temps où ils jouaient à s'éclabousser dans la mer, où ils se baignaient dans des piscines naturelles auxquelles on accédait par de petits sentiers de bergers entre les rochers et les bruyères.

— Quand j'étais bébé, on m'asseyait sur *L'Encyclopédie des plantes* de Loudon pour me permettre d'atteindre la table du petit déjeuner.

Il avala une autre gorgée de bière.

— Le premier mot prononcé par Perran a été *cruciferae*. Pour Nessa, ça a été *caryophyllacea*, *leguminosae* pour Jory, *rosacea* pour Jenni et *umbelliferae* pour moi. Je plaisante, bien sûr. Mais cela vous donne une idée.

Il haussa les épaules. Il exagérait à peine.

— Vous avez une grande famille, commenta-t-elle d'un ton songeur, presque mélancolique. Ce sont vos frères et sœurs ? Perran, Nessa, Jory, Jenni ?

Il acquiesça de la tête.

— Je suis le plus jeune. Celui qui a donné beaucoup de soucis à nos parents.

— Des soucis. Quelles sortes de soucis ?

Le coin de sa bouche se releva, faisant naître l'arc de son petit sourire parfait. Des soucis. Voilà ce qui amusait Muriel Pendrake. Très bien. Il aimait les femmes à qui les soucis ne faisaient pas peur.

— Je n'ai pas voulu passer mes examens à Oxford. J'ai préféré entrer chez Varnham et m'embarquer pour les Amériques. Ma mère prétend que ses cheveux sont devenus blancs d'un seul coup le jour où je suis parti, comme Thomas More la nuit qui a précédé son exécution.

— Et comme Marie-Antoinette, la pauvre petite.

Sa main s'éleva, légère, pour réajuster son étole. Il chassa de son esprit la vision troublante de Muriel arborant un volumineux chapeau hérissé de plumes.

Muriel ne devait sûrement pas porter de plumes. Elle était sensibilisée aux ravages causés par ce trafic chez les oiseaux sauvages.

— Ma mère préfère Thomas More, dit-il.

Quelque chose lui caressa la jambe. Tout de même pas le pied de Muriel ? Ah ! C'était l'un des chats de la cuisine qui venait se frotter contre lui. Sans bouger le buste, il essaya d'attraper le chat avec sa jambe et de le chasser loin de Muriel.

— Il faut bien que Thomas More reçoive un peu de soutien ! reprit-elle en le regardant avec méfiance. Si ce n'est pas du côté de sa propre mère, alors que ce soit de la vôtre. Personne ne se déguise jamais en Thomas More à un bal, alors que chaque année il y a un tas de Marie-Antoinette.

Il tiqua de nouveau. Elle passait donc ses nuits à Londres dans les bals masqués ? Au milieu de toutes ces midinettes coiffées de plumes ?

Il répondit lentement, reprenant le fil de la conversation :

— Ma mère adore l'*Utopie* de More. En particulier le passage où il parle de creuser une tranchée pour se créer sa propre île.

— Creuser des tranchées !

Elle se pencha en avant, et il sentit son parfum à l'eau de rose, dont les effluves couvraient l'odeur âcre de fumée, de graillon et de tous ces corps chauffés par les flammes.

— Je préférerais la rejoindre dans l'escalade des falaises.

— Les deux lui plaisent. Ou plutôt lui plaisaient.

Avec ses frères et sœurs, ils avaient eu un choc en voyant leur mère si décharnée à Noël. Elle avait des cernes mauves sous les yeux. La douleur l'avait tenue enfermée pendant des journées entières, elle qui avait toujours respiré la santé et la vigueur, avec son teint hâlé et ses cheveux ébouriffés.

— Ma mère est géologue, paléontologue et spécialiste des fossiles. C'est une autodidacte.

Son père était beaucoup plus célèbre dans les cercles scientifiques. Les seules fois où Heddie Traymayne avait été félicitée pour ses spécimens, c'était grâce à Digory, qui s'était démené. Idem pour ses publications, dont très peu avaient été acceptées et qui n'avaient qu'à de rares occasions fait parler d'elle dans des revues géologiques. Elle n'était pas prise au sérieux, et Neal savait que cela lui restait en travers de sa gorge. On la prenait pour quelqu'un d'enthousiaste, voilà tout. Cela avait aussi énervé son père, qui la présentait toujours ainsi : « Hedra Traymayne, mon épouse et mon associée. »

— Quand elle parle de mes sœurs, elle est sur un petit nuage.

Il repoussa subrepticement le chat pour la deuxième fois et sentit ses griffes à travers son pantalon. Il aurait dû garder ses guêtres.

— Nessa est allée à l'université de Bedford, et Jenni à Cambridge, à Girton[1].

La fierté perçait dans sa voix. Il avait toujours admiré ses frères et sœurs, qui avaient été, avec ses parents, les dieux de son enfance. Perran, si sérieux avec ses manuels d'anatomie, son front haut et blanc comme s'il était amidonné à force d'étudier. Nessa, affable et gaie, toujours munie de son parapluie qui ne lui servait qu'à capturer des insectes. Elle l'ouvrait, le retournait à l'envers sous une plante et, si Neal avait de la chance, elle le laissait la secouer jusqu'à ce que les bestioles tombent en pluie à l'intérieur. Et puis il y avait Jory,

1. Premier collège pour femmes créé à Cambridge. *(N.d.T.)*

prompt à enjoliver la vérité, qui s'amusait de tout et de rien, surtout aux dépens de Perran, avec lequel il avait toujours le dernier mot, quel que soit le sujet, juste pour s'amuser. Et Jenni, la plus proche en âge de Neal, meneuse de tous leurs jeux, prodige en mathématiques et terreur aux échecs, au whist et finalement dans tous les domaines. Un vrai phénomène, sa Jenni.

Muriel arborait une expression étrange.

— C'est surprenant, dit-elle. Ma mère, elle, ne serait pas ravie que sa fille devienne un bas-bleu.

— Ah bon ?

Il posa son menton sur sa main et la dévisagea attentivement.

— Je suis fille unique, dit-elle en soulevant son verre, qu'elle reposa sans avoir bu. Et le seul et unique objectif de ma mère en ce qui me concernait était le mariage.

— Évidemment, fit-il en levant son verre.

Elle avait accompli ses deux premières expéditions botaniques avec son époux. Mais, pour la troisième, elle était partie seule. Cela avait dû être difficile pour elle de retourner sans son mari en Chine.

Elle fronça les sourcils.

— Je crois qu'il y a un chat sous cette table.

— Non ! Vous êtes sûre ?

Il tendit un pied pour tâter le terrain et effleura sa jupe. Elle rentra prestement ses jambes.

— C'est une robe de chez Worth. Je préférerais que ce chat ne grimpe pas dessus.

— Vous avez raison, approuva-t-il en soupirant.

À la fin de la soirée, sa robe sentirait le feu de tourbe, même si Greedy Guts et les autres membres de la gent féline qui peuplaient l'auberge de Crawthevyn l'épargnaient. Du bout des doigts, il repoussa son verre de quelques centimètres. Il était vide. Une autre bière serait la bienvenue.

— À propos, mes sœurs sont mariées.

À ces mots, elle parut oublier complètement le chat et se pencha vers lui avec curiosité.

— Elles ont fait leurs débuts dans le monde ?

— Grands dieux, non ! s'exclama-t-il en riant. Une saison mondaine ? Mes parents étaient partisans de l'éducation des femmes. Et une saison...

Il secoua la tête.

— C'est une entreprise à décerveler les esprits.

— Vraiment ? demanda-t-elle d'un ton qui lui parut soudain glacial, les yeux plissés. Alors c'est ce qui doit clocher chez moi, et loin d'être une indisposition passagère, c'est un dommage irréversible que j'ai subi en tant que débutante. J'ai connu une saison. Et même plusieurs.

Bien joué, Neal. Elle était montée sur ses grands chevaux, et ses lèvres pincées n'étaient plus qu'une fente.

— Jamais je n'oserais qualifier votre esprit, ni même aucun esprit féminin, d'écervelé.

Il leva les yeux vers les poutres, cherchant de l'aide. Rien ne lui venait à l'esprit.

— Mais la société est tellement superficielle. Je vous accorde que les rituels en sont intéressants, d'un pur point de vue ethnologique. En entrant dans une salle de bal, on peut très bien y trouver une analogie avec une sorte de zoo humain et alors...

Seigneur, il s'enfonçait tout seul. Il décida de changer de tactique.

— Je n'ai pas grandi dans la bonne société, avoua-t-il. Mon père était pourtant membre de la Linnean Society[1], de la Royal Society, de la Royal Botanic Society et d'un bon nombre d'autres sociétés...

Il rit. Pas elle.

---

1. Société savante consacrée à la biologie, fondée en 1788. *(N.d.T.)*

— Mais nous vivions en dehors de la société. Même si, parfois, nous nous en approchions un peu trop à mon goût.

Issu d'un milieu plus modeste que ses camarades, il avait dû se battre quotidiennement avec des aristocrates à Eton. Pourtant, les amis qu'il s'y était faits ainsi qu'à Oxford, et ce qu'il avait pu voir de leur monde, s'étaient révélés utiles quand il avait eu affaire à de riches clients. Ses manières agréables, son indifférence nonchalante avant d'entamer des négociations étaient des atouts appréciables. C'était utile. Mais fichtrement barbant.

— J'imagine que vous, vous avez grandi dans la bonne société, poursuivit-il.

Elle inclina la tête pour confirmer l'évidence. Il reconnaissait ce petit sourire suffisant. C'était celui d'Elizabeth. Il l'avait également vu sur les visages de ses autres maîtresses, celles qui habitaient le West End. Comme si la même modiste le leur plaquait sur la figure.

— Mais étant donné ce que vous avez accompli, avec ce que vous avez vu du monde, vous devez être d'accord avec moi.

— À quel sujet ?

Elle croisa les bras sur sa poitrine. Elle n'allait pas lui faciliter la tâche. Mais bien sûr qu'ils avaient des points communs, en dépit de sa susceptibilité concernant les saisons auxquelles elle avait participé.

Il sourit.

— Eh bien, l'éducation des femmes.

— L'éducation des femmes !

Elle se mit à rire et se débarrassa de son étole, qu'elle laissa retomber sur le dossier de sa chaise. Il aurait bien aimé suivre son exemple et enlever cette fichue veste de laine. On étouffait dans cette pièce. Le cou gracile de Muriel émergeait de ses épaules, qui restaient plongées dans l'obscurité. Une vision à damner un saint. Il se reprit et chercha son regard. Ses yeux le fusillaient.

— À quoi cela sert-il de recevoir une éducation ? demanda-t-elle. À quoi bon quand votre vie est centrée sur le choix de celui qui deviendra votre époux ? Jamais je n'ai rencontré un homme qui m'ait demandé de faire une addition ou de situer le cap de Bonne-Espérance sur un planisphère. Proposez-vous d'éduquer les hommes à rechercher pour épouses des femmes instruites ?

Il avait l'impression désagréable d'être bouche bée.

— Non ? Alors, dans ce cas, une femme instruite risque de se retrouver incasable, et pour quel bénéfice ? Occuper un poste d'institutrice, à former d'autres jeunes filles qui se retrouveront dans la même impasse ? Que se passera-t-il quand il y aura autant d'institutrices que d'élèves ?

— Il existera forcément… euh… de nouvelles possibilités…, dit-il, retrouvant ses esprits.

— Et en attendant ? le coupa-t-elle. La saison peut bien être une entreprise à décérébrer les esprits, il faudrait être idiot pour ne pas voir qu'elle est encore, de nos jours, la meilleure des chances qui s'offrent à une femme.

Elle laissa retomber ses épaules gracieuses.

— Et cela ne garantit rien, ajouta-t-elle d'une voix plus douce. Libre à vous de croire à l'éducation des femmes, tout comme les enfants croient au père Noël. Vos sœurs ont eu de la chance de se marier et d'être heureuses en ménage.

Oh, elle était bel et bien *rare*. Ce n'était ni un de ces charmants papillons mondains ni une intellectuelle, même si elle en possédait certaines caractéristiques. Elle était unique en son genre.

— J'ai longtemps pensé…

Il hésita.

— ... que vous et votre époux aviez eu beaucoup de chance.

Pendant un moment, il se demanda si elle l'avait entendu. Tandis qu'il parlait, un raffut s'était élevé. On s'agitait au comptoir. Un verre se brisa, quelques exclamations fusèrent, suivies de jurons. C'est alors qu'il s'aperçut qu'elle le regardait avec des yeux ronds.

— Je suis désolé. C'était cruel de ma part de parler de chance alors qu'il est mort si prématurément.

Encore une gaffe ! Elle était pétrifiée, à présent.

— Mais la première fois que j'ai entendu parler des Pendrake, vous avez tous les deux enflammé mon imagination. Mari et femme, vous voyagiez ensemble et partagiez vos découvertes...

— Les pâtés.

Mary déposa sans cérémonie deux assiettes sur la table, quatre pâtés pour lui et deux pour Muriel. Sans couverts. Elle vit le visage empourpré de Muriel et haussa les sourcils en s'adressant à Neal :

— Une autre pinte ?

Neal jeta un coup d'œil au verre de Muriel, presque vide, et tendit le sien à Mary. Muriel finit sa bière d'une seule gorgée.

— Oui, s'il vous plaît.

Muriel Pendrake était veuve. Lavinia digéra lentement l'information tandis que Neal coupait son pâté en deux, laissant s'échapper la fumée de la viande chaude et des pommes de terre. Comment cette éventualité avait-elle pu lui échapper ? Il n'y avait pas de M. Pendrake. Le seul époux qui risquait de jaillir de l'ombre était le sien.

Il était impossible que le duc de Cranbrook vienne la chercher ici, dans ce trou oublié des dieux. Pourtant, elle sursautait chaque fois que les hommes au comptoir élevaient la voix.

— Je vais demander à Mary de vous apporter une fourchette.

Neal se retourna sur sa chaise et fit signe à la vieille toupie acariâtre qui revenait déjà avec ses pintes à la main.

— Alors, ces pâtés ? demanda Mary.

Elle sourit à Neal tout en posant les verres sur la table. Il lui rendit son sourire.

— Encore meilleurs que ceux d'hier, déclara-t-il, la main sur le cœur.

Lavinia étouffa un ricanement. Elle était prête à parier que ces pâtés étaient ceux de la veille. Que pouvait-il sortir de frais de cette cuisine ? La fournée avait sans doute été cuite pendant la guerre des Deux-Roses ! Aucun des autres clients ne semblait être du genre à souper ici. Ils avaient bien raison. Le gin, au moins, était une valeur sûre.

— Et les vôtres ?

Le regard de fouine de Mary s'attarda sur l'assiette que Lavinia n'avait pas encore touchée.

— Divins, répondit Lavinia en croisant les bras.

Neal prit un air de conspirateur.

— Mary, nous sommes très contents. Nous voudrions simplement deux fourchettes.

Mary n'était pas idiote. Elle regarda Lavinia droit dans les yeux.

— Quel genre de fourchette vous faut-il ? Les gens sont parfois difficiles. Voulez-vous des fourchettes différentes pour les oignons, les rutabagas, les pommes de terre et la viande ?

— N'importe laquelle sauf celle-ci, plaisanta Neal en tendant le bras.

Lavinia suivit son regard et aperçut une fourche à rôtir noircie par les flammes, accrochée au-dessus du foyer.

Mary éclata de rire.

— Vous êtes un bon gars, affirma-t-elle.

Lavinia s'abstint de réagir. Quelle souillon ! Voilà qu'elle minaudait. Neal s'était changé pour le dîner et portait à présent une chemise et une veste noire. Mary devait sans doute le prendre pour un lord. Lavinia examina son compagnon sans indulgence. Rien de répréhensible dans la coupe de sa veste, qui soulignait sa carrure. Débarrassé de son volumineux et ridicule manteau en toile avec ses poches débordant d'objets, son corps paraissait souple et longiligne. Et quelle injustice ! Il avait des cils à faire pâlir une femme d'envie. S'il avait été son frère, elle en aurait pleuré de jalousie. Qu'elle soit allée ou non à Girton. Ce n'était pas un bel homme à proprement parler, à part ses cils, mais son visage carré, son grand nez et sa mâchoire taillée à la serpe ne manquaient pas de charme. C'était en tout cas l'avis de cette Mary, dont le visage ridé trahissait l'intense réflexion. Elle ressemblait à l'affreuse Mme Pickering, qui faisait de la gymnastique suédoise avant chaque bal pour être en forme avant de se lancer à la chasse aux célibataires pour ses filles. Mary avait-elle des vues sur lui pour une grande fille empotée qui allait arriver en galopant de la laiterie, ou cherchait-elle seulement à attirer l'attention des hommes ? Et Neal ! Quelle honte ! Elle n'avait pas rêvé : il lui avait fait un clin d'œil !

La peste soit de cet homme. Non ! Elle allait lui montrer qu'elle n'était pas une mijaurée qui répugnait à manger avec ses doigts. Elle empoigna des deux mains le pâté luisant et y croqua à belles dents. C'était la croûte, Dieu merci. Elle aurait battu en retraite si un doigt humain ou une carcasse de queue de rat étaient tombés sur ses jupes. Elle avala sa bouchée et redressa la tête. Ils la regardaient tous les deux. Elle sourit aimablement à Mary.

— C'est divin, répéta-t-elle. Absolument délicieux.

Neal hocha la tête en riant. Mary, elle aussi, opina du chef, mais elle grommelait tout bas.

— Alors nous nous passerons de fourchettes, Mary, lança Neal tandis que cette dernière s'éloignait à grandes enjambées en attrapant les bouteilles.

Il riait encore quand il s'attaqua à son assiette avec appétit. Il dévora le premier pâté, puis le deuxième. Lavinia le contempla un instant. Depuis quand n'avait-elle pas vu quelqu'un manger d'aussi bon cœur ? Les gens bien élevés étaient beaucoup plus désincarnés et languissants à table. Elle-même ne s'accordait jamais plus de quelques cuillerées de potage, un morceau de caille, un verre de champagne, un autre de porto et parfois une glace. Elle croqua de nouveau dans son pâté. S'il avait été cuit pendant la guerre des Deux-Roses, il s'était plutôt bien conservé. Ou alors cette guerre n'était pas aussi lointaine qu'elle l'avait cru. Elle aurait eu la réponse si elle était allée à Girton.

À vrai dire, le pâté était absolument exquis, la pâte croustillante et la viande juteuse. Engoncée dans les corsets de ses robes de bal, elle n'aurait jamais pu avaler la moindre bouchée d'une nourriture aussi riche. Ce soir, dans cet endroit barbare et en compagnie d'un homme aussi désinhibé, elle succomba à la faim qui la tenaillait. Elle mangea vite, accompagnant de bière des bouchées de plus en plus grosses. Du coin de l'œil, elle vit Neal la regarder d'un air satisfait, avec ce petit sourire étrange qui la dérangeait. Elle s'étouffa à moitié avec son pâté et but une nouvelle gorgée de bière pour le faire passer, en devenant écarlate.

Que lui arrivait-il ? Les beaux garçons ne manquaient pas dans le West End. Les salles de bal en étaient tapissées. Jamais leurs sourires ne l'avaient fait broncher. Seul George avait eu cet effet sur elle. Les humiliations de l'année écoulée devaient l'avoir rendue plus vulnérable. Elle avait été privée de tous les événements de la société. Elle n'avait plus reçu d'invitations. Sauf celle du duc de Cranbrook, pour une réception à laquelle elle avait été conviée uniquement parce qu'elle était la mariée.

La chaleur, la fumée, l'alcool lui tournaient la tête. Elle en avait le vertige. Mais n'avait-elle pas toujours été cette fille étourdie, légère et sans cervelle, si différente de la mère et des sœurs de Neal, ou de la célèbre Mme Pendrake ? Qu'est-ce que cela ferait d'avoir une tête remplie de noms de plantes et de chaînes de montagnes chinoises ? Elle tenta de l'imaginer. Une veuve. Une veuve intelligente. Libre. Capable de monter seule dans un train, de rencontrer un homme et d'aller habiter avec lui à l'autre bout du monde, ou du moins à l'autre bout de l'Angleterre. Quelles étaient les *vraies* intentions de Muriel Pendrake ? Quelles étaient celles de Neal Traymayne ?

Il leva sa bière, soutint son regard au-dessus du verre et renversa la tête en arrière. Elle ne savait même pas s'il était marié, veuf ou célibataire. Mais peut-être que Mme Pendrake le savait, elle. Il ne fallait pas qu'elle se trahisse en lui posant directement la question. Il attaquait son troisième pâté.

— Êtes-vous...

Elle frotta ses paumes imprégnées de graisse et de sel.

— Avez-vous eu... de la chance vous-même ? Vous avez dit tout à l'heure que votre imagination s'était enflammée... Avez-vous trouvé...

Doux Jésus, elle divaguait.

Il mastiqua son pâté et s'essuya les doigts sur sa serviette. Pendant un moment, il la dévisagea. Son nez et ses pommettes saillantes venaient interrompre son visage lisse. Cette bosse sur son nez légèrement busqué accentuait la rudesse de son regard.

— Hélas non, répondit-il en inclinant la tête. Je suis célibataire. J'ai cherché, certes. Mais pas au bon endroit. L'erreur la plus commune chez les botanistes.

Son vertige s'étendait. Tout son corps fourmillait. Un célibataire. Il s'agissait donc d'une entreprise de séduction. Elle se retrouvait soudain en terrain connu. Elle s'y connaissait en séduction. Elle avait livré son cœur, et même plus, au séducteur le plus célèbre de Londres. Elle était bien plus à l'aise dans ce domaine que dans celui de la flore des Cornouailles. *Dieu soit loué !* Et dire qu'elle s'était inquiétée parce qu'il paraissait sérieusement féru de botanique.

Fais attention, lui souffla une petite voix. *Il songe peut-être sérieusement aux deux. C'est sans doute une seule et même chose pour lui.*

— Nous commettons tous des erreurs, dit-elle avant de vider son verre.

Mme Pendrake avait-elle commis une erreur en omettant de monter dans ce train à destination de la gare de Bodmin ? Avait-elle manqué un rendez-vous avec le destin ? Mais Lavinia n'avait pas le temps de verser des larmes sur Mme Pendrake. Cela n'aurait d'ailleurs eu aucun effet sur elle.

Neal écarta ses cheveux de son front, et une grosse mèche retomba instantanément. Il avait les cheveux ébouriffés et à la bonne longueur pour boucler naturellement et se montrer rétifs au peigne. Il aurait eu besoin de les dompter avec une pommade, en généreuse quantité. Il devait probablement la fabriquer lui-même à base de plantes visqueuses et de miel. *La pommade de Varnham*. Que Dieu protège les hommes et les femmes du monde de ces jardiniers entreprenants.

— Comment avez-vous rencontré M. Pendrake ? Si ce n'est pas indiscret de ma part…

Neal et Mme Pendrake n'avaient visiblement pas échangé beaucoup de confidences. Ils s'écrivaient probablement des lettres savantes, sobres et inodores à propos de spécimens.

— Nos pères étaient amis. Je l'ai connu toute petite.

Elle rompit le coin de son deuxième pâté et se mit à le triturer. George se serait bien amusé en la voyant jouer le rôle d'une veuve excentrique obnubilée par les plantes. Cela ne lui aurait pas du tout déplu d'endosser le costume de ce malheureux M. Pendrake.

— Il a toujours eu cet amour de la vie en plein air ?

Sous la frange noire de ses cils, les iris couleur noisette de Neal brillaient de candeur. Son regard s'était comme adouci.

Elle rit.

— Non, pas du tout. Il aimait les clubs, les théâtres, les maisons de jeu, les endroits publics et ceux où l'on trouvait à boire. Je crois qu'il ne voyait le soleil que pendant les courses hippiques. En d'autres termes, un débauché. Il avait amassé des dettes considérables. Il a été traîné devant les tribunaux.

Neal haussa les sourcils, stupéfait.

— Et vous étiez au courant ?

— Tout le monde était au courant.

De cela et de bien plus encore. George s'était acoquiné avec toutes sortes de femmes. Des actrices, des chanteuses. Des demi-mondaines. Une comtesse polonaise. La princesse de Galles. Mais il ronronnait à son oreille, contre ses lèvres : « Vinnie, ma Vinnie. Les mensonges font toujours plus de bruit. La vérité, c'est toi et moi. Voilà la vérité. »

— Mais je l'aimais, conclut-elle. Nous nous aimions.

Neal s'appuya contre le dossier de sa chaise, une main sous son coude, l'autre sous son menton. Il était mince mais bien charpenté, avec des épaules larges. Quand il pliait les bras, ses muscles saillaient. George était plus grand, plus svelte, avec des traits plus fins, un nez droit et des cheveux d'un blond doré. D'une beauté sculpturale. Un ange déchu.

— Alors, souffla-t-elle, nous nous sommes enfuis.

Il fallait à présent que l'histoire rejoigne la réalité.

— Nous nous sommes sauvés en France. Ensuite, il a complètement changé. Il a abandonné ses mauvaises habitudes. Il s'est mis à ramasser des fleurs.

Elle avait souvent rêvé de telles bêtises. George transformé par le mariage, se levant tôt le matin pour l'emmener faire des courses dans Regent Street, recevant leurs invités pour des déjeuners somptueux, brillant au cœur de toutes les activités les plus flamboyantes de la capitale. L'héritier présumé du duché et son épouse en train de se promener, faisant tourner les têtes sur leur passage, lançant les modes.

Elle réussit à esquisser un pâle sourire.

— Et voilà. Sans nous en rendre compte, nous sommes devenus des botanistes réputés.

Neal s'agita sur sa chaise. Visiblement, une question lui brûlait les lèvres. Son expression était indéchiffrable.

— Qu'y a-t-il ?

— Rien, répondit-il en secouant la tête. C'est juste que… vous avez défendu la saison avec tant de véhémence. Or vous vous moquez éperdument des conventions. Vous vous êtes enfuie avec un ami d'enfance… La France, l'Extrême-Orient, toutes ces missions pour Edevane & Fernsby…

Il haussa les épaules.

— Vous saisissez toutes les occasions qui se présentent.

— Et alors ?

Elle fixa un point au-dessus de sa tête. La spirale de fumée paraissait presque bleue, vomie des entrailles de ce feu infernal.

— Nous savons tous les deux que je ne suis pas comme les autres.

— Mmm.

Le murmure qui lui échappa était sibyllin. Le regard de Lavinia vola de nouveau vers lui. Il avait une bouche ferme mais des lèvres mobiles. C'était bel et bien un séducteur. Un séducteur qui se donnait beaucoup de mal pour se dissimuler à lui-même sa vraie nature. Lui aussi lui avait menti.

— Moi, je n'ai jamais cru que je rencontrerais mon futur époux à un concert ou au cours d'une partie de tennis, reprit-elle. J'ai toujours su qui j'épouserais.

Elle avait même repoussé d'un an ses débuts dans le monde parce que son *futur époux* l'y avait incitée avec une proposition plus folle et bien plus alléchante. George l'avait aidée à monter de toutes pièces un mensonge pour ses parents. Il lui avait donné le nom d'une école très chic pour jeunes filles où elle était censée peaufiner ses bonnes manières et son français, ainsi que le nom de l'amie distinguée avec laquelle elle partagerait sa chambre. Il était allé jusqu'à envoyer la mère de la fameuse amie leur rendre visite. Aujourd'hui encore, Lavinia se demandait où il l'avait trouvée. C'était une femme digne, bien élevée et solennelle, avec des épingles en diamant dans les cheveux. Elle leur avait parlé avec une quantité de détails stupéfiants de l'institution parisienne, avait vanté le charme de son aristocratique directrice, dont elle se disait très proche. George pouvait être irréfléchi, mais il pouvait aussi être très consciencieux.

Les semaines qu'ils avaient passées sur la côte française demeuraient les plus heureuses de sa vie. Elle avait tout appris de l'amour et de ce que signifiait être amoureuse. Il y avait des nuits où George sortait jouer et ne rentrait pas à leur hôtel avant l'aube, bien après qu'elle s'était endormie après avoir versé toutes les larmes de son corps. Mais ses absences douloureuses lui faisaient savourer plus encore ses étreintes et ses baisers.

Au printemps suivant, quand elle avait fait ses débuts, toute de dentelle blanche vêtue, dansant et buvant de la limonade avec les autres jeunes filles, ses souvenirs torrides et tout ce qu'il lui avait enseigné en secret la consumaient de l'intérieur. Sa propre duplicité aussi. George avait fait d'elle une extension de lui-même. La chair de sa chair. Elle était comme lui, une créature magnifique, belle et damnée, follement et immoralement vivante. Tous les autres n'étaient que des marionnettes empaillées. Bien sûr qu'il l'épouserait. *Dès que mon satané père cessera de se comporter en tyran. Dès que j'aurai réglé son compte à la dernière et assommante prétendante qu'il m'aura envoyée. Quand Ascot sera terminé. Quand j'aurai payé mes dettes. Bientôt, ma chérie. Ma Vinnie. Tu verras, je graverai nos prénoms sur le dôme de la cathédrale St Paul.* Elle l'avait cru. Elle avait repoussé une douzaine de demandes en mariage, distribuant ses refus avec dédain ou sans fournir d'explications, en fonction des prétendants.

Elle s'était considérée comme fiancée à George jusqu'au jour où il était mort.

Comment tout ce qui était solide avait-il pu se dissoudre ainsi ? Comment chaque vérité pouvait-elle recouvrir un mensonge ? Sa vie avait basculé, comme si elle était passée de l'autre côté du miroir.

Son cœur reprit ce rythme oppressant. *Boum boum, boum boum.*

— Il doit beaucoup vous manquer, observa Neal d'une voix douce.

Elle se rendit compte avec un léger sursaut qu'il l'avait observée tandis qu'elle changeait d'expression, passant de la mélancolie à la confusion puis au désespoir.

— J'ai bien cru mourir, moi aussi, répondit-elle en serrant les poings.

Elle n'avait jamais réussi à exprimer sa douleur à voix haute. Elle n'en avait pas eu le droit. Elle n'avait pas été la femme de George, ni sa fiancée. Elle n'avait même jamais été l'une de ses conquêtes officielles. Elle n'avait rien été pour lui. Du moins aux yeux du monde.

— Je ne supportais pas que les heures continuent à s'écouler sans lui. Cela n'avait aucun sens. Pourquoi les aiguilles du temps ne s'arrêtaient-elles pas ? J'ai cru devenir folle.

Effie avait pleuré ouvertement aux funérailles. Elle et George n'avaient jamais été très proches, mais c'était son frère, et elle était très seule sans Anthony qui s'était retrouvé bloqué à l'autre bout du monde. Lavinia avait pleuré, elle aussi. Personne n'y avait trouvé à redire. Une jolie jeune fille sentimentale a bien le droit de pleurer dans une église. Et puis, elle était une amie d'enfance du défunt, qui lui-même était un beau jeune homme parti avant l'heure. Elle était si jolie, éplorée.

Elle aurait voulu hurler, grincer des dents, mettre le feu à l'église et la réduire en cendres.

— Les heures ont continué à s'égrener.

Elle enfonça ses ongles dans ses paumes et inspira profondément.

— J'ai survécu.

En parlant ainsi, sous le regard bon et compatissant de Neal, elle sentit qu'éclatait en elle une petite chose dure. La douleur fut vive, puis s'atténua.

Il se pencha en avant et tendit la main. Elle se pétrifia quand il saisit entre son pouce et son index une boucle de ses cheveux, tombée près de sa tempe. Elle sentit qu'il la tirait légèrement, puis il enleva sa main.

— Vous aviez une cendre, expliqua-t-il avec humour en lui montrant le flocon gris, qu'il réduisit ensuite en poudre.

— Les cheveux de votre maman sont-ils vraiment devenus blancs en une seule nuit ? interrogea-t-elle en touchant ses boucles avec hésitation. Vous ne l'avez pas dit.

— Je n'en sais rien, répondit-il en souriant. J'ai passé trois ans en Amérique du Sud. Ses cheveux étaient bien blancs à mon retour, mais j'ignore si c'est venu d'un coup ou si cela s'est produit sur plusieurs mois. Mes frères et sœurs ne se seraient pas aventurés à la contredire.

— Pourquoi êtes-vous parti si longtemps ?

L'air surchauffé et les murmures des voix tissaient comme un cocon autour d'eux. Elle était lasse mais n'avait pas envie de repousser sa chaise pour prendre congé. Les couloirs en pierre sombre de l'auberge étaient déserts et menaçants. Toute la vie était concentrée dans cette pièce, pour le meilleur et pour le pire.

— Varnham signe des contrats de trois ans, tout comme Edevane & Fernsby. Pourquoi suis-je parti là-bas ? C'est votre question ?

— Bien sûr, répondit-elle vivement. Oui, c'est ce que je voulais dire.

Edevane & Fernsby. Ce devait être les pépinières pour lesquelles travaillaient les Pendrake.

— À vrai dire, j'ai effectué trois expéditions. Comme vous.

Une autre cendre s'approcha de la table. Il ne la rattrapa pas, cette fois. Il souffla dessus et elle s'envola, disparaissant à la vue sur les poutres noircies. Elle détacha son regard de ses lèvres.

Trois expéditions botaniques ? Cela faisait neuf ans. Quel âge avait donc Mme Pendrake ? Trente ans ? Comme c'était vexant de réussir à passer pour une femme si vieille !

— Peut-être en ferai-je un jour le récit, poursuivit-il. Votre manuscrit m'a donné des idées.

Un manuscrit ? Elle émit un petit bruit évasif, et il renversa la tête en arrière avec un air songeur.

— Pourquoi suis-je parti ?

Il réfléchit un instant tandis qu'elle suivait des yeux la ligne puissante de son cou.

— Parce que je savais que ce serait difficile.

Il se redressa et la regarda.

— Dans ma vie jusqu'alors, c'était comme si... comme si mes parents avaient tout mis à ma disposition sur une étagère basse. Amour, savoir... tout était là, à ma portée. Je leur en étais reconnaissant. Mais je voulais aussi avoir à tendre le bras. À trouver les choses par moi-même.

Elle acquiesça. Quel enthousiasme ! La plupart de ses amies avaient grandi dans l'opulence, mais elles étaient rares à parler de leurs parents avec gratitude ou amour. Elle, en revanche, avait constitué une exception, avec son papa si aimant. Le criminel. Finalement, son enfance dorée n'avait été qu'une farce.

Neal avait repris la parole, et elle écoutait en hochant la tête. Écoutait-elle vraiment ? Elle voyait son père tirer un bonbon de sa poche. Il ne le posait pas sur une étagère à sa portée, mais elle comprenait parfaitement ce que Neal voulait dire. Sur le désir de voler de ses propres ailes. De découvrir les choses par soi-même. Elle approuva de nouveau silencieusement. Oh, Seigneur ! Sa tête basculait en arrière. Elle s'endormait sur place. Ses joues s'empourprèrent sous l'humiliation. Neal se leva immédiatement.

— Mais cela suffit, déclara-t-il en la dévisageant. Vous êtes épuisée.

Soudain, il esquissa un grand sourire.

— Échappons-nous avant que Mary revienne avec son pudding. Ce n'est pas leur spécialité.

Il sortit un billet, qu'il glissa sous son assiette. C'était trop mais il paraissait s'en moquer, comme s'il n'avait pas à compter ses dépenses. Le « noblesse oblige » de George tenait plus d'une extravagance cynique, une façon de remettre les gens à leur place. *Adorez-moi. Adorez-moi, et je vous mépriserai plus encore que je ne me méprise moi-même*. Neal était plus simple. Déconcertant de simplicité.

Tandis qu'ils traversaient la pièce pour rejoindre l'entrée, elle essaya de ne pas regarder les hommes à moitié nus, avachis sur leurs tabourets, ou encore, Dieu tout-puissant, affalés sur les bancs. Neal s'arrêta néanmoins pour échanger des phrases incompréhensibles avec plusieurs d'entre eux. Dans le lot, un géant l'attrapa par l'épaule et lui sourit. Il lui manquait plusieurs dents.

— Vous êtes populaire, ne put-elle s'empêcher de remarquer.

L'arrivée dans l'entrée sombre lui fit l'effet d'un plongeon dans une eau glaciale. Il était tout proche d'elle, et elle le sentit plus qu'elle ne le vit hausser les épaules.

— La vie est rude pour eux, fit-il observer. Je me souviens des émeutes causées par la famine quand le cours du cuivre s'est effondré. Maintenant, ce sont les mines d'étain qui ferment. Ici, dans les Cornouailles, les hommes deviennent de plus en plus des Cousin Jack[1], contraints de s'exiler pour aller travailler dans les mines en Australie, en Amérique du Nord et en Afrique du Sud. Et puis, il y a ceux que vous voyez ici, qui s'accrochent à ce qu'ils connaissent et que cela détruit.

Il n'était pas d'ici. C'était ce qu'elle avait pensé quand il avait ouvert la bouche la première fois. Son accent ne le classait pas parmi les habitants de l'ouest du pays. Son élocution était le fruit d'une éducation soignée, ou

---

1. Nom donné aux mineurs de Cornouailles qui se sont exilés, en Amérique notamment, au XIXe siècle. *(N.d.T.)*

des années passées à Londres. Elle se rendait compte à présent qu'elle s'était trompée.

— Vous vous considérez comme l'un des leurs, constata-t-elle. Comme un Cornouaillais.

Son rire était velouté.

— Si c'est le cas, je suis bien le seul ici. Mais je suis revenu, pour le meilleur ou pour le pire... Attention !

Au même instant, elle se cogna le tibia contre un canapé. Quelque chose en jaillit, atterrit avec un bruit mat sur les dalles et disparut en un éclair. Neal inspecta les abords.

— Un chat, dit-il, mais elle n'en était pas si sûre. J'aurais dû prendre une chandelle.

Elle l'entendit tâtonner le long du mur.

— Par ici.

Elle posa sa main sur son bras et se laissa guider.

— Neal, commença-t-elle, enhardie par l'obscurité. Vous avez mentionné mon manuscrit...

— La première marche est ici.

Son bras s'empara du sien et le tint fermement. Ensemble, ils gravirent l'escalier.

— J'en ai lu chaque ligne, lui dit-il. Les descriptions sont remarquables. Si vous me laissiez en Chine, je crois que j'en reconnaîtrais les coteaux grâce à ce que vous écrivez des arbres.

Chic ! Elle sentait monter en elle une bouffée de chaleur quand il se rapprochait d'elle. Elle fit une nouvelle tentative.

— Vous ne l'avez pas avec vous ?

Ils avaient atteint le palier glacial, où flottait une odeur d'humidité, et s'engagèrent dans le couloir.

— Mais si, répondit-il. Bien sûr que si. Je vous avais promis que nous en parlerions.

— Il me le faut ! s'exclama-t-elle vivement. Vous n'imaginez pas combien d'erreurs me sont revenues à l'esprit pendant ce voyage en train. Cela me tarabuste.

Je dois les corriger. Des coteaux entiers mal représentés. Pourriez-vous me le redonner ?

— Là ? Maintenant ?

Il avait une voix de basse qui semblait plus grave encore dans la pénombre silencieuse. Ils s'étaient arrêtés de marcher mais il tenait toujours son bras.

— Oui, maintenant !

Elle se moquait bien de laisser paraître son anxiété. Ce manuscrit... Il contenait les pensées de Mme Pendrake, pensées qu'elle avait absolument besoin de connaître si elle voulait continuer à jouer son personnage.

— Comme vous voudrez, dit-il en ouvrant une porte.

Quand il alluma la chandelle, elle vit que sa chambre était identique à la sienne : un plancher en bois brut, des murs nus et un lit étroit. Une petite table se trouvait dans un coin. Il avait poussé sa malle sous la fenêtre, et voilà qu'il s'agenouillait devant.

— Tenez, dit-il en lui tendant une épaisse liasse de feuilles.

La lueur de la chandelle dansait sur son visage. Ses cils projetaient une frange d'ombre sur ses joues, conférant à ses yeux bruns une opacité impénétrable. Ses lèvres étaient entrouvertes, et leurs commissures encadrées par la pénombre dessinaient une moue amusée. Elle serra le manuscrit contre sa poitrine. Elle frissonnait, mais cela n'avait rien à voir avec le froid.

Un célibataire et une veuve, seuls dans la nuit. Le lit était à portée de main.

Elle n'était pas veuve, évidemment. Elle était mariée. Si elle ne s'était pas enfuie à la gare de Bodmin, elle aurait été en ce moment même à Fowey avec le duc de Cranbrook, étendue sur un lit de plumes dans une chambre raffinée. Étendue à côté de... non, étendue sous... ce vieux bouc immonde. C'était un miracle qu'elle se soit retrouvée ici. Qu'elle puisse dormir tranquillement, seule.

Elle n'avait pas envie de dormir seule. Cette prise de conscience lui fit écarquiller les yeux. Elle voulait la chaleur de ce corps d'homme pressé contre le sien, sa protection, un bouclier contre ses terreurs nocturnes. Dès qu'elle fermerait les yeux, les souvenirs douloureux chasseraient les rêves agréables. L'abîme de l'avenir s'ouvrirait et l'engloutirait. Neal avait l'air fort. Rassurant. Un rempart. Seigneur, elle avait envie de se blottir contre lui jusqu'au lendemain matin. De se laisser réconforter par son assurance tranquille. Elle sentait qu'il la prendrait dans ses bras si elle le lui demandait. Sans poser de questions et sans rien demander en échange. Comme il était étrange qu'il lui inspire une telle confiance, et si rapidement !

Fut-ce la flamme de la bougie qui vacilla sur son visage ? Qu'y lut-il au moment où il la regarda ? La gorge sèche, elle reprit son souffle.

— Venez, je vous conduis dans votre chambre, fit-il.

Quand elle referma la porte derrière elle, elle tendit l'oreille. Le bruit des pas de Neal résonna seulement après un moment, et elle eut le temps de se demander s'il se tenait là, comme elle, de l'autre côté de la porte, la main sur la poignée. Elle déposa le manuscrit de Mme Pendrake sur la petite table, puis fourragea dans sa malle et y prit son dernier cahier, quelques pages seulement où elle avait griffonné des notes, des récits romantiques commencés et aussi vite abandonnés. Elle pouvait y passer des heures, écrivant à son petit secrétaire astucieusement agencé des histoires d'amour qui relataient de façon à peine voilée son aventure avec George. Au départ, ces rêves concernaient leur avenir commun. Et ensuite, ceux de la vie qu'ils auraient dû connaître.

À l'hôtel Rossell, elle avait cessé d'écrire. Même ses rêves étaient devenus fragiles. Ils ne toléraient plus la moindre charge et se désintégraient en poussière de fée.

Dehors, le vent gémissait contre les fenêtres et la pluie martelait les vitres. Ses doigts tremblaient quand elle se déshabilla, et ils tremblaient encore lorsqu'ils se refermèrent sur son crayon. Dans le lit, elle remonta les genoux, se pelotonna sur le côté avec son cahier et tenta d'ébaucher la phrase qui permettrait à son imagination de s'envoler et de l'extraire de cette situation désespérée.

Advint un jour fatidique, écrivit-elle, *où la duchesse décida qu'il vaudrait bien mieux pour elle devenir pirate.*

Elle ferma les paupières. Elle était là, sous ses yeux, cette ravissante duchesse blonde fuyant son rustre de mari, courant dans la forêt où les brigands avaient installé leur campement et où brûlait un feu de tourbe sous l'œil vigilant de leur chef au nez busqué sous des cheveux en bataille.

Elle pensait fondre en larmes avant de s'endormir enfin d'épuisement, mais avant même que la première larme coule, elle dormait, et elle ne se réveilla qu'au moment où le soleil rouge s'élevait au-dessus de la lande.

4

On finissait par s'habituer aux Cornouailles, comme à n'importe quel désagrément. Quand les puces chassèrent Lavinia de sa chambre, elle alla se réfugier au bar. Lorsque Mary lui fit comprendre qu'elle l'importunait, elle se rendit dans le jardin derrière la maison et s'installa dans un fauteuil. Quand la pluie menaça, elle fit le tour du bâtiment pour aller se mettre à l'abri dans l'entrée, puis elle répéta le même cycle. En fin d'après-midi, elle avait trouvé son rythme. Le soleil avait fini par prendre le dessus, et elle s'était trouvé un petit coin dans le jardin sous une arche recouverte de plantes grimpantes en pleine floraison. Les grappes de fleurs en boutons blanc et mauve pâle étaient exquises. Pourquoi ne pas les laisser tranquilles, ne pas y toucher, sans vouloir à tout prix leur donner un nom ? Les scientifiques étaient d'affreux fouineurs qui mettaient leur nez partout en imposant le latin là où il n'avait pas lieu d'être.

Elle se replongea en soupirant dans les interminables *Souvenirs* de Mme Pendrake. Cette femme avait infligé l'alphabet romain à la majeure partie de la Chine, sans faire de quartier.

Concentre-toi. Devant une dépendance, un oiseau sautillait le long d'une auge remplie d'eau. Pauvre petite bête. Elle aussi avait dû être affublée d'un nom latin.

Concentre-toi. Elle pencha encore la tête, mais sa capeline en paille projetait une ombre sur le texte, ce qui lui fatiguait les yeux. Elle essaya d'orienter différemment sa tête. Soupira de nouveau. Ses démangeaisons s'étaient enfin calmées. Mais elle ne pouvait pas ôter son chapeau et prendre le risque de voir des taches de rousseur remplacer son urticaire. L'onguent de Varnham l'avait plutôt apaisée, mais il ne lui serait d'aucun secours contre les taches de rousseur. Elle releva le nez et sursauta en apercevant Neal qui revenait sur la vaste étendue de la lande. Sa silhouette n'était encore qu'un point sur cette immensité verte, presque aussi lointaine que les collines noires avec leurs sinistres escarpements.

Elle attaqua les *Souvenirs* avec une vigueur renouvelée. Neal n'avait pas exagéré en évoquant la minutie des détails. Mme Pendrake avait entrepris un vaste recensement des arbres et des arbustes du nord-ouest de la province de Hupeh. Lavinia trouvait sa prose aussi pesante que le sujet. Elle feuilleta une douzaine de pages. Encore et toujours des arbustes. Elle tourna les pages jusqu'à la moitié du manuscrit. Tomba sur un chapitre concernant les dernières techniques de cueillette et de transport des bulbes. Cet ouvrage était d'un ennui mortel ! Elle le referma sèchement et le posa sur le banc où elle était assise. Il méritait d'être enterré dans ce jardin et de se décomposer avec les racines, l'humus et les graines. Il n'était clairement pas destiné à un public humain. Mme Pendrake ne parlait d'ailleurs presque jamais des hommes ! Et quand l'un d'eux – diplomate, domestique, villageois, missionnaire français ou confrère botaniste – apparaissait à l'occasion, lui accordait-elle la même considération qu'à son *berberis verruculosa* ? Certainement pas ! Mme Pendrake, si prolixe dans sa description de la flore, de la faune et de la géologie, se contentait d'un lapidaire et unique adjectif pour désigner les membres « amicaux » d'une tribu des montagnes ou la « charmante » épouse du consul britannique. Le si regretté Esmé Pendrake lui-même demeurait une vague silhouette.

Qui diable étaient ces Pendrake ? D'où venaient-ils et de quelle famille ? Sur quel terreau avaient-ils poussé ? Mme Pendrake n'écrivait rien d'intéressant, ne livrait aucun indice.

Exaspérée, Lavinia retira ses gants et les laissa tomber sur le manuscrit. *Assez !* Elle resserra le ruban de velours sous son menton et descendit le talus herbeux pour aller à la rencontre de Neal. Le gazon n'avait pas l'air trop mouillé. En fait, il l'était. Elle sentait l'eau s'infiltrer à chaque pas dans ses escarpins tandis que le terrain remontait et commençait son immense ondulation vers les collines aux formes étranges.

— Bonjour !

Le salut de Neal se propagea sur la lande avec un écho qui lui parut sinistre. Entre eux, des oiseaux noirs volaient en piqué. Des corbeaux ou des buses. Ou des corneilles. Bah, quelle importance ? Elle décida de l'attendre, alors que le vent s'engouffrait dans ses jupes. Elle avait mis sa robe la plus ordinaire, mais elle n'avait pas l'intention de laisser son ourlet traîner dans les herbes et dans la boue.

— Alors, vous n'avez pas pu résister ?

Il se rapprocha avec un sourire espiègle. Il portait de nouveau sa veste en toile et ses guêtres mais, dans ce paysage de roches et de bruyères, cette tenue rustique paraissait moins incongrue. Lui-même avait des traits rugueux et des couleurs en harmonie avec la nature. George avait enflammé ses sens, avec ses extraordinaires yeux bleu saphir, ses cheveux semblables à de l'or brossé, son teint très pâle. Mais un regard non averti aurait pu survoler sans s'arrêter Neal Traymayne, qui présentait toute la palette des bruns. Brun comme l'écorce pour les cheveux, brun ambré pour les yeux et brun doré pour le hâle. Humble comme cette terre qu'il aimait.

Elle s'attacha à le dévisager pendant qu'il avançait, réduisant l'écart entre eux. Il n'avait rien d'*humble*, en fait. On aurait plutôt dit un bandit, issu de la lande mais pas lié à elle, totalement affranchi, libre comme le vent.

— J'aurais aimé avoir le temps de vous emmener dans le marais et sur le piton rocheux, déclara-t-il en s'arrêtant devant elle. Mais j'ai vu la voiture de Tomas sur la route. Il a dû s'arrêter à la ferme des Jenkins, mais il ne va pas tarder.

Elle se retourna pour observer le ruban de la route qui passait devant la grande auberge grise et serpentait à travers le patchwork des champs.

— La voiture de Tomas est facile à identifier. Elle est couleur crème. Crème avec un liseré bleu. Personne n'a envie de voir arriver le médecin dans une voiture noire comme si la Faucheuse venait en personne vous rendre visite ! C'est du moins ce que prétend Tomas. Vous voulez connaître ma théorie ? Il aime se faire remarquer. Je me dis parfois que cette branche des Traymayne aurait mieux réussi à Londres que nous.

Il reprit sa marche, plus lentement, en l'invitant à l'accompagner.

— Il nous emmène à Kyncastle ? s'enquit-elle. Vous êtes de là-bas, n'est-ce pas ?

— C'est mon père qui en était originaire.

Il mit sa main en visière et regarda la route. Pas encore de voiture crème en vue. Elle distinguait une maison sur une crête et une douzaine de taches pâles disséminées sur le versant. Si elle avait eu une âme de joueuse, elle aurait parié pour des vaches, cette fois-ci.

— Nous vivions à Penzance, près de ma famille maternelle. Mais, chaque été, nous rendions visite à nos cousins de Kyncastle pour la saison des sardines. Nous, les enfants, étions censés donner un coup de main, nous apportions les seaux de poisson et de sel aux femmes qui se trouvaient dans le saloir, mais je crois que nous ne faisions qu'ajouter à la confusion.

Il rit. Quelle heureuse nature ! Une gaieté sans malice. À Londres, le rire avait toujours partie liée avec l'ironie, le sarcasme, du moins dans son entourage. Son *ancien* entourage. Oh ! Comme leurs sourires l'avaient crucifiée durant le procès de son père.

Ce matin, Neal n'était pas d'humeur aussi joyeuse. Elle était descendue dans la salle à 10 h 30 et l'avait trouvé adossé contre le mur près de la lourde porte d'entrée, les bras croisés et le front plissé. Tout dans son attitude trahissait l'impatience. À cet instant-là, à moitié réveillée, encore courbatue après une nuit troublée par une multitude de désagréments, elle aurait presque crié devant tant d'injustice. Elle ignorait que les botanistes étaient aussi matinaux ! À Londres, c'était l'heure où elle sonnait pour réclamer son petit déjeuner. Comment osait-il lui faire sentir qu'elle était en retard ? La certitude que Mme Pendrake, elle, aurait sauté de son lit aux aurores lui avait acéré la langue.

— Qu'est-ce que vous faites ici ? avait-elle aboyé. Je ne suis pas un chat que l'on met dehors le matin. Si vous voulez sortir, allez-y, mais ne tapez pas du pied comme ça devant moi. Je déteste être bousculée. En outre, j'ai mieux à faire que de partir à la cueillette dans une lande désolée !

Furibonde, elle l'avait planté là pour rejoindre le bar et avait aperçu son expression stupéfaite, où se lisait autre chose aussi. Comme... eh bien, il ressemblait à un amoureux éconduit. Elle avait failli faire demi-tour. *Si vous voulez faire l'amour à Mme Pendrake, dites-le et, dans ce cas, restons à l'intérieur. Inutile d'aller patauger dans la boue pour y déterrer des violettes.* Dieu merci, elle s'était maîtrisée. Mieux valait ne pas parler de faire l'amour. Ni, en l'occurrence, parler de Mme Pendrake à la troisième personne. Elle n'avait pas fait demi-tour. Elle avait traversé majestueusement la pièce déserte et s'était installée à la plus grande table, où on lui avait servi un repas déprimant à base de pain dur et de fromage rance.

Neal ne se morfondait visiblement pas comme un amoureux éconduit. Le dépit causé par son comportement s'était évanoui. Son sourire était franc et son pas décidément alerte. Elle songea qu'il était probablement l'être le moins rancunier qui soit. Dans son monde, c'était presque un jeu de nourrir des ressentiments. En tant que pépiniériste, il était peut-être trop absorbé par l'arrosage de ses plants.

— Comment s'est passée votre cueillette ?

Elle montra du doigt la boîte en métal oblongue qui pendait à sa ceinture.

— Vous avez rempli votre *vasculum* ?

Elle se sentit tout excitée en prononçant ce mot. Elle avait au moins glané quelque chose dans ces *Souvenirs*. *Vasculum.* Et ce rectangle enveloppé de tissu qu'il portait accroché à l'épaule, c'était un carton à dessin.

— Pas trop mal pour une lande désolée, dit-il en souriant, tandis que le rouge montait aux joues de la jeune femme. Je me suis fait copieusement arroser, mais j'ai découvert quelques échantillons corrects pour mon herbier.

— D'ordinaire, je me lève beaucoup plus tôt.

Elle regardait droit devant elle pour que le rebord de sa capeline dissimule ses yeux.

— En d'autres occasions, je serais ravie de me joindre à vous.

La barbe ! Elle n'avait pas l'habitude de s'excuser. Elle espérait seulement avoir dit ce qu'il fallait.

— Je vous taquinais, dit-il. C'est une de mes mauvaises habitudes. Que l'on acquiert facilement quand on est le dernier de cinq enfants, et jamais je n'ai su y résister. L'impatience est un autre de mes défauts. Je suis navré de mon mouvement d'humeur de ce matin.

Elle battit des paupières et tourna un peu la tête pour le dévisager. Lui, au moins, n'éprouvait aucune gêne à présenter ses excuses.

— Quand vous m'avez demandé votre manuscrit hier soir...

Il haussa les épaules et ajusta la courroie de son *vasculum* de ses longs doigts souples.

— ... j'aurais dû en déduire que vous passeriez votre journée à corriger ces erreurs dont vous m'avez parlé.

Tiens, à propos de ce manuscrit.

— Que pensez-vous de mes *Souvenirs* ?

Le terrain remontait à présent en paliers qui les conduiraient progressivement au jardin, derrière l'auberge. Elle ralentit le pas. Le sourire de Neal se modifia, trahissant des sentiments un peu plus complexes.

— Je les trouve merveilleux, déclara-t-il spontanément. Brillants. Ils feront date dans la littérature botanique. Vous m'avez demandé si je connaissais des éditeurs. J'avais envie de vous mettre en rapport avec mon ami, Alan De'Ath. C'est un critique d'art, pas un éditeur, mais il connaît bien ce milieu. Il est aussi...

Elle l'interrompit :

— Vous pensez vraiment qu'ils méritent d'être publiés ? Vous ne les trouvez pas affreusement ennuyeux ?

Elle s'arrêta pour reprendre son souffle. Elle n'avait pas assez d'entraînement pour marcher comme ça sur un terrain accidenté. Lui aussi s'arrêta. Les nuages couraient dans le ciel, et un rayon de soleil tomba sur son visage. Lui pouvait se permettre d'aller tête nue. Son teint, qu'épargnaient les taches de rousseur, était uniformément hâlé. Quand ils attrapaient la lumière, ses iris brillaient, chaleureux. Elle n'aurait pas cru que des yeux bruns puissent être aussi lumineux.

— Je ne comprends pas ce que vous voulez dire, répondit-il en lui jetant un regard perplexe. Le sujet traité est vaste mais...

— Je voulais parler de l'écriture, reprit-elle. Du style ! Mes phrases sont interminables. J'en ai retrouvé une qui fait trois pages et dont la moitié est rédigée en latin. Vous m'avez affirmé avoir lu chaque mot de mon manuscrit. Vous n'avez jamais eu envie de crier grâce ?

— Crier grâce ?

Il éclata de rire mais, voyant qu'elle était sérieuse, il se ressaisit et plissa les yeux.

— Bien sûr que non. Les auteurs sont toujours sévères avec eux-mêmes. À Oxford, Alan a sorti un pistolet et a tiré – oui, tiré – sur un de ses manuscrits. Il aurait pu se faire expulser temporairement, ou même définitivement, mais pendant le conseil de discipline, le manuscrit s'est retrouvé entre les mains du doyen, qui a été si impressionné qu'il a décerné un prix à Alan.

Elle leva les yeux au ciel.

— Les balles ne sont pas le meilleur moyen pour détruire du papier. Je pense que votre ami Alan voulait que son manuscrit se retrouve entre les mains du doyen. Autrement, il l'aurait mis au feu.

Dieu savait combien elle avait brûlé d'histoires, de poèmes et de lettres d'amour... De quoi chauffer une maison de campagne pendant plusieurs mois de janvier mis bout à bout.

— C'est une méthode imparable.

Neal siffla entre ses dents.

— Je n'y avais jamais pensé, mais ça ressemble bien à Alan. Comme vous êtes maligne !

Il secoua la tête. Ses yeux éclairés par le soleil chatoyaient.

Elle détourna le regard. Plutôt sournoise, en réalité.

— Je vous taquine encore, fit-il. Vous êtes bien plus que maligne. Quant à vos *Souvenirs*, c'est votre érudition que j'admire.

Elle le foudroya du regard.

— Au diable l'érudition ! J'ai écrit de façon très explicite dans ma préface que mon intention était de « capturer l'esprit audacieux et énergique des premières découvertes botaniques ».

Voilà qu'elle en citait des extraits, à présent.

— Ce n'est pas censé être un livre d'érudition mais un livre dynamique. Pour « enthousiasmer les lecteurs et susciter de nouvelles aventures ». Avez-vous été enthousiasmé ?

— Mais oui !

Il se frottait l'arête du nez. C'était un homme grand et solide dans un vaste espace ouvert, et pourtant il avait l'air acculé.

— Même si c'est peut-être un peu technique pour un néophyte.

— Le chapitre sur la façon d'emballer les bulbes ?

— Pas forcément le meilleur, murmura-t-il.

— La liste des arbustes qui fait cent pages ?

— Plusieurs d'entre eux sont des espèces de très grande valeur, reconnut-il en fronçant les sourcils. En lire la liste exhaustive nécessite, je l'avoue, une certaine force d'âme.

— Vous m'avez promis d'en discuter avec moi. Était-ce dans l'idée de me flatter ?

Maintenant qu'elle le voyait faiblir, elle le poussait de toutes ses forces dans ses retranchements.

— Je voulais raconter une aventure. Sur ce plan, mon livre est un échec ! Ne comptiez-vous pas me le dire ? Est-ce là tout le respect que vous avez pour moi ?

— Seigneur !

Il avait les sourcils froncés. Les yeux plissés, il lui jeta un regard à la dérobée. Elle ignora le pincement dans son estomac. Bizarre. Elle avait commencé à lui poser des questions pour essayer de justifier sa propre difficulté à lire le manuscrit. Pour l'enrôler à sa suite *contre* Mme Pendrake. Et soudain, voilà qu'elle avait l'air de la défendre, comme si elle était bel et bien Mme Pendrake. Une femme qui méritait que ses collègues lui parlent en toute honnêteté, sans prendre de gants.

— Vous avez raison, reconnut Neal en faisant une drôle de tête. Mais pour le livre, vous êtes un peu sévère. Je ne vous laisserai pas le brûler, ni même lui tirer dessus. Mais vous avez raison d'exiger de moi autre chose que des compliments.

Elle le regarda bien en face.

— J'ai souvent raison, dit-elle. Et je suis souvent exigeante.

Sa bouche s'incurva en une petite moue, et elle vit les yeux de Neal se fixer sur ses lèvres. Que pourrait-elle bien exiger de lui ? La veille, elle avait désiré son étreinte. À présent, au grand jour et avec ce vent frais parfumé d'herbes fraîches qui soufflait sur elle, elle se sentait soudain plus audacieuse et d'humeur joueuse. Elle n'était qu'une vagabonde, après tout, capable de tout. Même de pirater des vies. Elle avait capturé Mme Pendrake, et désormais elle était au gouvernail, libre de mettre les voiles dans n'importe quelle direction.

Ils n'étaient plus un célibataire et une veuve, mais un brigand et une vagabonde. Une aventure plus périlleuse et plus piquante.

Le vent changea de direction et elle empoigna ses jupes pour courir, poussée par les bourrasques dans son dos. En un instant, il la rejoignit et tous deux gravirent la longue pente qui montait doucement sur la colline. L'auberge se dressait devant eux. Elle n'attachait plus d'importance à ses pieds mouillés, aux piqûres de puces sur ses chevilles. Seule comptait cette incroyable sensation. Elle se retourna pour contempler la lande, cet étrange océan de verdure, avec les ombres des nuages qui défilaient à toute allure sur la prairie.

— Il n'y a rien de tout cela dans le livre. Sur ce que l'on peut *ressentir*. Voilà ce qui manque.

Elle se retourna vers lui. Il était plus proche qu'elle ne le pensait, juste en dessous d'elle sur la colline, si bien que leurs visages se retrouvaient au même niveau.

— Et que ressentez-vous ? s'enquit-il d'un ton léger et amusé, mais son regard s'était fait rêveur.

Elle rit. Quel était le mot ? Grisée ?

— Je me sens libre, répondit-elle.

Quand elle sourit, elle devina qu'il retenait son souffle. Lui ne souriait pas. Il la regardait. Ses pommettes saillantes soulignaient les creux de son visage. Sa lèvre inférieure était charnue, mais on s'en apercevait à peine tant son nez et ses pommettes attiraient l'attention. Jusqu'à ce qu'on regarde attentivement sa bouche. Elle décida qu'après tout une légende pouvait bien parler d'elle-même à la troisième personne.

— Que pensez-vous de Muriel Pendrake ?

À présent, il souriait.

— Vous allez encore m'accuser de vous flatter.

— Encore un de vos défauts, ironisa-t-elle en secouant la tête.

Il n'était pas le seul à aimer taquiner. Elle n'avait ni frère ni sœur, mais quand elle était petite, Effie, Anthony et elle s'asticotaient sans cesse.

— C'est à Londres que j'ai appris la flatterie. Je n'ai pas grandi dans la bonne société, mais je la connais bien.

Elle réprima un sourire narquois.

— Alors vous assistiez aux bals... Pardon, vous vous rendiez dans ces zoos humains en tant qu'ethnologue ? ironisa-t-elle avec un sourire faussement innocent.

Le soleil était derrière lui, si bien que son regard était plongé dans l'ombre,

— Pas exactement, non. Ou si je l'ai fait, je suis allé trop loin. Je me suis fiancé à l'une des pensionnaires du zoo.

— Fiancé !

La stupéfaction la fit bredouiller. La stupéfaction et le déplaisir. Mais... c'était *elle* qui l'avait découvert. Un jardinier de Cornouailles, pour l'amour du ciel ! Certes, il avait vécu à Londres, il était même allé à Oxford, mais n'avait-il pas récemment pris ses distances avec le beau monde et ses intrigues ? Lui, un inconnu, une espèce robuste et discrète que personne n'avait encore abîmée en l'affublant d'un chapelet de pompeuses syllabes en latin. *Bachelor rusticus*. Impossible de l'imaginer fiancé à une femme du monde. Quand ? Qui ?

— J'ai planté toute une allée d'araucarias du Chili pour son père, dit-il en haussant les épaules. Mais nous n'étions pas assortis. Nous avons fini par nous accorder au moins sur cela, à défaut d'autre chose.

Elle suivit du regard la ligne de son cou nu. S'était-il montré à sa fiancée sans col ? Avait-elle toléré la veste en toile ? C'était inimaginable. D'accord, il était remonté dans son estime, mais cela ne changeait rien au fait que son métier consistait à planter des arbres !

— Et ses parents ont vu vos fiançailles d'un bon œil ? demanda-t-elle, étonnée, en fronçant les sourcils.

Jamais son père ne l'aurait laissée nouer une idylle avec un aventurier qui poussait une brouette, quand bien même celui-ci aurait dirigé sa pépinière.

Il repoussa les cheveux qui lui tombaient sur le front. En regardant sa grande main nue, elle se sentit toute bizarre.

— Ils n'ont pas émis d'objections.

Il bougea la tête, et le soleil souligna le contour brun de sa mâchoire, à l'endroit où elle devenait rugueuse. Il avait besoin de se raser. Cela devenait urgent. Les chambres de l'auberge n'étaient pas équipées de cuvettes.

— En revanche, ma mère a exprimé son très vif déplaisir.

Elle sursauta.

— Mais c'est impossible !

Quel était le problème avec cette demoiselle ?

— Pourquoi impossible ? Vous ne connaissez pas ma mère.

À vrai dire, elle n'avait pas vraiment envie de faire sa connaissance. Elle imaginait une femme en pantalon, brandissant une pioche et crachant du feu. Elle laissa passer cette vision.

— Votre fiancée, s'entêta Lavinia. Elle faisait partie de la bonne société, et j'imagine qu'elle représentait tout ce qu'une mère peut désirer pour son fils, surtout si celui-ci n'a pas trop de perspectives de son côté.

— Vous voulez savoir si elle était riche ?

Cette franchise brutale n'avait pas dû l'aider dans les dîners mondains.

— Elle avait de la fortune, oui, poursuivit-il dans un soupir. Elle était belle également. Mais la beauté se fane. Si on choisit une femme seulement pour sa beauté, on ne peut qu'être déçu.

— Très édifiant. C'est aussi une phrase de votre mère ?

Elle croisa les bras. Malgré le vent qui soufflait en rafales, elle ne frissonnait pas et ne se sentait pas non plus des ailes aux pieds. Elle se sentait plus lourde, au contraire.

— Ainsi, votre mère jugeait votre fiancée trop belle. Comme c'est contrariant pour vous. Certaines mères sont en compétition avec leurs belles-filles et préfèrent que leurs fils épousent des laiderons. Mais il me semble que les fils, en revanche, ont tendance à faire ce qui leur plaît.

— En réalité, ma mère avait raison, répondit-il en secouant la tête. Au sujet d'Elizabeth et moi. Nous n'aurions pas été heureux ensemble.

Il ne parlait tout de même pas d'Elizabeth Fletcher ? Son père possédait une douzaine d'usines. Elle aurait fait de Neal un homme riche. Elle était assez fortunée et finalement assez commune, pour se contenter d'un époux jardinier.

— Vous avez raison, l'argent ne rend pas heureux ! railla-t-elle en repensant à ses amies aux sourires artificiels et couvertes de bijoux.

Elle revoyait George, ivre mort, accroché à la balustrade, avec des bagues à chaque doigt. On pouvait *choisir* d'être malheureux avec beaucoup d'argent, certainement. Mais quand on était ruiné, on n'avait plus le choix.

Neal n'avait jamais été très riche, ni très pauvre. Jamais il ne comprendrait sa trajectoire avec ses hauts et ses bas, ses aspirations et ses déceptions.

— Votre mère n'avait peut-être pas envie que vous cessiez de creuser des trous ? Je crois me souvenir qu'elle adorait ça.

Elle eut peur un instant d'être allée trop loin. Mais Neal ne broncha pas et se contenta de hausser les sourcils. Ses doigts pianotaient sur son *vasculum*.

— Elle sait pourquoi je suis attaché à Varnham. Quand j'étais avec Elizabeth, je n'étais pas moi-même. J'essayais de me glisser dans un moule qui ne me correspondait pas. Ma mère s'en est rendu compte.

— Alors vous avez mis un terme à votre histoire.

Elle tirait sur les rubans de sa capeline avec beaucoup trop de vigueur.

— Elizabeth y a mis un terme. Elle va très bien, m'a-t-on dit. Elle est fiancée à un baronnet. Les araucarias de son père sont florissants eux aussi. J'ai eu l'occasion de le vérifier par moi-même la dernière fois que je suis allé à Londres.

Tiens ! Une touche d'ironie. Dire qu'elle s'était demandé s'il avait le sens de l'humour. Encore une des choses qu'il avait acquises à la capitale.

— Mais vous vouliez savoir ce que je pensais de Muriel Pendrake, reprit-il avec un sourire.

Un sourire en coin probablement destiné à l'enjôler. Était-ce son sourire mondain ? Elle tira une dernière fois sur les rubans de son chapeau et laissa retomber ses mains.

— J'ai changé d'avis, déclara-t-elle.

Elle se sentait bizarrement humiliée, comme si, en lui racontant l'histoire de ses fiançailles, c'était elle qu'il avait rejetée. Jamais on ne lui avait reproché sa beauté ou sa fortune. Au contraire. Beauté et fortune constituaient ses principaux atouts. Peut-être même les seuls. Mais cela ne faisait visiblement aucun effet à Neal.

Malgré elle, elle se sentait fascinée par son regard franc, par le tracé busqué de son nez trop grand, par son sourire et par ce cou hâlé qu'il découvrait comme s'il était réellement le chef d'une bande de brigands. Seigneur, elle allait baisser dans son estime s'il apprenait qu'elle était une duchesse en fuite et que sa seule expérience des plantes provenait des années passées à aider sa mère à dépenser en dahlias le budget alloué pour fleurir leur maison. Il la préférerait certainement avec son urticaire. Au moins cela lui permettrait-il de continuer à professer son immense respect pour son intelligence.

L'intelligence de Mme Pendrake. Le courage de Mme Pendrake. L'insupportable érudition de Mme Pendrake.

Mais ses yeux venaient de se poser sur sa bouche. Il avait retenu son souffle quand elle avait souri. Elle ne lui était pas indifférente, elle, Lavinia.

— Mais je vais quand même vous le dire.

Ses yeux brillaient. La pause s'éternisait. Il leva lentement un bras puissant et, le temps d'un battement de cœur, elle crut qu'il allait l'attirer contre lui. Mais son regard glissa de côté et il agita son bras en signe de bienvenue. Sa veste tintait et cliquetait. Dépitée, elle se retourna. Un homme en pantalon écossais bondissait vers eux en agitant un chapeau melon. Quand il rejoignit Neal, il laissa échapper un cri de joie fort peu médical et lui fit une clé autour du cou en essayant de le mettre à terre. Neal, d'un coup de reins vigoureux, le fit basculer par-dessus son large dos. L'homme retomba souplement sur ses pieds et empoigna de nouveau Neal, mais cette fois ils tombèrent dans les bras l'un de l'autre en riant.

— Muriel, déclara Neal en faisant volte-face avec un sourire radieux, je vous présente mon cousin Tomas.

5

Une joyeuse confusion régnait dans la maison des Traymayne de Kyncastle. Neal s'amusait de ce raffut familier. Il y avait de nouveaux visages, mais l'esprit n'avait pas changé au fil des années. Dans la grande et lumineuse salle à manger, on marchait sur les enfants. Les chiens aboyaient, pleins d'espoir, en voyant passer des plateaux de côtelettes au-dessus de leurs têtes.

Un chaudron en ébullition, c'était le terme qu'employait sa mère lorsque la famille se réunissait. « Quand tout le monde est là, le chaudron est près de déborder. »

Visiblement, Muriel était déconcertée par cette ébullition. Ses cousins éprouvaient le même sentiment face à elle. Sa lettre où il leur décrivait une collègue botaniste venue le rejoindre pour travailler ne les avait pas préparés à ça. Comment aurait-il pu le faire ? Lui-même ne l'était pas.

Mais il fallait reconnaître qu'elle était jolie. Ses cheveux très pâles rappelaient la blondeur nacrée des fleurs de pommier, et le bleu cristallin de ses yeux était extraordinaire. Son visage avait désenflé et son nez se détachait, fin et rectiligne. Sa délicatesse faisait ressortir ses lèvres roses et charnues, dont les lignes s'incurvaient avec sensualité. Envolés les traits doux et un peu irréguliers, les petites imperfections touchantes. Sa beauté irradiait.

Il tâcha de rester à ses côtés pour l'empêcher de se noyer dans le chaudron familial. Mais il fut bientôt assiégé, d'abord par les sœurs de Tomas, Alice, Loveday et Emmeline, puis par Kelyn, l'épouse de Tomas. Kelyn les bombardait de questions pendant que ses jumeaux, qui rampaient sur le sol la dernière fois qu'il les avait vus, s'accrochaient aux jambes de Neal. L'un d'eux lui mordit le tibia. Il était toujours utile de porter des guêtres. Si cette expédition lui avait appris quelque chose, c'était bien ça.

— Accrochez-vous, les prévint-il en longeant la table de la salle à manger où Tomas, agenouillé, leur tendait les bras.

Gloussant de joie, les jumeaux abandonnèrent les jambes de Neal et se mirent à grimper sur leur père.

— Et comment va Nessa ? s'enquit Kelyn derrière lui. Et Jenni ?

— En pleine forme toutes les deux, répondit Neal. Elles ont hâte d'avoir de vos nouvelles et de celles des enfants.

Kelyn posa un plat de pommes de terre rissolées sur la table qui ployait déjà sous les victuailles. La famille était tout pour les Traymayne. Alice, l'aînée, s'était mariée longtemps auparavant et avait déménagé de l'autre côté de la vallée, mais son frère et ses sœurs continuaient à fêter son retour à la maison, ce qu'elle faisait presque toutes les semaines, avec des repas festifs et bruyants. Neal venait moins souvent, et ils s'étaient surpassés.

— Quel festin ! s'exclama-t-il en admirant l'étalage de plats fumants.

— Comment va ta mère ?

La question fut posée au cours d'une brève accalmie au milieu des bruyants préparatifs. Neal s'y attendait. Il regarda Kelyn, puis Tomas. Ce dernier écarta les jumeaux et vint s'asseoir à côté de sa femme. Son visage était devenu inhabituellement grave.

— Aussi vive que d'habitude.

Neal prit sa respiration.

— Elle espère que vous viendrez tous à Penzance pour le festival de Golowan.

Après un temps d'hésitation, il poursuivit à voix basse :

— Elle dit que ce sera le dernier.

Il sentit soudain les yeux de Muriel posés sur lui. Elle se tenait debout non loin d'eux, adossée contre le mur pour ne pas gêner le passage des enfants, des chiens et des femmes qui s'affairaient. Elle ne s'approcha pas mais, lorsque leurs regards se croisèrent, il vit qu'elle les écoutait. Il lui fit un petit signe de tête. Il ne voulait pas qu'elle se sente de trop. Il l'avait entraînée dans la mêlée. Elle avait le droit d'entendre tout ce qu'il avait à dire.

Kelyn lui prit la main.

— Elle se trompe peut-être, Neal.

Tomas saisit leur vieille chienne, Lurcher, par la peau du cou avant qu'elle fourre son museau dans les jupes de Muriel.

— Comme je l'ai dit à Perran, j'ai déjà enlevé des tumeurs. Tu sais que je ne suis pas un enragé du scalpel. Les interventions chirurgicales donnent des résultats encourageants.

— Merci pour tes lettres, dit Neal en souriant à son cousin. Dans ce domaine, elle se fie davantage à toi qu'à ses propres fils.

C'était vrai. Elle refusait d'écouter Perran ou Jory, tous deux de respectables médecins, car elle était convaincue que leur désespoir prenait le pas sur la raison. Mais, à la fin, Tomas lui aussi avait échoué à la convaincre.

Neal dégagea sa main de celle de Kelyn et serra le poing. Ses muscles saillirent.

— Tu étais le seul qui aurait pu la convaincre.

— C'est une tête de mule, soupira Tomas en hochant la tête. Dieu la bénisse.

Heddie Traymayne avait toujours été têtue. Elle avait ignoré ses symptômes pendant des mois. Neal la soupçonnait de les avoir constatés bien avant de leur en parler. Sa maladie était déjà bien avancée quand elle avait consulté et vérifié en l'occurrence qu'elle ne s'était pas trompée.

L'intervention était la seule solution.

Tomas s'empara de la main de sa femme et lui baisa les doigts.

— Eh bien, mon cœur, que dirais-tu d'aller fêter la Saint-Jean à Penzance ?

Une fossette se creusa sur le visage rond et doux de Kelyn, dont la fermeté contrebalançait le caractère plus enjoué de son mari.

— Du moment que tu tiens les jumeaux à l'écart des feux.

— Il va probablement falloir les attacher comme des poulets, grommela Tomas. Les petites fripouilles.

Ces derniers jetèrent au même instant leur dévolu sur Muriel et trottinèrent à toute allure dans sa direction en tendant leurs mains sales. Horrifiée, elle se colla dos au mur.

— Vous avez des enfants ? lui demanda Kelyn avec gentillesse tandis que Neal attrapait un jumeau, qui se mit à ruer dans ses bras.

Davy Strout, le fiancé de Loveday, un pêcheur costaud doté d'une famille pléthorique, s'empara du jumeau numéro deux et le renversa tête en bas. L'enfant se mit à piailler de plaisir. Muriel fit la grimace.

— Je n'ai pas cette chance, répondit-elle.

— Mais vous aimez les enfants, n'est-ce pas ? s'enquit Emmeline.

C'était la plus jeune des sœurs et, avec sa silhouette élancée, ses boucles châtain clair et ses yeux verts rieurs, la beauté de la famille. Elle venait de sortir de la cuisine avec plusieurs miches de pain sur une planche et dévisageait Muriel, la bouche pincée.

— Évidemment que j'aime les enfants.

Muriel lissa sa jupe et le regard d'Emmeline suivit son geste, bien que Neal ignore si elle regardait les bagues qui scintillaient à ses doigts ou la soie bleu vif de sa robe.

— Et j'adore les bébés. Ils sont tellement mignons dans leurs landaus en osier sur les Champs-Élysées.

Emmeline ouvrit des yeux ronds. Doux Jésus. Neal hissa son jumeau sur son épaule. Le gamin s'accrocha instantanément à ses cheveux. Davy continuait à tenir l'autre par les pieds, et la tête du petit garçon était devenue rouge comme une tomate.

— Quelles terreurs, ces deux-là ! Ils seraient mieux dans un panier en osier.

Neal dégagea ses cheveux de la main qui les tirait et pinça le nez du garçonnet. Il jeta un coup d'œil à Muriel, mais elle regardait dans le vague d'un air rêveur. Ses yeux lui parurent plus grands et plus étincelants. Elle avait parlé en toute franchise. Elle adorait effectivement les bébés, mais pas ceux qui se trouvaient devant elle. Elle les aimait surtout sages, décoratifs et présentés au moment opportun par leurs nounous ou leurs gouvernantes qui les nettoyaient, les câlinaient et séchaient leurs larmes.

Sa future épouse, si atypique sous bien des aspects, était par ailleurs le fidèle reflet de sa catégorie sociale. Il devinait que cela allait être un casse-tête d'essayer de la comprendre. Il soupira et déposa avec douceur son jumeau sur le tapis élimé.

— Nous pourrions prendre le bateau pour la France, qu'en dis-tu, Kitto ?

Davy retourna le garçon et le reposa sur ses pieds. Kitto tituba, pris de vertige, et retomba sur les fesses.

— Pourquoi, vous avez un bateau à voile ?

Tirée de sa rêverie, Muriel tourna brusquement la tête vers Davy. Elle le regardait, les lèvres entrouvertes. Davy haussa les sourcils et adopta un air théâtral.

— Je suis le capitaine d'un beau bateau de pêche, expliqua-t-il avec un sourire orgueilleux. Qu'en dites-vous ?

Davy était un bon gars. Neal l'avait toujours bien aimé et il était tout dévoué à Loveday, mais c'était un sacré loustic. S'il allait trop loin, Emmeline lui donnerait un coup de planche à pain. Les lèvres pincées de celle-ci n'étaient plus qu'un trait menaçant, et le pain courait le risque de tomber de sa planche. Elle l'empoignait déjà comme une batte de cricket. C'était une fille au tempérament fougueux, farouchement protectrice vis-à-vis de sa sœur aînée. Neal avança d'un pas pour se placer entre Emmeline et Davy et fit un clin d'œil à Muriel.

— Laissez Davy à ses sardines, dit-il.

Et à Loveday, songea-t-il avant de préciser :

— Nous irons en France en bateau depuis le cap Lizard, si vous voulez. La traversée sera plus courte.

Ses paroles parurent déclencher quelque chose en elle. Elle lui lança un regard enflammé.

— Vous parlez sérieusement ?

Elle paraissait étrangement oppressée. La mâchoire de Neal se crispa. À coup sûr, ça n'allait pas être simple avec elle. Il avait voulu détendre l'atmosphère, et sa proposition était une plaisanterie.

— Vous avez vraiment envie d'aller en bateau en France ? interrogea-t-il en cachant à peine son incrédulité. Comme un contrebandier ?

— Exactement ! s'écria-t-elle. Oui, c'est tout ce que je désire.

Ses joues s'étaient colorées. Son expression déterminée jurait avec son aspect de jolie poupée mais, fichtre, elle y était presque, il ne lui manquait que le coutelas. Il se toucha le front et, décontenancé, se mit à rire.

Que diable était-il arrivé à Muriel Pendrake entre sa dernière lettre et aujourd'hui ?

Vous m'avez demandé ce que je préférerais voir lors de notre expédition, avait-elle écrit. *J'ai du mal à classer mes diverses envies. Certainement les trèfles rares, les joncs aussi, ainsi que cette bruyère si particulière que vous m'avez décrite, avec ses fleurs roses terminées par des anthères pourpres. Mais je meurs d'envie d'explorer aussi les falaises, les criques et les vallées, toutes les Cornouailles en réalité, et de découvrir chacune de leurs espèces endémiques. Je confesse aussi un grand désir de faire un tour dans vos serres de Truro, en particulier pour y voir les plantes carnivores que vous avez rapportées de Bornéo. C'est peut-être un péché de gourmandise de ma part de vouloir tout caser dans ce voyage. Il n'a pas encore commencé, et je crains déjà de voir le temps filer à toute vitesse !*

Mais c'était avant. Aujourd'hui, elle n'était visiblement plus intéressée par la lande et ses champs de bruyère, ni par les espèces endémiques, pas plus qu'elle ne semblait se souvenir de son pressant désir de visiter ses serres, avec leurs plantes carnivores et leurs orchidées hybrides. Loin de craindre que le temps ne passe trop vite en Cornouailles, elle n'avait qu'une hâte, c'était de partir en France !

— Dans ce cas, il vaut effectivement mieux que vous embarquiez avec Davy, déclara-t-il.

Il s'inclina légèrement devant le jeune homme, qui bomba le torse avant de froncer les sourcils quand Emmeline lui écrasa son talon sur le pied. Neal crut bien entendre sa cousine marmonner tout bas : « Va naviguer au diable. »

Ce fut aussi ce qu'entendit Kelyn. Elle se racla la gorge et ôta avec précaution la planche à pain des mains d'Emmeline.

— Vous hisserez les voiles pour la destination qu'il vous plaira, déclara-t-elle.

Sa voix était sévère, mais une lueur brillait dans ses yeux.

— Mais pas tout de suite. Il est l'heure de manger.

Toute la famille s'installa autour de la table. Tomas présidait. Du temps de tante Joan et d'oncle Kitto, c'était ce dernier qui occupait cette place et qui les faisait tous rire en leur racontant ses mésaventures sur la route. Des ponts emportés par les crues. Un infranchissable troupeau de moutons endormis. En tant que médecin de campagne, il passait ses journées à cheval pour aller faire des visites à des patients éloignés. Il ne disposait pas d'un équipage flamboyant, pas même d'une petite charrette. Tomas était un médecin d'une autre espèce, avec une sensibilité profondément moderne. Néanmoins, Neal voyait bien que cela lui faisait très plaisir de prendre la suite de son père à la maison et plus généralement dans le comté.

Jamais Tomas ne s'était rebellé contre la vie qui l'attendait comme l'avait fait Neal. Il n'avait pas perdu son temps dans des entreprises folles et dangereuses. Il n'avait pas perdu d'amis.

— La fille Jenkins a repris connaissance...

Tomas racontait les nouvelles de la journée pendant que Kelyn versait la bière.

— Ce vaurien de Cobbe est tombé du mur de l'église et s'est blessé à la tête.

Tandis qu'il parlait, le reste de la famille l'interrompait avec des questions ou des remarques. Des rires fusaient. Neal laissa ses pensées vagabonder.

« Mon garçon, tu ne peux pas courir éternellement le monde comme un cheval échappé. » C'était ce que son père lui avait dit quand il était rentré de sa première mission pour Varnham et qu'il avait immédiatement accepté de repartir. « Il y a trop de sang Traymayne en toi, vois-tu. Tes racines sont trop profondes. »

Son regard tomba sur Muriel. Elle était assise à l'angle opposé, entre Davy et William, le mari d'Alice. William ressemblait à un ours, mais il était aussi doux que ses vaches Jersey. Il était marié avec Alice depuis bientôt dix ans mais, à cet instant précis, alors que Muriel lui souriait, il avait l'air hébété comme un collégien. Il lui servit la moitié du plat de pommes de terre rissolées avant de prendre conscience de ce qu'il faisait. Alice n'avait pas l'air de s'inquiéter, ni même de l'avoir remarqué. Elle appelait ses trois enfants, qui avaient décidé de jouer à Libbety-lat[1] dans l'escalier.

— Libbety-lat, Libbety-lat, chantaient-ils en chœur en sautant sur les marches. Qui peut faire ci et qui peut faire ça ?

— J'aurai essayé, dit Alice, très détendue, en abandonnant ses efforts et en mettant une côtelette dans son assiette. Ce soir, ils mourront de faim et je leur rappellerai qu'ils ont préféré jouer au lieu de manger.

— Tu emporteras ce que tu voudras, rétorqua Kelyn en riant. On ne peut pas les priver de nourriture. Ils sont minces comme des haricots.

— Oh, ne t'en fais pas. Plus ils mangent, plus ils maigrissent. On ne peut pas dire qu'ils tiennent de moi, ajouta-t-elle avec un soupir.

— Alors je ne te passe pas la sauce ?

Kelyn fit mine de reposer la saucière, mais Alice tendit la main avec un sourire qui creusa ses fossettes.

— Mais je n'ai jamais dit ça !

— Laisses-en un peu pour notre invitée, intervint Tomas en souriant à Muriel pendant qu'Alice arrosait

1. Version cornouaillaise d'un jeu comme « Jacques a dit ». *(N.d.T.)*

généreusement sa côtelette. J'espère que vous aimez les pommes de terre.

Muriel contempla la montagne dans son assiette.

— Oh ! je suis sûre que je vais aimer ça, dit-elle.

Elle en prit un tout petit morceau du bout de sa fourchette.

— Exquis, déclara-t-elle en décochant un sourire charmeur à tous les convives. Si vous saviez comme il est difficile de trouver un bon cuisinier à Londres !

Elle quêta du regard l'approbation de Neal. Il lui renvoya un sourire contraint en serrant les dents. Elizabeth elle-même n'aurait pas été aussi maladroite. Il sentit l'injustice de son irritation alors même qu'il la laissait déborder. Il y eut un silence, puis Kelyn reprit la parole.

— C'est moi la cuisinière ici, expliqua-t-elle d'une voix douce. Mais ce sont les pommes de terre de William, alors je n'ose pas m'en attribuer le mérite. C'est à lui qu'elles doivent leur saveur.

Muriel rougit jusqu'aux oreilles.

— J'ai souvent pensé que ce devait être charmant de faire la cuisine, dit-elle à Kelyn. Un soufflé, par exemple. Cela pourrait faire fureur. Organiser une soirée cuisine !

Les cousins échangèrent des regards furtifs. Muriel redressa les épaules, rouge de confusion. Mais elle voulait plaire à tout prix. Neal pouvait lire la détermination sur son visage. En dépit de son irritation, il devait lui rendre cette justice. Elle s'accrochait. On pouvait admirer sa ténacité, à défaut de sa façon de faire. Ouvrant de grands yeux, elle se tourna vers William.

— Et vous ! fit-elle en secouant la tête. Je ne vous aurais jamais pris pour un fermier. Je croyais qu'on les reconnaissait à leurs blouses en toile.

Emmeline émit un son étouffé. William tira sur les pans de sa veste sombre avec un sourire déconcerté.

Muriel se mordit les lèvres et plissa les yeux en précisant :

— Ce que je voulais dire, c'est que vous pourriez parfaitement passer pour un citadin.

Elle prononça ces derniers mots avec l'air de celle qui décerne un grand compliment et s'appuya, toute contente, contre le dossier de sa chaise.

— Tu as effectivement fière allure, William.

Neal piqua dans une des dernières pommes de terre qui restaient dans le plat et vint au secours de Muriel.

— Comment vont tes bêtes ?

Malheureusement, William n'avait jamais été très loquace. La présence à ses côtés d'une beauté ensorcelante qui papillonnait des yeux tout en le gratifiant de ce qu'elle prenait pour le summum des compliments ne fit rien pour lui délier la langue.

— En pleine forme, dit-il.

— Content de le savoir, répondit Neal après un silence.

— Elles paissent sur la lande, ajouta William, qui ne savait plus à quel saint se vouer.

Il reporta brusquement son attention sur son assiette et commença à mastiquer un énorme morceau de poulet.

Pendant quelques minutes, on entendit seulement le tintement des couverts avec, en bruit de fond, le martèlement des pieds des enfants qui jouaient. Davy se cogna à Muriel alors que chacun d'eux tentait d'attraper son verre.

— C'est une malédiction chez moi, dit-il en souriant. J'ai deux mains gauches, ajouta-t-il en agitant les doigts.

Muriel le dévisagea, interloquée.

— Gaucher, siffla Emmeline. Il veut dire qu'il est gaucher, donc maladroit.

Tomas éclata de rire et se pencha en avant.

— Madame Pendrake, pouvez-vous m'éclairer sur un point ? Les Chinois sont-ils aussi fichtrement difficiles à comprendre que les Cornouaillais ?

— Je dirais que non, répondit Muriel en reprenant son verre. Mais j'ai passé des années en Chine alors que je viens seulement d'arriver en Cornouailles.

— Alors vous parlez le chinois ? interrogea Tomas en haussant un sourcil étonné à l'adresse de Neal.

— Couramment, répondit Muriel en buvant à petites gorgées. Je parle aussi le mongol. Ainsi que les dialectes de l'archipel malais. Et puis le latin, bien sûr, mais seulement les noms de plantes.

Neal sentit ses yeux s'écarquiller de surprise. Elle avait mentionné ce don pour les langues dans ses *Souvenirs*, mais il n'en avait pas mesuré la portée. Cela avait forcément dû les avantager, elle et son époux, par rapport aux autres collectionneurs de plantes qui, eux, devaient compter exclusivement sur des traducteurs.

Elle l'impressionnait et lui rappelait opportunément ce qu'il savait déjà : les manières de cette princesse au petit pois masquaient sa riche expérience. C'était comme la note aiguë dont la vibration occulte au départ la musique de fond plus riche et plus puissante qui se profile ensuite.

Tomas hocha la tête avec admiration.

— Vous nous éclipsez tous. Même Neal. Qu'as-tu appris en Argentine ?

— Un peu d'espagnol, répondit Neal avec un sourire. Et des rudiments de mapuche.

Tomas haussa les épaules sans relever ce petit exploit. Il leva son verre en direction de Muriel.

— Comment dit-on « À votre santé » en chinois ?

— Oh ! On ne le dit jamais. C'est censé porter malheur.

Muriel reposa son verre et croisa le regard de Neal. Son expression était indéchiffrable.

— Eh bien, nous le dirons en cornouaillais, reprit Tomas.

Tout autour de la table, chacun leva son verre et trinqua.

— *Fish, tin and copper !* lança Davy avant de siffler sa bière.

— Nous sommes si heureux que vous soyez là, glissa Kelyn, rayonnante, à Neal, avant de se tourner vers Muriel pour l'envelopper dans son chaleureux regard.

Muriel pâlit. Puis un sourire très différent des précédents apparut sur son visage, hésitant et absolument délicieux. Neal sentit un pincement presque imperceptible dans sa poitrine. Il faudrait qu'il demande à Perran si le cœur était capable de sourire. Bien entendu, son frère lui répondrait sans sourciller qu'il perdait la boule et lui sortirait un livre d'anatomie. Il ne se lassait jamais de faire la leçon au clown qu'était son benjamin. Et Neal s'ingéniait à lui en donner l'occasion.

— Dites-nous, madame Pendrake, avez-vous des frères et sœurs ? s'enquit Loveday.

— Pas un seul, répondit Muriel en regardant autour d'elle avec ce sourire qui flottait toujours sur son visage.

— Neal, en revanche, a sûrement dû vous parler de ses sœurs, reprit Loveday. Nessa et Jenni. Ce sont aussi des femmes très brillantes.

— Enfant, j'étais persuadée que leur maison était construite avec des livres, intervint Alice en attrapant une cuillerée de pois dans une soupière. Les murs en étaient entièrement recouverts. C'était toujours ce que je remarquais, les livres, et aussi ces horribles mouettes et chouettes empaillées dans le bureau d'oncle Digory.

C'était fascinant de voir ce qui se gravait dans la mémoire des gens.

— Tu la trouvais horrible, notre chouette Julius ? s'enquit Neal, intrigué.

— Ne me dis pas que vous lui aviez donné un nom ! grommela Alice.

— Oh ! Les animaux empaillés n'étaient rien à côté de la collection de crânes de tante Heddie, renchérit Tomas en découpant sa côtelette avec un grand sourire.

Loveday se retourna vers Muriel.

— Vos parents ont-ils soutenu votre carrière scientifique ?

— Ma mère préfère collectionner les chapeaux, répliqua sèchement Muriel, ce qui ajouta à l'allégresse ambiante.

Il n'y avait qu'Emmeline qui s'était rembrunie. Neal s'appuya sur le dossier de sa chaise en souriant. Le beau monde avait fait de Muriel une enfant gâtée et coquette mais, Dieu merci, il ne l'avait pas abîmée.

Quand sa mère l'avait regardé dans les yeux le jour de Noël en lui disant qu'elle désirait ardemment le voir enfin se poser, elle pensait à une femme comme Muriel Pendrake.

— Les chapeaux sont parfois ornés de plumes de mouette, déclara Muriel en souriant. Même si on leur préfère souvent les oiseaux de paradis.

— Mais c'est épouvantable ! s'exclama Loveday, les yeux agrandis d'effroi. La taxidermie est une chose, mais le massacre de milliers d'oiseaux de paradis, de millions d'oiseaux tués chaque année pour en faire des ornements…

Elle frémit.

— Jenni a créé une association pour la protection des oiseaux. Elle se bat contre les chapeaux à plumes.

— Elle a gagné en Cornouailles, observa Davy. Je n'y ai jamais vu d'oiseau sur un chapeau… enfin, d'oiseau mort, bien sûr.

William s'esclaffa bruyamment.

— Ça n'a rien de drôle, fit Loveday en jetant à Davy un regard inquiet.

Elle n'avait probablement jamais vu de chapeau à plumes non plus, mais Jenni avait un fort pouvoir de persuasion. En plus, sa sœur avait raison.

Il s'éclaircit la gorge.

— On voit beaucoup de chapeaux à plumes à Londres, déclara-t-il. Je peux en témoigner. Je connais un ornithologue qui tient un registre des oiseaux qu'il voit sur la tête des femmes dans les parcs. Des oiseaux morts, précisa-t-il en jetant un regard à Davy, qui essayait désespérément de retenir son fou rire. Il a répertorié des colibris, des merles bleus, des rouges-gorges, des perruches, des étourneaux. Ce ne sont pas des millions, mais des centaines de millions d'oiseaux. De toute l'Amérique. D'Afrique. Des Indes aussi. De Nouvelle-Guinée.

Son regard croisa celui de Muriel. Elle avait l'air aussi troublée que Loveday. Cela avait dû énormément lui coûter d'aller à l'encontre de sa famille, de l'éducation qu'elle avait reçue, pour suivre son propre chemin.

— Je t'en prie, gémit Tomas. Dans cette maison, nous sommes tous membres de la Société pour la protection des oiseaux. Jenni nous a fait signer un engagement. Alors épargne-nous tes statistiques.

— Votre mère porte-t-elle toujours des plumes d'oiseau de paradis sur ses chapeaux ? demanda Loveday en se retournant vers Muriel.

Cette dernière se raidit.

— Bien sûr que non. J'y ai mis un terme.

— Ah ! Bravo ! s'exclama Loveday. Jenni va vous adorer.

— J'ai hâte de faire sa connaissance, déclara Muriel, qui entreprit de couper en quatre un quartier de pomme de terre.

— Heureusement qu'on ne met pas de poisson sur les chapeaux, souffla Davy à William.

Cette fois-ci, William manqua s'étouffer de rire. Il vira au violet. Tomas se leva pour lui taper dans le dos, qu'il avait large, et son beau-frère finit par tousser et se ressaisir. Emmeline se cachait la figure dans les mains.

Alice soupira :

— La sauce, s'il vous plaît.

Neal conserva un large sourire jusqu'au dessert, où on leur servit une tarte aux myrtilles.

Plus tard, alors qu'il marchait en compagnie de Muriel sur le sentier côtier, il vit que son regard se détournait sans cesse des fleurs sauvages pour se fixer sur la mer. Kyncastle était niché au creux d'un étroit vallon. Des maisonnettes aux murs blanchis à la chaux s'éparpillaient sur ses coteaux ; d'autres maisons et quelques boutiques s'alignaient le long des rues pavées qui donnaient sur le port. La mer qui clapotait doucement sur les quais venait tourbillonner et se fracasser au pied des falaises, ses vagues d'un bleu turquoise se brisant en gerbes d'écume sur les rochers.

— Ont-ils connu Elizabeth ? demanda-t-elle tout à coup en se retournant.

Il s'était agenouillé pour examiner du thym sauvage qui tapissait le bord du chemin et s'était assis sur ses talons. Son poste d'observation n'était pas habituel. Il fallait qu'il lève la tête à l'oblique. Elle avait enlevé son chapeau, qui pendait à son poignet. Le soleil couchant donnait à ses cheveux et à son teint une couleur d'abricot.

— Grands dieux, non !

Il cueillit des jacinthes sauvages en se relevant, soudain conscient de sa haute stature. Il était plus petit que Jory, mais plus grand que Perran. Pas vraiment un colosse à proprement parler. Mais Muriel, elle, était petite et délicate. Il se plaça entre elle et le bord de la falaise.

« L'orgueil masculin. » C'était certainement ce qu'aurait dit Jenni. « Personne ne tombera de cette falaise sauf si vous autres, imbéciles, vous vous battez pour jouer à la sentinelle sur ce fichu promontoire. »

Eh bien, il ne pouvait pas s'en empêcher. Au moins, il n'avait pas à se disputer avec Davy, William ou Tomas pour marcher au bord de la falaise.

Ils repartirent en direction de l'ancienne église paroissiale, située au sommet de la colline.

— Elizabeth prenait les Cornouailles pour un repaire de sauvages, dit-il. J'ai suggéré que nous nous mariions à Penzance et elle m'a montré la porte.

Muriel se mit à rire, incrédule.

— Vous auriez voulu qu'elle se marie à Penzance ?

— Je ne lui demandais tout de même pas la lune, rétorqua-t-il. Il arrive que des gens très bien se marient à Penzance.

— Pas ceux qui sont issus de la bonne société.

Elle haussa les sourcils.

— Je vois à présent que vous ne m'avez pas livré la vraie version de vos fiançailles. C'est vous qui les avez rompues. Elle s'est contentée de l'officialiser.

Il lui fit un clin d'œil.

— À l'époque, je ne voyais pas les choses comme ça.

Mais Muriel n'avait pas entièrement tort. Il s'était braqué au moment précis où il avait compris qu'Elizabeth ne changerait pas d'avis.

— Vous esquivez votre responsabilité, observa-t-elle. Vous savez quoi ?

Ils contournèrent un gros rocher, et elle tendit la main pour effleurer au passage les œillets marins qui poussaient sur la pierre.

— Vous êtes un snob, reprit-elle en relevant le menton. Pour vous, les Cornouailles valent mieux que Londres. La science l'emporte sur la société. Girton est supérieur à une saison londonienne.

Elle battit des cils avec coquetterie.

— C'est du snobisme, insista-t-elle.

— Moi ? Un snob ?

Son rire stupéfait fut repris par une mouette au-dessus de sa tête.

— Alors là, c'est une première.

— Parce que votre snobisme va à l'encontre de celui que professent habituellement les snobs, répondit-elle, l'air très satisfait. Il est donc plus difficile à identifier. Mais je suis experte en la matière et rien ne m'échappe.

— Experte en snobs ou snob experte ? interrogea-t-il.

— Les deux.

Elle s'arrêta net. Comme il continuait son chemin, emporté par son élan, elle passa derrière lui.

— Vous m'empêchez de voir la mer, protesta-t-elle, avant de quitter le sentier pour marcher sur le tapis de thym sauvage.

À quelques pas de là, la falaise devenait abrupte et les graminées laissaient place aux rochers pelés.

— Moi, j'ai été élevée parmi les snobs, pas au milieu des livres, lui dit-elle. Il y avait quelques oiseaux empaillés, certes, mais surtout des personnages guindés portant cravate.

Il se rapprocha d'elle. Le vent faisait voler quelques boucles de cheveux sur ses épaules. Leurs extrémités venaient lui chatouiller la joue comme le fil de soie d'une araignée. Elle lui prit la grappe de fleurs des mains et l'examina attentivement : chaque clochette laissait retomber sa corolle bleu vif, dont les pétales à bords roulés révélaient des anthères jaune pâle.

— Comme cette pauvre Elizabeth ignorait le nom latin de cette plante, vous avez eu peur de la présenter à vos sœurs si savantes.

Elle se moquait de lui. Avec la mer bleue dans son dos, ses yeux semblaient attirer et concentrer l'essence même de cette couleur. En comparaison, la jacinthe qu'elle tenait dans sa main paraissait presque délavée.

— *Hyacinthoides non-scripta.*

Il lui reprit la fleur et fit tourner la tige entre ses doigts.

— Détrompez-vous. Je l'ai présentée à mes sœurs, et cela s'est... très bien passé.

Muriel émit un petit reniflement méprisant.

— Et votre mère ? Comment se sont passées les présentations ? Vous deviez redouter ce moment.

Il attrapa avec un doigt une mèche rebelle des cheveux de la jeune femme et la repoussa.

— Ma mère était à Londres, où ses spécimens étaient exposés au Musée d'histoire naturelle. Elle en avait profité pour venir me voir.

— Bien sûr, fit-elle en le dévisageant avec une insistance troublante.

— Nous avions prévu de prendre le thé.

Cela s'était mal passé. Sapristi ! Exactement comme il l'avait redouté.

Il profita d'une rafale de vent pour inspirer profondément et remplir ses poumons. Il sentit un parfum d'essence de rose mélangé à l'odeur iodée de la mer et aux fragrances plus subtiles dégagées par les graminées sauvages et les pierres chauffées par le soleil. D'habitude, il se promenait seul au bord de cette falaise. La présence de Muriel modifiait bizarrement ses perceptions. Elle décuplait les contrastes du terrain, la clarté des cieux au-dessus de sa tête, la densité des falaises séculaires, l'abîme vertigineux où la mer déroulait indéfiniment ses vagues bleues, toujours bleues et encore bleues. Il sentait tous ses sens en éveil. Tellement en éveil que son cerveau semblait traîner à leur suite.

— Et ? l'encouragea-t-elle.

Maudit thé. Pourquoi diable manifestait-elle tant de curiosité à propos de ses fiançailles ? Il s'éclaircit la voix. Il avait simplement envie de se reposer les yeux. Le ciel était bleu, la mer était bleue, bleue la soie de sa robe, et bleus aussi les iris de ses yeux envoûtants. Il ne trouvait nulle part de répit.

— Et..., enchaîna-t-il. Nous avons pris le thé. Discuté de la Boat Race[1].

C'était un des événements marquants auxquels se pressaient les membres de la bonne société, le seul que sa mère n'aurait manqué pour rien au monde. Chaque année, elle faisait le voyage pour soutenir Cambridge en s'époumonant et clamer à qui voulait bien l'entendre que sa fille était allée à Girton.

— Voilà tout, conclut-il en hochant la tête. Personne n'a soumis Elizabeth à un questionnaire en règle sur la morphologie du *plesiosaurus*.

Cela la fit rire.

— Pourtant, votre mère et vous l'avez jugée, et vous avez relevé son absence de connaissances scientifiques, exactement comme les snobs de la société remarquent sur un buffet l'absence de petits-fours et de belle argenterie.

— Je ne suis pas un moralisateur, se rebiffa-t-il, irrité par la satisfaction qu'il entendait dans sa voix et plus irrité encore de se sentir piqué au vif. La science en elle-même n'est pas vertueuse.

Crénom de nom, elle avait réussi à le faire sortir de ses gonds. Il ressemblait maintenant à l'adolescent d'autrefois, tout feu tout flamme, lors des discussions chez les Traymayne. Elle avait haussé les sourcils et le dévisageait d'un œil mauvais. *Oh, et puis la barbe !*

— Si deux individus accordent une telle importance aux petits-fours pour leur mariage, je leur souhaite bien du bonheur.

— Oui, mais vos critères à vous, ce sont des os de dinosaures, murmura-t-elle du même ton sec qu'elle avait employé pendant le dîner.

Il était maintenant triplement irrité. Parce qu'il prenait finalement un certain plaisir à répondre à ses

1. Célèbre course d'aviron qui met en compétition Cambridge et Oxford. *(N.d.T.)*

provocations et à son irrévérence, et que ce plaisir n'était pas seulement cérébral.

— Et quand bien même cela serait ? dit-il en souriant. Est-ce du snobisme de savoir ce qui est important pour vous et ce qui ne l'est pas ? Mes parents attachaient de l'importance aux os de dinosaures, aux bryophytes et aux enfants. En revanche, ils se souciaient peu du reste. S'ils étaient snobs, ils l'étaient dans la même catégorie, et ils ont vécu heureux ainsi pendant trente ans.

Les commissures de la jolie bouche rose de Muriel se retroussèrent légèrement.

— Peut-être étaient-ils heureux, dit-elle en se retournant pour contempler la mer. Peut-être ne l'étaient-ils pas. Il ne faut pas toujours se fier aux apparences.

Le vent plaquait sa robe sur ses cuisses. Il devina les courbes rondes, l'ombre bleue entre ses jambes.

Elle pencha la tête sur le côté, et ses traits se brouillèrent. Soudain, la scène qu'il avait sous les yeux perdit de son intensité et devint comme grise. Il avait face à lui l'incarnation de la solitude. Une femme ployant sous un chagrin infini se tenait au bord d'une falaise dans le jour déclinant.

Il ne connaissait que les grandes lignes de sa vie de couple. Les triomphes professionnels que les variétés vendues aujourd'hui dans toutes les pépinières du pays leur avaient valus, à son mari et à elle. Les quelques détails privés qu'elle lui avait confiés sur sa fuite avant leur mariage. Les articles qu'il avait lus dans les revues d'horticulture sur la mort d'Esmé Pendrake à Hong Kong, à la suite d'une fièvre contractée alors que Muriel et lui se préparaient à embarquer pour leur voyage de retour.

« Il ne faut pas toujours se fier aux apparences. »

On lui avait menti, comprit-il soudain. On l'avait induite en erreur et maltraitée. Bien sûr, Pendrake n'avait pas totalement changé. A-t-on jamais entendu parler de débauchés repentis ? Cela n'arrivait que dans les romans. Dans les bluettes à l'eau de rose. Un coquin restait un coquin. Pendrake l'avait profondément blessée. Il le voyait sur son visage, dans son attitude. Il aurait dû le lire entre les lignes de son manuscrit, dans ce qu'elle ne racontait pas.

Seigneur, comme elle avait dû trouver naïve sa vision du mariage !

« Jamais nous ne ferons de toi un vrai cynique, s'était plus d'une fois lamenté Alan. Fichtre ! Tu es en trop bonne santé ! Attrape donc un ulcère et laisse-le s'envenimer ! » Cela faisait longtemps qu'Alan n'avait pas refait cette plaisanterie. Pas depuis que Neal était rentré d'Argentine et que James y était resté.

Elle se déplaça pour mieux le regarder. Ses paupières avaient dégonflé, et dans ses yeux en amande, il lut une expression blasée et lasse qui détonnait avec son âge.

— Votre mère est souffrante, n'est-ce pas ? demanda-t-elle.

— Oui.

Il éleva la jacinthe et regarda le vent agiter ses clochettes. Il entendait presque leur carillon muet.

— Elle est en train de mourir. D'un cancer du sein.

Elle retint son souffle et croisa les bras sur sa poitrine. Puis, lentement, elle les laissa retomber. Il poursuivit avant qu'elle ait eu le temps de parler :

— Elle a horreur des effusions de sentiments. De tout ce qui peut ressembler à de la pitié. Et elle est aussi rarement disposée à obéir aux médecins. Mon frère prétend qu'elle est la pire patiente dans l'histoire de la profession.

Elle accueillit cette tentative d'humour avec un petit sourire contraint.

— Si elle était ici avec nous, et en bonne santé, escaladerait-elle cette falaise ?

Elle tendit le cou et regarda en bas. Il voyait le bout de son oreille qui dépassait de ses cheveux.

— Vous, vous avez l'air prête à l'escalader, observa-t-il. Vous n'avez pas peur du vide ?

— Après ce trajet en voiture, je n'ai plus peur de rien.

Elle fit encore un pas vers le bord. Le soleil couchant avait commencé à zébrer le ciel, teintant de rose les extrémités effilochées des nuages charriés par le vent. À l'horizon, le bleu plus sombre de la mer virait au violet. De l'autre côté du port, les falaises se dressaient, majestueuses, leurs sommets drapés de vert émeraude. Elle soupira.

— Je commence à comprendre pourquoi vous êtes si snob au sujet des Cornouailles.

Encore un pas vers le vide vertigineux. Elle ouvrit les bras face au vent.

Son chapeau s'envola, ses rubans flottant dans les airs.

— Oh non, par pitié ! s'écria-t-elle. C'est un Virot !

Et elle se précipita pour le rattraper. Tout parut se dérouler en même temps. Le chapeau disparut, et elle referma la main une seconde trop tard sur le vide, vacillant au-dessus de la falaise tandis qu'il bondissait pour la retenir. Quelque chose, qui n'était pas son chapeau, jaillit sous leurs yeux. Un faucon crécerelle qui flottait sur un courant d'air. Les mouettes se mirent à piailler.

Muriel rejeta son corps en arrière et fit volte-face en courbant la tête, heurtant de plein fouet la poitrine de Neal. Il recula et, l'entourant instinctivement de ses bras, il les ramena sur le sentier, où ils demeurèrent immobiles.

Grands dieux ! Il avait essayé de ne pas l'imaginer dans ses bras, blottie contre lui. De sa peau douce et lisse irradiait encore la chaleur tiède de ce jour d'été, et là, serrée contre lui, elle sentait le sel et aussi une odeur un peu sucrée, celle de la transpiration légère due à l'effort physique qui se mêlait à son parfum de rose et de… gardénia, peut-être ? Une variété inconnue, qui émanait de la masse soyeuse de sa chevelure.

Il s'était efforcé de ne pas brûler les étapes, de ne pas se bercer d'illusions, de ne pas *agir*... mais dans quel but exactement ? Il avait un mal fou à s'en souvenir. Il ne voulait pas être soumis à son désir. Ses instincts ne l'avaient pas toujours bien guidé. Ses engouements avaient flambé puis s'étaient évanouis, avaient flambé encore pour s'évanouir à nouveau. Plus l'étincelle était vive, plus cela ressemblait à un feu de paille. Mais, cette fois-ci, il avait procédé différemment dès le début. Il avait fait la connaissance de Muriel Pendrake sur le papier, pendant plus de quatre cents pages, et ce des mois avant de la rencontrer en chair et en os. Il avait renversé ses priorités. Préparé le terrain. Quoi qu'il fasse à présent, ce ne serait pas un feu de paille.

L'intensité du feu qui le brûlait ne présageait rien de bon.

Il posa délicatement les mains sur ses épaules frêles, qui se dérobèrent alors qu'elle se redressait, ses seins frôlant sa chemise. Comme elle relevait la tête, leurs yeux se croisèrent. Les siens étaient presque violets dans les lueurs du crépuscule, miroirs jumeaux du coucher de soleil sur la mer Celtique. Ces maudites mouettes plongeaient en piqué, à présent, et il les repoussa d'un geste du bras. Avec un petit cri étouffé, elle cacha son visage dans son cou. Il sentit sa peau douce, ses lèvres humides, et comprit à leur forme qu'elle souriait. Car elle souriait ! Elle riait de la peur qu'elle avait eue. Ou alors... elle n'avait pas eu si peur, après tout.

Chaque muscle de son corps était crispé. Si le vent avait soufflé à cet instant, Neal aurait vibré comme une harpe éolienne.

Quand elle recula, elle cacha son visage entre ses mains et se recroquevilla. Il garda le bras levé en l'air pendant que les mouettes tournoyaient en criant. Haut dans le ciel, le faucon crécerelle planait. Elle jeta un coup d'œil entre ses doigts et s'affola :

— Il me regarde !

Il ne pouvait pas blâmer le faucon.

— Cela me rappelle le Chili, dit-il en continuant à gesticuler, le poing fermé.

Encore l'orgueil masculin. Il fit la grimace. *Allons, vieux, tu ne vas tout de même pas assommer une mouette ?* Il aurait la Société pour la protection des oiseaux sur le dos.

Il poursuivit, se moquant de lui-même :

— James Varnham et moi avions emmené son fox-terrier en Amérique du Sud. C'était une très mauvaise idée. Dans les Andes, les condors rêvaient d'en faire leur repas. Nous avons alors imaginé des exercices de gymnastique quotidiens pour le protéger.

— Vous me comparez à un fox-terrier ?

Une mouette fondit sur eux et, instinctivement, elle se plia en deux.

— Je n'en sais rien.

Il lui adressa un grand sourire tout en boxant dans les airs – uppercut, direct, uppercut, direct. Cela lui fit du bien.

— Dois-je vous prendre dans mes bras et courir vous mettre à l'abri ?

— Nous allons courir tous les deux, répondit-elle d'un air mécontent.

Et elle était déjà loin quand il réussit à ordonner à ses jambes de la suivre.

Lavinia avait un point de côté quand ils atteignirent l'église. Neal, qui était tout guilleret, enjamba le muret de pierre qui donnait accès au cimetière. Jamais elle n'avait vu un cimetière envahi à ce point par la végétation. Les tombes étaient recouvertes d'herbes folles, et toutes les pierres tombales étaient de guingois.

— Chardon de Mingan et langue-de-serpent, lança Neal en repoussant ses cheveux en arrière tandis qu'il se relevait pour la rejoindre.

Il avait posé sa veste sur un rocher un peu plus bas, et elle vit qu'il avait roulé les manches de sa chemise. Et sali son pantalon en s'agenouillant sur la terre humide. Il avait l'air tout content et parfaitement indifférent à ce laisser-aller. En tant qu'experte en snobisme, elle avait envie de faire la grimace. Mais une partie d'elle-même lui enviait cette spontanéité. Elle était douloureusement consciente du pathétique spectacle qu'elle offrait. Transpirante, le cheveu raide. Et son unique chapeau... envolé !

Elle reprit son sang-froid. Mme Pendrake se serait éperdument moquée d'avoir perdu son chapeau.

Heureusement qu'elle n'avait pas mis son chapeau orné de plumes de colibri brésilien à la gare.

— Chardon de Mingan et langue-de-serpent, dit-elle en écho, avec sa voix pendrakienne la plus désinvolte. J'aperçois un œil de triton juste derrière vous. Dois-je aller chercher le chaudron ?

Puisqu'il cueillait les ingrédients d'une potion magique, quelle importance si elle ressemblait à une sorcière, avec ses cheveux défaits et son dos voûté ?

Il se mit à rire.

— Il y a aussi des quantités de géraniums sanguins, et des nombrils-de-Vénus. Mais n'y touchons pas pour le moment. En réalité, c'est autre chose que je cherche.

Alors qu'il la rejoignait, elle gonfla ses poumons d'air pour tenter de faire passer son point de côté jusqu'à ce que la douleur devienne aiguë et disparaisse. Elle se redressa. *Merci, mon Dieu*. Ce régime qui consistait à se gaver de pommes de terre et à marcher au pas de charge était mortel. Du moins en ce qui la concernait. Rien ne semblait fatiguer Neal. Il pouvait marcher, courir, affronter les oiseaux, sauter par-dessus les murs. Il avait un pas d'une souplesse étonnante. La plupart des hommes, même s'ils étaient gracieux dans une salle de bal, marchaient avec raideur. Le corps de Neal, lui, ondulait tandis qu'il arpentait le terrain bosselé et irrégulier. Pour lui, le sol n'était pas un endroit que l'on piétinait. C'était un objet d'étude et de culture. Il marchait en regardant bien où il posait les pieds.

— Au début, j'ai cru que vous veniez vous recueillir.

Elle s'arrêta devant le petit muret. Un peu plus bas, les pierres s'étaient descellées et amoncelées en tas, si bien que le cimetière semblait ne faire qu'un avec le paysage sauvage. La régularité funèbre des grands cimetières où elle était allée donnait une impression d'ennui et d'austérité. Ici, il n'y avait pas de frontière entre la vie et la mort. Tout était naturel et, de ce fait, moins impressionnant. Elle devait reconnaître que cela exerçait sur elle une étrange attirance.

— Il y a des Traymayne en pagaille ici.

Le mur arrivait au niveau du bassin de Neal, et il l'examina d'un œil circonspect avant de s'y appuyer pour tester sa solidité.

— Je viens toujours y saluer mes grands-parents.

— Quelle paix dans ce cimetière, observa-t-elle.

Il lui sourit.

— Un endroit aussi bien qu'un autre pour reposer éternellement. L'église est en piteux état. Regardez ! ajouta-t-il en désignant des taches sombres dans la lande que recouvrait peu à peu le crépuscule. Ce sont des ardoises que le vent a arrachées du toit.

Les ardoises n'intéressaient pas Lavinia. Elle regardait surtout sa main tendue. Un brin d'herbe était resté collé à l'un de ses doigts, et il avait de la terre autour des ongles. Il baissa la main et l'essuya distraitement sur son pantalon. Elle avala sa salive.

Avoir fui le marquis de Cranbrook ne prouvait pas nécessairement qu'elle était folle, mais ses réactions devant ce jardinier rustique étayaient fortement cette hypothèse. Elle admirait les hommes élégants en costume, portant gants et haut-de-forme. Mais ces ongles sales, ces poignets épais, ces avant-bras musclés, ce cou puissant où perlaient des gouttes de sueur... Jamais son pouls ne se serait ainsi accéléré si elle avait été dans un état d'esprit normal. Elizabeth au moins l'avait envoyé se nettoyer pour aller prendre le thé.

— Il n'y a plus d'enterrements ici depuis des années. Les services, les mariages et les enterrements se font désormais à St Symphorian, dans la vallée. Je suis venu là pour chercher des pissenlits.

Vraiment ? C'était son jour de chance.

— Inutile d'aller plus loin.

Elle se pencha, cueillit une tige au pied du muret et la brandit.

— *Voilà*[1].

Elle savourait son triomphe. Muriel Pendrake elle-même n'aurait pas agi plus rapidement. Elle esquissa un grand sourire. Finalement, elle n'était pas une si mauvaise chasseuse de plantes, tant qu'il se contentait de chercher des pissenlits.

Mais elle regrettait que la tige ait fait couler sa sève laiteuse sur ses doigts.

Il regarda le pissenlit dans sa main et s'appuya contre le mur en examinant la plante avec son nuage de petites têtes jaunes.

— Vous voulez bien m'en donner une feuille ?

Elle s'exécuta, détachant soigneusement la feuille avec son ongle, une découpe toute scientifique à la base de la feuille. Elle la lui tendit et arbora une expression impassible mais concentrée.

— Vous voyez ces poils rêches ? demanda-t-il en caressant la feuille avec son pouce.

Elle se rapprocha en tendant le cou.

— Celui que je recherche a des feuilles lisses, tachetées de violet.

1. En français dans le texte. *(N.d.T.)*

Hélas, pour amusant qu'il soit de jouer à la scientifique et d'être prise au sérieux, les feuilles de pissenlit l'intéressaient encore moins que les ardoises.

À la place, elle examina les paupières de ses yeux baissés. Inutile de plaider la folie en ce qui concernait ces cils. Ils étaient d'une épaisseur incroyable. Lesdits cils se relevèrent d'un coup, et son regard se fixa sur elle.

— Mmm, fit-elle en s'écartant légèrement. Oui, je vois.

Elle caressa du bout du nez la fleur de pissenlit avant de prendre conscience que ce geste ne convenait pas à son rôle. Elle n'était pas une demoiselle en promenade à Hampstead, mais une femme de science.

Oh, la barbe !

Les pétales minuscules et vaporeux la chatouillaient comme des plumes. Elle essaya de conserver un ton neutre.

— Alors, reprit-elle, ce pissenlit n'est pas le bon ?

Elle était humiliée de devoir renoncer à son triomphe ainsi qu'à ses illusions sur les pissenlits. Leur charme rustique ne reposait-il pas précisément sur leur *absence* de variété ? On en trouvait partout, et ils se ressemblaient tous.

Bon, après tout. Elle en avait vu d'autres ces derniers jours.

Elle saisit la tige à sa base et arracha le pissenlit, dont la fleur se balança comme si elle acquiesçait.

— J'ai découvert une nouvelle espèce, lui confia Neal avec un sourire radieux qui découvrit des dents très blanches.

Encore un nouvel atout physique. Elle n'était peut-être qu'à moitié folle. Sauf qu'elle était aussi séduite par cette mâchoire carrée et mal rasée, dont la ligne franche s'harmonisait avec ses pommettes et les creux de ses joues. Elle aimait son visage austère, y compris cette bosse sur son nez. Sa bouche elle aussi était ferme, pas moelleuse comme celle de George, mais bien ciselée, avec la lèvre inférieure qui se détachait avec netteté. Elle l'observait tandis qu'il parlait.

— J'ai d'abord remarqué qu'elle poussait ici, sous la fenêtre du chœur, expliqua-t-il. Il existe des centaines de pissenlits dans les herbiers de mon père, mais aucun ne possède ces feuilles brillantes et tachetées.

Comme pour illustrer son propos, il déposa la feuille, velue et d'un vert uni, sur le muret.

— J'ai pensé qu'il pouvait s'agir d'une espèce européenne. Mais j'ai épluché la monographie du genre.

Ses yeux noisette brillaient d'excitation et ressortaient par contraste sous ses longs cils d'un noir corbeau.

— J'en ai envoyé un spécimen accompagné de sa description à Kew. C'est désormais officiel. J'ai publié un article. Une note, plus exactement.

Il hésita.

— Ce que je n'arrive pas à comprendre, c'est comment mon père a pu passer à côté. Rien ne lui échappait.

Lavinia entendit une sorte de vénération dans sa voix. Il admirait son père. Il éprouvait de l'admiration pour ses parents et pour ses frères et sœurs. Quand il parlait d'eux, c'était flagrant. Jamais Neal Traymayne n'avait été brutalement confronté à la réalité. Vivait-il dans une ignorance volontaire ou avait-il toujours eu une chance inouïe ?

— Je n'ai jamais donné de nom à une espèce endémique.

Son sourire s'élargit.

— J'ai introduit plusieurs espèces en Angleterre, mais c'est très différent d'en identifier une chez soi, plus ou moins sous ses pieds, et qui a été ignorée. Que l'on n'a pas vue correctement.

Mme Pendrake aurait partagé son excitation.

— Et comment l'appelez-vous ? demanda-t-elle en se forçant à sourire.

— *Taraxacum hedrae.*

Il avait prononcé ces mots avec un tel plaisir que soudain, en dépit du latin, elle se prit à sourire pour de bon.

— Du nom de ma mère, Hedra, ajouta-t-il en jetant un coup d'œil au cimetière, les cils baissés. Ce sera mon cadeau pour les fêtes de la Saint-Jean.

Elle sentait son cœur battre bizarrement. Un pissenlit en cadeau. Un présent qui n'avait en soi aucune valeur. Elle n'avait jamais reçu que des cadeaux coûteux, de son père, de George, de Cranbrook, des cadeaux mal acquis ou qui l'attachaient par des liens invisibles, la ligotaient. Comme elle était précieuse, cette fleur inutile, offerte en hommage à cet endroit sauvage et à sa mère, associée pour toujours à ces falaises ! Falaises qu'elle ne reverrait probablement jamais.

Neal Traymayne avait une façon d'aimer totalement différente des autres personnes qu'elle avait pu connaître. Son amour n'était ni violent, ni destructeur, ni perverti ; il n'enfermait pas son objet dans une cage dorée. Il était lumineux comme la fleur de pissenlit. À côté de cette source de chaleur, ce qui était rabougri pouvait s'épanouir. Était-ce donc là la source de ce sentiment étrange ? Une sensation qu'elle croyait perdue, que la mort de George avait étouffée, frémissait en elle, prête à se déployer à nouveau.

Le dernier homme qui l'avait embrassée était Cranbrook. Il avait souillé sa bouche.

— Qu'allons-nous faire de celui-ci, qui n'est pas un *taraxacum hedrae* ? demanda-t-elle en brandissant son pissenlit.

Il haussa les sourcils.

— Nous pouvons le mettre sous presse si vous le désirez.

Elle secoua la tête et se pencha plus près du muret de pierre. Il plissa les yeux, le regard ardent. Trop ardent pour un homme seulement et sincèrement intéressé par les pissenlits. *Parfait.*

— Je préférerais souffler dessus en faisant un vœu, comme lorsque j'étais enfant. Avant que le sens pratique l'emporte.

Elle sourit.

— Avez-vous déjà fait un vœu avec un pissenlit ?

— J'ai vu des personnes en faire. Cela marche mieux quand ils sont montés en graine.

À présent, son regard s'était fait narquois.

— C'est vrai.

Les yeux de Lavinia se posèrent sur les pétales jaune vif serrés étroitement les uns contre les autres, puis se rivèrent aux siens.

— Si nous essayions ensemble ? Combinons nos efforts.

Il comprit. Le contraire eût été impossible. Le pissenlit flottait entre eux. Il frotta son menton ferme, couvert d'une barbe naissante, et esquissa un sourire amusé. Étonné. Méfiant aussi.

— Vous pensez à un vœu en particulier ?

Elle appuya le bout de ses escarpins sur la pierre. Elle ne pouvait pas s'approcher davantage.

Ils se regardèrent de part et d'autre du muret.

Elle n'était plus la jeune fille rougissante qu'elle avait été avec George. Non, elle avait perdu à jamais son innocence. Mais avec Neal, elle n'avait pas besoin d'être innocente. Il n'avait pas passé un contrat sur sa virginité. Au contraire, il la tenait pour une veuve aventureuse, brillante et indépendante. Une femme qui cassait les codes. Libre de faire ce dont elle avait envie.

Elle se pencha en avant. Lavinia flirtait, mais c'était Mme Pendrake qui menait la danse.

— Vous ne réfléchissez pas à un vœu, observa-t-elle. Vous vous demandez si oui ou non vous allez m'embrasser.

Elle posa les mains sur la pierre plate et granuleuse, écrasant la tige du pissenlit, et se hissa un peu plus haut. Elle ajouta avec vivacité :

— Dans ce cas, je vais vous mettre à l'aise.

Comme elle approchait sa bouche de la sienne, il se mit à rire, et elle sentit son haleine tiède contre ses lèvres. Le cœur lui manqua, car elle crut qu'il se dérobait. Les cils baissés sur ses yeux devenus presque noirs sous leur frange épaisse, il l'observait.

— Pourtant, si, je songeais précisément à un vœu, murmura-t-il en posant sa main sur ses doigts, effleurant le pauvre pissenlit.

— Peu importe.

Il haussa les épaules, ce qui le fit avancer et se rapprocher d'elle. À l'ombre de ses cils épais, ses yeux semblaient receler un secret. Il leva la main et suivit du doigt le contour de sa joue, de son menton jusqu'à ses lèvres.

— Mon vœu n'était pas étranger à ceci, dit-il, et, lentement, il inclina la tête.

Sa lèvre inférieure vint doucement entrouvrir les siennes. Cranbrook s'était jeté sur ses lèvres, les écrasant de ses dents, introduisant sa langue dans sa bouche. George avait été plus langoureux, l'envoûtant avec du champagne, lui offrant des baisers au goût de whisky et de tabac. Neal n'avait rien de langoureux, il n'était pas comme George. Son corps était plus massif et plus dur, et dégageait une vitalité plus rude. Elle frissonna quand sa paume, légèrement râpeuse à cause des cals, palpa son épaule. Elle s'appuya sur le muret, la pierre lui sciant un peu la taille, et il lui mordilla doucement les lèvres, jouant avec sa langue et lui prenant la nuque entre ses doigts.

Un baiser pour la nettoyer de l'empreinte de son mari. Et de celle de son amant malheureux.

Il ne semblait pas désireux de s'arrêter. Alors, va pour d'autres baisers. Plusieurs, même, longs et ardents. Elle ouvrit la bouche pour l'inviter à poursuivre. Pourquoi pas ? Jamais elle ne retrouverait Cranbrook. Elle s'enfuirait en France sur un bateau de pirates et Neal Traymayne tiendrait la barre.

Elle enfouit sa main dans sa chevelure épaisse et bouclée, et s'accrocha à son cou. Il introduisit sa langue dans sa bouche, et elle sentit une chaleur délicieuse se répandre dans son ventre. *Ah. Oui.* Elle s'en souvenait. Avec George, cela l'avait poussée à se tordre et à gémir, à faire des choses qu'elle n'aurait jamais envisagé de faire. Elle remua sa langue sous la sienne, sa chaude caresse la contraignant à bouger et à presser durement les os de ses hanches contre la pierre. Il avait le rythme et le goût des vagues, ses lèvres une saveur salée. Le souffle court, il finit par s'arracher à ses lèvres, et ils restèrent ainsi, front contre front. Elle sentait ses cils battre contre son front et ses paupières. Ses cheveux exhalaient une légère odeur de tourbe.

Dans cette horrible auberge, elle avait eu envie de se blottir contre lui, de se réfugier dans ses bras, alors qu'il ne lui avait rien demandé. S'être donnée à George l'avait laissée vide et insatisfaite. Elle s'était retrouvée comme amputée d'elle-même. Neal la faisait se sentir plus forte. Plus grande que nature. Intelligente. *Légendaire*.

Il effleura ses pommettes du bout des doigts et pencha la tête pour l'embrasser en suivant la courbe de son menton. Le mur avait l'air d'être là pour accentuer leur torture. Les bords irréguliers des pierres s'enfonçaient dans ses cuisses, l'épaisseur du muret empêchait leurs torses de se toucher. Cet obstacle entre eux devenait un calvaire, avec le vent qui soufflait tout autour et qui s'engouffrait entre eux.

C'était une torture qu'elle aurait pu endurer à jamais.

Chaque baiser était différent, comme les pissenlits. Ses lèvres effleurèrent les siennes, leur pression diminua, puis sa respiration changea soudain, et il lui mordilla la lèvre inférieure. Elle s'accrocha à son cou puissant, musclé et hâlé, audacieux et si peu conventionnel, et elle sentit les tendons jouer sous ses paumes. Oh, embrasser, embrasser et encore embrasser. Les bouches auraient toujours dû être ouvertes, humides et tièdes, et caressées ainsi. Il posa ses mains sur sa colonne vertébrale et descendit jusqu'à sa taille. Ses cuisses la brûlaient contre la pierre.

On entendit un grondement. Ce n'était pas elle. Ni lui. Le bruit lui fit ouvrir les yeux. Il recula d'un pas, un bras derrière la tête tandis qu'il observait les dégâts. Dans le coin, le mur s'était écroulé, déversant sur l'herbe un tas de pierres qui s'étaient détachées. La poitrine de Neal montait et descendait rapidement. Cela ne l'avait pas fatigué de l'embrasser, bien entendu, pourtant il avait l'air... ébranlé. Elle remplit ses poumons d'air frais. Son sang enfiévré pulsait derrière ses tympans.

Il s'éclaircit la gorge et souleva une pierre du bout de sa chaussure.

— Tôt ou tard, ça devait arriver.

Il n'était pas du tout essoufflé. Il paraissait même amusé. Il prit appui sur la pointe des pieds pour escalader les ruines et la rejoindre à l'extérieur du cimetière.

Il la regarda avec un grand sourire.

— Vous n'y êtes pour rien.

— Moi ?

Elle croisa les bras, indignée, mais il l'attira à lui en riant et, lui prenant le coude, il la fit pivoter pour qu'ils se retrouvent en face du chemin. Elle en eut le souffle coupé un instant, avant de se mettre à rire elle aussi. Elle aimait ce côté physique qui ne s'embarrassait pas de faux-semblants. Il n'avait pas l'air d'avoir conscience de sa force, mais chacun de ses gestes manifestait sa puissance. Elle appuya son épaule contre son bras.

— Cela donnera un peu de travail à Cobbe, déclara-t-il tandis qu'ils revenaient vers le village bras dessus, bras dessous.

Oh, quelle sensation délicieuse. Sauf en de rares occasions pendant leur séjour en France, elle n'avait jamais pu se promener à l'étranger avec George, lui tenir le bras. À Londres, leurs rencontres étaient toujours furtives, leurs retrouvailles brèves dans des bibliothèques vides pendant qu'à l'extérieur l'orchestre jouait. En public, c'était à peine s'il regardait dans sa direction.

Ce bonheur était trop neuf et trop fragile. *Prudence.* La prudence était nécessaire.

Ses lèvres étaient humides et particulièrement fraîches sous les rafales de vent. Elles picotaient. Le vent… qui se faisait comme une extension de leur baiser.

— Cobbe ? interrogea-t-elle, essayant de reprendre le fil de la conversation.

— Le maçon en chef.

Neal la tenait si serrée contre lui qu'il la portait presque, sa hanche chaloupant en rythme contre sa cuisse.

— Il abat régulièrement des murs et n'en construit que très rarement. Il ne décolère pas que l'architecte ait fait venir ses propres maçons de Londres. Ce sont eux qui vont démonter pierre par pierre le clocher de l'église.

Elle jeta un regard derrière elle vers l'église, dont le clocher noir et carré se détachait sur le ciel crépusculaire, paradoxalement primitif et païen.

— Pourquoi s'embêter à remonter ce mur ? s'étonna-t-elle. Ces ruines vont bien dans le décor. C'est très à la mode, vous savez. Quand le clocher aura été démonté, l'église s'accordera avec le mur. Il y aura davantage de ruines, mais ce sera moins laid.

— J'aimerais que vous fassiez part de vos idées à Tomas, dit-il en se remettant à marcher. C'est lui qui s'est démené avec le pasteur afin de trouver un architecte pour restaurer l'église. Le clocher menace de s'effondrer et un autre doit voir le jour. C'est l'architecte qui l'a dessiné. Vous pourrez le rencontrer si vous le désirez. Discuter avec lui des dernières tendances en matière de folies, de ruines et de ces petites chapelles que les aristocrates adorent mettre au milieu de leurs jardins.

Neal riait.

L'énormité de ce qu'il venait de dire frappa Lavinia. Un architecte de Londres. Ses mains devinrent moites.

— Il est à Kyncastle ? s'enquit-elle d'une voix étranglée. Votre architecte ?

— Cela fait des mois qu'il est à Kyncastle pour repérer les lieux, faire des plans. Il loge au presbytère.

— Ah, coassa-t-elle.

Elle se reprit.

— Quel est son nom ?

— Je ne m'en souviens plus.

Sa voix à lui était calme. Un petit oiseau placide, perché sur le bord d'un rocher, se mit à chanter. Neal siffla au passage, l'imitant assez bien. Sa main chaude lui tenait le coude.

Combien Londres comptait-il d'architectes ? Combien d'entre eux la connaissaient ?

Elle n'avait pas à s'inquiéter. Les chances étaient si faibles.

Mais son ancienne vie projeta soudain son ombre sur la nouvelle, et cette opacité vint se fondre dans la nuit tombante tandis qu'elle avançait sur le chemin.

6

— Quel vent ! soupira Loveday en entendant les rafales secouer la fenêtre du salon.

— Je ne vois pas de quoi tu parles, rétorqua Emmeline d'un ton aigre.

Lavinia émit un petit bruit discret et continua d'écrire. Elle était restée assise pendant des heures dans un vieux fauteuil affreusement inconfortable mais, dans son récit, la duchesse rebelle endurait bien davantage, souquant sur les avirons de sa chaloupe tandis que les balles sifflaient au-dessus de sa tête.

Courageuse jeune femme ! Elle venait de piller la propriété de son époux, et la chaloupe s'enfonçait dans les flots sous le poids des joyaux de la famille.

Un son mat lui fit lever les yeux. Emmeline venait de jeter son ouvrage.

— Je sors, annonça-t-elle en se levant. J'ai promis au pasteur de lui apporter son pain.

Loveday laissa elle aussi tomber son ouvrage sur ses genoux et s'adressa à sa sœur d'une voix exaspérée :

— C'est stupide ! Tu avais promis à Kelyn de finir cette pelisse. À ce rythme-là, les garçons n'en auront plus besoin quand tu auras terminé.

— Raison de plus pour arrêter maintenant.

Emmeline se dirigea d'un pas léger vers la fenêtre et tendit le cou pour regarder le ciel.

— Il ne pleut même pas.

— Il tombe des cordes !

La chaise de Loveday gémit sous l'effet de l'indignation de son occupante. Lavinia replongea le nez dans son cahier. La pluie n'était pas une mauvaise idée. Ceux qui la visaient de la côte perdraient leur cible de vue sous le déluge.

— Je ne suis pas en sucre, maugréa Emmeline en regagnant sa chaise à contrecœur.

— C'est le moins qu'on puisse dire, répliqua vertement sa sœur, mais il n'y avait rien de méchant dans sa voix. Termine ta pelisse, poursuivit-elle. Ensuite, tu pourras courir te faire mouiller et tremper les pieds sous la pluie, je ne dirai rien. Mais tu ferais mieux de suivre l'exemple de Mme Pendrake. Elle au moins sait profiter d'une journée maussade. Elle a dû écrire une douzaine de pages !

Oh ! Pourquoi l'entraînait-elle dans leur querelle ? Lavinia reposa son crayon et tenta de répondre au gentil sourire de Loveday. Elle était bien plus accessible que cette chipie d'Emmeline. Plus quelconque aussi. Quoique... Elle aurait été plus à son avantage sans ce chignon sévère et cette affreuse robe marron dont la forme ne convenait absolument pas à sa silhouette.

— Je ne fais que consigner des observations, expliqua Lavinia en s'efforçant de prendre un ton modeste et en cachant d'une main la page ouverte. Quelques ajouts pour mon petit ouvrage sur les arbustes de Chine.

— Je me demande comment elle a bien pu voir des arbustes en Chine, marmonna Emmeline en plantant une aiguille rageuse dans un terne morceau de flanelle rouge. Ce matin, il faisait beau et elle n'a pas décollé d'ici.

Le sourire de Lavinia se figea sur ses lèvres. Emmeline n'était pas une chipie, c'était une garce. Voulait-elle vraiment la guerre ?

— Chut ! fit Loveday. Son travail est important et nous ne devons pas la déranger.

Lavinia reprit son crayon avec un hochement gracieux de la tête. C'était gentil de la part de Loveday de se faire la championne des femmes savantes. Mais cela lui avait coupé l'inspiration. La remarque acerbe d'Emmeline l'avait énervée.

La journée avait effectivement commencé sous un beau soleil. Lavinia s'était réveillée en même temps que le reste de la maisonnée – impossible de faire autrement, les coqs auraient ranimé un mort –, mais elle était restée dans sa petite chambre à l'étage jusqu'à ce que le murmure des voix dans la cuisine se soit calmé. Après s'être assurée que Neal était bien parti, elle s'était faufilée hors de sa chambre pour descendre boire son thé.

Même si elle mourait d'envie d'être avec lui, elle ne pouvait pas décemment herboriser avec lui toute la journée au soleil sans chapeau. Si elle avait su que le vent charrierait des nuages, elle aurait peut-être risqué le coup.

Emmeline eut un reniflement méprisant. Dans certains cas, cela tenait lieu de commentaire. Dans d'autres, c'était la première salve.

— Elle peut travailler sur son livre quand elle veut et où elle veut, observa Emmeline.

Ainsi, elle persistait, cette garce. Très bien, Lavinia était de taille à se défendre. Les garces abondaient dans son ancien environnement. On pouvait même les classer dans différentes catégories. Ici, à Kyncastle, Lavinia n'irait pas par quatre chemins et établirait sa supériorité coûte que coûte.

En tant que savante et scientifique, elle choisit l'attitude hautaine.

— Je suppose que vous parlez à votre ouvrage ? demanda-t-elle en relevant les yeux. Car vous ne semblez vous adresser ni à moi ni à votre sœur. Elle est bien trop maligne pour vous écouter.

Sa riposte était mesurée. Elle mettait Loveday de son côté et isolait Emmeline dans l'autre camp avec pour seul allié son malheureux bout de chiffon. Mais Emmeline se garda bien de hisser le drapeau blanc. Elle soutint hardiment le regard de Lavinia.

— Neal vous a fait venir jusqu'ici, riposta-t-elle d'une voix aussi calme que celle de Lavinia et tout aussi acerbe. Je pensais que vous auriez envie de voir ce qu'il voulait vous montrer.

Touché ! La peste avait marqué un point. Et Lavinia était effectivement désireuse de voir ce que Neal voulait lui montrer. Sans cette histoire idiote de chapeau, elle aurait été à ses côtés en ce moment, trempée et stoïque, en train d'examiner toutes les feuilles de pissenlit de la paroisse pour y déceler des taches violettes.

Elle ne put s'empêcher de froncer les sourcils. Emmeline s'en aperçut et enfonça le clou.

— Du coup, il est parti tout seul dans les bois de Juliot.

Elle secoua tristement la tête et tapota ses boucles de la main. Les boucles dont Lavinia avait toujours rêvé, épaisses et brillantes. Leur couleur, en revanche, était assez ordinaire. Châtain clair.

— Il avait l'air déçu, insista-t-elle. Vous avez une très haute opinion de vous-même et vous ne pensez pas beaucoup aux autres.

— Emmeline ! suffoqua Loveday.

Lavinia réprima un sursaut et se força à sourire.

— Je ne peux pas travailler quand je veux et où je veux, comme vous l'insinuez. À Londres, je n'ai pas une minute à moi. Il y a toujours quelque chose. Réceptions, ventes de charité, bals, pièces de théâtre et que sais-je encore. On y est perpétuellement sollicité. À chaque instant, une nouvelle proposition se présente à vous. Êtes-vous jamais allée à Londres ?

Loveday répondit à la place d'Emmeline.

— Elle y est allée toute petite, intervint-elle.

Loveday était le contraire d'une peste. Plutôt un agneau ou une colombe. Elle voulait réconcilier sa sœur et leur invitée.

— Nous y sommes tous allés quand oncle Digory et tante Heddie vivaient à Croydon, expliqua-t-elle. Mais Emmeline comptait beaucoup sur Neal. Il menait grand train, dans un très beau quartier de Londres. Comment s'appelait-il, déjà ?

— South Kensington, marmonna Emmeline.

— Un beau quartier, murmura Lavinia.

Et, sans pouvoir sans empêcher, elle ajouta :

— Un peu excentré tout de même.

— Ah bon ? fit Loveday en reprenant sa couture. Il est parti à Truro avant qu'elle ait pu lui rendre visite. Pauvre petite. Elle était inconsolable.

Loveday aspirait à faire régner la paix, mais ses vrais talents étaient ailleurs. En l'occurrence, elle cousait à merveille. Son aiguille courait sur son ouvrage. Emmeline plissa les yeux.

— Je devais aller y passer toute la saison, siffla-t-elle en embrochant son bout de flanelle avant de l'entortiller. Tomas et Neal étaient d'accord, et puis il a fallu que Neal s'en aille !

Lavinia n'allait pas laisser passer cette occasion en or. Elle sourit, dévoilant ses jolies dents.

— La saison ? Oh ! C'est ce qu'il y a de pire quand on est une intellectuelle, dit-elle. Vous vous apprêtez à passer une longue journée fastidieuse à travailler, et puis soudain vous apprenez que le prince de Galles reçoit et que Sarah Bernhardt sera là. Comment refuser une telle invitation ? Les distractions sont innombrables. Je suis sûre que c'est difficile à imaginer dans un endroit comme celui-ci, où les heures s'étirent interminablement parce qu'on ne sait pas comment les occuper.

— Je détesterais ça, déclara tranquillement Loveday. La foule m'oppresse. On manque d'air à Londres. Qui est cette Sarah Bernhardt ? Une de vos amies ?

— C'est une comédienne, jappa Emmeline. Immensément célèbre. Voyons, Loveday, elle va s'imaginer que nous vivons à l'âge de pierre !

— Mais vous vivez bel et bien au milieu des pierres, intervint Lavinia avec un charmant sourire. Voyez ces surprenantes falaises qui se dressent partout. C'est ce qui fait le charme de Kyncastle, non ? Et Sarah Bernhardt est bien une amie.

Lavinia se mordit l'intérieur des joues pour ne pas éclater de rire devant l'expression d'Emmeline. Elle enjolivait évidemment la vérité. Elle avait toutefois rencontré son idole à deux reprises, une fois à Londres et l'autre fois à Paris. La deuxième fois, elles avaient échangé une phrase.

— La question était donc parfaitement pertinente, conclut-elle. Vous ne faites pas assez confiance à votre sœur.

— Vous n'avez pas de sœur, fulmina Emmeline. Peut-être devriez-vous vous abstenir de me juger.

— J'ai toujours rêvé d'avoir une grande sœur.

Lavinia sourit à Loveday avant de reposer son regard sur Emmeline. Elle examina un moment sa beauté fraîchement éclose, qu'Emmeline n'avait visiblement pas envie de gâcher auprès des fermiers et des pêcheurs du coin. Puis elle s'apprêta à porter le coup de grâce.

— J'ai toujours pensé que les grandes sœurs étaient une bénédiction, dit-elle. Sauf que…

Elle promena lentement son regard sur Emmeline avant de croiser de nouveau ses yeux.

— Sauf que je n'aurais pas supporté d'avoir à porter leurs vieilles robes.

Emmeline devint livide et serra son ouvrage contre sa poitrine pour cacher sa robe en coton imprimé. La robe était d'une coupe enfantine et avait connu des jours meilleurs, avec des pinces révélatrices aux endroits où le tissu avait été repris. Emmeline pencha la tête, mais Lavinia eut le temps de voir les larmes briller dans ses yeux.

Les larmes. Lavinia se mordit les lèvres. Les filles vaines et sottes étaient toujours les plus sensibles.

Personne ne bougeait. Emmeline finit par se détourner, le dos très droit. Lavinia reconnut cette attitude à la fois raide et fragile. C'était ainsi qu'elle s'était tenue ces douze derniers mois à Londres.

Vos insultes ne m'atteignent pas.

Elle se demanda si elle avait été aussi peu convaincante qu'Emmeline.

— J'ai cru entendre Kelyn nous appeler, dit Emmeline à sa sœur. Elle doit avoir besoin d'aide à la cuisine.

Elle se leva sans lâcher son ouvrage et sortit de la pièce. Loveday la suivit du regard, puis se tourna vers Lavinia. La surprise et le chagrin se lisaient dans ses yeux.

— Je crois bien que Kelyn a appelé, dit-elle doucement. Si vous voulez bien m'excuser.

Lavinia se leva en même temps que Loveday, mais resta clouée sur place dans le modeste salon. La pièce lui parut soudain plus froide et mortellement calme. Elle ressentit comme un coup à l'estomac, un mélange désagréable de remords et de honte.

Elle avait remporté la victoire. *La reine des pestes de Kyncastle*. Un titre sans gloire. Comme celui de duchesse de Cranbrook.

Elle se dirigea vers la fenêtre. Elle donnait sur le cottage voisin, plus petit que la maison des Traymayne, avec des pots de géraniums sur le rebord des fenêtres qui égayaient l'après-midi gris de leurs couleurs. Elle ferma les yeux et appuya son front contre le carreau frais.

Quel âge avait Emmeline ? Dix-huit ans ? C'était la benjamine de la maison, une jeune fille qui lisait les chroniques mondaines, collectionnait les images de jolies femmes dans les revues illustrées et suivait la carrière de Sarah Bernhardt. Une jeune fille qui rêvait, comme tant d'autres avant elle, de voir les portes des palais s'ouvrir devant elle.

Dix-huit et vingt-quatre ans : toute une vie les séparait.

Soudain, Lavinia se sentit vieille, vieille comme le temps lui-même. À Londres, elle avait tenu les comptes, suivi attentivement les codes de la société. Les jeunes filles s'attribuaient des notes les unes par rapport aux autres, mais leur classement était pondéré par des facteurs qui leur échappaient : la naissance, la richesse, la beauté. Elle s'était régalée à faire le compte de ses points. Elle s'attendait à rafler le premier prix !

Le visage de George surgit derrière ses paupières fermées. Elle rouvrit les yeux, leva les mains et posa ses poignets contre la vitre pour les rafraîchir.

Les débutantes nouaient des alliances éphémères qui prévalaient sur les amitiés et favorisaient leurs desseins. Les concurrentes sérieuses se regroupaient, la beauté de l'une rehaussée par l'éclat de sa compagne. Chacune prête à donner un coup de griffes à sa « meilleure amie » le moment venu. C'était la loi de la jungle. Non, pas la jungle. Le zoo humain de la haute société.

Cora, Agnès, Élise avaient toutes ricané à la rupture de ses fiançailles. Quand son père avait été envoyé en prison, elles lui avaient tourné le dos, présentant ostensiblement leurs derrières durs et rebondis.

Cette saison, les faux culs étaient de rigueur. Et, pour la toute première fois, Lavinia n'avait pas été en mesure d'aller chez sa couturière. Les autres filles prenaient plus de place avec leurs arceaux de fer rembourrés, et elle, en comparaison, diminuait. Sa silhouette révélait soudain sa mortifiante pauvreté.

Si Cora avait été à sa place, ou Agnès ou Élise, Lavinia aurait fait partie des ricaneuses, elle les aurait évitées en ondulant de la croupe comme un cheval.

C'étaient les règles du jeu. Les gagnants les remettaient rarement en question.

Il y avait eu une époque lointaine où ces calculs n'existaient pas, où le monde n'était pas divisé en rivales et en conquêtes. Et elle se souvenait avec une grande clarté du jour où elle s'était écorché les paumes en se balançant aux tilleuls avec Effie.

Sa mère l'avait privée de sortie pendant un mois.

— Ne t'imagine pas que tu vas aller jouer dehors tant que tes mains ne seront pas redevenues douces et blanches. Et je veux que tu me promettes qu'elles le resteront. La fille d'un duc peut courir comme un cabri parce qu'elle est de sang bleu. Toi, Lavinia, n'oublie jamais que ta bonne éducation est ton meilleur atout. Montre-moi que tu peux être plus jolie qu'Effie, et je t'emmènerai chez la modiste y choisir ce qu'il te plaira.

Comme elle avait regretté ses escalades dans le jardin avec sa compagne de jeux préférée ! Rien n'avait plus jamais été pareil. Elle se tenait en retrait et regardait avec envie Effie s'amuser. Elle lui souhaitait de déchirer ses bas ou de se salir le visage pour qu'elle, Lavinia, puisse parader devant les grandes personnes. Jolie. Parfaite.

Quand avait-elle commencé à vouloir être la plus belle ?

Elle s'écarta de la fenêtre et contempla la pièce vide. Si elle était seule ici, ce n'était pas à cause de son physique ni parce que son père était un voleur. Il fallait qu'elle se trouve un nouveau mode de comportement avec les autres.

Elle fourra son cahier sous son bras et se dirigea à pas lents vers la cuisine. Elle allait rarement dans les cuisines. Celle-ci était vaste et chaleureuse, et des odeurs savoureuses y flottaient. La vapeur et la fumée se mélangeaient. Elle y pénétra en hésitant et trébucha sur le carrelage irrégulier. Une cheminée gigantesque surplombait un four recouvert d'une grosse plaque en pierre sur laquelle mijotaient des casseroles. Du bœuf séché et des herbes étaient accrochés au plafond. Un buffet en chêne regorgeant de tasses et de plats décorés de motifs floraux flanquait la longue table.

Les trois Traymayne étaient assises près du feu, où la femme de Tomas, Kelyn, remuait du lait caillé dans une casserole en cuivre. À l'arrivée de Lavinia, toutes se turent.

Lavinia les rejoignit et s'éclaircit la voix. Que dire ? *Je suis désolée.* C'était un bon début. *Je suis désolée, Emmeline, de m'être moquée de votre robe. Si je le pouvais, je vous emmènerais fréquenter l'aristocratie à Belgrave Square, et vous verriez par vous-même comme c'est différent de vos distractions de la campagne.*

Soudain, le désir de leur avouer la vérité la submergea, de leur dire qui elle était, de leur raconter tout ce qu'elle avait eu et tout ce qu'elle avait perdu. Elle ne voulait pas qu'on l'excuse, mais qu'on la comprenne.

Aucun mot ne sortit. Elle se força à ouvrir la bouche.

— Je venais vous proposer mon aide, dit-elle, s'étonnant elle-même.

Visiblement, les autres furent tout aussi étonnées. Elles échangèrent des regards. Emmeline répondit la première.

— Il n'y a pas de soufflé au menu.

Elle croisa les bras. Lavinia vit qu'elle avait jeté son ouvrage dans le panier à bois. Kelyn s'écarta du feu, le visage rougi par la chaleur, et s'éventa.

— Je n'ai pas besoin d'aide, dit-elle, mais merci de vous être proposée.

— Oh ! fit Lavinia en regardant successivement les trois femmes.

À cet instant précis, Emmeline et Loveday se ressemblaient étonnamment, avec leurs dos droits devant des flammes qui allumaient des reflets mordorés dans leurs boucles châtains. Kelyn était ronde et très brune, très différente d'aspect. Mais les trois avaient quelque chose en commun, une intimité qui se manifestait dans leur attitude et dans leur simplicité.

Une grosse boule se forma dans la gorge de Lavinia.

— Très bien, réussit-elle enfin à dire. Dans ce cas...

Elle n'avait plus qu'à repartir. Comme elle faisait demi-tour, Kelyn reprit la parole.

— Je n'ai pas besoin d'aide, dit-elle. Mais si d'aventure cela vous intéressait de faire un gâteau...

Lavinia fit prestement volte-face. Kelyn souriait. Ses charmantes fossettes creusaient ses joues. Le travail en cuisine n'avait pas gâté son apparence ni son humeur, n'avait pas modifié sa gentillesse innée, qui était indéniable.

— Cela m'intéresserait beaucoup, affirma Lavinia avec une telle ferveur qu'elle y crut elle-même, ce qui la rendit plus crédible.

Kelyn hocha la tête.

— Quand j'aurai terminé le fromage, alors. Nous allons faire ensemble des petits pains au safran. Il faut qu'on vous trouve un tablier.

— Elle n'a qu'à prendre le mien, claironna Emmeline avec un enthousiasme suspect.

Lavinia sourit. Elle allait tout de même vérifier qu'elle n'avait pas mis de frelons dans les poches.

— Merci, dit-elle aux trois jeunes femmes.

— En échange, vous nous parlerez de la Chine, déclara Kelyn. J'ai tellement de questions.

— Je vous décrirai chaque colline, promit Lavinia en serrant son cahier plus étroitement contre elle.

Protégés par un affleurement de roche, le révérend Henry Curnow et Neal regardaient la pluie tomber en rideaux serrés. Une brume épaisse ouatait la mer et, de l'autre côté du port, les falaises sombres et déchiquetées émergeaient comme les tourelles d'un château en ruine. Il ne pouvait trouver meilleure compagnie que ce bon révérend pour contempler pareil spectacle.

Il sentait encore les cheveux de Muriel lui chatouiller le menton tandis qu'elle se blottissait contre lui, se rappelait la chaleur et la pression de son corps. Son imagination faisait naître en lui cette sensation, alors que le révérend et lui se tenaient collés à la paroi, à l'abri dans l'alcôve de schiste pendant que l'orage atteignait son paroxysme dans le théâtre du ciel.

La pluie fouettait son visage.

— Nom de...

Il essuya son front dégoulinant et étouffa le reste du juron. Curnow était un vieil ami de la famille, un marcheur passionné et un botaniste à part entière, qui aimait citer Newton dans ses homélies.

La vraie philosophie est la servante de la vraie religion, et la connaissance des œuvres de la nature nous mènera à la connaissance du dieu qui l'a créée.

Malgré cela, les ecclésiastiques de tout poil criaient au blasphème.

— ... d'un petit bonhomme, acheva Neal tandis que Curnow éclatait d'un rire sonore.

C'était un colosse, et sa voix sortait du fond de sa poitrine avec une résonance magnifique. Il était touchant de voir à quel point ses paroissiens étaient fiers de lui.

« Une voix à remplir une cathédrale », disaient-ils. Ce qui n'empêchait pas les fermiers de s'endormir sur leurs bancs au fond de l'église, ni les notables de pester contre les coûts demandés pour la restauration de l'église.

— C'est un mauvais coup de vent ! fit Curnow en secouant la tête. Je sais que vous n'avez pas peur de vous faire saucer, Neal, mais je n'ai aucune envie de vous voir décapité par une de ces ardoises qui voltigent. L'église doit partir en morceaux avec ce vent.

Neal se pencha hors de l'abri en louchant pour tenter d'apercevoir le sentier côtier. Il distinguait un tout petit bout de l'église entre les rochers. Le clocher noir tenait bon dans la course effrénée des nuages. Curnow voulait faire le tour de la nef avec lui pour qu'il examine les plantes qui avaient poussé sous les trous dans la toiture.

— Je suis prêt à manger mon chapeau que c'est de l'*elatine hexandra* qui pousse dans les fonts baptismaux, déclara Curnow en touchant le large rebord de son couvre-chef. Et vous allez peut-être finir par trouver votre pissenlit dans l'allée centrale.

Il soupira.

— Mais pas aujourd'hui, hélas. Resterez-vous quelque temps encore ?

— Jusqu'à demain, répondit Neal en se pliant pour se protéger derrière une saillie rocheuse. Après, nous irons vers l'ouest.

Le visage large de Curnow devint soudain inexpressif. Trop inexpressif. Il essayait de ne pas sourire. C'était le « nous » qui avait eu cet effet sur lui.

Quand Neal, chassé par le déluge des bois de Juliot, était venu se réfugier au presbytère, il lui avait parlé de Muriel sur un ton neutre, mais cela avait tout de suite mis la puce à l'oreille du vieil homme. Très vite, il avait tenté de dissimuler sa curiosité en lui apportant ses notes et une collection d'*hepaticae* qui méritait une médaille.

Curnow était l'un des nombreux botanistes du coin qui alimentaient de façon inestimable la liste de la flore de Neal. Il faisait également partie, en cachette, d'un autre groupe, dont le nombre était tout aussi incertain. Neal aurait pu l'appeler « la ligue contre le célibat de Neal Traymayne ». Sa mère en était la présidente, bien sûr. Il n'aurait pas été surpris qu'elle ait écrit à Curnow pour lui demander de réunir dans sa paroisse une sélection de jeunes femmes instruites, avec des compétences établies dans certains domaines incluant, mais pas exhaustivement, la géologie, l'entomologie, la zoologie et la botanique.

— Demain, alors, dit Curnow en frottant ses favoris mouillés. Nous nous y rendrons ensemble, avec cette Mme Pendrake, si elle est disposée à nous accompagner.

Il sortit sa pipe, mais une nouvelle rafale de pluie parut lui faire remettre en question la possibilité de fumer tranquillement. Il la remit en soupirant dans sa poche.

— J'espère que, lors de votre prochaine visite, l'église ne sera plus un site d'intérêt botanique.

— Je boirai à cette intention, lui promit Neal avec un grand sourire.

Autrefois, son père et Curnow se retrouvaient pour partager des pintes à l'unique pub de Kyncastle et restaient là à bavarder bien après l'heure de la fermeture, dans la rue, parlant d'une voix sonore, comme seuls peuvent le faire un universitaire et un pasteur éméchés, si bien que tout le village entendait leur conversation. Enfant, Neal se penchait à la fenêtre pour les écouter. À l'époque déjà, le délabrement de l'église paroissiale faisait partie de leurs préoccupations.

— Depuis le temps que ça dure.

Les réflexions de Curnow semblaient avoir suivi le même chemin que celles de Neal.

— Votre père savait lever le coude.

Il regarda Neal. Ses yeux étaient rapprochés et profondément enfoncés sous d'épais sourcils grisonnants.

— Il se réjouit avec nous aujourd'hui, ajouta-t-il un ton plus bas. Mais sur d'autres rivages.

Neal appuya sa nuque contre le rocher. Platitudes. Des paroles et des pensées qui permettaient de masquer des vérités désagréables.

— Je veux bien admettre un dieu comme cause première.

Le rocher lui rentrait dans la nuque, assez pour lui faire mal.

— Mais je n'arrive pas à croire que mon père boive de la bière au ciel.

— Mais que croyez-vous ?

Seule une curiosité affectueuse perçait dans la voix de Curnow. Neal fixait la pluie. Les trombes d'eau s'étaient transformées en gouttes crépitantes.

— Qu'il est redevenu de la terre. Qu'il s'est mélangé au quartz, à la serpentine, au carbonate de chaux, aux foraminifères, aux laîches et aux herbes, à l'eau douce et à l'eau de mer.

Les mots lui râpaient la gorge. Si ce qu'il disait était vrai, il ne savait pas trop qu'en penser. La mort était à la fois plus et moins définitive que ce qu'on lui avait enseigné lors des services dominicaux.

Les Écritures inspiraient Curnow, mais de temps à autre il avait montré sa volonté de penser différemment de ce qu'enseignaient leurs chapitres et leurs versets. Sa réponse ouvrait le champ à la méditation.

— Alors il est les Cornouailles, dit-il lentement. Est-ce ce que vous voulez dire ? Il n'est pas loin, pas au-dessus ni en dessous. Il est la côte elle-même, celle-ci, qui se trouve sous nos yeux.

— Il en est l'essence.

Neal fit rouler sa tête sur le granit, et la pierre le mordit plus cruellement.

— Mais, matériellement, il est plus Penzance, où il a été enterré.

Neal sentit le regard de Curnow sur lui. Il était peut-être allé un peu loin. Le silence s'étira.

— Vous ne protestez pas ? dit enfin Neal. Vous n'allez pas me parler de la différence qui existe entre l'âme et le corps ?

Curnow se mit à rire et le rocher en renvoya l'écho.

— Dieu m'en est témoin, je ne discute pas avec un Traymayne. Je me contente de prier pour eux.

Neal esquissa un sourire.

— Du ciel bleu, annonça-t-il en le lui montrant du doigt.

Curnow l'observait toujours.

— J'ai toujours cru que votre père préparerait une flore de référence, dit-il. Il connaissait chaque centimètre de ce pays.

— Il n'en a pas eu le temps après sa retraite.

Neal sentit de nouveau sa gorge se serrer. Deux ans après s'être retiré à Penzance, Digory Traymayne était mort.

— C'est un projet sur une décennie, ajouta-t-il.

Il aurait même de la chance si ça lui prenait seulement dix ans. Il lui fallait réunir le matériel, faire des recherches dans les bibliothèques et les herbiers, vérifier les registres. La plupart des botanistes qu'il avait sollicités dans le pays lui avaient proposé de l'aider. Néanmoins, le travail de recensement et d'organisation était colossal, et il devait le faire tout en travaillant pour Varnham.

— C'est pour lui que vous le faites. Même si vous refusez de croire qu'il vous regarde du haut de ces nuages en souriant.

Curnow gratta une allumette. Il tira sur sa pipe, et la fumée odorante les enveloppa.

Neal leva la tête et sortit de l'anfractuosité rocheuse, les mains tendues vers le ciel. La fraîcheur tomba sur ses paumes ouvertes. Juste au-dessus de leurs têtes, la lumière se déversait par une échancrure dans les nuages, ourlée de noir. Curnow le rejoignit sur le sentier. Attendait-il une réponse ?

Sur la raison pour laquelle il préparait la flore.

Si, oui ou non, le soleil qui se réfléchissait sur le mica des falaises signifiait l'approbation de son père.

Neal étira ses épaules engourdies. Ses motivations ressemblaient aux lianes qui croissent dans la pénombre. Il avait pris des décisions pour un tas de raisons qui s'entremêlaient.

— Ça ne durera pas, prévint Curnow en examinant le ciel.

— Je prends tout de même le risque.

Neal tapota de son pouce sa boîte à spécimens. Il remonterait peut-être encore un peu le sentier, cueillir des jacinthes pour Muriel. Sauf si Curnow insistait pour redescendre au village.

— Voulez-vous que je vous raccompagne chez vous ? demanda-t-il courtoisement à Curnow, dans le plus pur dialecte.

Curnow le remercia d'un éclat de rire.

— Oh ! Je me débrouille parfaitement tout seul, lui dit-il.

Malgré son âge, il avalait mile après mile chaque semaine, cueillant des plantes et observant les oiseaux.

— C'est bien dommage, ajouta-t-il.

Neal se souvint brusquement qu'il avait perdu sa femme l'hiver précédent. Son expression dut le trahir, car Curnow secoua la tête en souriant, comme pour le rassurer.

— À demain alors, à l'église. Avec Mme Pendrake.

Quand Neal arriva à l'endroit tapissé de fleurs, il ne put s'empêcher de quitter le sentier et d'ouvrir les bras pour essayer de se mettre à la place de Muriel lorsqu'elle avait découvert pour la première fois la vue magnifique sur le port, avec cette eau bleu marine sur laquelle se découpaient les falaises aux bords crénelés. Il marcha jusqu'au bord, et c'est alors qu'en laissant errer son regard il aperçut, sur une petite saillie rocheuse, la capeline de paille de Muriel.

Il réfléchit tout de suite à un moyen de la récupérer. À l'endroit où il se tenait, la falaise dominait les vagues écumantes sur un à-pic d'une trentaine de mètres de haut. Même un corbeau n'y aurait pas trouvé moyen de s'accrocher. Mais la saillie se situait à quelques mètres sur sa droite, tout près du coin où le sentier s'incurvait et formait un coude à partir duquel s'amorçait le raidillon qui menait à l'église. Là, la falaise était moins haute et descendait en paliers successifs.

Les rochers seraient mouillés. Il courut sur le sentier, rangea sa boîte à spécimens contre un gros rocher, y posa son manteau plié et avança avec prudence sur la mousse glissante jusqu'au rebord de la falaise. Puis il s'accroupit et fit passer ses jambes par-dessus bord.

Voilà pourquoi sa mère s'était réveillée un beau matin avec les cheveux blancs. Ce n'était pas l'Amérique du Sud à proprement parler qui la faisait trembler, mais l'impulsion qui y avait conduit son fils. Cette même impulsion qui lui faisait escalader les falaises, les arbres et même les immeubles. Le portail à Eton. Tom Tower à Oxford.

Il plaisantait quand il avait raconté à Muriel que sa mère escaladait les falaises, même si Hedra Traymayne avait effectivement souvent gravi des chemins escarpés et difficiles d'accès, parfois même en s'aidant de cordes. Elle était réfléchie et audacieuse. Lui était impulsif et *trop* audacieux. Fou à lier.

Il risquait sa vie pour un maudit chapeau. Que la pluie avait probablement esquinté.

Il sentait craquer les articulations de ses doigts tandis qu'il descendait en s'accrochant aux petites aspérités du rocher. Ses orteils cherchaient des prises dans les fentes de schiste. À tout moment, les nuages pouvaient s'ouvrir de nouveau et déverser des torrents d'eau qui le balayeraient de la surface rocheuse. Il devait faire vite. Les muscles de ses épaules le brûlaient et semblaient se décoller de ses os. Il atteignit un endroit où la falaise devenait moins perpendiculaire et put se faufiler le long d'une arête étroite. Là, il reprit son souffle avant de reprendre sa descente dans le vide. Se suspendant à l'angle d'une grande dalle, il tendit ses abdominaux et fit des demi-cercles avec les jambes jusqu'à trouver une prise. Quand il arriva au niveau de la corniche, il rassembla ses forces et passa un bras dans la boucle du ruban encore noué. Il poursuivit sa descente, le chapeau rebondissant contre la falaise, jusqu'à ce qu'il réussisse à trouver une prise solide pour ses pieds sur une large saillie rocheuse. Celle-ci s'élargissait pour devenir une véritable plateforme avec un renfoncement sous une voûte basse. Une grotte, creusée dans une veine minérale plus tendre érodée par le temps. Il se réfugia sous la voûte et attacha la capeline autour de son bras en poussant un vrai cri de guerre. Son cœur cognait contre son sternum.

Fous à lier. C'étaient les mots qu'employait James pour les désigner, Neal et lui. Et ils se mettaient à hurler tous les deux, transis ou à moitié nus, sur quelque improbable promontoire.

Les mouettes criaillaient faiblement. Leurs piaillements sinistres lui rappelaient les légendes de son enfance, avec leurs cortèges de sorcières, de fantômes et d'elfes. Il cria de nouveau et testa son sang-froid en regardant dans le vide en dessous de lui. Il devait être à environ huit mètres au-dessus de la mer. L'eau tourbillonnait, fascinante. Une mouette cria, toujours faiblement, mais cette fois, quelque chose dans la note désespérée et soutenue le poussa à en chercher la cause. Rien. La pluie et le vent avaient chassé les oiseaux vers leurs perchoirs. Il regarda une nouvelle fois en bas, à la surface de l'eau et un peu plus loin vers le port, avec ses bateaux de pêche à l'ancre et ses petites maisons blanches. Son œil capta un détail. Là-bas. Il plissa les yeux. Bien au-delà des mouillages, un petit bateau dansait sur l'eau comme un bouchon.

Dieu tout-puissant ! Il les voyait à présent : deux têtes brunes et des bras qui s'agitaient. Des fous, qui s'imaginaient pouvoir dompter les flots et ramer par ce temps de chien, juste pour s'amuser.

Ils se dirigeaient droit vers la mort.

Combien de temps lui faudrait-il pour remonter jusqu'au sentier et courir au village jusqu'au port ? Ce serait trop long.

La descente était toujours plus rapide. Pourrait-il, s'il plongeait, ressortir suffisamment loin pour éviter de se faire aspirer par les tourbillons, qui l'enverraient se fracasser contre les rochers ? Il valait mieux ne pas se poser certaines questions. Il lâcha la capeline et entama la descente.

Lavinia n'aurait jamais cru se retrouver dans pareille situation, mais elle savourait son plaisir. Elle était en train de croquer dans la croûte dorée d'un petit pain encore chaud qu'elle avait confectionné de ses propres mains. Quelle satisfaction inouïe !

Bien sûr, Kelyn s'y était mise aux aurores : elle avait fait tremper le safran dans le lait, préparé la pâte qu'elle avait laissée lever, mais elle lui avait si bien expliqué les différentes étapes tandis qu'elles pétrissaient la pâte que Lavinia aurait très bien pu s'imaginer qu'elle avait tout suivi depuis le début. Après tout, qui s'en souciait ? Seul le résultat comptait.

Elle avait travaillé la pâte élastique et surveillé la cuisson des gâteaux, et maintenant la croûte craquait sous ses dents, le beurre fondait sur ses lèvres, et c'était tout simplement divin.

Elle n'en revenait pas. Dans une cuisine, on mélangeait des ingrédients secs à d'autres frais, et avec un peu d'huile de coude et de chaleur, les choses se métamorphosaient sous vos yeux. C'était magique. Enfin, plus probablement scientifiquement explicable, mais encore une fois, qui s'en souciait ?

Loveday racontait une anecdote amusante sur la jeunesse de Neal. Ils étaient allés dans une crique tapissée d'un sable merveilleux jonché de coquillages, avec des mares profondes où ils s'étaient baignés. Pendant le long trajet du retour en carriole, Neal avait retiré une graine de cumin de son biscuit en lui expliquant que, si elle la plantait, elle récolterait toute une moisson de biscuits en septembre.

— L'avez-vous plantée ?

Lavinia se tenait les côtes. S'esclaffer manquait d'élégance. Dans une cuisine, de surcroît, avec de la farine dans les cheveux, debout, les doigts dans le plat !

On s'en fiche. On s'en fiche. On s'en fiche.

— Bien sûr ! Je l'ai cru !

Loveday avait coupé son gâteau en deux, et elle y étalait une couche épaisse de crème caillée.

— Il est très convaincant. Vous ne vous en êtes peut-être pas encore rendu compte.

— Peut-être que si, intervint Kelyn. Sinon, elle ne serait pas ici.

Lavinia trouvait ses fossettes délicieuses, un petit détail charmant. *Tout* était délicieux.

— Je suis heureuse d'être là, déclara-t-elle en ajoutant une cuillerée de crème à son gâteau.

Loveday se mit à aller et venir devant la fenêtre.

— Que peut bien faire Emmeline ? s'inquiéta-t-elle. Il ne faut tout de même pas une heure pour déposer une miche de pain en bas de la route.

— Elle est prévenante avec le pasteur, répondit Kelyn, qui empilait la vaisselle sale sur la table. J'espère seulement qu'elle a pensé à emporter un parapluie. La tempête se déchaîne dehors !

Le vent s'était en effet mis à hurler, et la maison paraissait secouée de frissons. Elles sursautèrent toutes les trois en entendant la porte d'entrée claquer.

— C'est sûrement l'orage, dit Kelyn.

Mais, un instant après, Emmeline fit irruption dans la cuisine, ses cheveux trempés collés sur le visage, le regard hagard.

— Yestin et Tristan, balbutia-t-elle. Dans le port.

— Et Davy ? s'exclama Loveday.

— Il est là-bas, il sort son bateau pour aller les chercher.

Emmeline reprit sa respiration.

— Et Neal... C'est lui qui les a vus le premier. Il a sauté... sauté de la falaise.

— Que Dieu nous protège ! fit Kelyn en joignant les mains sur son cœur.

— Le pasteur l'a vu sauter à l'eau, mais les vagues étaient si hautes...

La voix d'Emmeline s'éleva d'un cran.

— Il ne sait pas... Il n'a pas vu...

Loveday était déjà passée devant elle pour courir dans l'entrée, et Lavinia se rendit compte qu'elle aussi s'était mise à courir. La force du vent lui coupa le souffle quand elle sortit dans les bourrasques. Après une petite accalmie à l'heure du déjeuner, la tempête avait redoublé de vigueur. La pluie l'aveuglait presque tandis qu'elle trébuchait derrière Loveday, qui volait littéralement sur les pavés. Des villageois étaient sortis sur le pas de leur porte, et d'autres dévalaient bruyamment les ruelles sinueuses. Une clameur s'était élevée, reprise par tous.

— Les enfants Strout !

— Le port !

La foule se pressait sur la berge, et Loveday joua des coudes pour se frayer un chemin. Profitant des brèches, Lavinia se faufila à sa suite et vacilla au moment où ses pieds s'enfoncèrent dans le sable. Les bateaux de pêche, ballottés comme des jouets, penchaient si fort sous les rafales que leurs mâts touchaient les vagues. Sous les promontoires rocheux, la mer rugissait. Les déferlantes venaient se briser dans des gerbes d'écume qui s'élevaient dans les airs et rejoignaient la pluie, formant un seul et même voile mousseux que la mer sombre venait constamment déchirer. Le jour tombait. Çà et là dans la baie, des rochers noirs émergeaient des flots. Était-ce le bateau de Davy qui tourbillonnait là-bas sur les vagues ? Et Neal ? Où était Neal ?

— La mer monte ! gémit une femme près de Lavinia.

Lavinia fit volte-face et se cogna à Emmeline, qui lui prit le bras dans un étau. Son visage était défait. Autour d'elles, la foule grossissait, devenait un amas de coudes, d'épaules et de hanches. Lavinia était poussée de tous côtés. Elle ne voyait plus l'eau. Les voix se mêlaient au fracas de la mer. Emmeline la poussa en avant, et elles parvinrent à se rapprocher du quai. Secouée par les sanglots et les rafales de vent, Loveday se tenait là, dans les bras d'un colosse tout de noir vêtu.

Une voix grave de baryton résonna à leurs oreilles.

— D'autres bateaux sont sortis. N'ayez pas peur, mon enfant. Dieu veille sur eux.

— Que s'est-il passé ? hurla Emmeline.

— Ce pauvre Davy Strout ! lui répondit une femme à côté d'elle. Il a été drossé sur les rochers.

— Les rochers ? Son bateau s'est écrasé ?

Lavinia sentit les ongles d'Emmeline lui déchirer la peau. La femme tira sur son châle et hocha la tête.

C'était intolérable. Lavinia se dégagea de l'étreinte d'Emmeline et grimpa sur un pilier. Il fallait qu'elle voie. Le vent manqua la renverser, mais elle se redressa. La pluie s'était calmée, et on y voyait un peu mieux. La surface agitée de la mer était couverte d'écume. L'homme, le pasteur, ne s'était pas trompé. Il y avait bien deux bateaux qui se dirigeaient vers les promontoires. Leurs équipages souquaient de toutes leurs forces. Elle se rendit compte qu'elle se tordait violemment les mains. À se briser les os. Sa bague risquait de lui découper le petit doigt en deux.

Sur le bateau le plus éloigné, des hommes se penchaient et tiraient quelque chose hors de l'eau. Un enfant. Ils l'attrapaient sous les aisselles et le hissaient à bord. Elle scruta la baie, balayant du regard les flots de droite à gauche.

— Davy ! cria-t-elle. Il est là. Là-bas !

Mais cela ne servait à rien. Aucun de ceux qui étaient sur l'eau ne l'entendait. Puis elle vit que le second bateau approchait du rocher auquel s'agrippait Davy. Ils l'avaient repéré !

Il y eut un répit, et elle chancela. Neal. Où était Neal ? Dans ses cauchemars, elle se retrouvait souvent sur les bords de la Tamise, où l'on repêchait le corps de George. Il portait le costume gris anthracite qu'il avait sur le ferry qui les emmenait à Dieppe. Et il la regardait fixement.

Dans ces cauchemars, elle ne pouvait pas parler, ni bouger. L'horreur recommençait encore et encore. L'homme qu'elle aimait, dont le corps chaud avait fait ses délices, était là, froid et rigide.

À présent, elle se tenait en spectatrice sur le rivage pendant que Neal était ballotté quelque part dans cette immensité liquide et déchaînée.

Mais où ? Dans les flots démontés, elle aperçut des débris au creux d'une vague. Une planche du bateau détruit. Deux corps s'y cramponnaient.

— Là ! s'époumona-t-elle. Là !

Comme la fois précédente, personne ne l'entendit. Mais les hommes dans les bateaux ne pouvaient pas voir la planche ni son fardeau humain. Ils ramaient dans la mauvaise direction.

L'horreur s'amplifiait. Elle ne pouvait rien changer ; elle était incapable de parler, de bouger. *Non. Non. Non.* Elle était témoin du destin. Victime du destin. *Non*. Elle sauta du pilier et tomba à genoux.

— Là !

Elle *pouvait* parler, même si personne ne l'entendait. Elle continuerait à parler jusqu'à ce qu'on l'écoute. Elle crierait jusqu'à s'en casser les cordes vocales. Et elle pouvait aussi bouger. Elle avait le contrôle de ses membres. Elle pouvait agir, et c'était ce qu'elle allait faire. Elle traversa la foule en courant et atteignit le bord de l'eau, où elle se mit à patauger. La mer lui lécha les chevilles, glaciale. Elle avança parallèlement au port en direction des falaises, tendant le doigt et criant d'une voix déchirante :

— Là. Il est là !

Une vague fit monter l'eau jusqu'à sa taille. Elle frémit mais ne s'arrêta pas, ne se laissa pas entraîner. Une autre déferlante plus agressive tira sur ses jupes, et elle chancela. Seigneur, si elle tombait, si la lame passait sur elle et l'emportait... Elle reprit pied.

La foule sur le rivage l'avait enfin vue. Elle entendait les cris, le tumulte des voix, et puis, comme les gens avaient fini par comprendre en suivant son bras tendu, une clameur collective s'éleva.

— Là ! Il est là-bas !

Tout le village s'en fit l'écho, et s'éleva alors comme un chant aussi puissant que la tempête. Le deuxième bateau fit demi-tour, cingla vers les falaises. Lavinia tremblait violemment. Elle ne sentait plus ses jambes ni ses pieds. Les vagues la poussaient et la tiraient sans relâche, l'épuisant. Elle plia les bras, poings serrés, sous son menton. Le premier bateau passa devant elle comme une flèche. Son équipage hagard sauta dans les eaux peu profondes et hala l'embarcation sur le sable. Lavinia se retourna et vit Davy qui regagnait le rivage en pataugeant, son frère dans les bras. Tomas et le pasteur se précipitèrent vers lui et, d'un seul mouvement, l'allongèrent sur le manteau noir du pasteur. Quand elle se retourna vers la mer, la seconde embarcation n'était plus qu'à quelques mètres. Neal était assis au milieu des hommes, ses cheveux noirs ruisselants, sa chemise trempée plaquée sur ses larges épaules.

Il ne regardait pas seulement dans sa direction. C'était elle qu'il fixait intensément. Puis cette embarcation passa elle aussi devant elle. Elle souleva avec effort les jambes pour changer de cap. Ses jupes s'entortillaient, mais elle marchait plus vite, à présent, et revenait vers le quai. Devant elle, on débarquait l'autre garçon, qui toussait et se tortillait. Tomas était agenouillé près du premier, dont il soulevait et abaissait les bras et les jambes. Loveday et Davy se serraient l'un contre l'autre.

— Il respire, leur dit Tomas en relevant les yeux tandis qu'une femme traversait la foule d'un pas décidé.

Elle prit l'enfant dans ses bras et le berça avec une tendresse indicible, puis elle ouvrit les bras pour que le second garçon vienne s'y glisser. Elle ne cessait pas de murmurer et, quand Lavinia s'approcha, elle entendit une litanie de menaces et d'avertissements terribles.

C'était sûrement leur mère.

— Ramenez-les à la maison près d'un bon feu.

Tomas se releva et passa une main sur son front, l'air épuisé.

— Muriel !

Loveday, qui venait de l'apercevoir, lui tendait les bras.

À quel instant la transition s'était-elle opérée, la politesse formelle se transformant en familiarité ? Cela avait commencé dans la cuisine, avec des efforts partagés, puis la tempête, le drame les avaient mis à nu, pas seulement elle et les Traymayne, mais le village tout entier. La peur, l'espoir, un but commun les avaient réunis.

Elle saisit les mains de Loveday, et celle-ci réprima un cri.

— Mais vous êtes gelée !

— Crénom de nom ! gronda Tomas. Qu'est-ce que c'est que cette histoire ? Tu as sauté de la falaise ?

Dans son dos, Neal venait d'arriver. Lavinia se retourna au moment où Davy se ruait sur lui pour le serrer dans ses bras.

— Dieu te bénisse, espèce de fou !

Davy le lâcha brusquement et fit volte-face pour recracher de l'eau. Il en avait ingurgité une quantité considérable.

Neal secoua ses cheveux mouillés qui lui tombaient sur les yeux.

— De toute façon, j'avais déjà descendu la moitié de la paroi.

— Tu avais vu un nid ? Ou une de tes maudites mousses si rares ? bougonna Tomas, très ému.

Il avait eu une peur bleue. On le lisait encore sur son visage.

— Un chapeau, en fait. Sur une saillie.

Neal détacha son regard de Tomas et le posa sur Lavinia. Elle était trop gelée pour rire, mais elle lui fit un clin d'œil. Elle se doutait bien qu'il était capable de mettre sa vie en danger pour un brin d'herbe. Mais pour son chapeau ?

— Tomas, cesse de les faire parler, intervint Loveday en posant une main sur la manche de son frère. Ils vont attraper la mort. Vous trois, il faut absolument que vous enleviez ces vêtements trempés.

Lavinia n'aurait jamais dû regarder Neal à cet instant précis. Son expression l'avait-elle trahie quand elle avait entendu la phrase de Loveday ? « Que vous enleviez ces vêtements trempés » ? Il risquait d'ôter sa chemise tout de suite. Le coton mouillé moulait les muscles de ses bras et de sa poitrine, son pantalon sculptait ses cuisses. Elle eut soudain la gorge sèche.

La foule se dispersait. Tout le monde était mouillé et grelottait, même ceux qui n'avaient pas plongé dans l'eau.

— Je vais enfermer les jumeaux dans leur chambre jusqu'à leurs quarante-cinq ans, histoire de les empêcher de faire une telle bêtise, déclara Tomas en secouant la tête. Mais qu'est-ce qui leur est passé par la tête, à ces garçons ?

Davy toussa.

— Ils ont dû penser que ce serait amusant. Ma mère va leur passer un sacré savon, crois-moi. Je vais l'aider à les ramener à la maison.

Il rejoignit le petit groupe qui s'était formé autour des garçons. La plupart des hommes avaient les cheveux couleur paille, comme Davy, tandis que les femmes et les jeunes filles arboraient des tresses blondes. Tous des membres de la famille Strout. Ils s'ébranlèrent en direction du village, toujours serrés les uns contre les autres. Loveday et Tomas les suivirent. Ici, les familles étaient soudées.

Dans la famille de Lavinia, personne ne leur avait écrit, ni à elle ni à sa mère, pendant ou après le procès. Ils avaient conservé une distance que Lavinia trouvait jadis nécessaire et de bon aloi.

Il y avait la famille, et puis il y avait les parents pauvres.

— Que faisiez-vous dans l'eau ? souffla Neal à l'oreille de Lavinia alors qu'ils emboîtaient le pas aux autres.

Elle lui coula un regard en coin.

— Les bateaux... Ils allaient dans la mauvaise direction.

Elle se retourna pour regarder la baie. Le vent s'était calmé, et l'eau noire miroitait.

— Je vous ai vu, avec le garçon, mais je n'arrivais pas à me faire entendre.

— Alors vous vous êtes jetée à l'eau pour nous sauver, conclut Neal avec un pâle sourire.

— N'en faites pas toute une histoire !

Elle avala sa salive et s'immobilisa. Il la taquinait, mais ses yeux brillaient avec une intensité toute particulière.

C'était pourtant bien ce qui s'était passé : elle s'était jetée à l'eau, comme il l'avait dit. Elle, pas Muriel Pendrake. Ce regard intense lui était destiné. Elle sentit sa poitrine se dilater.

— Mais vous pouvez me remercier de vous avoir sauvé la vie, reprit-elle tandis que son cœur, soudain libéré, cognait follement contre ses côtes.

Il rit et secoua la tête avec admiration. Il était admiratif mais... il n'était pas d'accord.

— Vous avez été formidable, concéda-t-il. Mais nous nous dirigions vers la Dent de la Vache. C'est ainsi qu'on appelle ce rocher plat et rond là-bas.

Il le lui montra du doigt.

— On le voit à peine. Il est recouvert à marée haute, mais si on monte dessus, l'eau vous arrive seulement aux genoux.

Incroyable.

— Alors vous aviez tout prévu, dit-elle en le fixant avec incrédulité. Les falaises, les tempêtes, les chapeaux inaccessibles, les enfants qui se noient, tout ceci n'est qu'un jeu pour Neal Traymayne !

Il repoussa ses cheveux en arrière.

— En parlant de chapeau, c'est la seule perte que nous ayons à déplorer. Peut-être arriverai-je à le récupérer demain, mais il risque d'être dans un sale état.

Elle en resta un instant bouche bée.

— Le récupérer ?

Elle le connaissait assez pour reconnaître cette lueur amusée dans ses yeux. Mais il parlait sérieusement. Il comptait bien retourner sur cette falaise le lendemain.

— Êtes-vous suicidaire ?

— Pas du tout, fit-il en haussant les épaules. Ou plutôt... plus maintenant.

Alors elle comprit. Il était si gentil, si droit, si admiratif, si différent de tous les hommes qu'elle avait connus. Elle commençait à peine à s'en rendre compte.

— Je vous trouve bien arrogant !

Elle ne put s'empêcher de regarder de nouveau les falaises déchiquetées et l'imagina sautant dans la mer. Il ne doutait pas de ses capacités physiques ! Elle se retourna vers lui pour le foudroyer du regard, lui, son cou large, ses épaules carrées et ses bras solides dont il paraissait si fier.

— Que diraient vos sœurs ?

Il sourit.

— Elles savent que j'ai fait bien pire.

Il n'avait pas eu peur un seul instant, ballotté dans ces vagues monstrueuses alors que sa vie et celle de ces deux garçons étaient en jeu.

Ce n'était peut-être pas de la suffisance mais une maladie mentale. Mais, évidemment, les chasseurs de plantes étaient des fous. Elle avait perdu de vue cette notion capitale parce que Mme Pendrake, dans son manuscrit, rendait tout mortellement ennuyeux. Enfin !

Rien que l'autre jour, il riait en lui parlant de ses démêlés avec les condors dans les Andes !

— J'ai oublié de préciser que je fais partie de l'Association de natation de Grande-Bretagne.

Comme il prononçait cette phrase ridicule, avec une jovialité montrant qu'il était parfaitement conscient de son inanité, il releva ses manches et elle vit qu'il avait la chair de poule. Combien de temps était-il resté dans l'eau ? Il devait être congelé. Pourtant, il gardait un air insouciant. Il s'amusait. Le danger était passé, à présent. Il arborerait ses bleus et ses égratignures comme des trophées. Le fou !

— Mon ami Alan, celui qui s'est battu en duel avec son propre manuscrit, s'est inscrit en même temps que moi, poursuivit-il. Nous défendons avec ardeur les bienfaits de cette discipline. Je parraine un club à Truro, par l'intermédiaire de Varnham. Alan publie une revue hebdomadaire de natation, *La Gazette des nageurs*. Lui-même a remporté de nombreux championnats de nage sur quatre cents mètres. Des courses chronométrées dans des bassins artificiels. Il adore ça. Pour ma part, je préfère la nage en eaux vives, dans les rivières et dans la mer, les épreuves d'endurance. Mais j'aime aussi les épreuves plus courtes, comme plonger d'un bateau au pont de Londres et nager jusqu'à Greenwich.

Dans la Tamise ! Elle en eut le souffle coupé. Et cet air décontracté en expliquant qu'il plongeait d'un bateau !

— Mais j'avoue que ce n'était pas le jour idéal pour un concours de plongeon.

Une gouttelette d'eau qui coulait sur son front roula sur la bosse de son nez, tomba et atteignit ses lèvres. Il la recueillit du bout de la langue.

— Toutefois, j'ai battu mon propre record.

Il se tenait là, dégoulinant d'eau de mer, grand, sûr de lui, décontracté, plaisantant. Mais ce qui venait de leur arriver n'était pas une plaisanterie. Ils étaient passés à deux doigts du drame. C'était un avertissement. C'était bien joli d'être souple, fort, jeune et de se croire invincible.

Le destin se moquait bien de ce que Neal croyait.

Il se retourna et reprit sa marche en direction du village, mais elle ne bougea pas. Elle était plantée sur place.

— Et si vous vous étiez noyé ?

La question avait jailli avec une violence inouïe, presque comme un cri.

— Qui se préoccuperait alors de vos records personnels ? « Il s'est brisé le cou, mais quel plongeon : plus de douze mètres ! »

Le cœur de la jeune femme avait cessé de gambader et cognait violemment dans sa poitrine. *Boum boum. Boum boum.*

— Vous auriez pu vous noyer, reprit-elle. Cela peut arriver à tout le monde.

George dans son costume gris anthracite, les yeux vitreux et fixes, débarqué sur la berge par les mariniers. Des frissons lui parcoururent l'échine.

Neal avait fait demi-tour et la regardait parler. Son visage devint grave. Lentement, il la prit par les coudes en exerçant une légère pression.

Tout le monde pouvait les voir. Mais personne ne s'était attardé si près du rivage. Les lumières scintillaient au-dessus d'eux dans le village, signe que tous les habitants étaient rentrés chez eux, près du feu. Sa gorge lui faisait mal, et elle avait l'impression de peser une tonne, à force de lui tenir tête.

— Tout le monde peut se noyer. Il y a mille et une façons de mourir, dit-il d'une voix sourde.

Il s'était soudain rembruni et ne la regardait plus, mais fixait un point au-dessus de son épaule. Dans un sursaut, elle reconnut cet air égaré. Lui aussi voyait un visage hagard, un regard fixe.

Mais il chassa la vision et reporta son attention sur elle. Mouillés, ses cils noirs et recourbés étaient plus épais que jamais.

— Le miracle… c'est que nous sommes tous vivants.

Ses mains sur ses bras étaient fermes et chaudes. Sous la frange de ses cils bruns, ses yeux lui faisaient signe. Elle comprit qu'elle avait basculé en avant quand il se pencha sur elle.

Son visage était froid mais son haleine douce et tiède. Sa langue vint réchauffer ses lèvres. Elle s'abandonna contre lui, tressaillit au contact de sa chemise mouillée. Sa jupe détrempée faisait comme un entonnoir où le froid s'engouffrait, défiant les lois de la gravité. Il recula de quelques centimètres, ses doigts caressant doucement la ligne de son cou, puis il posa sa bouche sur la sienne et l'embrassa longuement. Une chaleur bienfaisante se diffusa dans tout son corps. Ses lèvres vibraient.

Elle s'arracha à son étreinte.

— Vous claquez des dents, constata-t-elle.

— Vous croyez ? fit-il, l'air amusé. Je n'avais pas remarqué.

Il se frotta les biceps et se mit à sauter à pieds joints. Comme un gamin. *Ses pieds !* Elle écarquilla les yeux.

Il était pieds nus.

Il lui sourit en claquant des dents de plus belle.

— Prenez garde, bougonna-t-elle. Bientôt, c'est votre squelette qui va s'entrechoquer.

Il éclata de rire, comme s'il n'avait pas été à deux doigts de se transformer en bloc de glace.

Tout cela était bien réel. Mais cette histoire ne pouvait pas durer.

Neal était un jardinier fou et arrogant qui allait pieds nus, et elle n'était qu'une cervelle d'oiseau incapable de faire la différence entre un arbuste chinois et un plant de pommes de terre.

Une cervelle d'oiseau mariée.

Mais la sensation qu'elle avait éprouvée dans la cuisine des Traymayne avait été bien réelle, elle aussi, ainsi que la chaleur du foyer, les rires de Loveday et de Kelyn, et la pâte dans ses mains.

Si seulement elle avait pu être celle qu'ils croyaient !

Elle saisit la main de Neal, dont la paume large enveloppa la sienne.

— Des petits pains au safran nous attendent, déclara-t-elle. Voilà ce qu'il nous faut. Dépêchons-nous.

Les petits pains au safran. Un remède provisoire et délicieux à tous les malheurs de la vie. Main dans la main, ils se mirent à courir sur le sable.

7

Quatre heures passées sous le soleil matinal, et sans chapeau. Lavinia inspecta son visage sous tous les angles dans le miroir placé au-dessus de la commode en chêne. Tout bien considéré, elle avait limité les dégâts. Visiblement, elle supportait bien mieux le soleil que les fraises. Son teint était resplendissant, tout rose. Son nez un peu rougi n'était certes pas ce qu'il y avait de mieux. La couleur, s'il fallait la tolérer, devait être très légère et se concentrer sur les pommettes. Dieu merci, sa peau était restée douce et lisse.

Elle avait passé des heures dans le chœur sombre de l'église, à envelopper des lichens dans du papier, pendant que, à tour de rôle, Neal et le pasteur les prélevaient sur la roche à coups de marteau et de burin. Cet intermède à l'ombre l'avait probablement sauvée.

Avant de quitter la chambre bien aménagée, elle appliqua sur son visage une fine couche du baume Varnham. Il fallait qu'ils mettent une femme resplendissante de fraîcheur sur leur publicité. Elle expliquerait à Neal que c'était un stratagème indispensable. Pas elle, bien entendu. Elle proposerait que ce soit Emmeline.

Du coup, elle se souvint.

Elle tomba sur Emmeline dans la cuisine, en train de préparer le déjeuner des jumeaux : un gâteau de riz et des œufs mollets. C'était maintenant ou jamais. Elle attaqua bille en tête, sans même la saluer. C'était inutile, compte tenu de leurs récents échanges d'amabilités.

— En haut, dans ma malle, j'ai une très jolie robe en dentelle et en soie rose pâle. Elle vient de Paris.

— Tant mieux pour vous, répliqua Emmeline en donnant un coup sec sur l'œuf qu'elle tenait dans la main, envoyant voler des bouts de coquille sur la table.

Lavinia comprit qu'elle ferait mieux d'en venir rapidement au fait.

— C'est une couleur qui vous irait à ravir, j'en suis sûre.

Dans ce domaine, Lavinia avait l'œil. La robe, avec son corsage très ajusté qui allait en s'évasant jusqu'à l'ourlet, requérait une silhouette fine et élancée. Emmeline était mince avec une petite poitrine, et presque de la même taille qu'elle.

Lavinia inspira profondément.

— J'aimerais vous en faire cadeau.

Emmeline laissa tomber l'œuf à moitié écalé sur une assiette, sidérée. Mais la proposition de Lavinia n'avait pas l'air de lui faire plaisir. Elle croisa les bras.

— Vous voulez me refiler vos vieilles robes, c'est ça ?

Lavinia soupira. Après le long dîner de la veille, très cordial, au cours duquel on avait raconté à Kelyn la tragédie qui avait failli se produire et accordé une attention méritée à tous ceux qui avaient participé à l'heureux dénouement, elle avait espéré avoir enterré la hache de guerre avec Emmeline. N'avaient-elles pas fait front toutes ensemble, fût-ce brièvement, sur le port ?

Visiblement, la jeune fille n'avait toujours pas digéré l'affront de la veille.

— Je vous demande pardon pour les méchancetés que je vous ai dites.

Eh bien, ça n'était pas si difficile à dire. Mais ça ne marchait pas non plus. Emmeline enleva le reste de coquille et écrasa furieusement le blanc de l'œuf avec le dos d'une fourchette. Lavinia l'observa un moment.

Sans lever les yeux, Emmeline déclara d'une voix sèche :

— Une robe achetée à Paris ! Je pourrais la mettre pour aller à l'opéra de Kyncastle.

Lavinia rougit. N'avait-elle pas fait remarquer avec dédain que Kyncastle ne proposait aucune sorte de distraction ? En quelle occasion Emmeline pourrait-elle bien mettre une toilette parisienne ?

— Eh bien... vous pourriez la porter pour une soirée musicale, ou pour un bal...

Sa voix se perdit dans un murmure. Neal avait mentionné un festival d'été à Penzance, mais Tomas et Kelyn avaient parlé de feux de joie. Une robe en soie n'était pas forcément la tenue la plus adéquate.

Les habitants des Cornouailles dansaient-ils à l'occasion de cérémonies barbares autour des meules de foin ou des baquets de poissons ? Il devait bien y avoir des hobereaux goutteux qui organisaient des réceptions et des bals quelque part sur la côte nord. Pourquoi Tomas ne recevait-il pas des invitations pour ses sœurs en échange de ses bons soins ?

Et puis flûte ! Emmeline serait vraiment ravissante dans cette robe en soie rose.

— Et si vous la mettiez cc soir ? dit-elle lentement tandis qu'une idée germait dans son esprit. Nous pourrions organiser une petite soirée.

La fourchette cessa de s'activer. Emmeline la dévisageait avec des yeux ronds. Il était là, le défaut de sa cuirasse.

— Pas un repas, bien sûr...

Lavinia pressa un doigt sur ses lèvres en réfléchissant rapidement.

— Nous pourrions organiser quelque chose après le dîner, un temps de divertissement.

Tandis qu'elle parlait, elle sentait monter sa propre excitation. Finalement, elle allait pouvoir faire appel à sa propre expertise. Les soirées, c'était son domaine ! Évidemment, cela ne s'improvisait pas le jour même, et il fallait toujours prévoir un budget important, des domestiques et une grande maison pour recevoir, mais elle savait dorénavant s'adapter aux circonstances défavorables.

Première des priorités : réduire les coûts.

Elle se mit à faire les cent pas.

— Nous aurons seulement besoin de rafraîchissements légers.

Gâteaux, biscuits, glaces, bonbons, petits sandwichs de langue de bœuf froide ou de cresson, thé, café, limonade, vin et champagne. Comme le champagne lui manquait !

Elle jeta un coup d'œil autour d'elle dans la cuisine et se mordit la lèvre.

Réduire. Et réduire encore.

— De la bière et des gâteaux secs, déclara-t-elle. Ce sera parfait. Du vin si c'est possible.

Il devait y avoir quelques bouteilles à la cave. Les médecins bénéficiaient tout de même d'un certain train de vie.

— Et nous n'avons pas besoin d'un quatuor. Deux musiciens feront l'affaire. Nous n'avons pas le temps d'imprimer un programme, mais je peux rédiger quelques cartons à la main pour que ces dames puissent tenir le compte des danses qu'elles auront accordées. Peut-être ferons-nous plus court, car tout le monde se lève tôt ici. Dix-huit danses. Non, plutôt quatorze.

Neal et elle devaient prendre le train du matin à Bodmin.

— Le salon est bien trop petit. Nous pousserons la table de la salle à manger contre le mur et nous roulerons le tapis.

Elle sentit son front se plisser. Combien d'invités pourrait contenir la salle à manger ? Et quelle serait la réaction du maître et de la maîtresse de maison ?

— Je ne pense pas que Tomas ou Kelyn s'y opposent, murmura-t-elle en hésitant.

— L'hôtel de ville, souffla Emmeline, le regard brillant. Il y a un piano.

Le cœur de Lavinia fit un bond. Elle avait vu l'hôtel de ville. Il se trouvait sur Fore Street, au coin de la rue, après le pub et le bureau de poste. C'était un bâtiment austère, un peu médiéval, construit en pierre grise et en ardoise. La grande salle devait être basse de plafond et sentir le moisi.

Réduire. S'adapter.

Elle hocha la tête.

— Nous l'égayerons avec des fleurs.

Pas des fleurs coupées achetées chez le fleuriste, mais des fleurs des champs qu'elle irait cueillir elle-même. Des digitales, des marguerites et des bruyères, et toutes les autres fleurs que Neal lui avait montrées quand ils s'étaient promenés le long du ruisseau qui courait dans la vallée et remontait dans les bois de Juliot. Les épilobes, les linaires, les fleurs de carottes sauvages, les iris des marais, les ombellifères.

— Kelyn pourrait faire des biscuits au gingembre, suggéra Emmeline à son tour en arpentant la cuisine. C'est Loveday qui joue le mieux du piano. Et si je demandais à Emily Polwhele ? Elle est encore plus douée. Et M. Hichens joue du *hornpipe*[1] !

Du *hornpipe* ! Lavinia s'arrêta net. Comment refuser sans la blesser ? On ne pouvait pas décemment

1. Le *hornpipe* est un instrument à vent traditionnel. *(N.d.T.)*

porter une robe de chez Worth et danser sur un air de matelote !

— Peut-être un violoniste ? s'enquit-elle.

Emmeline claqua des doigts.

— M. Barnett ! s'écria-t-elle. Il manie l'archet.

Un violoneux. Lavinia haussa les épaules. Ils s'en contenteraient. Tous les éléments du puzzle étaient réunis. Le lieu, les musiciens, les rafraîchissements, la décoration. Maintenant, elles devaient se mettre au travail. Elles n'avaient pas de temps à perdre.

— Allons trouver ce M. Barnett ainsi qu'Emily Polwhele.

Lavinia s'apprêtait à tourner les talons, mais Emmeline écarta les bras en regardant la table.

— Le déjeuner, dit-elle tristement. Kit a une crise d'asthme. Il faut que je le surveille comme le lait sur le feu.

Elle posa deux bols remplis de pudding au lait sur un plateau laqué.

— Oh !

Lavinia fronça les sourcils. *Le déjeuner.* Elle redressa les épaules, s'approcha de la table et prit un œuf dans le panier.

— Je vais m'occuper du déjeuner des jumeaux.

L'union faisait la force, c'est bien ce que disait le proverbe, non ?

Elle examina l'œuf. Il fallait casser la coquille et l'écaler. Elle s'empara d'une cuillère et donna un coup sec sur l'œuf. À sa grande satisfaction, une large fêlure apparut à mi-hauteur sur toute la circonférence de l'œuf.

Un liquide transparent et visqueux se répandit sur ses doigts. Elle lâcha l'œuf avec un petit cri, et il vint s'écraser sur la table.

Emmeline lui dit d'un ton pincé :

— Ceux-là ne sont pas cuits.

Elle attrapa un œuf dans une casserole au fond noirci et le lui tendit.

— Essayez celui-ci.

Évitant le regard d'Emmeline, Lavinia s'appliqua à faire rouler le nouvel œuf sur la table jusqu'à ce que la coquille se craquelle sous sa paume.

N'importe qui aurait pu commettre cette bourde.

Libre à Emmeline d'en faire ses choux gras.

Mais quand elle releva les yeux, Emmeline avait joint ses mains sur sa poitrine et regardait rêveusement devant elle. Elle croisa le regard de Lavinia et baissa les mains en rougissant.

Lavinia reporta son attention sur son œuf. Elle ne voulait pas embarrasser la jeune fille au beau milieu de ses rêves romantiques. L'œuf était zébré de fissures. Quand ces minuscules morceaux de coquille allaient-ils tomber ?

— Pensez-vous..., commença Emmeline.

Elle posa bruyamment deux cuillères sur le plateau et se pencha en avant sans réussir à contenir son excitation.

— Pensez-vous vraiment que les gens vont venir ?

Lavinia releva les yeux avec vivacité.

— Bien sûr que oui !

Il n'y aurait pas une file de voitures déversant des flopées d'aristocrates scintillants de bijoux, mais il y aurait du monde. Tout le village, si Emmeline le désirait. Elles ne pouvaient pas se permettre de faire les difficiles. D'ailleurs, mieux valait toucher le maximum de personnes, compte tenu des dimensions de la salle.

— Nous allons prévenir tout le monde, déclara-t-elle.

Pas de liste d'invités. Pas d'invitations non plus. Ils se passeraient le mot de bouche à oreille. Ils le crieraient du haut de la falaise.

— Les gens viendront, approuva Emmeline. Les gens viendront, répéta-t-elle comme pour se convaincre.

Et elle se mit à jouer avec la pointe d'une boucle de cheveux qui s'était dénouée.

Les gens. Lavinia dissimula un sourire.

— Vous pourriez l'inviter vous-même, suggéra-t-elle avec un petit air innocent, attrapant son œuf dont la coquille était toujours entière.

Emmeline bondit de sa chaise en devenant écarlate.

Ah ! Elle avait bien deviné.

Kelyn et Loveday savaient-elles qu'Emmeline avait un amoureux ?

Il en resterait comme deux ronds de flan quand il la verrait dans sa robe en soie rose.

Lavinia posa l'œuf débarrassé de sa coquille dans une assiette. Une pauvre sphère mutilée dont le jaune coulait là où le blanc avait été arraché avec la coquille.

Les jumeaux s'en contenteraient.

Lavinia et Emmeline avaient du pain sur la planche : l'organisation du premier – et du dernier – bal de la saison de Kyncastle.

— À ton avis, qu'est-ce qu'elles fabriquent ?

Davy s'assit sur ses talons et s'essuya le front avec le revers de sa manche. Neal jeta son chiffon sur le quai et secoua lentement la tête.

— Je n'en ai pas la moindre idée.

Il fit jouer son épaule gauche, massant les muscles raidis, puis il s'allongea sur le dos et croisa les mains sous sa nuque.

Il n'y avait pas un nuage dans le ciel bleu pervenche. La tempête de la veille les avait chassés et avait emporté avec elle toute trace d'humidité. Au-dessus de la baie, il faisait chaud et il n'y avait pas un souffle d'air.

Il aurait donné cher pour un peu de fraîcheur.

C'était un travail éreintant de réparer ce trou dans la coque du vieux chalutier des Strout. Cela faisait des heures que Davy et lui s'échinaient dessus. Le soleil avait dérivé vers l'ouest en perdant de sa hauteur, ses rayons obliques diminuant en intensité. Mais ce n'était qu'un petit répit. Il écarta le tissu mouillé de sa poitrine et se servit de son plastron de chemise pour s'éventer.

Il transpirait comme un buisson d'ajoncs recouvert de rosée matinale. Voilà ce que son père aurait dit. Qu'aurait-il encore dit s'il avait réellement pu le voir de là-haut, comme l'avait suggéré Curnow ?

« Dis-moi, fiston, ce ne seraient pas les bottes cavalières de mon père que tu portes là ?

— Tout à fait. Tomas les a descendues du grenier. Tu n'es peut-être pas au courant, mais j'ai perdu les miennes hier au cours d'une baignade imprévue.

— Comment ça, pas au courant ? Arrête tes âneries ! C'est moi qui ai intercédé pour toi. À ton avis, pourquoi la pluie s'est-elle arrêtée ?

— Ah bon ? Tu te prends pour un papiste ? Tu plaisantes, j'espère.

— Évidemment. Pourquoi les morts seraient-ils dépourvus d'humour ?

— On prétend surtout que les morts ont un regard d'aigle. Si c'est le cas, tu pourrais m'aider à retrouver ce pissenlit, celui auquel je veux donner le nom de mère.

— Ta mère aimerait que tu t'installes enfin, tu le sais ?

— Oui, elle me l'a dit.

— Moi aussi. Tu es trop téméraire. Tu as besoin de t'ancrer quelque part.

— Alors réjouis-toi, j'ai trouvé ma future épouse.

— Et ta future épouse, se réjouit-elle ?

— Je n'en sais rien. Elle ne le sait pas encore.

— Téméraire et présomptueux. Que vais-je faire de toi ?

— Tu peux veiller sur moi. Te réjouir, mais de loin.

— Tu as toujours eu la langue bien pendue. Je me réjouirai le jour de ton mariage si tu déniches une femme qui sait te tenir la dragée haute. »

Neal soupira et leva une jambe pour examiner sa haute botte noire, vestige de la Régence, avec dans les oreilles l'écho de la voix grave et amusée de son père. Il se souvenait plus de sa voix que de son visage. Bon... Il avait suffisamment rêvassé.

Il s'assit.

— Les revoilà.

Muriel et Emmeline arrivaient dans la rue qui longeait le port, leurs têtes penchées l'une vers l'autre, visiblement en grande discussion.

Davy grogna. Il avait repris son travail et calfatait avec de la poix les joints des planches qui constituaient le revêtement extérieur de la coque.

Le chalutier serait comme neuf. On ne pouvait en dire autant du canot sur lequel les frères de Davy avaient affronté la tempête. Le ressac en ramenait encore des débris sur le rivage, et les garçons avaient été chargés de récupérer l'épave. Ils avaient passé leur après-midi à inspecter le rivage avec excitation, tirant sur le sable leurs découvertes qu'ils apportaient à Davy. Celui-ci examinait chaque morceau de bois pour voir s'il pouvait l'utiliser avant de le jeter dans un des deux tas.

Comme ils étaient fougueux, ces deux garçons. Dans cette corvée, ils voyaient plus une récompense qu'une punition.

Neal se leva pour aider Davy à terminer. Ce faisant, il jeta de nouveau un coup d'œil aux jeunes femmes. Emmeline s'en aperçut et donna un coup de coude à Muriel, qui tourna la tête et lui fit un petit signe de la main. Puis elle se dirigea à grands pas vers le pub, Emmeline sur ses talons.

Neal siffla.

— Elles vont aller boire une pinte !

Davy tapa si fort sur la coque que celle-ci bougea légèrement sur ses cales. Il se mit à rire.

— Tu crois ?

Les fenêtres à petits carreaux du pub étaient sombres. On ne voyait rien de ce qui se passait à l'intérieur. Neal reporta son attention sur le bateau.

— Mystère…

Ils ne cessaient de tomber sur Emmeline et Muriel à tous les coins de rue. Neal avait couru d'une maison à l'autre dans le village escarpé, à la recherche d'une scie plus solide, d'un deuxième ciseau à calfater, de poix, et chaque fois, il les avait croisées qui allaient et venaient. À un moment donné, il les avait vues par la porte ouverte de la boulangerie. Muriel, les mains sur les hanches, marchandait âprement avec Mme Wilmot. Une autre fois, il les avait aperçues sortant de la maison de M. Barnett. Ce dernier les raccompagnait avec un sourire jusqu'aux oreilles, sa démarche guillerette faisant danser ses frisettes poivre et sel. Il les avait aussi vues surgir du chemin derrière le presbytère, les bras chargés de fleurs.

Dès qu'elles le remarquaient, elles haussaient les sourcils en souriant et en agitant un bras, ou elles échangeaient des regards malicieux. Mais elles ne s'interrompaient jamais dans leurs activités pour venir échanger quelques mots.

Comme deux larrons en foire, elles fonçaient à toute vitesse. Il y avait anguille sous roche.

— Elles ne sont pas seulement allées boire une pinte, lui fit remarquer Davy.

Muriel et Emmeline étaient ressorties, portant chacune un pichet de bière. Elles s'engouffrèrent dans la ruelle.

Neal appuya son coude sur le bateau et les suivit du regard en plissant les yeux. Il finit par laisser tomber, renonçant à élucider ce mystère.

— Nous comprendrons quand elles daigneront nous expliquer, dit-il, et Davy s'esclaffa.

— C'est ce que je suis en train d'apprendre, lui confia-t-il avec un sourire radieux. Comme ça, je serai prêt pour septembre.

Quand il épouserait Loveday.

Neal lui rendit son sourire.

— À ta place, cousin, je ne compterais pas trop dessus.

Une planche récalcitrante les monopolisa l'heure qui suivit. Quand ils remontèrent sur le quai, Tomas les héla et bondit à leur rencontre.

— On a jeté un sort à la maison ! s'exclama-t-il. Venez aider un pauvre homme à désenchanter son royaume.

Le spectacle qui les attendait dans la salle à manger des Traymayne était pour le moins étrange.

— Mais... où sont passées les chaises ? s'étonna Davy en faisant le tour de la table.

— Avec les femmes, peut-être ?

Tomas se grattait le haut du crâne.

— C'est froid, déclara Davy en se penchant sur la table pour attraper un quartier de pomme de terre dans un plat.

Il huma les terrines.

— Tout est froid.

Neal passa une tête par la porte de la cuisine. Elle était déserte. Il y flottait un parfum de sucre et de gingembre. Les tasses et les assiettes avaient disparu du buffet.

— Et Kelyn ?

Davy regarda Neal, qui revenait dans la salle à manger. Ce dernier secoua la tête.

— Vous comprenez maintenant pourquoi j'ai tout de suite fait demi-tour pour aller chercher du renfort, leur expliqua Tomas en enfournant un quartier de pomme de terre dans sa bouche.

— Eh bien, nous sommes là, dit Davy. Et si les lutins avaient enlevé ta femme et tes enfants et qu'ils avaient jeté un sort à la nourriture ? Tu es sous leur pouvoir désormais.

— Quand le vin est tiré..., fit Tomas en chipant une deuxième pomme de terre.

— J'entends des pas...

Neal s'avança subrepticement vers la cage d'escalier, suivi de Tomas et de Davy. Muriel descendait les marches avec majesté, vêtue d'une robe en soie rouge et dentelle au décolleté plongeant. Elle leur fit signe de sortir de la main.

— Ne restez pas ici en troupeau, leur dit-elle. Allez vous habiller pour le dîner et aidez-nous à transporter les rafraîchissements à l'hôtel de ville. Le bal débute à 21 heures précises.

— Quel bal ?

Instinctivement il s'était rembruni. Muriel avait mis toute la maison, non, tout le village, sens dessus dessous pour un bal ? Et voilà qu'elle leur donnait des ordres, à présent ?

Seigneur, il allait devoir s'excuser auprès de Tomas. Que devait penser son cousin ? Il avait lui-même introduit le lutin dans sa maison.

Elle s'immobilisa au milieu de l'escalier.

— Vous semblez consternés, observa-t-elle. J'aurais dû être plus explicite. Bien sûr, vous faites partie de nos invités.

Loveday apparut en haut des marches.

— Muriel, croyez-vous que cette étole...

Elle se tut en voyant les trois hommes en bas.

— Elle est parfaite, s'exclama spontanément Davy.

Un chenapan, ce garçon, mais un adorable chenapan. Neal se dérida un peu en voyant son air ébloui et la rougeur révélatrice de Loveday. Elle avait effectivement fière allure. Il y avait quelque chose de changé dans sa coiffure. Elle avait dénoué ses cheveux, voilà, c'était ça. Quelques mèches étaient nouées derrière ses oreilles, mais le reste de ses boucles tombait en cascade sur ses épaules. L'étole bleu lavande faisait ressortir les paillettes vertes de ses yeux noisette.

Muriel observait Davy et Loveday avec un sourire en coin. C'était elle qui avait coiffé Loveday, bien sûr, et ce morceau de tulle lavande était sorti comme par enchantement de sa volumineuse malle.

Neal se tourna vers Tomas, qui avait mis un pied sur la première marche et s'appuyait contre la balustrade. Son air consterné avait laissé place à la gaieté. Neal constata qu'il serait inutile de s'excuser.

— Comment dois-je m'habiller ? demanda Tomas à Neal avant d'éclater de rire. Non, la vraie question est : toi, que vas-tu mettre ? Les bottes cavalières de grand-père vont jurer avec ta garde-robe londonienne.

— Je n'ai pas emporté ma garde-robe londonienne, riposta Neal en ramenant son regard sur Muriel, qui avait relevé ses cheveux blonds en couronne sur sa tête. Aurais-tu un pantalon de grand-père et une redingote ? Je pourrais me déguiser en personnage historique.

Il s'adressa à Muriel :

— Serait-ce un bal déguisé, avec un peu de chance ?

Elle descendit l'escalier en souriant.

— Oh ! Ce sera très éclectique, vous savez. Habillez-vous comme il vous plaira. Dans la limite du raisonnable, évidemment.

Elle le toisa de haut en bas pour bien lui faire comprendre que ses vêtements tachés de poix étaient clairement proscrits.

Elle le prenait donc pour un bouseux ? Certes, il préférait les sommets de montagnes aux manoirs, mais il était à l'aise partout. Si Muriel Pendrake avait besoin d'un cavalier, elle n'avait pas à aller le chercher à Londres ou à Paris. Il pouvait parfaitement faire l'affaire. Plus qu'elle ne le croyait.

— C'est bon, les amis, dit-il à Davy et à Tomas. Nous avons reçu notre feuille de route. Exécutons-nous !

Il s'inclina devant Muriel.

— Je ne voudrais pas, pour ma part, manquer le premier quadrille.

8

À la quatrième danse, Lavinia avait cessé de se faire du souci. Les gens étaient de plus en plus nombreux à se presser dans la salle municipale. Ils se hélaient, s'embrassaient, déposaient leurs vêtements et leurs chapeaux pêle-mêle, nullement troublés par l'absence d'un vrai vestiaire. De nouveaux venus avaient rejoint les danseurs. Les autres, adossés aux murs, les chahutaient avec bonne humeur en tapant du pied et en s'envoyant dans le gosier bières et autres alcools. Dieu merci, beaucoup de jeunes gens avaient pensé à apporter à boire. La première vague des participants avait asséché les pichets. Où qu'elle pose les yeux, les gens s'amusaient. Personne ne se plaignait du plancher inégal ou de l'humidité désagréable qui, combinée à la fumée des lampes, dégageait une forte odeur de renfermé. Les musiciens jouaient à un rythme endiablé, presque toujours le même.

Le bal était une réussite.

Et Neal... Neal valsait comme un prince. Enfin, pas précisément un prince. Il glissait avec souplesse comme n'importe quel pair du royaume, mais ses voltes et virevoltes semblaient destinées à l'étourdir. Son expression non plus n'était pas très aristocratique. Pas de petit sourire figé ni d'arrogance. Il riait tandis qu'ils tournoyaient, comme si sa grâce suprême faisait de lui le vainqueur d'une compétition. Elle aurait voulu s'en agacer, mais jamais il ne faisait de faux pas, jamais il ne sautait. Il ne claquait pas non plus des talons ni ne faisait de gestes brusques ou saccadés. Il valsait à la perfection, à supposer que cette danse soit compatible avec cette allégresse désinhibée, cette sorte de jubilation que l'on aurait plus imaginée sur un terrain de sport que dans une salle de bal.

Bien sûr, ce n'était pas une salle de bal. Peut-être le style puissant et tapageur de Neal s'accordait-il parfaitement à une soirée dans une salle des fêtes. Dans tous les cas, il recevait son lot de compliments.

Tournoyant dans les bras de Neal, Lavinia aperçut une rangée de jeunes filles contre le mur. Elles portaient des robes de couleurs voyantes mais ne semblaient pas se lamenter d'avoir été délaissées. Elles avaient plutôt l'air entreprenantes.

— Neal Traymayne, vous êtes un homme bien courageux ! lança sur leur passage une fille plantureuse aux épaisses nattes brunes et au sourire effronté.

Ses amies pouffèrent en mettant leurs mains devant leurs visages.

Évidemment, Neal faisait office de prince à Kyncastle. Un Traymayne de Londres. Pour l'occasion, il avait mis une redingote noire, celle qu'il portait dans cette horrible auberge, et son impeccable cravate blanche était correctement nouée. Avec ses bottes d'un autre âge et son sourire canaille, il ressemblait à un chef de brigands. Toutes les filles de la vallée devaient probablement sortir devant leurs portes en soupirant quand il venait dans le pays en espérant s'attirer ses faveurs.

Elle et Neal auraient dû danser avec d'autres partenaires, mais une étrange étiquette régissait ce couple qui s'était formé pour un quadrille et enchaînait les valses.

Ce n'était pas le désir de le soustraire à ces jeunes filles de la campagne. Bien sûr que non. C'était qu'elle aussi dansait divinement. Elle s'était languie toute la saison précédente, s'étant vu refuser l'accès aux sphères où elle avait coutume de briller. Voilà qu'elle entrait dans une autre sphère, petite et un peu miteuse mais tout aussi animée, et elle sentait son sang battre dans ses veines comme avant. Elle ne supportait pas l'idée d'évoluer gauchement avec un moins bon danseur. C'était tellement exquis de virevolter dans les bras de Neal, une main posée sur son épaule, son buste écarté du sien. Leurs attitudes, leurs mouvements, tout respirait l'harmonie et la grâce.

Elle aurait voulu danser des heures avec lui.

Soudain, il l'attira adroitement au centre de la pièce pour éviter un couple qui chaloupait en agitant les bras. Au cri qui suivit, elle devina qu'un autre couple moins agile avait fait les frais de ce geste intempestif.

Neal se mit à rire. Il la guidait avec aisance, se fiant à sa phénoménale intuition physique. La même intuition qui lui permettait de descendre des parois rocheuses abruptes et de nager sur la crête des vagues.

— J'ai l'impression de danser sur le pont d'un navire, murmura-t-il à son oreille.

Il parlait du plancher, de ces planches larges et rugueuses et de leur inclinaison. Malgré cela, elle sentit tout son corps s'enflammer à la perspective d'une échappée, d'un avenir.

Eux deux voguant vers la France.

La duchesse et son amant.

Contrairement à la duchesse de son histoire, elle n'embarquerait pas après avoir gaillardement pioché dans les biens de son mari. Elle serait sans le sou, entièrement dépendante de Neal, comme elle avait jadis été dépendante de son père, de George et de Cranbrook.

De toute façon, elle n'y arriverait jamais.

Contrairement à l'amant de la duchesse, Neal, avec sa grâce souveraine et ses airs de corsaire, n'était pas un chef de bande sans foi ni loi. Il ne l'emmènerait pas de l'autre côté de la Manche pour aller vivre avec lui à Paris.

Sauf si...

Elle s'efforçait de regarder droit devant elle, les yeux fixés sur sa cravate, sur son cou hâlé, sur sa mâchoire anguleuse.

Sauf s'il tombait amoureux d'elle. Follement, éperdument amoureux, d'un amour immodéré et déraisonnable.

Alors il serait capable de tout.

La valse s'acheva brusquement, une bousculade près du piano ayant poussé Emily à plaquer un accord final.

Neal resserra son étreinte et l'attira à lui un peu plus près que ne le voulait la bienséance, puis il la relâcha et jeta un regard autour de lui. Un groupe de jeunes gens dégingandés, des chopes à la main, entourait M. Barnett. Ils lui demandaient quelque chose avec insistance. Le meneur de la bande avait une énorme pomme d'Adam et une voix étonnamment grave.

— Place au tambourin pour danser nous aussi !

Lavinia fronça le nez, et Neal lui traduisit :

— Les garçons réclament une gigue, expliqua-t-il alors que déjà le violon attaquait.

M. Barnett se mit à sauter comme un cabri. Il ne semblait pas souffrir de rhumatismes, bien qu'il doive avoir près de cent ans. Un homme trapu déplaça sans cérémonie une femme âgée installée sur une chaise apportée par les Traymayne, cala un tambourin sur ses genoux et se mit à taper dessus de toutes ses forces avec la paume de sa main.

Il était, comme par hasard, vêtu d'une blouse.

La femme âgée soulevait ses pieds en rythme et fit le tour du piano sous les vivats des jeunes gens.

Neal haussa les sourcils et lança un regard interrogateur à Lavinia, qui secoua la tête. Les gigues ne faisaient pas partie de son répertoire.

— Cela vous choque ? lui demanda-t-il, tandis qu'ils s'écartaient de la foule gesticulante et bondissante et se faufilaient entre les spectateurs qui se pressaient en grappe contre le mur du fond.

— Que le bal d'Emmeline se transforme en danse champêtre ?

Elle s'arrêta près d'une fenêtre, sur le rebord de laquelle les fleurs des champs piquaient du nez dans leur vase. Avait-elle oublié de leur mettre de l'eau ? Avec tous ces préparatifs, l'après-midi était passé dans un brouillard.

Pas de main verte ici.

Elle soupira :

— À vrai dire, je m'y attendais un peu.

Comme elle l'espérait, il sourit en entendant la résignation dans sa voix.

— Le bal d'Emmeline ? répéta-t-il en la dévisageant attentivement.

Le plancher craquait sous le martèlement des pieds des danseurs, qui bondissaient au rythme de l'archet déchaîné de M. Barnett.

— C'est comme cela que vous avez réussi à l'amadouer ? Vos prouesses héroïques d'hier ne l'ont pas convaincue, alors vous vous êtes débrouillée pour qu'elle fasse ses débuts dans le monde ?

— Plus ou moins, répondit-elle avec un sourire.

Ses prouesses héroïques. Il refusait de reconnaître qu'elle lui avait sauvé la vie, mais il parlait d'elle comme d'une héroïne. Enfin, presque.

— Bravo. Même les Traymayne de Kyncastle ont succombé à votre charme.

Sous le faible éclairage, ses yeux avaient presque viré au noir.

— Vous croyez ?

Elle s'était tournée pour tripoter les fleurs, mais elle lui coula un regard en douce par-dessus son épaule.

— Seulement les Traymayne de Kyncastle ?

Les bals, champêtres ou non, n'étaient que des prétextes pour flirter.

George aimait la voir flirter avec d'autres hommes. « Ils me font pitié alors que, d'habitude, j'ai plutôt tendance à les mépriser. Et je me mets à leur place. Mais ces pauvres niais ne t'auront jamais, ma Vinnie. Tu m'appartiens. Tu es mienne. »

Neal n'était pas un niais. Et George… George était mort.

Elle le ferait taire.

Le sourire de Neal s'élargit.

— Tous les Traymayne qui sont à Kyncastle, rectifia-t-il, et il se rapprocha nonchalamment en regardant par-dessus son épaule.

Puis il changea de ton.

— Vous avez cueilli des orchidées dans le jardin du presbytère.

Il effleura le bord rose et velouté d'une fleur et la fit ployer sous sa main gantée.

Était-il scandalisé ? Elle avait vu pendant leur expédition dans les bois de Juliot qu'il ne déterrait pas toutes les plantes qu'il voyait. Quand il en prenait une, il faisait très attention à ne rien abîmer.

— Vous ne les avez pas toutes cueillies ? s'enquit-il.

Les autres bouquets se trouvaient sur les rebords de fenêtres dissimulés par la foule ainsi que sur la table, où ils avaient improvisé un buffet. Dans chacun des bouquets trônaient des orchidées.

— C'était pour la bonne cause.

Elle ne put s'empêcher de toucher la fleur après lui. Son gant effleura le sien tandis qu'elle caressait les délicats pétales. Ce contact silencieux lui fit perdre la tête, et elle se pencha pour respirer l'odeur légèrement vanillée des pétales avant de se redresser. Le cuir blanc de ses gants était taché de la poudre jaune d'or du pollen.

— Pour Emmeline, lui accorda-t-il.

Puis il fronça les sourcils.

— Au moins, cela lui aura fait plaisir.

Il n'était visiblement pas content. Le dépit de Lavinia se transforma en indignation.

— Ne me dites pas que vous lui en voulez pour ces orchidées, alors que vous n'avez pas tenu la promesse que vous lui aviez faite ? riposta-t-elle. J'ai passé mon après-midi à organiser un bal parce que vous, vous avez filé en Cornouailles sans même vous occuper d'elle à Londres. De la part d'un cousin, ce n'était pas très charitable !

À présent, il haussait les sourcils. Allait-il lui demander ce qu'elle savait des rapports entre cousins ? Elle était fille unique, certes, mais elle avait des cousins ! Même s'ils n'étaient pas nombreux. Et même si elle les avait snobés quand elle était une jeune et riche beauté fiancée à un duc.

Ses cousins, à n'en pas douter, avaient dû se réjouir après le revers de fortune de son père.

Mais Neal ne l'interrogea pas sur son histoire familiale ni sur ses déboires. Son front se dérida et il baissa les paupières.

— Heureusement qu'elle a de bonnes amies, dit-il, taquin.

Ouf ! Il n'allait pas insister au sujet des orchidées.

Comme il s'adossait au mur, une mèche rebelle tomba sur son front. Elle mourait d'envie de la repousser.

— L'hôtel de ville n'a pas connu une telle affluence depuis le procès de Joan Traymayne, jugée ici pour sorcellerie.

Il écarta la boucle rebelle, ses cheveux brun acajou ressortant contre le cuir fauve de son gant.

— Quand était-ce ? A-t-elle été condamnée ?

Elle regarda autour d'elle en imaginant une rangée de juges en robe noire et une femme en haillons, vieille et courbée, mais avec le visage de Loveday.

— Oui, lui répondit Neal. C'était en 1646, la seule fois où les assises se sont tenues à Kyncastle.

— Alors elle a été pendue, souffla Lavinia.

Neal se targuait d'avoir une ancêtre sorcière qu'on avait condamnée à mort. Peut-être qu'un père en prison ne le choquerait pas.

— Tel fut le verdict, mais le bon peuple de Kyncastle ne l'entendait pas de cette oreille et a préféré pendre les juges haut et court, dit Neal avec un sourire fier. Pour leur donner une leçon. Et l'histoire est arrivée jusqu'à nous.

Elle le dévisagea, estomaquée. À coup sûr, ces juges auraient livré leur version avec moins d'entrain.

— Avez-vous remarqué dans le salon un crochet en fer avec un manche en bois suspendu au-dessus de la cheminée ? La légende veut que ce soit la gaffe de l'un de mes ancêtres. Il s'en serait servi pour repousser le juge suprême du Conseil royal. Il aurait fait tomber sa perruque.

Il éclata de rire.

— Ma mère n'aurait jamais épousé mon père si ses ancêtres avaient laissé l'une des leurs se faire condamner à mort pour sorcellerie.

Le fait de compter une sorcière parmi ses ancêtres n'a donc pas suffi à la conquérir ? Lavinia se mordit la langue et garda pour elle sa réflexion.

— Emmeline ne m'a pas raconté cet épisode, déclara-t-elle.

Où était-elle, d'ailleurs ? Elle passait son temps à disparaître, mais au bal donné en son honneur ? La dernière fois que Lavinia l'avait aperçue, elle se tenait près du piano avec un air consterné.

Le bal était une réussite, mais celui qu'elle attendait n'était pas encore arrivé.

Neal haussa les épaules.

— Je suis étonné que personne ne vous ait parlé de dame Joan, comme nous l'appelons tous. Elle est très aimée dans notre famille. Emmeline devait certainement avoir la tête ailleurs. Vous en avez fait des kilomètres toutes les deux avec vos allées et venues !

— Mes pieds s'en souviennent, avoua-t-elle.

Elle avait attrapé des ampoules bien avant de commencer à danser.

Il la fixa de son regard franc et direct, si différent de ceux des autres hommes qu'elle avait connus.

— J'étais désolé de quitter Londres à ce moment précis, lui dit-il d'une voix basse que couvrait la musique. Mais il fallait absolument que je m'en aille.

Avait-il quitté Londres par discrétion, par égard pour Elizabeth Fletcher ? Ou par dépit après avoir vu passer, pendant qu'il plantait des rhododendrons dans un square, une flopée de jeunes femmes en robes bordées de plumes de cygne ? Tout à coup, la lumière se fit, chassant ces frivolités.

La maladie de sa mère.

Le martèlement des talons s'amplifia tandis que M. Barnett jouait avec une vigueur redoublée. La pièce était si encombrée que les danseurs se cognaient les uns aux autres. Tomas risquait d'être plus sollicité ce soir que la veille, quand ces deux enfants avaient failli se noyer.

— Allez !

La jeune fille effrontée aux lourdes tresses rebondissantes s'était approchée pour croiser le regard de Neal. Ces nattes-là auraient pu gifler un homme et lui arracher sa perruque.

— Venez, cousin ! s'écria-t-elle.

Neal lui sourit et fit un petit geste de refus.

Lavinia fronça les sourcils.

— Mais pourquoi vous êtes-vous installé à Londres ? Vous n'y êtes pas resté très longtemps.

— Environ un an, répondit-il d'un air absent. De janvier à janvier.

Il observait les danseurs, à présent, et ses doigts battaient la mesure sur sa cuisse.

— J'y suis allé pour Varnham, ajouta-t-il.

Son travail de botaniste. Il était le directeur des pépinières, pas un simple jardinier. Il fallait qu'elle cesse de l'affubler de cette étiquette, en dépit de son cou tanné par le soleil et de ses ongles sales.

Peut-être avait-il été fiancé à Elizabeth Davenport plutôt qu'à Elizabeth Fletcher. Ce qui n'était pas absurde si l'on se focalisait sur l'aspect affaires plutôt que sur l'aspect jardinage. Un homme d'affaires aurait immédiatement jeté son dévolu sur Elizabeth Davenport.

Mais c'étaient des considérations oiseuses.

Il battait la mesure du pied. La musique l'attirait irrésistiblement, il ne tenait plus en place. Elle allait le délivrer de cette torture.

« Allez-y, aurait-elle dû lui dire. Puisque vous avez si envie de danser, dansez ! »

Mais c'était peut-être cette fille plutôt que la musique.

— Mais vous habitez Truro désormais, poursuivit-elle sans lâcher le sujet. Et pourtant vous dirigez toujours Varnham.

Il fit un effort pour reporter son attention sur elle.

— Nous avons plusieurs succursales, mais la maison mère est à Londres. Je n'aurais pas pu reprendre l'affaire sans y avoir passé un certain temps. Mais ce n'était pas dans mes projets initiaux. Je suis allé à Londres pour y rejoindre Charles Varnham, le père de James. Le reste a suivi.

Elle ne comprenait pas et cela dut se voir sur son visage, mais la gigue s'acheva dans un brouhaha qui étouffait toute tentative de discussion. La foule se déplaça, d'autres couples se formèrent, et le nombre de danseurs redoubla au centre de la salle. On attaqua une autre gigue, au tempo plus rapide. Tomas, tout rouge, émergea de la mêlée et leur fit signe de les rejoindre.

Dis-le.

— Allez-y, fit-elle en en se tournant vers Neal avec un sourire. Vous en mourez d'envie.

Il eut un moment d'hésitation, mais de pure forme.

Navrée, elle le vit rejoindre les danseurs. Il martelait le plancher avec ses vieilles bottes, ses jambes longues et musclées se balançant tandis que, de l'épaule, il envoyait délibérément des bourrades à Davy. Celui-ci pivota avec un grand sourire et se lança dans des cabrioles effrénées, imité par Neal avec une telle virtuosité qu'il était impossible à Davy de rivaliser avec lui. Il essayait maladroitement, en trébuchant, sous les gémissements des spectateurs. Quelle drôle de danse ! Bien trop bruyante, frénétique et remuante pour Londres. C'était très mal vu de trop montrer ses jambes dans les milieux huppés.

Tandis qu'elle observait les danseurs, Lavinia repéra Loveday et Kelyn avec les Strout, de grandes perches blondes qu'elle avait aperçues sur le port. Toutes souriaient en virevoltant, les mains sur les hanches.

Soudain, elle eut l'impression de se tenir à l'extérieur de la scène, derrière une épaisse paroi de verre. Elle ne faisait pas partie de la fête, elle était de nulle part. Même si Cranbrook la retrouvait, lui aussi finirait par la chasser. Elle pourrait rentrer chez sa mère, mais pour retrouver quelle vie ? Deux parents pauvres ne faisaient que doubler le problème. En revenant chez elle, elle ne ferait qu'aggraver la situation.

Elle s'était sentie à sa place avec George. Elle était sa Vinnie. Mais George lui-même n'avait pas voulu d'elle.

Elle avait déjà passé deux années à se cacher, à se cacher la vérité.

Jamais George ne l'aurait épousée. Pourtant, elle se sentait si choyée avec lui. Le dieu blond de son enfance daignait enfin baisser les yeux sur elle, la *voir*. « Toi, Vinnie. Ça a été toujours été toi. »

Mais il l'avait menée en bateau. Il s'était amusé avec elle. Elle avait été son jouet, rien de plus.

La musique s'était faite lointaine. Elle s'appuya sur le rebord de la fenêtre. Personne ne savait qui elle était vraiment, et Neal Traymayne encore moins que les autres. Mais sa mère non plus. Ni son père. Tous deux l'avaient prise pour une enfant capricieuse et jolie, un peu sotte et facile à manipuler, une jeune fille innocente. Ils auraient été horrifiés par sa mystification. Elle leur avait menti, et elle s'était menti à elle-même à cause de George et au nom de l'amour. Un amour qui s'était révélé illusion et mensonge, un conte de fées.

Et voilà qu'elle avait fui Cranbrook. Ses parents ne comprendraient jamais pourquoi. À cause d'une répulsion viscérale, oui. Elle ne pouvait pas se sacrifier, même si elle avait eu le cran de supporter les caresses de ce vieux bouc. De toute façon, Cranbrook exigeait une vierge. Il lui fallait de la chair fraîche.

Une nausée la submergea.

Il flottait dans l'air une odeur de bière et de moisi, de laine mouillée et de transpiration. Son souffle se fit plus court. Elle devait gagner la sortie, courir jusqu'au port et embarquer sur un de ces bateaux. Cap vers le nord, en direction du pôle, pour rejoindre les ours polaires et se présenter comme l'un de leurs petits perdu depuis longtemps. Elle voulait oublier l'humanité.

Ou se noyer.

Une ultime folie pour couronner cette semaine démente.

Elle allait sortir quand elle aperçut du coin de l'œil un éclat de soie rose. Emmeline traversait la pièce. Au début, Lavinia ne fit pas attention à l'homme qui l'accompagnait, absorbée qu'elle était dans l'examen de sa protégée. Emmeline ne pouvait pas danser la gigue dans sa robe moulante, mais elle pouvait se déplacer comme une princesse. Lavinia n'avait jamais vu une allure semblable dans le beau monde. Les boucles de la jeune fille encadraient son visage lumineux, doux, ravissant et frais comme un pétale de rose. Elle souriait au grand et beau jeune homme qui lui tenait le bras.

Et ce sourire s'adressait à Derwent Druce.

Lavinia cessa de respirer. Druce avait été l'assistant de son père dans son cabinet d'architecte, celui qu'il préférait, dont il vantait le talent et dont il voulait faire un jour son associé. Il était souvent venu chez eux avec ses croquis. Chaque fois, il consacrait courtoisement un quart d'heure à Lavinia et à sa mère dans le salon avant que son père et lui s'enferment dans le bureau.

Il la reconnaîtrait à coup sûr.

Le cœur battant, elle se glissa contre le mur et fila tête baissée en direction du petit vestibule où, quelques heures plus tôt, elle avait épousseté la table, arrangé un bouquet de fleurs des champs et déposé les assiettes de biscuits au gingembre, les pichets de bière et les chopes. C'était une petite pièce mal aérée qui servait d'entrepôt, avec des caisses et des fûts alignés le long des murs. Dieu merci, elle était déserte. Elle se tint près de la table et fixa les miettes sur une assiette décorée de fleurs, tandis que résonnaient le son du violon et du tambourin, les battements des pieds et les voix sonores.

Tout allait s'arrêter là.

L'amoureux d'Emmeline était l'architecte venu de Londres. Elle aurait dû s'en douter.

Elle est prévenante avec le pasteur. Une fille comme Emmeline se moquait éperdument du pasteur.

Mais elle n'avait eu aucun moyen de deviner que l'homme chargé de restaurer l'église du village était Druce. Aurait-elle dû s'en douter ? Était-ce pour cela qu'elle s'était efforcée de chasser ses pressentiments, de ne plus penser à cet architecte ?

Derwent Druce n'avait pas été directement impliqué dans les malversations de son père mais, en tant qu'assistant, il en avait pâti.

C'était bien le genre d'architecte londonien prêt à sauter sur n'importe quelle proposition de travail, fût-ce dans un coin reculé. Le violoneux s'arrêta de jouer. M. Barnett était peut-être épuisé, ou alors il avait eu pitié d'Emily Polwhele, qui commença à plaquer des accords sur son piano pour lancer une *valse à deux temps*[1].

— Muriel !

Tomas et Neal avaient surgi dans l'embrasure de la porte. Sottement, elle se réfugia derrière la table comme si elle pouvait y être moins vulnérable, moins visible derrière les pichets vides et les fleurs. Ni l'un ni l'autre ne parurent s'en étonner. Ils entrèrent dans la pièce, Neal s'assit avec nonchalance sur un tonneau, et Tomas se rapprocha de la table pour lui demander :

— Emmeline vous a-t-elle fait des confidences ? demanda-t-il en fronçant les sourcils. Je viens de remarquer une certaine familiarité entre elle et un certain monsieur qui me donne à penser...

— Si elle l'a fait, ce n'est pas pour que je vous le raconte.

À sa grande surprise, les mots lui venaient aisément. Elle avait beau se savoir vaincue, son instinct de survie était toujours là

— Qu'est-ce que je t'avais dit ? fit Neal en éclatant de rire.

Tomas le foudroya du regard.

— C'est ma petite sœur et je suis responsable d'elle, fulmina-t-il – peut-être se voyait-il déjà en face du gentleman en question. Si elle est amoureuse, il faut que je sois au courant. Quant à Druce, c'est un homme plutôt

1. En français dans le texte. *(N.d.T.)*

sympathique, mais il va rentrer à Londres et elle en aura le cœur brisé.

Neal haussa une épaule.

— Il est peut-être sérieux.

Il jeta un coup d'œil à Lavinia.

— Qui sait ? Peut-être se retrouvera-t-elle à Londres avec lui.

— Alors ce sont ses sœurs qui auront le cœur brisé, grommela Tomas, peu enthousiaste à l'idée de voir Emmeline s'installer à Londres pour de bon.

Ces Traymayne étaient plus que soudés. Ils constituaient un véritable clan. Ce devait être étouffant... et tellement réconfortant.

— C'est toi qui lui verses son salaire, observa Tomas en renversant un pichet de bière pour vérifier qu'il était bien vide. Ce serait peut-être à toi de lui parler sérieusement pour connaître ses véritables intentions.

Lavinia sursauta.

— Quoi ?

Tomas revint près de la porte, tendit le cou, puis se retourna vers eux.

— Derwent Druce, déclara-t-il. L'homme qui, en cet instant précis, serre ma sœur dans ses bras sous prétexte de valser est un architecte venu de Londres pour rénover notre église. Comme les parties les plus concernées se faisaient tirer l'oreille pour payer la somme nécessaire, mon cher cousin a proposé un soutien financier.

— Un investissement pour les conversations futures, intervint Neal, qui frappait le tonneau de ses talons, deux coups toutes les trois mesures. Quand l'église sera reconstruite, sa restauration n'alimentera plus les conversations. Il faudra bien trouver autre chose.

Tomas sourit.

— C'est ce qu'il aimerait faire croire. Il est embarrassé par sa propre générosité.

— Suffit !

Neal ferma les yeux et appuya sa nuque contre le mur.

— Alors c'est ta fortune qui t'embarrasse.

Tomas attendit que Neal réagisse, mais il en fut pour ses frais, alors il soupira.

— Quoi qu'il arrive, tu as un moyen de pression sur ce jeune Druce.

Lavinia étudia le rude profil de Neal, à peine adouci par ses cils noirs et soyeux. Les pépinières offraient peut-être des revenus plus prospères qu'elle ne l'imaginait.

— C'est Curnow qui l'a embauché, rétorqua-t-il, les yeux toujours clos. En plus, c'est son job de persuader les gens. Il parlera à Druce si tu le désires. Moi, je l'ai à peine croisé.

— Peut-être va-t-il rester à Kyncastle.

Tomas restait dans l'embrasure de la porte, indécis sur la suite à donner : poursuivre leur discussion ou se précipiter au milieu des danseurs pour séparer le couple.

— Il a eu des soucis à Londres. Tu as dû en entendre parler, tu y étais encore à l'époque. Un architecte a essayé d'escroquer un duc. C'était le cabinet où il travaillait.

Neal rouvrit les yeux. Lavinia serrait les poings, priant pour qu'il ne regarde pas de son côté.

— Ça ne me dit rien, répondit-il.

Elle l'aurait embrassé !

— Le sort des ducs, même ceux que l'on a floués, ne m'empêchera pas de dormir, conclut-il sèchement.

— Comme tu ressembles à ta mère quand tu fais cette tête ! observa Tomas en s'écartant de la porte et en revenant dans la petite pièce. Cet architecte, Yardley, ne jouait pas à Robin des Bois. Il affamait les locataires du duc et faisait travailler des gars au noir en abusant de ses fonctions.

Lavinia sentait ses joues brûler. *Bébés affamés dans le Hampshire.* Son père avait augmenté les loyers dans les villages situés sur les terres d'Anthony en mettant la différence dans sa poche. Les récits bouleversants des malheureux locataires s'étaient retrouvés à la une de tous les journaux.

— Comment un architecte peut-il affamer les locataires d'un duc ? fit Neal en se redressant sur son tonneau. Pour moi, ce sont les ducs qui exploitent leurs locataires.

Allaient-ils enfin s'arrêter ? Elle aurait voulu que le sol s'ouvre sous ses pieds et l'engloutisse.

Tomas posa une botte sur une caisse et se pencha en avant en pliant le genou.

— Ce Yardley était un ami du défunt duc, c'était son homme de confiance. C'est son fils et héritier qui a porté l'affaire devant les tribunaux. Comme il était fiancé à la fille de Yardley, l'affaire sentait le règlement de compte. Et puis les preuves sont sorties au grand jour.

— Toute cette histoire sent mauvais, observa Neal entre deux coups de talons. Mais Druce n'y est pour rien.

— Non.

Tomas se pencha un peu plus en avant, puis il tendit la jambe.

— Et il a été très franc à ce sujet lorsque nous avons partagé une bière sur le chantier. On avait tous un peu bu. Il nous a dit que la nouvelle l'avait choqué. Yardley était la gentillesse incarnée, généreux à l'excès, a-t-il précisé.

Les yeux de Lavinia la piquaient. Son père avait toujours le sourire et un mot aimable à la bouche. Tous ceux qui le connaissaient l'aimaient. George, Anthony, Effie… Ils le préféraient à leur propre père. Anthony et Effie, surtout cette dernière, avaient beaucoup souffert du scandale.

— C'est facile d'être généreux avec l'argent des autres, fit remarquer Neal avec un petit ricanement.

Tomas repoussa la caisse du pied.

— D'après Druce, rien n'était trop beau pour sa fille.

Elle ne pouvait entendre un mot de plus. Mais elle était coincée dans cette pièce. Elle frissonnait, et la tête lui tournait. Son papa chéri affamait des bébés pour lui offrir des chocolats français. Était-ce ainsi que Druce voyait les choses ? Voilà donc ce qui s'était passé ?

— Je pense que ce Druce est un brave type, fit Tomas comme s'il réfléchissait à voix haute.

Il se dirigea de nouveau vers la porte et annonça :

— Ils sont toujours en train de danser. Mais pas ma femme. Si vous le permettez, je vais aller lui demander cette valse.

Lavinia entendit les pieds de Neal toucher le dallage. Elle leva les yeux en l'entendant approcher.

— M'accorderez-vous cette valse ?

Puis son sourire s'évanouit.

— Qu'est-ce qui ne va pas ?

— Rien, répondit-elle en secouant la tête.

Est-ce que ses yeux étaient encore pleins de larmes ? Surtout, faire attention en battant des paupières.

— Rien, répéta-t-elle. Il n'y a plus de biscuits au gingembre.

Il joignit ses mains gantées et tenta de scruter son visage, l'air soucieux.

Il était sous son pouvoir. Il l'avait dit en plaisantant, et il lui manifestait son respect, son attirance, son estime et sa considération par un tas de détails.

Mais il n'était pas amoureux. Pas éperdument amoureux au point de se moquer de savoir si elle s'appelait Muriel ou Lavinia, si elle était une veuve ou l'épouse d'un autre, pas au point de la suivre en France ou au pôle Nord.

— Savez-vous que les fleurs de coucou sont comestibles ?

Il saisit dans le bouquet une tige verte et gracile qui ployait sous une grappe de fleurs jaunes en forme de trompettes et la lui tendit. Perplexe, elle en oublia les larmes qu'elle tentait de refouler et tendit sa paume. Elle n'aurait pas cru que le bouquet faisait partie du buffet.

— Je trouve les orchidées plus appétissantes, observa-t-elle.

— Oui, mais vous vous trompez. Croyez-moi sur parole, ajouta-t-il en riant.

Sur ce point, Lavinia lui faisait confiance. Les plantes qu'il avait goûtées devaient être innombrables, de même que les urticaires, les piqûres et les ampoules qu'il avait pu récolter en herborisant.

Elle détacha une trompette jaune et la goûta.

— C'est un peu acidulé.

Elle ferma les paupières. L'espace d'un instant, elle fut transportée dans la serre de la belle duchesse, la première dont elle faisait la connaissance, la mère de George, et cette grande femme ardente attrapait un petit soleil au cœur des feuillages vert foncé et le lui tendait pour qu'elle respire son écorce fraîche et sucrée qui sentait le linge propre. La fleur de coucou avait un goût d'agrume et de soleil matinal. Quand elle rouvrit les yeux, elle vit que Neal la dévisageait.

— Tenez, fit-elle en lui rendant la fleur. Savez-vous que si nous enfouissons une de ces miettes dans la terre, ajouta-t-elle en désignant une assiette, nous récolterons une moisson de biscuits au gingembre ?

Il parut déconcerté puis, soudain, il comprit.

— Loveday.

Il mit une clochette dans sa bouche et haussa les épaules.

— Elle a planté cette graine de cumin dans un pot et elle l'a arrosée tous les jours pendant un mois.

— Vous deviez être ravi de ce bon tour ! lui dit-elle en le voyant dissimuler un sourire.

— Comprenez-moi, je suis le dernier d'une fratrie de cinq, fit-il en attrapant une miette sur l'assiette. On me disait toujours ce que je devais faire. Je n'avais jamais mon mot à dire.

— Alors vous racontiez des histoires à votre petite cousine ?

Elle mangea une deuxième fleur, qu'elle trouva un peu sèche au début mais qui se mit à pétiller dans sa bouche.

— Je lui ai appris tout ce que je savais, protesta-t-il. Mais mes connaissances étaient réduites. Alors, quand j'étais à court, j'étais obligé d'inventer.

Elle rit et se sentit soudain revivre. Elle aimait rire avec Neal Traymayne. Cela ne la dérangeait pas de rester dans cette pièce poussiéreuse et remplie de toiles d'araignées avec lui. Si seulement elle avait pu le garder ici avec elle jusqu'à la fin de cette danse, jusqu'à ce que Druce s'endorme au presbytère, jusqu'à l'aube, jusqu'à l'heure où Tomas se réveillerait pour harnacher ses chevaux et les conduire à la gare de Bodmin... Ils seraient restés encore un peu ensemble, en proie à cette attraction réciproque et partageant le même rêve.

Car cette idylle sous l'identité de Muriel Pendrake était un rêve, pas un mensonge. Une histoire qu'elle avait inventée parce qu'elle n'avait plus rien à raconter. Tout le reste était trop douloureux. C'était sa dernière chance, et elle ne se sentait pas coupable de l'avoir saisie.

Il rejeta la miette sur l'assiette et la regarda entre ses cils.

— J'aimerais planter cette miette et faire pousser une douzaine de biscuits au gingembre. Mais même Varnham ne serait pas capable d'un tel exploit. Vous avez toujours trop faim pour danser ?

— J'ai envie de danser, répliqua-t-elle en sortant de sa retraite derrière la table. Mais pas là-bas. Ici.

Il ne s'attendait pas à cette réponse, mais cela ne parut pas le déranger. Il fit mine de s'incliner et lui tendit la main, puis il pencha la tête.

— Ah, mais M. Hichens est arrivé. Nous allons avoir droit à des gigues toute la soirée.

Dans la grande salle, le timbre aigu du *hornpipe* répondait au violon, et les piétinements sonores accompagnés d'exclamations bruyantes faisaient tomber la poussière du plafond. Lavinia toussa. C'était elle qui avait fait cette proposition, elle ne pouvait plus reculer.

Une gigue. Flûte !

Lentement, elle attrapa ses jupes et les souleva bien au-dessus de ses chevilles. Elle lança en avant un pied chaussé de satin blanc et pivota sur l'autre. C'était le seul pas dont elle se souvenait et que l'espace lui autorisait. Elle quêta l'approbation de Neal du regard.

Il croisa les bras, amusé, en pianotant des doigts sur son coude.

— Ce n'est pas mal. Mais c'est impossible de danser une gigue dans ce fatras.

Sans prévenir, il la saisit par les hanches et la souleva du sol. Il l'installa sur un baril et recula d'un pas avec un sourire de satisfaction. Rendue muette par la stupeur, elle finit par éclater de rire.

— Vous avez donc la prétention de me faire danser sur ces tonneaux ?

Mieux valait ne pas lui avouer qu'elle avait redouté que toutes les fêtes en Cornouailles ne se terminent exactement de cette façon.

Il bondit sur le tonneau d'à côté. Sa tête frôlait le plafond, et il se passa à plusieurs reprises la main dans les cheveux.

— Les araignées, expliqua-t-il en voyant son regard. Bah ! Aucune importance. Il faudra que je me baisse un peu.

Il commença à frapper du talon et de la pointe des pieds sur le tonneau au rythme de la musique. Ses pieds volaient devant, derrière, à droite, à gauche, de plus en plus vite, jusqu'au moment où il s'immobilisa en piétinant et en lui saisissant les mains.

— Nous nous exercions toujours sur des tonneaux de sardines, lui dit-il, essoufflé. À la fin, nous sentions le poisson à plein nez, mais Jenni, Tomas, Loveday et moi, nous réussissions à effectuer une douzaine de pas.

— Je vais tâcher de les retenir, promit-elle.

Elle ferait durer cela le temps qu'il faudrait.

— Nous sauterons d'une barrique à l'autre, lui expliqua-t-il. Si vous touchez le sol, vous avez perdu.

— J'ai déjà joué à un jeu similaire, dit-elle en lui serrant les mains plus fort. Nous devions nous réfugier sur une pierre ou un morceau de bois et nous courions entre les fontaines et les arbres.

— Qui ça, « nous » ? demanda-t-il en appuyant son pouce sur la paume de sa main.

— Mon amie Effie et moi.

Elle sentit la tension se relâcher dans ses doigts.

— Nous passions nos journées à jouer dans le jardin dès que nous le pouvions.

Les occasions étaient devenues de plus en plus rares, jusqu'au jour où tout avait cessé. Elles avaient grandi séparément alors que leurs pères devenaient de plus en plus proches. Effie s'était enfuie avec son amant, sans explication. Elle ne s'était pas confiée à Lavinia. Mais Lavinia, de son côté, ne lui avait pas non plus parlé de George. Puis Effie avait été abandonnée par son mari. Au lieu de lui ouvrir les bras, son père l'avait fait interner, à moins que ce ne soit son père à elle, ou les deux. Plusieurs versions circulaient.

Un fait demeurait : Effie était restée internée même après la mort de son père, jusqu'au jour où Anthony l'avait retrouvée et libérée.

Lavinia se remémorait chaque moment de cette journée terrible où Anthony avait fait irruption dans la pièce où ils petit-déjeunaient pour prendre son père à partie. Elle avait écouté, horrifiée, ses accusations. Sa mère avait fini par l'envoyer dans sa chambre. La rupture de ses fiançailles datait de ce matin-là. Son père était tombé de son piédestal. Leur descente aux enfers avait commencé là.

Comment s'étonner qu'Effie ne se soit pas précipitée pour renouer leur amitié ?

— Vous parlez de votre amie dont la mère faisait pousser des citronniers.

Neal parlait très calmement, en lui massant doucement les mains.

Il avait bonne mémoire.

Elle devait faire attention à ce qu'elle disait. Trop parler d'elle était imprudent. Mieux valait se taire.

Elle prit son élan et sauta sur le baril de Neal. Il tangua en arrière et la serra contre sa poitrine, mais il conserva son équilibre. Forcément. Cet homme était d'une souplesse phénoménale.

— Nous allons sauter d'une barrique à l'autre, dit-elle d'une voix étouffée par sa cravate.

— Mmm, répondit-il. Nous sautions sur des tonneaux qui faisaient deux fois la taille de ces barils, autrefois, et nous n'étions que des enfants.

Et il n'était certes plus un enfant. Il avait un corps d'adulte, grand, ferme et puissant. Serrée contre lui, elle sentait sa poitrine se soulever au rythme de sa respiration.

— Alors je vais retourner sur ma barrique, suggéra-t-elle en renversant la tête en arrière pour le regarder.

Leurs bouches se rejoignirent, et elle sentit le goût frais de ses lèvres. Il darda sa langue dans sa bouche, éveillant en elle une sensation d'abord délicieuse, puis aiguë, comme une urgence qui lui fit nouer les bras autour de son cou et presser ses seins contre son torse.

Il devait éprouver la même chose, car son baiser se fit insistant et sa main suivit le galbe d'un sein, le creux de sa taille, la courbe de sa hanche, avant de venir lui attraper les fesses pour la serrer plus étroitement contre lui. Oh ! Il était merveilleusement dense et ferme, fort et *sûr*. La barrique pouvait bien exploser en mille morceaux sous leurs pieds et les précipiter sur les dalles, elle lui sauterait quand même au cou. Dans ses bras, elle ne craignait rien.

À présent, il lui picorait le cou de baisers et passait la pointe de la langue sur la courbe de son épaule. Il s'y attarda avant de l'embrasser sur la gorge, la couvrant de baisers ardents, son menton râpant sa peau humide et chaude. Il lui mordit le lobe de l'oreille, lui arrachant un gémissement. Elle sentit qu'il souriait contre la peau tendre de son menton tandis qu'il frottait son nez contre elle pour la forcer à renverser la tête en arrière. Elle se cambra, et les mains de Neal vinrent se promener sur ses clavicules, le cuir doux de ses gants glissant sur ses seins et plongeant dans les dentelles de son corsage.

Cela aussi lui permettait de gagner du temps.

À condition que Neal tienne bon.

La barrique aussi.

À vrai dire, la situation était précaire. Physiquement, s'entend. Sans compter qu'à quelques mètres de là, de l'autre côté de la porte restée ouverte, tout Kyncastle était réuni.

Elle ouvrit les yeux alors qu'il détachait sa bouche de son cou. Ses yeux brillaient sous ses paupières lourdes de désir, mais cette lueur… ce regard taquin…

— Cette barrique va connaître le même sort que le muret de l'église, prédit-il.

— Je refuse d'en porter seule la responsabilité, souffla-t-elle d'une voix presque assurée.

Il ne pouvait pas entendre le tumulte de son cœur. Elle avait l'air aussi narquoise, aussi détendue que lui.

— Ici, tout est vieux et menace de s'écrouler, dit-elle. Et vous pesez bien trente kilos de plus que moi.

Il l'écarta de lui avec douceur et la souleva sans aucun effort jusqu'à ce que ses talons viennent toucher le tonneau voisin.

L'amour ne l'aveuglait pas, ne l'emportait pas comme un torrent. Mais ce regard malicieux et enflammé de désir était encourageant.

S'ils ne s'étaient pas trouvés dans une réserve moisie, poussiéreuse et remplie d'araignées, il n'aurait pas soupiré ainsi en croisant les bras. Il aurait fait autre chose. Avec elle.

— Si nous rejoignions les danseurs ? suggéra-t-il.

Elle le regarda intensément, fixant ce visage carré, rude, éclairé par ces yeux incroyables, tout en réfléchissant à la conduite à tenir.

Valait-il mieux attendre la fin du bal dans cette pièce ou traverser la grande salle en courant pour gagner la sortie ? Les deux solutions étaient risquées.

— Nous ne bougerons pas d'ici, décréta-t-elle. Si je dois apprendre à danser la gigue, je préfère une leçon particulière.

— Quelle snob ! murmura-t-il.

— Vous trouvez cela snob de relever ses jupons sur une barrique ? riposta-t-elle.

Elle croisa son pied gauche devant le droit, puis le droit devant le gauche, en esquissant un petit saut. Ce n'était pas tout à fait une gigue, mais il allait bien devoir reconnaître qu'elle s'appliquait.

Il n'en fit rien. Il battit des mains en rythme avec la musique et sourit, admiratif.

— C'est un snobisme qui me convient.

9

Muriel s'endormit dans le train qui les conduisait à Falmouth, la tête sur son épaule. Neal appuya sa joue contre ses cheveux, savourant la sensation contre sa peau. Lui aussi somnolait. La lumière qui entrait par les fenêtres chauffait le compartiment et lui faisait baisser les paupières.

Ils s'étaient tous couchés bien tard.

Quand elle bougea, il se redressa pour contempler le paysage qui défilait. Les vaches broutaient dans les champs verdoyants. Quelques moutons aussi. Quand viendrait l'été, toute cette tendre verdure se serait assombrie.

L'été...

Ses pensées dérivèrent. Il songeait au festival de Golowan, une première pour Muriel. La plus longue journée de l'année cédant enfin à la nuit, les sentiers obscurs, les haies constellées de vers luisants. Il se voyait avec elle, marchant main dans la main, en direction des feux de joie sur les collines. Ils se rendaient ensuite au verger, où l'odeur des fruits gorgés de soleil embaumait l'air. Il asseyait Muriel sur un tonneau, glissait la main sous ses jupes, faisait glisser ses bas... De son côté, elle attrapait sa jupe à pleines mains et la soulevait de plus en plus haut, dévoilant ses chevilles nues, ses adorables genoux, le haut de ses cuisses, qu'il embrassait, lui arrachant un petit cri de surprise et un sursaut sous sa caresse. Il l'empêchait de tomber, une main sous sa jupe palpant la rondeur de son postérieur. Elle levait sa jupe encore plus haut, et la langue de Neal venait toucher le haut de ses jambes, la fente découpée dans le lin, le creux sombre et humide de sa féminité et... Oh ! Comme il avait envie de goûter... de poser ses lèvres sur... et de...

Mmm.

La position inconfortable de son membre soudain à l'étroit dans son pantalon l'alerta de... l'état dans lequel il se trouvait.

Vite ! Penser au blumenbachia chuquitensis.

Il se rajusta discrètement. Exactement comme lorsqu'il était gamin. Sauf qu'à cet âge-là il ne s'était jamais laissé entraîner à rêver tout éveillé d'une femme assise sur un tonneau. Il avait fallu Muriel pour lui faire découvrir le potentiel érotique du tonneau anglais de base.

Ils avaient à peine commencé à en explorer les possibilités.

La veille, il aurait adoré sauter de sa barrique pour lui montrer des positions plus audacieuses. Accrochée par les genoux à ses épaules, peut-être... Ou, après lui avoir ôté son soulier de satin qu'elle avait déchiré sur les clous du plancher, caler son cou-de-pied dans sa main tandis qu'il s'introduisait entre ses jambes et que sa langue entamait une lente caresse... On pouvait se trémousser avec n'importe quelle partie de son corps, après tout, du moment que l'exécutant faisait preuve d'agilité et d'endurance.

Malheureusement, ni le moment ni le lieu n'étaient propices à l'exécution d'un exploit aussi intime.

Elle avait répété les pas qu'il lui avait montrés en regardant ses pieds, un bout de langue rose dépassant au coin de sa bouche. Totalement et adorablement concentrée. Et elle avait vite appris.

Tomas avait ouvert des yeux ronds comme des soucoupes quand il était revenu au pas de charge dans le vestibule et qu'il les avait aperçus, chacun sur sa barrique, en train de reprendre un des jeux de leur enfance. Neal n'avait pas pu résister et lui avait lancé :

— Elle t'a damé le pion. Tu n'es plus le vice-champion des danseurs sur barrique de Kyncastle. C'est elle.

— Comment ça, vice-champion ? s'étaient indignés en chœur Tomas et Muriel.

Pour ce qui était de l'esprit de compétition, Muriel avait parfaitement sa place chez les Traymayne.

— Avez-vous vu Emmeline ? avait interrogé Tomas en scrutant chaque coin obscur de la pièce. Elle et Druce ont disparu. J'espérais les trouver ici, en train de manger des biscuits au gingembre.

Il avait contemplé, morose, les miettes sur l'assiette.

— La nuit est belle, avait fait remarquer Neal en réprimant un sourire. Ils sont peut-être sortis contempler les étoiles.

— C'est bien ce que je crains, avait rétorqué Tomas en se rembrunissant.

Quand il s'agissait d'Emmeline, il devenait un véritable dragon. Neal, lui, en tant que benjamin, tenait plutôt du chien de garde. Il était prêt à attaquer si ses sœurs le lui ordonnaient, mais il ne leur tournait pas autour en cherchant la petite bête.

— Si nous sortions nous aussi contempler les étoiles ? avait suggéré Muriel, et il était revenu sur terre.

Il l'avait fait descendre de son tonneau. Bras dessus, bras dessous, ils étaient passés sous le nez de Tomas et avaient traversé la foule pour sortir dans la nuit claire et fraîche.

Ils étaient allés jusqu'au port, serrés l'un contre l'autre. Le clair de lune teintait d'argent les vaguelettes dans la baie. Par chance, aucun d'eux ne se souciait vraiment des étoiles. Et quand ils s'étaient arrêtés, ils étaient plus intéressés l'un par l'autre que par le ciel.

Leurs yeux. Leurs lèvres.

Il baissa les yeux sur les cils d'un brun doré qui ombrageaient sa joue si douce et sa bouche entrouverte.

Devait-il se déclarer à Great Peth ? Ou attendre qu'ils soient au cap Lizard ? Oui, mieux valait attendre le Lizard, quand ils marcheraient sur la bruyère et emprunteraient le sentier côtier bordé de chèvrefeuille pour gagner une jolie crique tranquille tapissée de sable fin avec leur panier de pique-nique. Ainsi, il tiendrait sa promesse.

Soudain, Muriel se redressa comme un aspic, lui cognant le menton au passage et lui enfonçant un coude dans les côtes. Elle avait les yeux écarquillés, mais elle paraissait terrifiée et semblait ne rien voir.

— Vous rêviez, murmura-t-il en sentant quelque chose de bizarre dans sa poitrine.

Quand elle ferait de mauvais rêves, il la consolerait. Il finirait par connaître ses humeurs, qu'elle soit éveillée ou endormie ; il saurait quelles visions se jouaient derrière ses paupières baissées, il connaîtrait ses peurs les plus intimes, ses désirs aussi.

Lentement, elle se détendit, ses muscles se relâchèrent, et son regard redevint normal.

— De quoi rêviez-vous ? demanda-t-il.

— Un de ces rêves où l'on vous poursuit, dit-elle simplement, et son sourire parut chasser les dernières ombres.

Il se pencha pour ramasser son carnet, qui avait glissé de ses genoux. Elle y consignait régulièrement des remarques dont il ignorait la teneur. Peut-être y décrivait-elle les paysages de Cornouailles, ou alors prenait-elle des notes en prévision d'un autre volume de ses *Souvenirs*. Il résista à l'envie de l'ouvrir et le lui tendit. Une petite carte s'en échappa et tomba dans l'intervalle étroit qui les séparait. Il la repêcha.

— Inutile, soupira-t-elle en la prenant. J'en ai confectionné une douzaine avant de me rendre compte que nous n'avions pas de petits crayons à donner à ces dames pour y inscrire le nom de leurs partenaires.

Elle retourna la carte. Au lieu des numéros et des lignes blanches, ce côté-ci établissait la liste des danses.

— Mais c'est aussi bien comme ça, reprit-elle. De toute façon, les musiciens n'ont pas respecté l'ordre. Et ce bal a néanmoins été merveilleux, ronronna-t-elle.

Sur ce, elle s'enfonça de nouveau dans son siège, la tête relevée et les yeux clos, une petite moue satisfaite sur sa jolie bouche rose et sensuelle.

Il la contempla.

Elle était ravissante.

Non, elle était belle à mourir.

Mais ce n'était pas Muriel Pendrake.

Il attrapa délicatement le carré de vélin blanc que la femme assise à ses côtés tenait entre le pouce et l'index et examina l'écriture à l'encre noire. Muriel Pendrake avait une écriture plus simple, moins fleurie ; ses lettres étaient droites et resserrées. Même en supposant qu'une femme opte pour une calligraphie plus tarabiscotée pour un carnet de bal que pour une correspondance normale, les W n'avaient rien en commun, et pour les P, c'était flagrant.

Le P de « polka » n'avait rien à voir avec le P de « Pendrake ».

La femme se pencha sur lui, et il retint son souffle. Il sentait son poids contre son bras et son épaule.

Ce n'était pas Muriel Pendrake.

Mais peut-être accordait-il trop d'importance à cette anomalie calligraphique ? Le tracé d'une lettre, un P isolé, ne constituait pas une preuve suffisante pour remettre en cause l'identité d'une personne.

Et pourtant, il avait la certitude, froide et nue comme une lame de couteau, qu'il ne se trompait pas. Dès que ses pensées se mettaient en branle, la certitude se faisait tranchante.

Ces derniers jours défilèrent dans sa tête, chargés des doutes qu'il avait trop rapidement écartés, tant il avait envie de se voiler la face. À présent, à la lumière de sa récente découverte, toutes les incohérences qu'il avait ignorées lui faisaient l'effet d'une gifle. Les expressions déconcertées qui ponctuaient certaines affirmations jamais démontrées... Son aversion pour la saleté, pour le soleil... Sa réticence à aborder des sujets dont ils avaient discuté dans leur correspondance...

Il avait la gorge sèche. Ses yeux le piquaient.

Elle lui avait immédiatement demandé ses *Souvenirs d'une chasseuse de plantes*. Un manuscrit exhaustif sur la topographie de provinces chinoises peu visitées. Dieu tout-puissant. Était-ce une espionne ? Un ravissant agent du Grand Jeu[1] se faisant passer pour Muriel Pendrake afin de subtiliser son manuscrit et le remettre aux Russes ?

Absurde ! Si elle avait été une espionne, elle aurait bien mieux incarné son personnage, elle aurait rempli sa malle de boîtes de spécimens au lieu d'y fourrer des robes en soie.

À moins que... Non, il était improbable que la Russie se soit renseignée sur ses points faibles.

Tu n'as rien d'exceptionnel qui justifierait une étude sur ton compte. Une petite voix ironique lui soufflait à l'oreille une vérité dérangeante. *Tes aveuglements et tes goûts sont partagés par le commun des mortels.*

---

1. Rivalité coloniale et diplomatique entre la Russie et le Royaume-Uni en Asie au XIXe siècle. *(N.d.T.)*

Il devait y avoir une autre explication. Il n'arrivait pas à croire que cette supercherie, pour troublante qu'elle soit, s'élève au rang d'un complot international.

Peut-être était-ce une aventurière envoyée par une firme concurrente.

Son cerveau fonctionnait mieux quand il bougeait. Il lui fallait marcher, monter à cheval ou nager. S'il devait rester assis, il avait tendance à agiter le pied ou à taper des doigts. Il avait besoin de contrebalancer physiquement son activité mentale. Ce qu'il y avait de merveilleux dans la vie de botaniste qu'il avait choisie, et dans le fait de se retrouver à la tête des pépinières les plus réputées d'Angleterre, c'était qu'il n'était pas obligé de rester sur son derrière toute la sainte journée. Bien au contraire.

Cela avait été son objectif quand il était entré à Oxford : choisir un métier qui lui assurerait une vie en plein air et lui permettrait de passer le moins de temps possible assis derrière un bureau. À l'heure actuelle, il se contentait de dicter son courrier, déléguait toutes les tâches sédentaires et organisait son temps comme bon lui semblait.

Et voilà qu'il se retrouvait comme un idiot, piégé et immobile, à supporter le poids d'une femme qui somnolait sur son épaule. Sa respiration douce et régulière le narguait. Ses muscles se raidirent, mais il ne bougea pas d'un pouce. Sa propre respiration ne faisait aucun bruit.

Quelque chose le pétrifiait. Il ne voulait pas la déranger.

Une aventurière. Il réfléchit à cette éventualité. Une aventurière envoyée pour glaner des informations. Chaque année, on éditait *Le Catalogue de plantes de Varnham* qui présentait de nouvelles variétés, puis les commandes affluaient. S'ensuivaient les médailles et les prix du Collège royal d'horticulture et du Collège royal de botanique. Au printemps, ses meilleurs jardiniers avaient développé une nouvelle variété de bégonia robuste qui fleurissait en hiver.

Si Edevane & Fernsby découvraient l'espèce naine des Andes croisée par les jardiniers de Varnham avant que ces derniers rendent leurs travaux publics, ils pouvaient parfaitement créer leur propre variété de bégonia résistante au froid et la mettre avant eux sur le marché. Ils s'en attribueraient la paternité et rafleraient les ventes.

Muriel Pendrake, la vraie, avait peut-être dit au vieil Edevane que Neal avait essayé de la recruter pour le compte de Varnham. Et si Edevane, furieux, avait ourdi en représailles un plan machiavélique ?

Bon sang ! La vraie Muriel était peut-être aussi dans le coup. Voilà pourquoi elle ne s'était pas montrée à la gare de Bodmin. Elle avait donné sa bénédiction à toute l'opération. Elle s'était laissé remplacer par une fille désireuse de mettre ses charmes en avant et peu avare de baisers. La véritable Muriel n'avait jamais eu l'intention de venir faire sa connaissance. Ou alors elle s'en était laissé dissuader. Peut-être avait-elle entendu parler de ses fiançailles rompues ? Ou des veuves auxquelles il avait jadis fait la cour ? Elle avait décrété qu'il ne l'intéressait pas, pas plus en ami qu'en amant ou en mari. Qui sait ? D'autres rumeurs plus inquiétantes avaient pu arriver à ses oreilles. Edevane avait probablement entendu parler des circonstances du décès de James Varnham en Argentine. Certaines versions des événements présentaient Neal sous un bien mauvais jour. Si elle avait prêté foi aux plus sordides de ces rumeurs, elle n'avait aucune raison de vouloir l'aider dans son travail.

Surtout, ne pas bouger les jambes... Mais, à l'intérieur, c'était un véritable tumulte. Il allait vomir s'il ne réprimait pas cette nausée qui montait de son estomac et lui soulevait le cœur.

Cette dernière hypothèse ne collait pas avec les faits tels qu'il les appréhendait. Muriel, la fausse Muriel, la femme belle à pleurer et si énigmatique qui dormait paisiblement contre son épaule, n'avait jamais tenté de lui arracher ses secrets d'hybridation. Depuis le début, et il le voyait bien rétrospectivement, elle s'était davantage préoccupée de protéger ses propres secrets.

Cette peur panique lorsqu'elle lui avait demandé s'ils se dirigeaient vers Fowey.

Son enthousiasme à l'idée de s'embarquer pour la France.

Les tendons de son cou tiraient si douloureusement sur sa nuque qu'il en avait mal à la tête. Il n'arrivait pas à comprendre. Elle avait forcément un objectif. Mais tout était-il calculé chez elle ?

Quand elle s'était avancée dans cette eau glaciale pour indiquer aux bateaux l'endroit où il se trouvait ? Quand elle avait organisé ce bal pour faire plaisir à sa chère petite cousine si entichée de Druce ?

Toutes ces fois où elle l'avait embrassé ?

Tout était calculé. Tout servait ses intérêts. Tout n'était que mensonge.

Sa future épouse.

Une fois de plus, il s'était trompé. C'était de pire en pire. Il pensait avoir pris sa décision en toute connaissance de cause. Il avait choisi une femme qui avait l'air parfaite sur le papier, exactement la compagne qu'il lui fallait. Puis, en un clin d'œil, il s'était laissé prendre au charme d'une ravissante menteuse qui s'était à peine souciée de feindre un quelconque intérêt pour la botanique, tant elle se fiait à la supériorité de ses autres atouts.

Elle lisait en lui bien plus clairement qu'il ne le faisait lui-même.

Il en était mortifié.

Il lui était impossible de rester assis plus longtemps. Comme si elle avait deviné ses intentions, la femme se retourna dans son sommeil et se blottit contre lui. Il sentait le galbe de son sein contre son bras et la chaleur de sa cuisse. Sa tête se fit plus lourde sur son épaule.

Pourquoi ne la repoussait-il pas avec dégoût ?

Menteuse ! Fausse Muriel !

Pourquoi ne la secouait-il pas comme un prunier en lui disant : « Je ne sais pas ce que vous cherchez, mais vous n'obtiendrez rien de moi » ?

Il s'était réveillé ce matin même au chant des coqs dans une odeur de bacon frit, avec l'espoir qu'ils recherchaient tous les deux la même chose. L'amour et une famille. Il était resté allongé dans son lit pendant un moment en regrettant qu'elle ne soit pas à ses côtés, et se sentant soulagé, voire reconnaissant, que le désir ait malgré tout trouvé sa place dans le sage partenariat qu'il avait concocté à distance. Le désir ne représentait pas l'essentiel du lien qui les unissait, mais c'était un grand avantage. Ce n'était pas un danger mais une joie. Il devait admettre qu'il la désirait.

Ce matin, il avait cru qu'elle deviendrait sienne, tout entière. Il avait peu dormi, pourtant il avait bondi dans l'escalier pour sortir dans le matin pâle ramasser des œufs, comme il le faisait enfant avec Tomas.

Il allait devoir renoncer à cette illusion-là. Ce qu'il désirait si ardemment n'avait jamais existé.

La fausse Muriel n'irait pas à Penzance cet été.

Il l'emmènerait de Great Peth jusqu'à Mawbyn, ce coin minuscule et reculé, perdu au milieu de nulle part, et là, il l'abandonnerait. Au beau milieu d'un champ si cela ne tenait qu'à lui.

Pour l'instant, malheureusement, il demeurait immobile, et Muriel, la fausse Muriel, bercée contre lui par le train qui reprenait de la vitesse, passait ses bras autour du sien et souriait aux anges en se pelotonnant contre lui.

L'auberge était plus accueillante que la précédente. D'abord, elle n'était pas située aux confins d'une lande sinistre et balayée par les vents. Le cabriolet avait traversé des collines recouvertes de forêts verdoyantes et s'était arrêté sur la place d'un petit village pittoresque entourée de charmants cottages croulant sous les rosiers. La façade de l'auberge était elle aussi envahie par les roses, et ils furent accueillis par un vieil homme à moitié sourd dont le crâne était hérissé d'une crinière de cheveux blancs. Avec son regard pétillant et son costume de flanelle blanc immaculé, on aurait dit un grand-père bienveillant présidant un après-midi à la campagne avec la promesse d'un bon thé et d'une partie de cricket.

— Allez ! Venez donc avec moi, dit-il à Neal avec une simplicité désarmante. Je vais envoyer mon gars chercher la malle de votre dame.

Il prenait Neal pour son mari. Tout comme les passagers dans le train avec leurs sourires attendris. C'est vrai qu'ils étaient bien assortis. Et pendant toutes les étapes de leur voyage, elle était restée accrochée à Neal comme une jeune mariée. Elle avait eu besoin de sa force.

Que se serait-il passé si Cranbrook avait révélé sa fugue dans les journaux ? S'ils s'étaient arrêtés dans une gare bondée avec son visage placardé sous des titres racoleurs ?

Ses craintes s'étaient révélées sans fondement. *The Cornishman* faisait état de chambres à louer, de demandes d'emploi et des cours du minerai de cuivre vendu la semaine précédente à Truro. Elle en avait scruté la typographie serrée chaque fois qu'un de ses voisins tournait une page.

Des publicités vantant les mérites de produits régénérants pour les cheveux à base de soufre. Des phosphates pour le vin. Des ventes en gros de charbon et de pommes de terre. *L'Histoire de la vache qui avait les genoux cagneux*, une satire humoristique qui se vendait six pence en librairie.

Mais rien sur la disparition d'une duchesse.

Cranbrook avait étouffé l'affaire. Elle n'avait pas à redouter une mobilisation de tous les fermiers de l'ouest du pays pour la tirer de sa cachette.

De la mélancolie se mêlait à son soulagement. Sa mère avait dû attendre une lettre de Fowey. Cranbrook avait forcément été obligé de la tenir au courant. Sa mère n'aurait-elle pas dû passer outre la volonté de Cranbrook, aller elle-même trouver la police, faisant fi du scandale ? Après tout, sa fille unique gisait peut-être morte dans un fossé.

Bien sûr, l'absence de publicité arrangeait Lavinia. Elle ne voulait surtout pas qu'on la retrouve.

Mais c'était aussi douloureux.

Quand elle était montée avec Neal dans le second train, elle avait réussi à refouler son chagrin et sa terreur. En partie parce qu'elle n'avait pas lâché sa main. Son contact lui donnait du courage. Elle avait même la tête qui tournait à force de le sentir à ses côtés. Sa présence la réconfortait et l'excitait tout à la fois.

Il n'était pas pour elle. C'était impensable. Il lui faudrait s'en détacher à un moment ou à un autre.

Sauf si...

Elle l'observa tandis qu'il suivait le vieux tenancier dans l'auberge. Il ne l'avait pas embrassée dans le cabriolet, contrairement à ce qu'elle aurait cru. Il avait l'air préoccupé, distant. Quelque chose le tracassait.

La maladie de sa mère, probablement. Pour elle, il aurait remué ciel et terre, c'était évident. Et si c'était lui qui s'était volatilisé à la gare de Bodmin, sa mère serait partie écumer les collines sans se préoccuper de sa maladie.

Lavinia restait plantée au soleil, indifférente à son visage qui chauffait. Des oiseaux gazouillaient. Le chagrin revenait, insidieusement. Son ancienne vie à Londres lui manquait, celle qui avait précédé l'effondrement. Mais non, tout n'était pas si simple. Les graines de la désolation avaient été semées bien avant qu'elles portent leurs fruits, longtemps avant la mort de George et l'incarcération de son père. Ce qu'elle regrettait n'était en réalité qu'une fiction, la fausse conviction que sa vie était fantastique et qu'elle durerait toujours.

Deux garçonnets passèrent en trombe. Une fillette plus jeune, qui courait derrière eux, trébucha et s'étala de tout son long. Le petit pain à moitié entamé qu'elle tenait dans sa main roula sur les pavés. Le cheval attelé au cabriolet tendit le cou, attrapa délicatement le gâteau entre ses lèvres et n'en fit qu'une bouchée. La petite fille s'assit, les yeux remplis de larmes de dépit.

— Vilaine bête ! dit-elle.

Lavinia rejoignit la fillette et s'accroupit près d'elle. Les robes de princesse ne favorisaient pas ce genre d'exercice, mais elle portait une robe en coton bleu toute simple qui appartenait à Emmeline. En échange, elle lui avait donné sa robe en soie lilas avec un corset en pointe. La robe d'Emmeline n'était pas chic pour un sou, mais elle était extrêmement confortable et légère, et lui conférait une grande aisance de mouvements. Avec ses cheveux noués simplement en torsade sur la nuque, elle était parfaitement dans le ton.

— Ce petit pain m'avait l'air fameux, lui dit-elle. Il était à la cannelle ?

La bouche toute poisseuse de la petite fille tendait à prouver qu'il s'agissait bien de cannelle. Elle fronça les sourcils.

— Il a tout mangé, accusa-t-elle en foudroyant l'animal du regard.

— Alors allons en chercher un autre, décida Lavinia en lui tendant la main. Nous le partagerons. Qu'en dites-vous ?

La petite fille referma sa menotte chaude sur le pouce de Lavinia.

La porte de la boulangerie carillonna quand elles la poussèrent, et la femme derrière le comptoir leva les yeux de la plaque de petits pains qu'elle était en train de ranger. Elle avait de grands yeux noisette comme ceux de l'enfant et le même visage en forme de cœur.

— Je t'avais bien dit de ne pas courir après tes frères, soupira-t-elle. Regarde tes pauvres coudes !

Elle semblait plus amusée que fâchée. La petite fille s'approcha sur la pointe des pieds et passa un bras par-dessus le comptoir pour attraper un petit pain.

— Tu vas te brûler sur la plaque ! s'écria la femme en lui tapant légèrement sur la main avec un chiffon plein de farine. Laisse ça. Tu as déjà eu un petit pain au sucre.

— Le cheval l'a mangé, lui dit l'enfant en prenant Lavinia à témoin.

— C'est la vérité, déclara Lavinia en faisant un pas en avant. Un vieux cheval chafouin. Je lui ai promis de lui en acheter un autre.

— S'il y a bien une chose dont cette enfant ne manque pas, ce sont de petits pains au sucre. Mais merci quand même.

La femme lui fit un grand sourire ; elle avait les dents du bonheur. Elle était jeune et jolie, très féminine et, chose curieuse, elle ne regardait pas Lavinia avec animosité. Elle avait même une expression très amicale.

— Je vous ai vue passer avec votre mari, reprit-elle.

Le cœur de Lavinia se serra. Neal. Son mari. Et si c'était vrai, après tout ?

Mme Traymayne. Heureuse en ménage. Accueillie amicalement par les enfants frondeurs et par les femmes qui travaillaient dans des boulangeries.

Mme Traymayne n'éprouverait jamais cette étrange solitude, ce sentiment de ne jamais être à sa place.

— Vous venez d'arriver, et vous me ramenez déjà ma petite Annie qui s'est étalée par terre, fit la femme en hochant la tête. Les nouveaux venus ont généralement droit à une heure de répit avant de tomber sur un de mes enfants.

Elle soupira.

— Soyez la bienvenue à Mawbyn.

Lavinia repartit de la boulangerie avec deux pains au sucre emballés dans du papier, Annie tenant son pouce d'une main et serrant un petit pain dans l'autre. Devant l'auberge, Neal scrutait la rue. Il se retourna, et leurs regards se croisèrent. Elle vit son corps se raidir. Puis il croisa les bras sur sa poitrine. Le cocher, de retour sur son siège, siffla son cheval, qui avança en direction de Lavinia et de la fillette.

— Vilain ! le gronda Annie en pointant sa friandise vers le cheval avant de la serrer contre elle dans un geste protecteur, au détriment de sa robe en coton.

Des coudes écorchés et une robe tachée de gras.

Si Lavinia épousait Neal, ils pourraient très bien avoir une enfant comme elle, toute barbouillée, ébouriffée et intrépide, et peut-être qu'ils la laisseraient grandir ainsi, plus soucieux de son bonheur que de son apparence. Ils lui permettraient de jouer sans éprouver de gêne ni de honte, sans l'empêcher de grimper ni de tomber ou de crier, et advienne que pourra.

Lavinia serra plus fort la main d'Annie, mais l'enfant avait aperçu ses frères et elle détala comme un lièvre en direction du pré communal où une partie de saute-mouton s'organisait sous les arbres.

Des chênes. À moins que ce ne soient des ormes. Oh ! Et puis flûte !

— Quel joli village, fit remarquer Lavinia en s'approchant de Neal.

Elle lui montra le paquet.

— Ce sont des petits pains au sucre. Ils ne valent sûrement pas les gâteaux de Kelyn mais cela sentait délicieusement bon dans la boulangerie. Et le cheval a eu l'air d'aimer, si l'on peut se fier au goût d'un cheval !

Quelque chose de bizarre dans son regard la poussa à continuer son bavardage.

— J'adore ces roses ! poursuivit-elle avec entrain.

Tout le monde ici était persuadé qu'il était son mari. Elle pouvait donc le toucher, s'appuyer contre lui, même au beau milieu du village. D'où venait donc l'appréhension qu'elle éprouvait ? Il était resté morose pendant tout le trajet en cabriolet, comme s'il souffrait d'une indisposition passagère.

Sauf que celle-ci durait.

Ils se tenaient debout l'un à côté de l'autre, mais son attitude rigide décourageait les avances, lui opposait une réserve insurmontable. Jamais il n'avait été distant avec elle. Au contraire, il avait toujours été chaleureux, affable, facilement rieur. Elle devait se tromper.

Elle posa une main sur son bras, et leurs yeux se posèrent dessus.

Alors la gêne et la confusion la submergèrent.

Elle retira sa main avec un goût amer dans la bouche.

Il s'éclaircit la voix.

— Il y a ici une botaniste, Laura Odgers. Elle a réalisé une classification des mousses en Angleterre. Et elle a aussi publié de très belles aquarelles botaniques. Nous avons échangé des spécimens.

Il fourra ses mains dans ses poches et fixa le sommet des arbres.

— Je vais aller lui rendre une petite visite.

Une visite.

Elle prenait lentement conscience de ce que cela signifiait. Il était en train de lui expliquer qu'il allait voir *une* botaniste ?

— Maintenant ? demanda-t-elle, incapable de dissimuler sa surprise et sa déception.

Il haussa les épaules et lui jeta un regard froid avant de se détourner de nouveau pour fixer la rue devant lui.

— Je ne peux pas laisser passer cette occasion. Elle habite Rock House, sur la colline, et son jardin est extraordinaire. J'y fais toujours un saut quand je passe à Mawbyn. Cela ne vous dérange pas de dîner sans moi ?

Elle regarda fugitivement ses petits pains emballés, et il poursuivit :

— Vous mangerez autre chose que des petits pains, bien entendu. Et que des pâtés.

Ses paroles étaient taquines mais pas son ton, loin de là.

— La table est simple, la cuisine n'y est pas française, mais elle est compensée par la fraîcheur des produits. Du canard. Des pommes de terre nouvelles. De la tarte aux groseilles.

Il la regardait d'un air absent.

— Votre chambre se trouve au deuxième étage. M. Phillips vous y conduira.

C'était le coup de grâce.

Elle retint sa respiration. Il n'avait donc pas réservé de chambre double.

M. et Mme Traymayne, leurs signatures sur le registre. Un lit à baldaquin avec des sachets de pétales de roses glissés entre les draps. Son corps nu et vigoureux dominant ses ardeurs pour ne pas lui faire mal.

Cette douce attente qui lui avait permis de ne pas céder à la peur et à la solitude s'évanouit.

Des larmes brûlantes se pressèrent contre ses paupières. Impassible, il la regardait. S'il remarqua sa tristesse, il ne le montra pas.

S'abaisserait-elle à lui poser une des questions qui lui brûlaient les lèvres ?

Où dormirait-il ? À l'auberge ?

Ou chez cette Laura Odgers ?

Pourquoi ne lui en avait-il pas parlé avant ? Pourquoi lui avoir laissé croire que... Quoi, exactement ? Que lui avait-il laissé entendre ?

Tout. Elle ne s'était rien imaginé. Un homme n'invitait pas une femme à faire une excursion pour la laisser dîner toute seule.

Mais certains hommes, si. Avec elle, du moins.

À Cannes, elle avait passé beaucoup de temps à errer seule dans le Grand Hôtel, à lire des romans sur des guéridons, à boire des chocolats qui prenaient un goût amer. De la terrasse parfois, elle apercevait George qui se promenait sur la Croisette.

Mais il lui était apparemment *impossible* de la faire inviter sur les yachts ou dans les soirées. Des connaissances londoniennes auraient pu surgir, la reconnaître, poser des questions. Son attitude lui avait paru logique. Elle voyait même une preuve d'amour dans ce souci qu'il avait de préserver sa réputation. Il la protégeait.

Récemment, elle avait commencé à refaire l'histoire. À accuser George de ne pas l'avoir aimée, d'avoir manqué d'égards envers elle.

Mais Neal ? Si Neal fuyait lui aussi sa compagnie, peut-être que le problème venait d'elle.

Elle ne méritait pas d'être aimée.

— Quelque chose ne va pas ? demanda-t-il d'un air absent, comme si la réponse lui était complètement indifférente.

— Non, tout va bien, répondit-elle, très digne.

Autrefois, elle aurait pleuré et tempêté.

— Allez donc discuter avec votre collègue, je vous en prie. Je suis sûre que vous avez beaucoup à vous dire.

Il eut la courtoisie de paraître chagriné.

— Nous discuterons de la flore, expliqua-t-il avec raideur.

Cette précision lui brisa davantage le cœur. Pourquoi ne lui disait-il pas la vérité ? Elle n'avait bien entendu aucun droit d'exiger de lui qu'il soit franc. Mais elle avait fini par trouver cela normal.

Neal Traymayne était un homme bon, droit, solide et honnête. Il avait des vues sur Muriel Pendrake, elle en était convaincue.

Elle avait laissé échapper quelque chose – un détail, mais lequel ? – qui avait provoqué cette transformation.

« Ma petite Vinnie. » George aimait lui caresser les cheveux, passer ses doigts dans ses mèches blondes, embrasser son épaule d'un blanc laiteux. « Tu es douce et fondante comme un bonbon. »

Les bonbons excitaient l'appétit mais ils ne le comblaient pas.

Elle avait serré les petits pains trop fort et l'huile suintait à travers le papier.

Neal repoussa une épaisse boucle de cheveux d'un revers de main.

— Demain, nous irons tous les deux ramasser des plants, déclara-t-il. Dans votre dernière lettre, vous m'aviez dit que vous étiez particulièrement impatiente de découvrir ce coin d'Angleterre.

— C'est exact.

Elle tâcha de garder un ton neutre. Surtout, pas de questions.

— J'en ai très envie, reprit-elle, traversée d'une bouffée d'espoir.

Le lendemain, il y aurait peut-être un nouveau revirement.

Elle releva le menton.

— Encore plus depuis que j'ai vu les collines. Elles me rappellent la Chine.

Il esquissa un sourire, et une lueur moqueuse brilla dans ses yeux.

— Alors, nous allons nous régaler, déclara-t-il. Nous couvrirons chaque centimètre carré de terrain. Sur des miles et des miles. Nous partirons à l'aube.

— Très bien, répondit-elle en avalant sa salive.

— Très bien, conclut-il.

Elle ne put se résoudre à le regarder s'éloigner. Elle se tourna vers le pré et observa les enfants qui dévalaient à présent la pente en riant.

Elle n'avait jamais vraiment imaginé fausser compagnie à Cranbrook. Mais la lubricité du duc avait ses limites. Tout comme l'amour de sa mère. Celui de son père. Celui de George.

Personne ne voulait d'elle. Cette prise de conscience était pire que tout.

Elle avala de nouveau sa salive et regarda les pavés.

Quand elle releva la tête, Neal avait disparu.

10

Quand Neal descendit l'escalier étroit et biscornu, les lampes étaient encore allumées et les murs conservaient la fraîcheur de la nuit. Tout était silencieux. Dehors, les oiseaux dormaient, les engoulevents avaient regagné leurs nids, les alouettes et les grives n'étaient pas encore éveillées.

Ce matin, il ne l'attendrait pas. Si Muriel n'était pas là quand il avait terminé son thé, il irait la réveiller sans ménagement, et qu'elle ne compte pas sur lui pour lui monter un plateau.

Voyons un peu si elle s'accrochait à son personnage maintenant qu'il avait décidé de la tester.

Mais elle était bien réveillée et l'attendait dehors dans la cour, où elle prenait le thé avec M. Phillips. Dissimulant sa surprise, il resta un bon moment à la porte et l'observa. Les fleurs jaune d'or du cytise semblaient l'unique source de lumière dans la petite cour obscure. Muriel et M. Phillips avaient choisi la table qui se trouvait juste en dessous des grappes de fleurs. Leurs têtes aux cheveux pâles rapprochées l'une de l'autre évoquaient les ailes d'un papillon de nuit.

Il aurait donné cher pour savoir ce que ces deux-là se disaient.

Qui était-elle quand elle ne jouait pas la comédie ? Quand elle resservait du thé à un vieux monsieur, quand elle écoutait intensément des récits de voyage, ou quand elle ressortait d'une boulangerie avec une petite fille rayonnante accrochée à sa main...

Il se détourna, se faufila dans le hall d'entrée et alla engloutir des œufs au bacon et une tasse de thé près de la fenêtre du salon. Ses yeux le piquaient après une nuit blanche. Il avait repoussé les rêves qui l'attendaient, peuplés de douceurs parfumées à l'eau de rose, d'une paire d'yeux bleu myosotis et de soupirs de plaisir. Endormi, il devenait vulnérable, toujours sur le point de s'abandonner à une délicieuse trahison, alors il avait lutté contre le sommeil.

Dehors, dans une ferme, les coqs se mirent à chanter.

Il repoussa sa chaise.

Il ne baisserait pas les armes.

Il atteignit le sommet de la colline et regarda plus bas Muriel qui s'escrimait à gravir la pente, en s'accrochant aux branches à cause des semelles trop fines de ses chaussures de ville qui glissaient sur les feuilles mortes. Il lui avait imposé un rythme soutenu à travers la forêt, sur le versant le plus raide. Un chemin faisait le tour de la colline, celui qu'il avait emprunté la veille pour aller voir Mme Odgers, mais cette ascension progressive lui avait paru trop douce pour ce qu'il avait en tête.

Ce n'était pas une randonnée mais une épreuve.

Muriel demanderait grâce avant que le soleil ait atteint le sommet des arbres.

Sauf que...

Elle n'en faisait rien.

Tandis qu'il marchait devant en sifflotant sur le chemin inutilement tortueux, elle se laissait de plus en plus distancer. Mais, chaque fois qu'il s'arrêtait, elle le rattrapait, en nage et souriante.

À un moment donné, elle disparut au milieu d'épais fourrés. Il se résolut à redescendre le sentier boueux, pensant qu'il allait la retrouver pliée en deux, vaincue et le suppliant de s'arrêter.

Elle était accroupie près d'un morceau de bois en décomposition et dégageait une pousse de pissenlit pour en examiner les feuilles dentelées.

— Elles sont douces, lui dit-elle en levant ses grands yeux écarquillés et pleins d'espoir. Et il y a des taches.

— Ce n'est pas l'espèce que je recherche, déclara-t-il sèchement. Allons-y.

Déjà, il repartait en enjambant les talus, mettant de la distance entre eux avant de se laisser attendrir.

Elle s'était arrêtée pour gratter dans la boue dans l'espoir de trouver les pissenlits de sa mère.

La variété qu'elle lui avait montrée n'avait rien à voir avec celle qu'il lui avait décrite. Elle n'y connaissait visiblement rien.

Mais elle avait essayé de l'aider. Elle s'était sali les mains pour ça.

Pas parce que cela l'intéressait. Il fallait qu'il s'en souvienne. Elle savait pertinemment que cette marque d'attention le toucherait. Elle le manipulait sans vergogne.

Finalement, le soleil brillait haut au-dessus de leurs têtes quand ce fut lui qui éprouva le besoin de se reposer. Il avait les pieds en sang à cause de ses maudites bottes et il était assoiffé. Il jeta sa boîte à spécimens vide sur un tapis de jacinthes et grimpa sur un gros rocher. Juché là, il but à sa gourde en regardant à travers les arbres le plateau qui montait en vagues de gazon vert étoilé de potentilles jaune d'or.

Il n'entendait pas la mer, mais il sentait son odeur iodée.

Un bruit le prévint qu'elle avait atteint les hauteurs.

Elle surgit des fougères, trébuchant à cause de sa jupe qui s'était accrochée aux épines d'un buisson de mûres, puis elle vacilla à quelques mètres de lui, une main pressée sur ses côtes, et respira en faisant la grimace. Elle devait penser qu'il ne la voyait pas et ne dissimulait plus son épuisement. Le bas de sa robe était tout sale, et des fils s'échappaient de petites déchirures sur sa jupe et son corsage. Elle avait des brindilles dans les cheveux, et un trait rouge zébrait sa joue à l'endroit où une petite branche souple l'avait égratignée. Ses yeux brillaient.

Jamais il ne l'avait vue aussi décomposée.

Elle n'avait rien d'une beauté en cet instant.

Et elle n'avait jamais été si belle.

Il s'assit sur le rocher et laissa pendre ses jambes dans le vide. Elle sursauta en voyant ses bottes, et ses mains volèrent de ses côtes à sa gorge.

— Tiens, vous voilà ! déclara-t-elle gaiement en tendant le cou, un sourire sur les lèvres. Comme c'est beau ici !

Elle contourna le rocher, incapable de dissimuler un léger boitement. Ses pieds étaient dans un état pire que les siens, il l'aurait parié. Mais elle joua le jeu et s'extasia sur les prunelliers et les jacinthes sauvages.

— Cela vous plaît ?

— Je suis aux anges, répondit-elle sans hésitation. Nous continuons jusqu'à ces falaises ?

Elle s'imaginait donc qu'ils allaient flâner sur l'herbe verte et grasse de la lande.

Il sourit.

Non. Ils allaient plonger tête baissée dans les ravins et se frayer un chemin à travers les marais jusqu'à ce que l'un d'eux crie grâce, ou les deux.

— Nous irons jusqu'à la rivière, déclara-t-il. Un de ses affluents traverse la vallée jusqu'à l'estuaire.

Elle fixait du regard la gourde d'eau dans sa main. Lentement, il la porta à ses lèvres et avala une longue gorgée.

— Le terrain est un peu accidenté et semé d'épineux, précisa-t-il en s'essuyant la bouche du revers de la main. Les ronces poussent en fourrés épais. Mais je sais que ce sont des espèces qui vous intéressent. Cette jungle devrait vous plaire.

Son sourire vacilla. Au bout d'un temps un peu trop long, elle acquiesça.

— Les arbustes.

Elle avait prononcé ce mot avec gravité tout en s'efforçant, en vain, d'ôter les brindilles de ses cheveux.

— Je ne m'en lasse pas.

À ces paroles, il ne put s'empêcher de rire. Elle était coriace. Très bien. Il avait tout son temps.

— Tenez.

Il lui tendit la gourde et la regarda boire à grandes gorgées comme une enfant. En s'agenouillant pour cueillir des jacinthes à Kyncastle, il avait vu le soleil dorer ses cheveux et son teint clair. Elle rayonnait alors comme une divinité marine. Maintenant qu'il était perché au-dessus d'elle, elle lui semblait petite et fragile, complètement livrée à son pouvoir.

Tout son travail consistait à s'occuper de choses fragiles. Des spécimens, des graines.

Spontanément, il aurait eu envie de sauter de son rocher, de l'allonger sur un lit d'herbe sèche pour lui ôter ses chaussures et d'étaler un onguent sur ses pieds couverts d'ampoules. De remplir sa gourde à la source et de la lui rapporter dégoulinante d'eau fraîche et douce.

Mais la situation nécessitait une autre approche. Une prise en main plus musclée.

— Oh ! J'allais oublier, dit-il. J'ai une surprise pour vous.

Il se pencha, lui ôta la gourde des mains et la rangea dans une poche, puis il fouilla à l'intérieur de sa veste.

Le visage de Lavinia se détendit. Elle était ravie de cette surprise, de ce geste aimable qui venait remettre de l'harmonie dans leurs rapports.

Non, il n'éprouverait aucune culpabilité.

Il sortit un étui à cigarettes en argent qui avait appartenu à James. Quand il l'ouvrait, il avait l'impression d'*être* son ami, comme s'il incarnait physiquement sa mémoire.

Il avait vu James faire ce geste un nombre de fois incalculable.

— C'est de l'armoise, dit-il en prenant une cigarette et en lui tendant l'étui. Mélangée avec de la molène, du tabac et un peu de menthe. Dans une de vos lettres...

Chaque fois qu'il prononçait cette phrase, il la voyait se raidir.

Il alluma sa cigarette et fit monter des anneaux de fumée vers le faîte des arbres.

— Dans une de vos lettres, reprit-il, vous m'avez dit que vous fumiez des cigarettes turques. Vous allez adorer celles-là, je vous le promets.

— Moi, fumer ?

Elle se mit à rire. Puis elle vit l'expression de son visage, et une petite ride creusa son front.

— Mais je plaisantais, voyons.

— Mais pas du tout, répliqua-t-il en lui fourrant l'étui dans la main. Vous avez pris cette habitude au cours de vos longues traversées maritimes, et vous déploriez que les mœurs londoniennes n'autorisent pas les femmes à se livrer à ce plaisir. Pourquoi diriez-vous le contraire aujourd'hui ?

Elle se mordit la lèvre en fixant la rangée de petits cylindres roulés.

— À vrai dire, le tabac me fait moins envie ces derniers temps, poursuivit-il, savourant le comique de la situation. En réalité, c'est nocif en grosse quantité. Nous nous en servons comme fumigateur pour les pépinières, ou en solution pour tuer les pucerons. Mais une pincée judicieusement ajoutée à quelques herbes…

Il haussa les épaules, respira profondément et lâcha nonchalamment un anneau de fumée qui s'éleva lentement dans l'air immobile.

— Vous m'avez confié que vous aviez hâte d'y goûter.

— Bien entendu, murmura-t-elle tandis que ses épaules s'affaissaient.

Mais elle se reprit vite et saisit une cigarette entre ses doigts avant de la glisser entre ses lèvres, qui s'étaient arrondies comme pour un baiser. Un instant, il admira l'absurdité de la situation, puis il frotta une allumette.

Elle se mit instantanément à tousser. Quand elle reprit sa respiration, ses yeux étaient pleins de larmes.

— C'est très bon, articula-t-elle avec une respiration sifflante.

Elle prit une nouvelle bouffée en évitant cette fois d'avaler la fumée.

— Mmm, fit-il. Alors gardez cet étui. Elles sont pour vous. Si nous y allions ?

Elle continua de tousser dans son dos pendant qu'ils longeaient la lande et entamaient la descente dans la vallée.

Ils atteignirent la rivière dans une courbe où elle se rétrécissait et dérangèrent un héron, qui fit quelques pas en sautillant sur ses longues pattes minces avant d'ouvrir ses ailes pour les survoler, gauche et magnifique. Muriel resta bouche bée quand il la frôla de son ombre. Dans son regard, il lut un pur ravissement.

Malédiction ! Il se refusait à partager de tels moments avec elle, de tels regards.

Voilà des heures qu'elle aurait dû craquer.

Il serra les mâchoires pour étouffer un sourire spontané. Ils avaient continué à marcher, enjambant les vasières découvertes par la marée basse, le long des criques qui divisaient le cours principal de la rivière, prenant des raccourcis à travers les berges recouvertes de mousse.

Il faisait meilleur près de la rivière, plus frais. Il accéléra le pas, contournant les fougères sans prêter attention aux petites fleurs blanches qui pointaient leur nez au bout de tiges duveteuses, probablement des silènes sauvages, des fleurs assez rares qui auraient mérité qu'il s'y attarde en d'autres circonstances.

Il avait même renoncé à feindre de chercher des plants.

La rivière fit un coude, et la végétation devint plus dense. Il attaqua le virage et accéléra. Muriel était de nouveau loin derrière lui, et il l'entendit plus qu'il ne la vit protester.

Il se retourna quand elle cria. Elle s'était laissée tomber sur un épais tapis de mousse et, les mains sous la nuque, elle contemplait la verte frondaison.

— Nous allons bien trop vite, lui dit-elle en se redressant sur un coude tandis qu'il la rejoignait. J'aimerais prendre le temps de profiter de ces mousses. Comme Laura Odgers, ajouta-t-elle avec une pointe d'aigreur.

Il se laissa tomber près d'elle et étira les jambes.

— Laura Odgers étudie les mousses. Elles ne lui servent pas de matelas.

— J'imagine que vous devez savoir de quoi est fait son matelas, dit-elle en détournant les yeux. Je ne vous ai pas entendu rentrer la nuit dernière.

Ah ! Elle avait donc guetté son retour la veille dans l'obscurité de sa chambre.

Était-elle jalouse ? Ou alors... frustrée de le voir déjouer ses projets de séduction ?

Mme Odgers, une femme rondelette, vigoureuse et volubile, l'avait retenu tard dans la soirée. Il l'avait d'abord aidée à remettre la porte du poulailler sur ses gonds et à assembler de nouvelles couveuses, puis ils avaient bavardé de tout et de rien, des légumes de son potager, des poules, des baies, et ensuite seulement elle lui avait montré ses spécimens, gardant pour la fin celui qui l'intéressait le plus, le *bryum roseum*, avec ses spores.

Ses tactiques pour le retenir ne l'avaient pas dérangé le moins du monde. C'était une vieille amie de la famille, et elle était comme une tante pour lui. En plus, cela lui avait permis de s'attarder ailleurs qu'à l'auberge, n'importe où tant que Muriel n'y était pas.

Sur le chemin du retour, il s'était arrêté aux Trois Couronnes pour boire une pinte et en avait finalement bu deux.

Il appuya sur la mousse du bout des doigts. Du pourpier, aux minuscules volutes vertes tressées comme de la dentelle.

— La nuit a été longue, précisa-t-il avec un sourire qu'il s'efforça de rendre énigmatique.

Il le conserva jusqu'à ce qu'elle lui lance un regard en coin. Elle avait pris des couleurs ces derniers jours. Il n'aurait su dire si elle avait rougi. Mais elle fronçait les sourcils.

Parfait.

— Alors, cela vous rappelle la Chine ?

Il fit un geste en direction des aulnes et de la rivière scintillante qui épousait les courbes au fond de la vallée.

— Incroyablement.

Elle prit immédiatement son air de spécialiste, jeta un coup d'œil autour d'elle et eut un hochement de tête sentencieux.

Bien joué !

— Quoi en particulier ? insista-t-il en remarquant un petit tremblement de paupière tandis qu'elle fixait la mousse.

— Les plantes ligneuses, dit-elle en se redressant et en repliant les jambes. Mais aussi…

Elle croisa son regard.

— Le fait de marcher avec les yeux fixés sur le dos de la personne devant moi. C'est une sensation très particulière.

Il inspira profondément. Elle n'avait pas cherché à esquiver, comme il s'y était attendu. Non, elle ripostait et menait une contre-attaque. Il s'était mal conduit. Il le savait aussi bien qu'elle. Mais c'était pour la bonne cause.

Il s'était déjà excusé inutilement auprès de cette femme. Qu'elle ne compte pas sur lui pour implorer son pardon.

— Vous n'évoquez pas cette sensation dans votre livre.

Il souleva la jambe et fit tourner sa cheville comprimée dans sa botte.

— Je n'ai évoqué aucune sensation dans ce fichu bouquin, fit-elle avec une grimace. C'est bien là le problème, je vous l'ai dit.

— Sur le plan littéraire, oui. Mais c'est sans doute mieux pour la réputation de votre défunt mari.

Il haussa les sourcils et ajouta :

— Vos corrections ne devraient pas jouer en sa faveur.

Il ne put s'empêcher de jeter un regard sur ses poings serrés, et sur ses bagues. Les avait-elle empruntées – ou volées – pour compléter son déguisement de jolie veuve ? Ces bijoux étaient-ils vraiment les siens, des reliques de son mariage malheureux ?

Quand elle parlait d'amour, elle pensait à un homme en particulier. L'émotion qu'il avait perçue pendant cette soirée à l'auberge de Crawthevyn, ou l'autre soir à Kyncastle, n'était pas feinte.

— Mais je peux très bien traiter le sujet sur un mode scientifique, répliqua-t-elle.

Elle rejeta la tête en arrière, et une petite frisette tomba sur son épaule. Elle la fit passer derrière son oreille et pinça les lèvres.

— Je remplacerai le chapitre sur la manière d'envelopper les bulbes par un chapitre sur un mode de classification des hommes. J'en établirai les variétés en fonction de leurs caractéristiques et des usages. Il faudra que j'en donne aussi une description sommaire. Mon époux était un spécimen éclatant. Vous, moins.

Il tiqua. Voilà qu'elle dénigrait son physique, maintenant. Dieu merci, il ne s'était jamais bercé d'illusions à cet égard. Il avait adouci ses manières de façon à pouvoir naviguer entre deux mondes, mais un homme ne pouvait pas faire grand-chose pour modifier son visage.

— Mais il s'avère que vous avez plus de points communs que de différences, poursuivit-elle.

Puis elle se tut et arracha une poignée de mousse.

— Nous marchons peut-être trop vite, concéda-t-il.

Devant tant de désinvolture, elle lui lança un regard vif avant de se relever péniblement.

— Aucune importance, déclara-t-elle en époussetant sa jupe.

Il se leva à son tour.

— Qu'avons-nous donc en commun, M. Pendrake et moi ?

Au milieu de toute cette verdure, ses yeux bleus semblaient purs et clairs comme de l'eau.

— On ne peut pas vous faire confiance, dit-elle.

C'était trop fort ! Venant d'elle, c'était plus que du culot ; elle était folle. On ne pouvait pas lui faire confiance, à lui ?

— Votre nouveau chapitre est visiblement destiné à une élite, grinça-t-il. Je crains que vous ne deviez expliquer vos critères au profane que je suis.

— Vous vous mentez à vous-même.

Elle tirait vigoureusement sur un fil qui pendait à sa taille, mais ne le lâchait pas du regard.

— Cela vous permet de croire que vous ne mentez pas aux autres. Voilà pourquoi vous décevez terriblement les femmes, mais ça vous est complètement égal.

Ce fut plus fort que lui, il écarta posément ses doigts tremblants et arracha le fil qui l'agaçait.

— Je ne peux pas parler au nom de votre mari. Mais je ne vous ai jamais trahie. Et si vous voulez parler de la nuit dernière, à propos de Laura Odgers, sachez que...

— Je me moque éperdument de Laura Odgers, fit-elle avec dédain, avant de poursuivre en plissant les yeux : Peu m'importe que vous l'aimiez ou non. Ce qui compte à vos yeux, c'est que votre mère l'apprécie. N'est-ce pas cela qu'a découvert Elizabeth ?

La mâchoire lui en tomba. Il referma la bouche et s'enferma dans un silence buté.

— Laissez ma mère en dehors de tout ça, gronda-t-il finalement entre ses dents.

— C'est trop facile.

Elle haussa les épaules. Son regard vacilla avant de revenir se poser sur la berge et la rivière. Elle baissa la voix, murmurant au diapason de l'eau qui coulait doucement.

— L'homme que j'aimais aurait dû me faire passer avant tout le reste. C'est ce que j'avais fait, moi. Il était tout pour moi.

Il avala sa salive. Le fil bleu s'était enroulé autour de ses doigts, et il s'en débarrassa.

— Qu'a-t-il fait passer avant vous ?

Lui aussi parlait doucement, peu rassuré par la façon dont elle l'avait attiré dans cette discussion qui, avec tous les pièges qu'elle recelait, contenait l'essence brute de la vérité.

Elle était sincère, il en aurait mis sa main à couper. Bon sang de bois ! Qui pouvait bien être cet homme qui lui avait fait tant de mal ?

Mais elle ne répondit pas. À la place, elle fut secouée d'un frisson.

— J'ai faim, dit-elle.

— Hélas !

Il contempla son ravissant profil, son nez droit, la courbe de ses lèvres, son menton insolent. C'était lui qui lui faisait du mal, à présent.

Mais c'était différent. *Lui* était différent. Complètement.

Il secoua sa boîte à spécimens vide, fouilla dans les poches de sa veste avec un petit sourire en songeant au côté théâtral de cette mise en scène.

Elle le dévisageait, prête à se rebeller.

— Je crois que j'ai oublié notre pique-nique. Heureusement que dame Nature...

Il s'autorisa un sourire.

— Dans l'une de vos lettres..., commença-t-il, et elle retint sa respiration.

Ça y était. Elle était mûre, à deux doigts de craquer.

— Vous me racontiez comment vous attrapiez votre déjeuner dans le fleuve Min.

Il scrutait la rivière en dessous d'eux, mais son petit mouvement de surprise et de déplaisir ne lui échappa pas.

— Attendez de voir quand vous aurez vidé une truite de Cornouailles et que vous l'aurez fait griller sur la pointe d'un bâton au-dessus d'un feu. Rien ne vaut ça. Jamais vous ne voudrez repartir d'ici.

— Qui parle de repartir ?

Elle émit un drôle de bruit, pas vraiment un rire. Une étrange sauvagerie l'avait saisie. Elle tâtonna à l'aveugle, comme pour chercher un appui, et posa son poing serré sur un tronc d'arbre.

— Non, affirma-t-elle. Non, je ne repartirai pas. Vous avez raison, ne serait-ce que sur ce point.

Il fut saisi à nouveau de ce besoin de la consoler, de la prendre dans ses bras.

« Vous avez raison », avait-elle dit. Il ne pouvait plus revenir en arrière.

Ils verraient bientôt qu'il avait aussi raison sur un autre point.

Une mouette cria, et il se remit en marche. Il lui prit la main et l'entraîna à sa suite, dévalant la pente à toute allure, dans une course effrénée pour rejoindre le bord de la rivière. Elle trébucha sur une racine et serait tombée s'il ne l'avait retenue et serrée contre lui, alors que la berge faite d'argile molle s'affaissait sous leur poids. Il tituba en essayant de conserver son équilibre et se mit à rire, son impétuosité ne faisant que redoubler la sienne.

Et s'il l'abandonnait ici sur la rive, affamée et déshydratée, et qu'il la laissait se débrouiller toute seule ?

Dès que le sol devint plus ferme, elle se dégagea brusquement et partit comme une flèche devant lui, si bien que, pour la première fois, ce fut lui qui la suivit tandis qu'elle escaladait les pierres. Elle était obligée de pencher son dos mince au fur et à mesure qu'elle progressait péniblement entre les branchages.

— Voilà une piscine alléchante, dit-il.

Elle fit volte-face en sursautant, effrayée de le voir si proche d'clle. Elle avait fait vite, mais ça n'avait pas suffi. Si elle avait cru marquer un point en le prenant de vitesse... eh bien, elle s'était lourdement trompée.

— Et... la boue est extraordinaire ici.

Il la dépassa et s'accroupit au pied d'un saule. Ici, la rivière s'était rétrécie, les arbres pullulaient et les berges ombragées étaient envahies de mousse. À contrecœur, elle le rejoignit et se tint près de lui tandis qu'il retournait le sol humide. Quand il se releva, il lui attrapa le poignet et déposa sur sa paume une poignée de vers qui se tortillaient.

Elizabeth, elle, aurait hurlé. Et, en entendant ce cri, il aurait frémi en se souvenant de l'exaspération de sa mère devant toute forme de minauderie.

La femme blonde qui se tenait devant lui, le visage marqué par l'épuisement, les cheveux trempés de sueur collés sur les tempes, ne broncha pas. Elle garda le bras tendu et pencha la tête pour examiner les vers, le nez froncé de dégoût.

Il sortit la ligne et l'hameçon de sa poche et les lui tendit.

— Mettez le ver sur l'hameçon, lui dit-il. Je vais chercher un emplacement. Le poisson va surgir de ce tourbillon, et il faut que nous restions en arrière.

Il se tourna, s'éloigna de quelques pas, puis regarda par-dessus son épaule. Elle se tenait immobile et regardait ses mains ouvertes avec un air abattu. Elle sentit son regard posé sur elle et releva lentement la tête.

— Muriel Pendrake.

Il ronronnait presque, et elle tenta vaillamment de sourire. Mais elle savait, elle avait compris. Sa poitrine palpitait convulsivement.

— Ces vers ne sont pas très coopératifs, observa-t-elle avec une légèreté qui contrastait avec la peur qu'elle ne pouvait plus cacher. En Chine, ils sautaient littéralement sur l'hameçon.

Soudain, son sourire contraint s'élargit. Elle devait espérer l'éblouir avec sa beauté poignante. Pour conjurer le sort.

Le moment était venu.

Il revint lentement sur ses pas. La lumière qui filtrait à travers le feuillage la constellait de taches dorées.

Il avait toujours été sensible à ce qui était tacheté, pommelé. Les faons, les pinsons, les digitales. Il n'avait pas fait attention aux mignonnes taches de rousseur qui étaient apparues sur l'arête de son nez.

— Muriel Pendrake, répéta-t-il.

Sa voix était veloutée. Menaçante.

— Oui ?

Son sourire s'évanouit. Elle était bouleversée. Exténuée et bouleversée. C'était lui qui était la cause de cet air hagard, mais elle était à l'origine de la situation. Elle en était responsable, elle et tous ses mensonges.

— J'aime ce nom, voilà tout.

Il la dévisagea.

— Pas vous ?

Elle esquissa un mouvement, et d'autres mèches de cheveux retombèrent sur son visage. Elle était dans l'incapacité de les repousser, avec ses mains pleines de boue et de vers, encombrée par l'hameçon et sa ligne. Elle était désarmée, mouchetée de lumière, comme si la truite, c'était elle.

Il l'avait attrapée. Qu'allait-il faire d'elle, maintenant ?

Il joignit les mains et y appuya son menton pour se retenir de toucher ses boucles brillantes, de lui caresser la joue.

— Muriel. Pendrake.

Du regard, elle le suppliait d'en finir. Il pouvait aussi la serrer contre sa poitrine, goûter le soleil et l'ombre sur sa peau, repousser ce règlement de compte à plus tard, dans unc heure, au lendemain.

Ce serait un sursis, néanmoins, pas une solution.

— Quel est votre vrai nom ? demanda-t-il.

11

Les yeux fermés, elle aurait pu faire comme si elle n'existait pas, comme si elle s'était volatilisée. N'était-ce pas le cas ? Pour lui, elle n'était pas Muriel. Elle n'était rien. Ç'aurait été tellement plus facile de disparaître complètement. Sans laisser de traces.

Il lui prit le visage entre les mains sans ménagement, ses doigts s'enfonçant dans sa chair.

— Regardez-moi, ordonna-t-il d'une voix rude.

Elle s'y refusa, mais la pression de ses doigts s'accentua. Elle ne voulait pas voir la transformation qu'elle avait vu s'opérer en lui ces deux derniers jours s'achever irrévocablement. Aucun d'eux n'existait plus, du moins l'un pour l'autre. Mieux valait plonger dans les ténèbres.

— Regardez-moi !

La menace était perceptible dans sa voix. Envolé, son jardinier courtois et taquin. Elle sentit sa poitrine se fissurer. Sa cage thoracique se comprimait et menaçait de lui étouffer le cœur, de réduire en pièces le muscle tendre et rouge qui s'y trouvait. Elle serrait obstinément les paupières. Et soudain, elle sentit ses lèvres contre son oreille et son haleine brûlante.

— Muriel !

C'était un gémissement, une supplication.

Ses yeux s'ouvrirent instantanément. Son visage franc, taillé à la serpe et posé sur ses larges épaules emplissait tout son champ de vision. Neal occupait tout l'espace avec sa carrure, sa force et sa puissance, sa dureté aussi.

— Bon sang ! souffla-t-il. Comment diable dois-je vous appeler ?

— Lavinia, articula-t-elle péniblement.

Son propre prénom restait bloqué dans sa gorge. Elle sentait le goût salé de ses larmes brûlantes, ou était-ce du sang ?

— Lavinia comment ?

Bonne question. Les larmes roulèrent sur ses joues, mouillant les doigts et les mains de Neal, mais il ne desserra pas son étau. Ses yeux bruns étaient rayés d'or et de vert, striés comme de l'agate, et tout aussi durs.

— Seulement Lavinia.

Elle s'entendait murmurer tout comme elle percevait le chuchotement de la rivière, le friselis du feuillage et le bruissement des ailes d'oiseaux. Elle n'existait plus mais, à cet instant précis, elle faisait partie de cet espace calme et vert.

Il lâcha encore un juron et la repoussa en secouant ses doigts mouillés de larmes.

— Il vous faudra bien l'avouer, fulmina-t-il. Si ce n'est pas à moi, ce sera devant la justice à Mawbyn.

— Et je finirai devant une cour d'assises comme Joan Traymayne ?

Elle réussit à esquisser un sourire amer. Non, elle ne réussirait pas à se dissoudre dans la nature. Il lui faudrait boire la coupe jusqu'à la lie.

— Lavinia comment ? répéta-t-il.

Soudain, elle se rebella, retrouvant des forces grâce à la colère qui l'animait. Il était inutile de s'apitoyer sur elle-même. Seule la rage lui permettrait de relever l'échine. Cet emportement était salutaire.

— Juste Lavinia.

Elle laissa tomber la pelote de vers et serra l'autre poing en se concentrant sur la petite pointe acérée de l'hameçon qui la piquait.

Elle lui lança un regard de défi.

— Pourquoi faut-il toujours qu'une femme porte le nom de son père ou de son mari ? Et si cette femme venait à abhorrer ces deux hommes de tout son cœur, l'un comme l'autre ?

Yardley. Cranbrook. Ces noms étaient des boulets. Ils ne lui avaient rien apporté, sinon des humiliations.

Elle fit la grimace.

— Vous admirez les femmes qui méprisent des conventions parfaitement justifiées pour des raisons purement intellectuelles. Et si je vous réponds que je m'appelle juste Lavinia, c'est ma façon à moi de participer à la querelle des femmes[1] ! Vous êtes content, comme ça ? Cela satisfait-il votre snobisme ?

— Non, répliqua-t-il d'une voix impassible, mais elle voyait la colère briller dans ses yeux.

— Alors vous n'êtes qu'un hypocrite, murmura-t-elle.

Pourtant, elle finit par baisser les yeux.

La colère de Neal était justifiée. Il avait compris qu'elle l'avait dupé, que le monde n'était pas tel qu'il l'avait imaginé. Elle savait d'expérience ce qu'il ressentait.

Le vertige. La nausée. Un bouleversement total.

— Vous pouvez me traiter d'écervelée si vous voulez, ajouta-t-elle d'une voix rauque. L'éducation que j'ai reçue ne m'a pas beaucoup servi. Et on ne peut pas dire que le mariage m'ait réussi. À vrai dire, il m'a surtout détruite.

---

1. Polémique récurrente du XVe siècle au début du XXe siècle sur le statut des femmes. *(N.d.T.)*

Elle lui tourna brusquement le dos pour lui cacher sa détresse.

— Vous avez un mari.

Ce fut plus fort qu'elle, elle regarda dans sa direction. Il se tenait immobile, les cheveux légèrement ébouriffés par la brise. Derrière lui coulait la rivière. L'eau se hâtait de rejoindre la mer.

— Il est vivant, je présume ? lâcha-t-il.

Cette fois-ci, son silence parla pour elle. Il inclina la tête, offrant son cou musclé à la caresse du vent comme s'il avait besoin d'être rafraîchi.

C'était pourtant elle qui avait sué sang et eau à courir derrière lui, haletante et écrasée de chaleur, pendant qu'ils sillonnaient avec frénésie la campagne. Lui, en revanche, avançait sans effort, presque nonchalamment, à une allure souple et féline.

— Votre mari.

Il baissa le menton et lui sourit désagréablement.

— Le « spécimen éclatant ».

Elle le regarda avec des yeux ronds. Mais bien sûr, bien sûr, voilà ce qu'il pensait. Seigneur, quel imbroglio ! Elle lui avait menti, certes, mais elle se refusait à faire amende honorable.

Je suis la fille de Robert Yardley, l'architecte véreux, ce faux Robin des Bois qui a escroqué un duc pour avoir un train de vie princier. Il m'offrait des diadèmes en plumes d'aigrette achetés grâce à ses malversations, et jamais je ne me suis posé de questions, ni pour l'argent ni pour les aigrettes.

Et cet homme dont je vous ai parlé ? Ce spécimen éclatant ? C'était mon amant, pas mon mari.

Depuis la semaine dernière, je suis bel et bien mariée, j'ai épousé un homme pour son argent, mais c'est une vierge qu'il exige. Alors vous comprenez mon dilemme.

Toute cette histoire était tellement sordide !

Elle glissa la ligne et l'hameçon dans la poche de sa jupe, essuya la boue de ses doigts et joignit les mains. Cette position lui permit de reprendre un peu d'assurance. Jusqu'à ce qu'elle se revoie marcher d'un pas léger à côté de son père, accrochée à sa main. Elle se revoyait aussi en train d'attraper la main de George chaque fois qu'elle le sentait sur le point de s'esquiver.

Plus personne ne lui tiendrait la main, désormais. Plus jamais.

La solitude qu'elle avait éprouvée dans le village revint avec une telle force qu'elle la sentit presque physiquement. Sa peau moite la démangeait. L'air était tiède mais elle avait la chair de poule.

— Le débauché, poursuivit Neal. Le scélérat qui avait un penchant pour le jeu et le gin.

Elle avait cru que ses lèvres bien dessinées, aux lignes fermes, étaient faites pour les sourires et les baisers. Mais elle n'y avait encore jamais vu ce rictus.

Il plissa les yeux.

— Ce sont ses dettes qui vous ont conduite à ces activités criminelles ?

Elle eut un petit mouvement de surprise et de dénégation.

Il serra les mâchoires et les muscles de son visage se durcirent, soulignant ses méplats rudes.

— Oublions pour l'instant le pourquoi. Concentrons-nous sur le qui. Qui vous a embarquée dans cette mascarade ? J'ai abandonné l'hypothèse d'une mission pour le compte d'un gouvernement étranger. Cette théorie, tout comme mon erreur initiale quant à votre identité, reposait sur des capacités qui vous dépassent.

— Vous avez raison, répondit-elle en évitant de le regarder en face. Un espion est doté d'intelligence.

— C'est exactement ma conclusion.

Elle se mordit les lèvres jusqu'au sang. Pourquoi fallait-il en plus que cela lui fasse si mal ?

— Nous sommes donc bien d'accord, la politique n'est pas à votre portée.

Il s'acharnait, inexorable.

— À moins que... Parlez-vous vraiment le chinois ?

Elle lutta contre l'envie de baisser la tête. Allait-il lui ressortir un à un tous ses mensonges ?

— Non, conclut-il avec un soupir narquois.

Il la taquinait, mais méchamment. Cette situation devenait grotesque. Elle ouvrit la bouche pour protester, mais qu'aurait-elle pu dire ?

Il fit claquer sa langue.

— Tomas va être tellement déçu !

— Je parle français, dit-elle.

L'inanité de sa réponse la fit frémir. Jamais elle n'aurait dû croiser son regard.

— *Enchanté*[1], répondit-il sèchement. Mieux vaut parler français, je présume, quand on gagne sa vie en susurrant à l'oreille des hommes pour leur soutirer des renseignements. Bon, finissons-en. Pour qui travaillez-vous ? demanda-t-il en faisant un pas en avant. Edevane ?

— Pour personne.

Les mots se mirent à sortir précipitamment de sa bouche.

— Je ne travaille pour personne. C'était un concours de circonstances. Ce jour-là, à Bodmin...

Elle battit des paupières pour refouler les larmes qui montaient. Elle se sentait sur le point d'éclater en sanglots.

— J'ai traversé le quai pour m'éloigner de lui, de mon mari. J'ai mis le train et un peu de distance entre nous, mais ce n'était pas suffisant. Je ne savais pas quoi faire. Je ne pouvais pas continuer comme ça, je ne pouvais pas revenir en arrière. J'étais perdue.

1. En français dans le texte. *(N.d.T.)*

Là, au moins, elle disait la vérité. Son regard dériva sur la rivière. Chaque gouttelette d'eau circulerait jusqu'à la fin des temps et arroserait peut-être un jour les bords de l'Amazone ou retomberait en pluie sur Hong Kong.

Elle reprit sa respiration.

— Et puis vous êtes arrivé, reprit-elle. Vous êtes sorti de la forêt comme dans un conte de fées. C'est vous qui m'avez appelée. Vous m'avez prise pour quelqu'un d'autre, pour votre chère Mme Pendrake. Alors j'ai joué le jeu. Voilà tout.

Elle se frotta les yeux dans un geste enfantin dont elle s'agaça. Les jours étaient bien finis où ses larmes opéraient des miracles.

Il se mit à rire, sarcastique.

— Seigneur ! Incroyable ! Tout cela se résume donc à un simple coup de tête.

— Pas pour moi. C'était...

Il haussa les sourcils, et elle dut prendre sur elle pour poursuivre.

— J'y ai vu un signe du destin.

Sa voix se brisa.

— J'avais oublié que le destin ne me réserve que du malheur. J'aurais dû me sauver dans la forêt, vous fuir tous les deux.

— Dommage que vous ne l'ayez pas fait, ricana-t-il. Nous n'en serions pas là aujourd'hui, au milieu des bois, à tenir cette discussion déplaisante. Je serais rentré à Truro et j'y aurais trouvé une lettre de Muriel Pendrake m'expliquant ce qui l'avait retenue et me donnant une autre date d'arrivée. Elle et moi serions en ce moment même sur la lande en train d'étudier le mouron grêle dans les cuvettes ou les lichens sur les sommets pierreux.

— Je ne pensais pas à mal, dit-elle doucement.

— Mais à quoi pensiez-vous donc ?

Il la dévisagea.

— Juste par curiosité. Comment diable imaginiez-vous que cela allait se terminer ?

Elle avala sa salive.

— Dans les contes de fées, les gens se métamorphosent.

Doux Jésus ! Elle avait parlé à voix haute ?

Fuir. Il lui fallait fuir pour ne pas devenir folle. Fuir avant de laisser échapper d'autres bêtises.

Elle recula, mais son pied heurta une pierre tranchante et elle tressaillit. Ses pieds étaient tout meurtris d'avoir tant marché, dansé, escaladé.

Il avança furtivement, réduisant la distance qu'elle venait d'instaurer entre eux. Ses yeux étaient durs, mais ses cils épais et recourbés, comme tissés de soie, adoucissaient son regard.

— J'imaginais...

Elle eut froid, puis chaud, mais ne put retenir ses mots.

— J'espérais que moi, je pourrais changer. Que je pourrais devenir Muriel, si je le désirais de toutes mes forces.

Un subtil changement s'opéra dans le regard de Neal.

— Et après ? demanda-t-il.

Tout.

— Et après ? Eh bien, je me suis conformée à tout ce que vous aviez projeté de faire quand vous m'avez invitée en Cornouailles.

Elle se mordit la lèvre et se reprit.

— Enfin, quand vous l'avez invitée, elle.

Les sourcils de Neal remontèrent d'un cran.

— Pour herboriser ? Mais ça n'avait vraiment pas l'air de vous plaire.

Elle rougit tandis qu'il la dévisageait. Son regard allait de ses cheveux emmêlés jusqu'à ses pauvres souliers qui n'avaient plus de forme. L'ancien Neal Traymayne ne l'aurait jamais soumise à une inspection aussi humiliante.

— En parlant de mensonges..., siffla-t-elle, méprisante.

Il ouvrit la bouche, interloqué.

— Herboriser, mon œil ! Vous vouliez que vos cousins la rencontrent. Vous prétendiez adorer chaque page du pavé mortellement ennuyeux qu'elle a pondu. Vous l'avez embrassée.

— C'est vous que j'ai embrassée, rectifia-t-il en baissant les paupières.

Ses cils masquaient son regard et rendaient son expression sombre et insondable.

Elle ignora la réaction que cette réponse suscitait en elle.

— Vous cherchiez à la séduire !

— Et dans votre conte de fées, vous vous transformiez en Muriel ? Pourquoi ? demanda-t-il en esquissant un pâle sourire. Si vous aviez envie d'être séduite, vous auriez pu faire ça plus près de chez vous et conserver votre...

Il hésita, l'examinant toujours de ce même regard sarcastique, s'attardant sur ses lèvres, ses seins...

— Votre identité, conclut-il.

— Je ne cherche pas à être séduite. Je veux être...

Horrifiée, elle referma la bouche.

Aimée. Le mot qu'elle n'avait pas prononcé restait comme suspendu entre eux.

Elle se hâta de combler le silence.

— Je voulais changer d'identité pour toutes sortes de raisons. Pour commencer, si j'étais vraiment Muriel, je n'aurais pas à vous mentir.

— Oubliez vos préventions sur l'éducation des femmes et allez donc à Girton, murmura-t-il. Avec de tels sophismes, tout est possible. Vous finirez peut-être par être acceptée par le Club aristotélicien.

Son ton cinglant la fit s'empourprer. Mais elle poursuivit sans se démonter :

— Si j'étais Muriel, je serais obnubilée par les arbustes et je parlerais couramment chinois. Je trouverais vos extraordinaires pissenlits avec leurs taches violettes, et ce serait sans fin. Nous nous marierions de la manière la moins conventionnelle qui soit, sans plumes ni tralalas, et nous vivrions heureux avec beaucoup d'enfants qui porteraient tous des noms de plantes comme Capucine, Hyacinthe, Rose ou Violette.

— Et la vraie Muriel ? Que devient-elle dans votre conte de fées ? Se métamorphose-t-elle en Lavinia ? s'enquit-il d'un ton décontracté que démentait la tension de tous ses muscles.

— Je ne le lui souhaite pas, dit-elle, les sourcils froncés. J'ignore ce que devient la vraie Muriel. Lavinia, elle… C'est facile. Elle disparaît.

Ses genoux se dérobaient sous elle de fatigue, mais elle y voyait plus clair. Le voile de larmes s'était dissipé.

— Personne ne la regrettera vraiment.

C'était la vérité, et elle parvenait à le dire sans émotion.

— Lavinia n'avait rien dans la tête. Elle était vaniteuse et capricieuse, affreusement snob, et elle compliquait toujours la vie de son entourage. Elle n'avait pas d'amies et ne pensait qu'à son nombril, elle…

— Taisez-vous, grommela-t-il. Je ne suis pas juge à la cour d'assises. Je déteste l'autoflagellation, qui n'est, à mon avis, qu'une forme d'apitoiement sur soi.

Il la jaugea du regard.

— Vous n'êtes pas aussi odieuse que vous le dépeignez.

— Comment ça ? demanda-t-elle, émue.

Un petit sourire railleur naquit au coin de sa bouche, et il secoua la tête.

— J'ai effectivement constaté chez vous un comportement semblable à ceux que vous décrivez.

Elle crut un instant qu'il allait lui en faire la liste, citer des exemples de son caractère vain et égoïste, de son manque de jugeote. Mais il haussa les épaules.

— J'ai aussi observé des attitudes qui viennent le contredire. Après tout, vous avez pataugé dans des eaux glaciales pour sauver un enfant de la noyade.

Il fit une pause.

— Pour me sauver, moi. Vous nous avez sauvé la vie et vous avez rendu un service inestimable à tout le village.

— Je croyais que vous aviez la situation parfaitement en main, murmura-t-elle. Vous nagiez vers la Dent de la Vache, où vous auriez eu pied, disiez-vous.

Elle vit une étincelle s'allumer dans ses yeux, une trace de son attitude taquine et amicale d'avant.

— J'avais peut-être surestimé mes chances de réussite à cause de mon insupportable arrogance.

Cette fois-ci, une moue presque amusée apparut sur ses lèvres.

— Chacun a ses défauts. Vous avez bien décrit les vôtres.

Il redevint grave.

— Je n'essaie pas de vous défendre ni de vous condamner. Je constate juste les faits : vous attrapez des coups de soleil en cueillant des fleurs pour une fête de village, ce qui ne saurait être une preuve de vaine coquetterie. Vous dansez sur une barrique dans une pièce remplie de toiles d'araignées, ce qui contredit l'accusation de snobisme. Et la liste est longue...

Elle sentit qu'elle se décomposait devant lui.

— Mais...

Les mots avaient de la peine à sortir de sa gorge.

— Mais j'essayais d'être quelqu'un d'autre.

— Vous n'y êtes pas parvenue.

Il scruta son visage d'un regard perçant, comme s'il lisait en elle. Comme s'il voulait connaître ses pensées et voir clair dans son jeu.

— Toutes ces marques de courage et de générosité, votre gentillesse... Ce sens de l'humour que je...

Il remua les épaules, mal à l'aise.

— C'était vous, déclara-t-il enfin. Lavinia. Seulement Lavinia. Une femme qui n'est ni entièrement bonne ni entièrement mauvaise.

Un immense soulagement l'envahit. Ses jambes fléchirent, et elle vacilla. Comme il aurait été facile pour Neal de lui attraper le bras et de la soutenir !

Mais il n'en fit rien. Au contraire, il recula en étouffant un juron. Elle se ressaisit et fit maladroitement un pas en avant.

Il s'interdisait de la toucher. Il préférait la voir tomber évanouie à ses pieds.

Il ne la jugeait pas foncièrement mauvaise, il était trop honnête pour cela. Mais il ne lui pardonnait pas pour autant.

Il fourragea dans ses cheveux de ses longs doigts bronzés et tira fortement sur ses boucles. Quand il laissa retomber ses bras, elle remarqua qu'il gardait les poings serrés.

— Lavinia, dit-il. Les lois physiques qui régissent notre monde ne vous permettront jamais de devenir Muriel Pendrake. Pas plus qu'elles ne vous permettront de vous volatiliser dans la nature. Cela vous laisse deux options.

Un pressentiment lui fit secouer la tête.

— Vivez la vie qui doit être la vôtre, poursuivit-il. Allez retrouver votre mari...

— Aargh !

La rage monta de nouveau comme de la bile dans son gosier. Il écarquilla un peu les yeux, mais continua sur le même ton :

— ... ou alors sauvez-vous dans la forêt, comme vous auriez dû le faire à Bodmin.

Il agita une main en direction des arbres.

— Accordez-vous une deuxième chance.

Elle cessa un instant de respirer. Il voulait la mettre au pied du mur. Mais que deviendrait-elle dans les bois ? Dormirait-elle sur la mousse comme une biche ? Se nourrirait-elle de poissons ?

Il s'en moquait éperdument et le lui avait bien fait comprendre.

Eh bien, soit, elle ne s'évanouirait pas à ses pieds. Elle leur épargnerait à tous les deux cette ultime indignité. Sans un mot, elle fit demi-tour et s'éloigna d'un pas raide, la tête haute. Ses pieds en sang lui faisaient souffrir le martyre, mais elle ne boitillerait pas. Il n'en était pas question, du moins pas avant d'avoir atteint le prochain coude de la rivière et de s'être soustraite à sa vue.

Elle venait d'enjamber maladroitement un rondin pour rejoindre un sol un peu moins accidenté quand il la rattrapa. Sa foulée familière, si gracieuse, tellement aux antipodes de son physique rugueux, lui procura une impression étrange, faite d'un mélange de souffrance et de désir.

Elle avait cherché à le séduire. Mais elle n'avait pas songé un instant qu'elle pourrait tomber amoureuse de lui. Que cela ajouterait à son sentiment de solitude. Que cela l'anéantirait.

Mais cela n'avait aucune importance, en réalité.

Elle n'était pas amoureuse de lui.

Bien sûr que non.

Elle écartait le feuillage sans se soucier des branchages qui se rabattaient sur leur passage en leur fouettant les bras.

— Que vous a-t-il fait ? demanda-t-il.

Elle accéléra le pas.

— Qu'est-ce que cela peut bien vous faire ? répliqua-t-elle d'une voix chargée de mépris pour dissimuler sa souffrance. De toute façon, tout est fini maintenant.

Encore une vérité. Tout était fini. Avec George. Avec Cranbrook. Avec Neal aussi.

Tandis qu'ils poursuivaient leur marche en silence, elle lui jeta un regard à la dérobée. Les cheveux en bataille, il paraissait perturbé. Au milieu de la forêt, il ressemblait au chasseur dans le conte de Blanche-Neige, déchiré entre le devoir et sa conscience. Devait-il lui fendre la poitrine et lui arracher le cœur ? Ou l'aider à fuir loin de la méchante reine ?

Jamais il n'avait été si beau.

Elle s'arrêta brusquement.

— Allez-vous-en !

Elle tendit le bras et désigna l'aval de la rivière.

— Le village est par là !

Il se racla la gorge.

— Non, il se trouve de ce côté-ci. Derrière cette colline.

Il lui montra du doigt la bonne direction, et elle le foudroya du regard. Qu'il aille au diable, lui et sa voie toute tracée dans la vie. Lui ne se perdait jamais !

— Parfait, dit-elle en reprenant sa marche. C'est vous qui savez.

— Lavinia.

En l'entendant prononcer son prénom, elle sentit les larmes lui monter aux yeux. Il la suivait toujours.

— Où allez-vous ?

— Dans la forêt. Je ne peux pas me perdre puisqu'il y a des arbres partout.

Cette fois-ci, il se garda de tout commentaire sur ses sophismes. Il lui attrapa le coude et l'obligea à s'arrêter. Son expression était de plus en plus soucieuse. Sa question, posée d'une voix basse et pressante, fusa comme une prière.

— Qu'a-t-il fait ?

Ses yeux étincelaient.

— Que vous a-t-il fait qui vous empêche d'aller le retrouver ?

Il est mort. Voilà ce qu'elle aurait voulu lui hurler. Elle titubait dans les bois, tête nue, couverte de boue et d'écorchures, les pieds pleins d'ampoules, parce que l'homme qu'elle aimait était mort. Mais ce n'était pas la vraie raison, et elle le savait. Elle inspira profondément et, curieusement, l'air lui fit mal aux poumons.

— Lavinia, répéta Neal.

Il la dévisageait. Elle pouvait repousser en arrière ses cheveux épars, mais elle ne disposait pas d'une baguette magique pour redevenir présentable. Les larmes marbraient ses joues brûlées par le soleil. L'état de sa robe aurait couvert de confusion une poissonnière. Elle avait un aspect effroyable.

Pourtant, le visage de Neal ne trahissait aucun dégoût. Elle était incapable de déchiffrer son expression.

— A-t-il levé la main sur vous ?

Ah ! Enfin une émotion identifiable. Une lueur dangereuse brillait dans les yeux de Neal.

— Il m'a trahie, souffla-t-elle.

Oui, c'était le mot. C'était la trahison et non la mort qui les avait séparés.

— Il a continué à courtiser la moitié des femmes de la capitale, et j'étais trop aveuglée pour le voir. Je croyais que nous nous étions donnés l'un à l'autre, que nous vivrions ensemble pour toujours. Voilà le premier conte de fées auquel j'ai eu la bêtise de croire. Quand cette première illusion s'est fracassée, j'aurais dû en tirer des leçons. Mais non, j'ai continué à bâtir des châteaux en Espagne. Je dois être la femme la plus sotte que vous connaissiez.

Elle sentit ses lèvres se tordre vilainement lorsqu'elle grimaça un sourire.

Soudain, la main de Neal saisit la sienne. Elle enveloppa ses doigts autour des siens, et une sorte de douleur délicieuse répandit en elle une chaleur réconfortante.

— Parce que vous croyez aux contes de fées ?

La tendresse qu'elle perçut dans sa voix lui fut presque intolérable.

— Ce n'est pas très scientifique ! rétorqua-t-elle, contente de réussir presque à lui arracher un sourire.

— Science et foi ne sont pas incompatibles.

Il haussa les épaules mais resserra son étreinte.

— Le monde serait bien terne si tout le monde pensait de la même façon. Il faut des scientifiques, mais aussi des rêveurs.

— Comme moi ?

Tout à coup, sa gorge se dénoua et un son s'en échappa, mélange de soupir, de sanglot et de rire. Que c'était bon de sentir cette pression quitter sa poitrine !

Elle n'était pas une snob. Elle n'était pas une idiote. Elle était une *rêveuse*.

Soudain, son pied lui fit si mal qu'elle tituba, et sa main libre vint se raccrocher instinctivement à l'avant-bras de Neal.

— Il faut que je m'assoie, souffla-t-elle.

Il acquiesça, le front plissé.

— En ce qui concerne les expéditions botaniques...

Il hésita avant d'avouer d'une voix lugubre :

— ... je dois avouer que celle-ci fait partie des plus éprouvantes que je connaisse. Pour être honnête, je ne pensais pas que vous tiendriez le coup. Je n'avais pas l'intention de vous faire du mal, mais je voulais...

— Me donner une leçon ?

Elle repoussa son bras, libéra sa main et se dirigea vers une clairière tapissée d'une mousse vert émeraude qui étincelait au soleil.

— Vous devriez savoir que je n'abandonne jamais, murmura-t-elle. Lavinia est têtue comme une mule.

Il rit comme il avait l'habitude de le faire, un rire sonore et chaleureux. Il était redevenu tel qu'il était à Crawthevyn, le plus jovial des hommes. Exubérant et chaleureux. Prompt à reconnaître ses erreurs et à s'excuser.

Prompt à pardonner.

Merci, mon Dieu ! Merci pour cette bonté inhérente chez lui.

La mousse faisait comme un coussin sous ses pieds et s'épaississait à mesure qu'elle avançait.

— Je vous le confirme, dit-il ironiquement en la rattrapant. Je n'oublierai jamais votre regard fixé sur cette poignée de vers de terre. Ce sont les vers qui ont cédé les premiers.

Elle lui lança un regard en coin. Son visage avait perdu sa dureté et il plaisantait, sans aucune trace de sarcasme. Quel homme magnanime ! Son accès de colère était retombé. Elle réussirait à obtenir son pardon. Peut-être était-ce déjà fait. Mais elle ne lui avait confessé que la moitié de la vérité. Elle lui avait parlé de George, indirectement, et pas du tout de Cranbrook.

Elle s'arrêta.

— Je ne vous ai pas tout dit, reprit-elle. Il y a autre chose. J'ai à peine commencé mon récit. À mon sujet, et au sujet de mon mariage.

Elle croisa son regard. Son cœur battait follement, tel un oiseau prisonnier dans sa cage.

— Et cette histoire est sordide, au-delà de tout ce que vous pouvez imaginer, vous qui avez une famille si heureuse.

Lui raconter, raconter tout à ce Neal Traymayne tellement bon, était-il possible de tomber plus bas ? Mais elle irait jusqu'au bout. Elle lui raconterait tout.

— Ma famille. Je...

Sa respiration se fit saccadée.

— Chut, dit-il en lui touchant le poignet dans une caresse légère. Prenez tout votre temps. Vous n'êtes pas obligée de me le dire maintenant.

Son contact et le timbre de sa voix l'apaisèrent. Elle sentit son cœur se calmer et inspira lentement. Elle le remercia d'un signe de tête. Voyait-il à quel point elle lui était reconnaissante ?

Elle voulut lui dire « merci » mais, sans lui laisser le temps de parler, il l'entraîna vers le haut de la butte. Il ne la tirait pas, ne la malmenait pas. Il veillait à marcher à la même cadence qu'elle. À un rythme qui n'était plus punitif. Il l'avait suffisamment punie.

— Allons nous asseoir sous ce saule. Un peu de repos nous fera du bien à tous les deux.

Elle était effectivement épuisée. Mais, arrivée au saule, elle ne s'assit pas tout de suite. La vue était tellement belle. Debout, elle laissa son regard courir jusqu'à la rivière qui traçait un étroit et profond sillon entre les berges ourlées de vert. C'est alors qu'elle l'aperçut, bien caché contre le rivage.

Le bateau.

12

Ce n'était pas un miracle, ni un moyen pour elle de gagner la France. C'était une épave. Le bateau n'était même plus à l'ancre, mais échoué au bord de ce qui avait jadis dû être un profond bassin, sa coque à moitié enfouie dans la vase. Il ne possédait plus ni voiles ni cordages. Ils s'étaient décomposés depuis longtemps.

Néanmoins, le sang afflua derrière ses tympans.

— Ah !

Neal passa un bras autour d'un arbre et se pencha en avant pour mieux y voir.

— Cela fait des années que je ne l'avais pas vu.

Il siffla tout bas.

— Quelle merveille !

— Vous connaissiez son existence ?

Elle contemplait, fascinée, les grands espars dépouillés, l'énorme gouvernail dont les rayons étaient cassés. Quelle sensation incroyable ce devait être d'empoigner cette barre à roue et de sentir le bateau lui répondre, se soulever et fendre les flots.

— C'est l'un des trésors de cette forêt, déclara Neal. Et voici notre vieil ami.

Long et mince, un héron se tenait immobile à la poupe du bateau, se fondant avec le bastingage.

— Bonjour, capitaine Héron ! s'écria-t-elle, et elle entendit le rire grave de Neal.

— Cette épave est très ancienne, dit-il. Du moins est-ce ce qu'on m'a dit. Mme Odgers m'a emmené la voir avec ma mère quand j'étais petit. Cela fait soixante ans qu'elle sillonne les alentours de cette rivière, et elle en connaît toutes les légendes.

Les yeux fixés sur le bateau, il ne se rendit absolument pas compte que l'attention de Lavinia s'était soudain reportée sur lui.

Laura Odgers avait donc le même âge que sa mère. Peut-être même était-elle plus vieille.

Elle reprit des couleurs. Le soleil brillait plus fort là où ils se tenaient, mais la chaleur prenait sa source en elle.

Mon Dieu ! Dire que, la nuit précédente, elle s'était imaginé, avec un luxe de détails, Neal passant par toutes les positions érotiques, alors qu'il partageait tranquillement ses souvenirs avec une vieille amie de la famille.

Pouvait-il lire dans ses pensées ? Au cas où, elle abrita ses yeux sous sa main en visière. Grâce au soleil, elle avait un prétexte tout trouvé.

— C'était un bateau de pirates, n'est-ce pas ? demanda-t-elle d'une voix rauque. Dans l'histoire que je suis en train d'écrire, un simple roman, l'héroïne fuit son mari et rejoint des pirates qui écument la côte de Cornouailles.

— C'est donc cela que vous écrivez dans votre cahier ?

Son ton amusé la fit se raidir. Oui, sur ce plan-là aussi il l'avait surestimée. Allait-il se moquer d'elle ?

Un roman. Je pensais que vous écriviez quelque chose de moins superficiel.

Il intercepta son regard et lui sourit, de ce sourire qui lui coupait le souffle.

— Un roman, dit-il.

Puis il hocha la tête.

— J'aurais dû me douter que c'était une romancière qui avait trouvé un nom pour mon onguent et pas une botaniste.

Une rêveuse. Une romancière. Comme ces mots étaient sortis facilement de sa bouche. Toutes ces possibilités qu'il lui ouvrait ! Rien qu'à elle.

Si seulement elle avait pu rencontrer Neal Traymayne quelques années plus tôt... Mais non, à cette époque, elle n'aurait même pas fait attention à lui.

— Ce n'était pas un bateau de pirates, pas dans l'histoire qu'on m'a racontée, reprit-il en s'adossant au saule. La légende veut que ce bateau se soit caché là pendant la guerre civile quand le vent a tourné et que l'ouest du pays s'est rangé derrière le Parlement. Les royalistes se sont embarqués pour les îles Scilly. Mais, visiblement, ils n'y sont jamais arrivés. Et le bateau est toujours là.

— À cause d'un traître, suggéra-t-elle. Il a vendu la mèche à leurs ennemis. À la place des Cavaliers, ce sont les Têtes rondes qui ont surgi de cette forêt et qui ont massacré l'équipage.

— Tous les romanciers sont-ils aussi sanguinaires ? répliqua-t-il avec un nouveau sourire. Mais je lis sûrement trop de revues d'agriculture.

— Quel ennui ! Je crois que je ne pourrais pas en lire une ligne, répondit-elle machinalement.

Elle se raidit aussitôt, inquiète. Puis, comme par enchantement, la tension se dissipa. Maintenant, elle pouvait dire ce qu'elle pensait sans se préoccuper de savoir si cela correspondait à l'image que Neal se faisait de Muriel Pendrake. Dissimulant un sourire, elle se tourna vers la rivière.

— Mais tout de même, ça aurait très bien pu être un bateau de pirates.

Elle soupira tandis que le feuillage du saule bruissait sous la brise et leva les yeux vers les minuscules feuilles vertes qui frémissaient autour d'eux. L'une d'elles tomba sur les boucles brunes de Neal.

Elle connaissait déjà la texture qu'aurait cette mèche de cheveux entre ses doigts si elle enlevait cette feuille...

Elle ferma les yeux, essayant de faire abstraction de sa présence. Elle imaginait le bateau à son heure de gloire, sa proue et sa coque peintes en rouge et or, ses voiles blanches gonflées par le vent. Déployant fièrement son gréement, il filait le long de la rivière, doublait les caps et gagnait la haute mer.

— Je vais en prendre possession pour vous.

Elle ouvrit des yeux ronds.

— Que dites-vous ? fit-elle, riant et fronçant les sourcils à la fois.

Dans la voix de Neal résonnait la même note provocante que lorsqu'ils s'étaient retrouvés trempés jusqu'aux os sur le port de Kyncastle.

Il dénouait déjà le léger foulard vert qu'il portait autour du cou.

— Le rouge ou le noir ferait davantage pirate, mais ce pavillon se verra de loin.

Il se débarrassa de son manteau. Comme le foulard ne retenait plus le col de sa chemise, celle-ci s'ouvrit largement, dévoilant son cou et un triangle de peau bronzée.

Pourquoi était-elle si troublée par cette vision ? Elle n'aurait pas dû fixer ainsi son cou, mais c'était mieux que de céder à son envie de le toucher, de poser ses lèvres sur sa peau.

— Avec votre permission.

Mortifiée, elle releva brusquement la tête. Son expression était d'une extrême courtoisie, mais une lueur brillait dans ses yeux.

Ma mie s'est-elle rassasiée de la vue ?

Elle bredouilla quelque chose, et il s'éloigna en bondissant par-dessus les branchages et les rochers et dévala le coteau en dérapant jusqu'à la vase. Il fit le tour de l'épave et disparut à sa vue. Une seconde plus tard, il surgit sur le pont. Il se faufilait entre des bouts de gréement, bondissait sur des planches désagrégées par les intempéries.

— Vous allez vous rompre le cou, fou que vous êtes ! s'écria-t-elle quand il commença à se trémousser sur le mât qui menaçait de s'écrouler et de l'envoyer traverser le pont.

Doux Jésus, mais oui ! Il riait, les jambes enroulées autour du mât branlant, tout en attachant son foulard à son extrémité.

— Quel nom voulez-vous lui donner ? lui cria-t-il d'en bas. *La Vengeance de Lavinia* ?

Elle planta ses poings sur ses hanches.

— Est-ce que *La Disparition peu glorieuse et absolument inutile de Neal* vous paraît trop long ?

— C'est vous qui savez manier le verbe, lança-t-il en haussant les épaules.

Il haussait les épaules ! Comme si le fait d'être perché en haut d'un mât n'exigeait pas de prendre quelques précautions.

— Je trouve que *Le Bluebell* sonne mieux, ajouta-t-il.

— Vous vous moquez de moi !

Son exclamation s'acheva dans un murmure. À quoi bon s'époumoner pendant qu'il faisait le singe à six mètres de haut ? Qui était ce naturaliste qui faisait fi des lois de la gravité ?

Incapable de se retenir, elle cria de nouveau :

— J'espère que vous vous amusez bien avec le capitaine Héron !

Qu'ils se débrouillent, après tout, ces deux cervelles d'oiseau.

Elle revint prestement sous le saule et s'assit le dos contre le tronc. Elle essaya de ne pas trop interpréter les bruits qui montaient de la rivière. Un son mat et particulièrement sonore la fit sursauter. Mais Neal ne se fit pas attendre trop longtemps, et elle l'entendit bientôt qui arrivait. Il sifflotait en escaladant la berge. Elle se releva en toute hâte, malgré ses pieds douloureux, et alla à sa rencontre alors qu'il atteignait la crête. Instinctivement, elle planta ses mains sur ses hanches, mais ses reproches restèrent bloqués dans sa gorge.

Il était, si tant est que cela soit possible, plus échevelé qu'avant. Et sa beauté ténébreuse encore plus séduisante. Une fine couche de sueur faisait briller ses pommettes. Elle sentait son odeur faite de saine transpiration mêlée au parfum des herbes aromatiques qu'il avait fumées.

— Vous avez l'air très fier de vous, articula-t-elle enfin.

— Il n'y avait aucun danger, répondit-il avant de se raviser. Enfin, presque pas. Et maintenant, regardez !

Le vent s'était levé, et le foulard vert flottait en haut du mât telle une bannière.

Le regard de Lavinia oscillait entre le sourire épanoui de Neal et le foulard vert, et elle sentit un frisson monter en elle. Chaud, ardent.

— Il est à vous, déclara-t-il. *Le Bluebell*.

Sa bonne humeur était irrésistible, surtout après qu'elle avait eu si peur de le perdre à jamais.

— *Le Bluebell*, répéta-t-elle, plus essoufflée qu'elle ne l'aurait voulu, puis elle acquiesça. Je vais le mettre dans mon roman. Mais mon pirate est français, alors son bateau s'appellera *La Jacinthe des Bois*.

— Cela ne fait pas très peur pour un pirate.

Il inclina la tête.

— Mais ce nom me plaît bien quand je vous imagine maîtresse à bord, avec vos yeux couleur de jacinthe.

Elle s'empourpra. Quel compliment, de la part d'un botaniste !

— Mais ce n'est pas un pirate qui fait peur, précisa-t-elle.

— Ah bon ?

Il posa un doigt sur ses lèvres et la dévisagea.

— Il ne pille pas ? Ne tue pas non plus ? Alors pourquoi est-il devenu pirate ?

— Par amour de la liberté. Et du danger.

— Dans ce cas, je comprends.

Sa main redescendit, et son pouce vint frotter machinalement une zébrure rouge sur sa paume. Un autre se serait arraché les mains dans la manœuvre, mais les paumes de Neal étaient calleuses. Elle se souvenait de leur rugosité.

— J'aimerais..., commença-t-elle sans tenir compte de la lueur méfiante qui s'alluma dans ses yeux. J'aimerais que nous soyons les personnages de mon roman. J'en serais l'héroïne, et vous, vous seriez un pirate qu'elle aurait rencontré dans les bois et qui lui aurait proposé de venir partager la liberté des courses en haute mer.

— Je ne parle pas français, répondit-il d'un ton léger.

— Je réécrirai ce passage, dit-elle. C'est un pirate né en Cornouailles, et son bateau s'appelle *Le Bluebell*. Il pille des domaines pour le plaisir et nargue le destin en s'attardant pour déterrer des fleurs qu'il conserve ensuite dans des petites serres dans sa cabine.

— Sur le pont, murmura-t-il. Il installe ses serres sur le pont. Il ne doit pas y avoir assez de lumière dans la cabine, à mon avis. Mais ce n'est rien. Continuez.

— Le pont, alors...

Elle relâcha sa respiration.

— Le pont de son bateau croule sous les plantes et les fleurs, sa proue est recouverte de jacinthes. Et son perroquet débite à longueur de journée des slogans pour le compte de la Société pour la protection des oiseaux. Qu'en pensez-vous ?

Il rit, et elle se sentit soudain toute-puissante. Elle avait le pouvoir de le faire sourire. Ils s'entendaient bien malgré tout. Elle n'aurait su définir avec précision ce qu'ils partageaient, mais leur connivence était réelle.

— « Bannissons le commerce des oiseaux », récita Neal. C'est leur slogan, si je me souviens bien. Mais vous trouverez quelque chose de plus enlevé.

— Certainement, rétorqua-t-elle, flattée.

Il la croyait donc capable d'améliorer quelque chose qu'avait élaboré une de ses sœurs si intelligentes !

— Et si nous sommes poursuivis par des propriétaires mécontents ou par les autorités, continua-t-elle, nous irons nous réfugier dans notre repaire sur la côte française. Peut-être que la vie là-bas nous plaira tellement que nous abandonnerons la piraterie.

Les autres hommes la laissaient parler pour lui faire plaisir. Neal, lui, l'écoutait vraiment... mais bien trop intensément. Elle sentait monter une protestation. Un rejet. Une des manches de sa chemise, qu'il avait relevée, glissa, et il la remonta en croisant les bras.

Elle tendit le bras et approcha sa main de son avant-bras, en la regardant comme si elle ne lui appartenait pas. Elle semblait bien pâle et frêle à côté de ce bloc de muscles. Il aurait pu la briser rien qu'en fléchissant le bras.

Elle ferma les yeux. Quand elle les rouvrit, il la regardait fixement.

— Cela ne s'est pas réalisé, dit-elle. Nous ne sommes pas dans mon roman. Nous ne voguons pas vers la côte française.

Il hocha lentement la tête. Son visage était redevenu grave. Lui aussi paraissait comprendre que leur association si improbable touchait à sa fin.

— Si la France est toujours votre destination...

Comme il jetait un regard en biais vers la rivière, elle remarqua les ombres sous ses paupières qui trahissaient sa fatigue. Durant cette pause qui s'attardait et sans la regarder, il déclara :

— Je peux vous conduire à Plymouth. Là, vous pourrez embarquer sur un steamer à destination de Roscoff.

Lavinia poussa un soupir tremblant. Elle n'en méritait pas tant de sa part.

Pourtant, cela ne lui suffisait pas.

Venez avec moi. Mais les mots ne franchissaient pas ses lèvres. Neal avait Varnham, sa famille, la flore de Cornouailles... Muriel Pendrake. Il avait tout à perdre.

Il refuserait. Et alors elle s'effondrerait.

Aussi se contenta-t-elle de répondre :

— Merci.

— Que ferez-vous une fois en France ? demanda-t-il, les sourcils rapprochés.

Il s'inquiétait pour elle. Quelle correction chez cet homme !

Si seulement il avait été un tantinet moins correct. S'il avait frappé à sa porte la veille au soir, elle lui aurait ouvert. Et il n'aurait pas été là maintenant avec cet air soucieux à l'idée de l'abandonner dans un port. Il se serait senti plus concerné, lié à elle, piégé, ensorcelé, bien conscient qu'il ne pouvait pas la laisser partir.

Il attendait sa réponse.

— Je chercherai du travail dans une école à Paris.

Elle parlait calmement, mais une douleur lui déchirait la poitrine.

— Un ami d'ami connaît la directrice.

Cette femme avec les diamants dans les cheveux lui avait décrit le Manoir en détail, jusqu'aux anges de pierre placés de part et d'autre de l'entrée et la grotte creusée dans les rochers de la forêt de Fontainebleau. Cette description devait bien se fonder un peu sur la réalité.

Elle avait menti à ses parents en racontant qu'elle y avait séjourné. Aujourd'hui, des années plus tard, elle en franchirait le seuil, encadrée de ces anges de pierre, pauvre et humble, suppliant pour être prise dans l'équipe enseignante.

Si, comme on le prétendait, la justice était aveugle, elle aurait pitié d'elle, qui ne pouvait se résoudre à recevoir un châtiment bien mérité.

Elle rit et, en voyant Neal se rembrunir, elle comprit que son rire sonnait faux. Elle accentua sa pression sur son bras. Un vrai bras de pirate, solide et basané.

Venez avec moi.

Ses souliers la faisaient atrocement souffrir, mais elle se hissa sur la pointe des pieds pour poser sa bouche sur la sienne. Ses lèvres tièdes demeurèrent inertes.

Elle sentit ses doigts se refermer sur son poignet. Il déposa un baiser sur sa paume avant de repousser sa main et de faire un pas en arrière.

— Ceci nous mènera nulle part, dit-il avec douceur.

Et soudain, tout perdit ses couleurs : le ciel, les feuilles, la rivière, le foulard vert qui flottait au vent. La flamme qui brûlait dans son cœur s'était éteinte.

Mais elle pencha la tête d'un air de défi.

— Et alors ? Nous sommes bien là.

Elle s'humecta les lèvres.

— Tous les deux.

Ses doigts encerclaient toujours son poignet. Elle sentait son pouls battre sous la pression de son pouce.

— Vous avez insinué que j'avais l'intention de séduire Muriel Pendrake. En réalité, j'avais l'intention de l'épouser, déclara-t-il avec un sourire en coin. Diable ! C'est probablement encore le cas, je n'en sais rien. Mais…

— Vous voulez vous marier… trouver une épouse… Je comprends…

Elle balbutiait. Sa voix s'enrouait.

— Sans doute Muriel Pendrake… ou une autre, à partir du moment où elle est libre de tout lien, que c'est une scientifique et qu'elle répond à vos critères.

— Arrêtez ! fit-il en caressant son poignet du bout de son pouce, avant d'atteindre le creux de sa paume qui brûlait encore de son baiser.

Elle eut un rire tremblant.

— Les cheveux de votre mère ne retrouveront pas leur couleur d'origine, quand bien même vous épouseriez la femme qui lui convient. Elle est mourante, et vous voudriez courir lui présenter votre épouse pour lui montrer que vous avez mûri, que vous êtes adulte, l'homme qu'elle voulait vous voir devenir, alors qu'il n'y a rien de plus puéril, de plus...

Il lui saisit le poignet et l'attira contre lui. Elle étouffa un cri quand ses seins s'écrasèrent contre sa poitrine. Mais elle refusait de se taire. Elle releva le menton et le foudroya du regard.

— Tout cela ne nous mène probablement nulle part, et surtout pas à Penzance en temps voulu pour un mariage dont vous vous êtes convaincu qu'il réjouira votre mère. Je n'ai rien en commun avec Muriel Pendrake, qui parle plusieurs langues et qui sait tout sur les plantes, les oiseaux, les os de dinosaures et Dieu sait quoi d'autre encore... mais vous ne pouvez nier qu'il y a quelque chose...

Elle s'interrompit quand il reprit péniblement sa respiration et que sa poitrine se souleva, augmentant entre eux la pression et la chaleur. Les extrémités de ses seins devinrent sensibles à l'extrême.

— Quelque chose, répéta-t-elle en chuchotant.

Elle ne savait comment l'expliquer. Lui aussi le sentait, ou peut-être que non.

Les cendres dans son cœur étaient devenues incandescentes. Elle se tortilla pour libérer un de ses bras et caressa sa pommette haute et anguleuse, ses doigts suivant le creux de sa joue avant de s'arrêter sur sa mâchoire.

Elle l'obligea doucement à incliner la tête. Son menton râpeux vint frotter la peau délicate de sa lèvre inférieure, et leurs bouches, qu'un souffle séparait, hésitèrent.

— Alors ne partez pas, dit-il. Restez. Réclamez le divorce.

Sa voix rauque était comme du feu sur sa bouche.

— Impossible.

Elle voulut s'humecter les lèvres de nouveau, et le bout de sa langue effleura sa bouche. Il siffla tout bas. Elle ne se rendit compte qu'ils s'étaient avancés qu'au moment où ses omoplates heurtèrent le tronc du saule. Les feuilles ruisselaient autour d'eux comme l'eau fraîche et verte d'une fontaine, mais c'étaient des étincelles brûlantes qui la traversaient, ardentes comme des flammes galopantes.

Elles le transperçaient lui aussi. Elle sentait son membre viril pressé contre son ventre. Sous ses paupières tombantes, ses iris noisette plongeaient dans les siens.

Elle n'avait pas la force d'affronter Cranbrook. Il lui serait plus facile de s'embarquer pour la France.

Si Neal l'accompagnait.

Espoirs et mensonges. Ils avaient été la source de tant d'ennuis dans sa vie. Or la phrase qu'elle s'apprêtait à prononcer venait consacrer cette alliance néfaste.

— Je voudrais que nous disposions de cette journée, rien qu'aujourd'hui, souffla-t-elle.

— Pour quoi faire ?

Il était si proche d'elle qu'elle le voyait en double et que ses cils lui chatouillaient la peau.

— Quelque chose.

Elle remua les hanches, et il gémit contre sa bouche.

— Tout.

Il voulut parler, mais elle le fit taire en posant ses lèvres sur les siennes. Et sa réponse se transforma en baiser, un long baiser doux, puis ardent, de plus en plus passionné, et qui finit par les pulvériser.

13

Sa respiration s'accéléra, mais il lui passa doucement la langue sur les lèvres en l'immobilisant, les deux bras fichés de chaque côté de sa tête.

Il voulait prendre son temps.

« Tout », avait dit Lavinia.

Un seul jour n'y suffirait pas, pas pour tout ce qu'il voulait lui faire. Par tous les diables, une vie entière n'y suffirait pas.

Son mari était un goujat et un nigaud. Pourquoi aller courir les femmes quand celle qui partageait sa table et son lit lui offrait des plaisirs illimités, des défis infinis, stimulait son esprit et enflammait son corps, irritait, charmait et...

Bon Dieu !

Elle ondulait contre lui, soupirait contre sa bouche, alors il y introduisit sa langue tandis qu'avec sa cuisse il lui écartait doucement les jambes. Sa bouche s'ouvrit pour le recevoir. Elle avait un goût de menthe, d'armoise, et il se mit à l'embrasser fiévreusement, avec une ardeur qui lui arracha de petits cris. Leurs langues s'emmêlaient, elle lui mordait la lèvre inférieure. Interrompant leur baiser, il fit courir ses lèvres le long de sa gorge. Sa peau était douce comme de la soie et salée de transpiration. Cela aiguisa son ardeur.

Oh, comme il aimait sa ferveur ! Il recueillit le sel sur sa peau du bout de la langue, puis il vint lui mordiller le lobe de l'oreille, la faisant gémir, tout en plongeant ses doigts dans ses cheveux humides.

Il la désirait déjà tellement que cela devenait presque intolérable. Peu à peu, pourtant, sa respiration se ralentit et son désir se calma un peu.

La folie de la situation le frappa. Il avait baissé les armes. Il avait laissé Lavinia l'aiguillonner jusqu'à en oublier toute raison.

Il ouvrit les yeux. Elle avait aussi ouvert les siens. Bleu jacinthe.

— Vous vous arrêtez ? dit-elle avec douceur.

Elle ne paraissait pas surprise, comme si elle était habituée à être rejetée et déçue. Trahie et seule au monde. Elle émettait des vœux en sachant que jamais ils ne se réaliseraient.

Il détestait cet accent résigné dans sa voix. Mais il n'était pas magicien, il n'avait pas le pouvoir d'effacer les blessures anciennes.

Le dernier vœu qu'elle avait formulé, pourtant, il était en mesure de l'exaucer. Inutile d'être magicien. Le désir suffisait. Le désir et le refus de voir que c'était une erreur.

Ils n'avaient pas d'avenir ensemble.

Sauf aujourd'hui.

— Je ne m'arrête pas, lui dit-il. Je n'ai pas encore commencé.

Il la souleva dans ses bras et la transporta du saule jusqu'au centre de la clairière baignée de soleil. Il sentait sa bouche humide pressée contre son cou et ses doigts entrelacés dans ses cheveux. Il s'agenouilla, dénoua doucement l'étreinte de ses bras et la posa sur le matelas de mousse.

— Vous m'aviez dit que vous aviez envie de tester la mousse, murmura-t-il en s'asseyant sur ses talons.

Elle se hissa sur un coude et fit la grimace.

— Et si cela ne me plaît pas ? Apprécieriez-vous une femme qui n'aime pas la mousse ?

Elle le narguait. Mais il perçut un tremblement inhabituel dans sa voix, lut dans ses yeux une vulnérabilité à laquelle il ne s'attendait pas.

— Cela dépend.

Il prit ses chaussures toutes crottées sur ses cuisses, défit les lacets et les lui ôta l'une après l'autre. Ses bas étaient mouillés aux orteils et aux talons.

— Votre robe ne craint pas la mousse, n'est-ce pas ? demanda-t-il tandis que sa main relevait sa jupe et remontait jusqu'à ses jarretières. C'est confortable, frais, parfumé… un des grands luxes de la forêt.

Il lâcha ses bas derrière lui et déposa ses chevilles nues sur le matelas vert. Digne d'une reine. La reine des pirates, du moins.

— Un sofa offert par la nature, commenta-t-elle.

Elle haussa les sourcils, mais le trouble n'avait pas quitté son visage et le coin de sa bouche tremblait.

— En revanche, je n'ai pas la moindre idée de son nom latin.

Il la dévisagea, les yeux ronds, puis se maudit intérieurement. Il l'avait traitée d'écervelée, lui faisant bien comprendre qu'il ne la croyait pas capable d'être une espionne, encore moins une scientifique. Qu'elle n'arrivait pas à la cheville de celle qu'elle prétendait incarner.

— Vous apprendriez vite, dit-il en essayant de faire passer toute sa conviction dans son regard. Sans trop d'efforts, vous pourriez mémoriser les noms latins de cet arbre, de ce buisson et de ces fleurs. Je pourrais vous les apprendre en un rien de temps.

Elle se mordait la lèvre.

Il aurait voulu la lui mordre. Mais il jugea plus important de parler.

— Peu importe le latin. Vous savez déjà comment décrire le monde et vous le faites de façon bien plus vivante que la plupart des gens. Et vous avez aussi la capacité d'imaginer d'autres mondes.

L'expression sur son visage fit bondir son cœur dans sa poitrine. La peste soit de son mari. La peste soit de ceux dont le comportement avait exacerbé en elle cette soif de reconnaissance.

— Je pourrais passer des journées entières à classer des os de dinosaures et à les trier dans des boîtes poussiéreuses.

Il prit ses pieds nus dans ses mains et les compara comme s'il s'agissait de deux fossiles, si bien qu'elle éclata de rire et tenta de les retirer. Mais il les tenait solidement et la regarda, très sérieux.

— Tout le monde est capable de dire : « Voici la dent d'un iguanodon. » Mais j'aimerais que vous m'aidiez à décrire l'animal vivant.

Elle protesta, mais son regard s'éclaira.

— Je ne serais pas surprise de voir un iguanodon surgir des fourrés. Ces bois sont antédiluviens.

Il continua de lui caresser les pieds, évitant de toucher ses ampoules, lui massant la plante des pieds de ses pouces.

— Eh bien, voilà, reprit-il en souriant. Je suis devenu chasseur de plantes plutôt que professeur parce que je voulais conserver cette sensation. L'idée que tout peut arriver. C'est ce que j'éprouve dans des lieux comme celui-ci.

— Et aussi au sommet des montagnes ou perché sur des corniches rocheuses, ajouta Lavinia. Je comprends. Ce serait tellement formidable si un énorme iguanodon violet nous fonçait dessus en glapissant comme ces horribles coqs.

Il tressaillit. Elle avait vraiment le don de faire naître des images. Cela ne lui était jamais venu à l'esprit, un iguanodon qui glapissait.

— Je parle des coqs de Kyncastle, expliqua-t-elle. Jamais je n'ai entendu un son aussi strident ! Je ne suis pas sûre que les dinosaures puissent rivaliser avec eux. Essayez d'imaginer ça : l'iguanodon nous charge en agitant la corne de son museau et en faisant un raffut de tous les diables. Vous seriez heureux, n'est-ce pas ? Cela ne vous ferait rien d'être gobé tout cru, et moi avec vous.

Il éclata de rire. Elle le dévisagea avec une moue amusée, retenant son propre fou rire. Mais elle attendait une réponse.

Jamais il n'avait rencontré quelqu'un comme elle. Fallait-il lui dire que les iguanodons étaient herbivores ? Non, cela n'avait aucune importance.

— C'est vous qui me rendez heureux, dit-il enfin.

Elle lui avait menti, certes. Mais elle lui en avait donné la raison et il l'avait crue. La souffrance qu'il avait lue dans ses yeux était sincère. Et voilà qu'il avait une chance, là, maintenant, d'en savoir plus sur la vraie Lavinia. Pas seulement sur ce qui l'avait fait souffrir, mais sur ce qui lui procurait de la joie. Du plaisir.

Elle lui faisait éprouver l'excitation qu'il s'était juré de sacrifier pour une relation basée sur la conversation.

Mais il pouvait discuter avec elle. Ce n'étaient pas les conversations qu'il avait imaginées, celles de deux personnes échangeant leurs points de vue. Non, ils s'agaçaient et se surprenaient mutuellement.

— Je vous préfère à un iguanodon, lui confia-t-elle comme si elle était juchée sur un canapé en chintz dans un salon plutôt qu'étendue sur un tapis de mousse, en train de se faire masser les doigts de pieds, qu'elle avait dodus.

— Je vous écoute, déclara-t-il. J'aimerais tout savoir de vos goûts.

— Je ne vois pas ce que vous voulez dire.

— Bien sûr que si !

Il lui sourit. Son nez était constellé de taches de rousseur et ses joues rosies par le soleil. Ses cheveux s'étaient dénoués. Elle avait l'air d'une sauvageonne. Nerveuse, mais aussi effrontée.

— Je vous donne un exemple. Vous préférez le champagne à la bière, les petits pains au safran aux scones, les romans aux revues horticoles, vous êtes plutôt du soir que du matin, vous préférez Londres aux Cornouailles...

— Je commence à changer d'avis sur les Cornouailles, l'interrompit-elle.

— Mmm, fit-il. Ravi de vous l'entendre dire.

Ses doigts remontèrent de sa cheville jusqu'à son genou. Un duvet très pâle recouvrait ses tibias, comme l'envers des jeunes feuilles de sycomore.

— Comment aimez-vous que l'on vous caresse ?

Sa stupeur fut presque comique à voir. Elle resta bouche bée, et son visage, sa gorge et sa poitrine prirent une teinte rouge vif.

Visiblement, personne ne lui avait jamais posé la question.

Il baissa la voix en remontant sa jupe encore plus haut.

— Vous êtes douée pour les mots. Je veux tous les détails.

Elle secoua vigoureusement la tête. Elle semblait presque au bord de la panique.

— Laissez-moi... Je peux vous toucher, moi, dit-elle d'une voix étranglée en se redressant et en appuyant la paume sur le renflement qui déformait son pantalon.

Il se sentit durcir sous le tissu. Elle avala sa salive et poursuivit son exploration, l'air concentré. Il retint son souffle.

— La question n'est pas de savoir ce que vous pouvez faire. Je suis persuadé que vous pouvez tout faire.

Il se pencha sur elle et l'attira à lui.

Si elle persistait à le caresser avec cet air adorable et si décidé, elle finirait par trouver quelque chose, et bien plus vite qu'il ne l'aurait souhaité.

C'était la première fois qu'une femme le mettait dans un état pareil.

Sa voix se fit rauque.

— La question est plutôt ce que vous voulez, vous.

Il prit sa tête entre ses mains et s'empara de sa bouche tout en l'allongeant doucement sur la mousse. Elle agita mollement un bras entre eux, comme pour tenter de lui ôter son pantalon, mais il se laissa glisser le long de son corps, lui embrassant la gorge, la naissance des seins. Dieu merci, elle ne portait pas l'une de ses robes en soie avec toutes ces couches si compliquées agrémentées de dentelles, d'œillets et d'agrafes. En un rien de temps, il lui enleva sa robe en coton léger et ses pantalons à volants. Pendant un moment, il resta muet d'admiration devant son corps d'albâtre reposant sur le lit de mousse verte, ses seins aux aréoles rose, et la toison bouclée qui brillait doucement au creux de ses cuisses.

— Vous avez dit que vous vouliez tout...

Il observa son visage, tout en déboutonnant sa chemise d'une main qui tremblait un peu. Il s'efforça de garder son sang-froid, même s'il avait tant envie d'elle qu'il tremblait sous la violence de son désir.

— Mais il nous faut déterminer les priorités. Il y a beaucoup à faire.

Il inspira profondément, avant de laisser tomber sa chemise. La brise délicieusement rafraîchissante lui chatouillait les côtes.

— Dites-moi, demanda-t-il.

— Quoi ?

Elle s'était de nouveau redressée sur un coude, le sourcil froncé et irrité.

— J'avais dit « tout », ce qui signifie...

Sa voix se perdit dans un murmure tandis qu'elle le dévorait des yeux. Elle se mordilla la lèvre inférieure. Puis elle releva les yeux.

— Prenez-moi, demanda-t-elle d'une voix sourde en baissant les yeux vers son bas-ventre.

Son seul regard suffit à le faire réagir comme si elle l'avait touché du doigt. De douloureux, le désir se faisait agonie.

Une agonie également provoquée par la découverte soudaine de son innocence.

Elle ne savait rien des autres plaisirs qu'il était en mesure de lui offrir.

Elle avait appris à donner mais pas à recevoir.

Son mari était décidément un scélérat.

Il se mit à quatre pattes à côté d'elle et entreprit de jouer avec ses seins, les caressant du bout de la langue jusqu'à ce qu'ils durcissent, tandis que sa main descendait sur son ventre jusqu'à la courbe de sa hanche. Il s'arracha à l'emprise de ses seins pour capturer sa bouche dans un baiser. Sa main, elle, descendit plus bas et vint taquiner la toison bouclée entre ses cuisses. Il y enfouit deux doigts et les sentit immédiatement s'humecter. Elle cria sous ses lèvres en se cabrant. Son bras l'enveloppa, ses ongles se plantant dans son dos, puis elle s'attaqua fébrilement à la ceinture de son pantalon. Elle le tira vers le bas.

Il bougeait doucement les doigts et la sentait se refermer sur lui, ardente sous sa caresse.

Elle continuait à s'acharner sur son pantalon. Il enleva sa main à contrecœur, écarta le bras de Lavinia, qui tirait désespérément sur sa ceinture, et le cloua au sol. Il cessa de boire à ses lèvres pour aller cueillir un bout de sein entre ses dents, avant de couvrir de baisers la peau douce de son ventre et son nombril, puis il se pencha plus bas, admirant la rondeur de ses cuisses et ce qui luisait entre elles.

Ses caresses l'avaient fait s'ouvrir comme un crocus. Mais il voulait qu'elle s'ouvre davantage, voulait goûter chaque creux et chaque pli, révéler le bouton de rose qu'elle recelait au creux d'elle.

Dans un souffle gémissant, il se pencha et introduisit la langue au cœur de son intimité.

Le ventre de Lavinia se contracta quand sa bouche se referma sur elle. Seigneur, que se passait-il, d'où provenait cette caresse délicieuse ? Avec un cri étouffé, elle commença à se tordre ; alors, d'une main, il maintint sa hanche sur la mousse pour l'immobiliser.

Elle respirait avec difficulté. Ses jambes se refermèrent en ailes de papillon sur son torse puissant. Elle se sentait frémir contre sa bouche, et ses joues s'empourprèrent sous cette intimité presque intolérable. Ses doigts la pénétrèrent, éveillant une sensation exquise dans sa tendre chair, rythmée par les mouvements de sa langue.

George avait-il jamais tenté la même chose, appuyé entre ses cuisses, l'ouvrant littéralement en deux ? Non, non. Il avait embrassé sa bouche, ses seins, avait fouillé là d'une main chargée de bagues, puis il s'y était confortablement inséré.

S'il avait essayé... jamais elle ne l'aurait laissé faire. Elle voulait être sa princesse, son ange, coquine parfois, mais toujours irréprochablement jolie. Il s'allongeait sur elle, et elle veillait à ce que ses cheveux soient répandus en halo doré sur l'oreiller. Elle faisait courir ses doigts sur son dos lisse, soupirait gentiment, le laissait la prendre, adorait sa proximité, les petits fragments de plaisir qu'elle tirait de cet endroit secret contre lequel où il se frottait.

Mais cet endroit n'avait plus rien de secret, maintenant. Il était offert à Neal, aux bois, au ciel.

Neal lui avait demandé ce qu'elle désirait. Était-ce cette exposition ? Elle n'aurait su le dire.

— Non !

Elle refoula un gémissement quand ses lèvres et sa langue se retirèrent et qu'une chaleur exquise coula sur ses cuisses. Elle cria plus fort :

— Non !

Aussitôt, il fut à ses côtés. Les muscles de son bras saillirent quand il la prit dans ses bras dans un geste protecteur. Elle frissonna contre son torse ferme.

— Vous n'aimez pas ça, murmura-t-il.

— Non. Si. Je ne sais plus.

Elle était au bord des larmes et essayait de ne pas frotter ses cuisses l'une contre l'autre, pour ne pas rallumer ce désir irrésistible, presque impérieux. Le feuillage laissait filtrer les rayons du soleil qui chauffaient son épaule nue, son front. Une horrible bestiole l'avait piquée sur la joue. Elle se gratta.

— Pardon, je dois avoir l'air... Je suis...

Il ouvrit la bouche. Il allait dire « ravissante », mais il aurait menti.

— Vous êtes à votre place dans ces bois, lui dit-il en enlevant délicatement une feuille accrochée dans ses cheveux.

Le cœur de Lavinia se serra, et elle répondit :

— Je n'ai ma place nulle part.

— Aujourd'hui, vous êtes à votre place ici, avec moi.

Il s'écarta légèrement pour la contempler. Lui était à sa place dans cette forêt, avec ses cheveux ébouriffés et sa peau tannée, ses épaules larges, son torse plat et musclé, son corps souple, solide, quasi animal.

— Sauf si vous vous rétractez.

Se rétracter ? Elle secouait déjà vigoureusement la tête. Elle n'avait pas l'intention de renoncer à son vœu. C'était bien là le problème. Elle aurait voulu le réitérer, une fois, deux fois. Elle réclamait non seulement ce jour-ci mais le lendemain et le jour suivant. Elle était affamée, pantelante et défigurée. Sale, aussi, dévorée de piqûres et palpitante de désir.

Elle n'était plus présentable. Perdue pour la société. Totalement inconvenante, maintenant et probablement à jamais.

— Ce n'est pas... agréable... ici, réussit-elle enfin à articuler.

À ces mots, le regard de Neal se rembrunit immédiatement. Oh ! Elle aurait voulu se noyer dans ses yeux.

— Mais si, c'est agréable, lui dit-il d'une voix veloutée.

D'un doigt, il suivit la ligne de ses clavicules. Sa peau calleuse râpa son mamelon, glissa sous son sein et descendit de plus en plus bas.

— Tout comme la mousse, les lys, les berges, la rivière et les nuages, ajouta-t-il.

Elle voulut rire, mais son rire resta coincé dans sa poitrine oppressée.

— C'est sale, objecta-t-elle d'une voix étranglée.

— Mmm.

Il se passa la langue sur les lèvres, et elle sursauta en songeant qu'il avait son goût sur lui.

— J'aime ça aussi, dit-il avec un sourire. J'aime la boue. Les algues. Les vers.

Elle se mit à rire.

— Vous êtes fou.

Son doigt ne la touchait presque plus ; il se contentait d'effleurer les boucles au sommet de ses cuisses. Puis son visage devint dur, tendu. Il appuya son doigt, trouva le point qui la faisait se cabrer, onduler et gémir.

— Vous voyez que vous aimez ça, constata-t-il en la regardant.

— Peut-être trop.

Elle haleta tandis qu'il pliait le doigt.

— Et si je n'arrivais pas à contrôler mon...

Elle n'acheva pas sa phrase. Sa caresse tout comme l'expression de son visage lui coupaient le souffle. Jamais elle ne l'avait vu aussi résolu.

— Si vous n'arriviez pas à contrôler votre apparence ?

Il se rapprocha d'elle, s'étendit de tout son long, pas sur elle mais à côté d'elle, et plongea son regard dans le sien. Plus bas, son doigt poursuivait son travail.

— Si vous ne pouviez pas contrôler vos gémissements ?

Incapable de se retenir, elle gémit et roula sur le flanc, avide de ses caresses.

— Oui ! Ici !

Ses seins heurtèrent son torse brûlant et dur, s'écrasèrent contre sa peau nue. Il souffla, mais son doigt poursuivit son mouvement circulaire tandis qu'il continuait à parler.

— Si vous deveniez complètement sauvage, comme une créature des bois, ou comme la reine des pirates qui prend son plaisir où elle veut, sans demander et sans faire de quartier...

Il la repoussa sur le dos et se pencha au-dessus d'elle, la privant de lumière.

— Eh bien, c'est ce que je veux, gronda-t-il. Je veux vous faire plier et que vous vous abandonniez en oubliant tout sauf le goût de ma bouche.

Elle frémit, les jambes flageolantes.

— Le désirez-vous aussi ? Dites-le !

Il attendit, et elle vit qu'il était tendu sous l'effort, attendant sa réponse.

La décision reposait entre ses mains. Sa poitrine se souleva.

— Oui. Oui !

Elle ferma les yeux, éblouie par le soleil, et il se cala confortablement entre ses cuisses, les écartant plus encore, l'explorant et la savourant jusqu'à ce qu'elle soit incapable de savoir si c'était sa langue ou ses doigts qui s'agitaient en elle. Elle poussait des gémissements rauques, mais elle s'en moquait désormais.

Ce n'était plus le moment de se soucier d'être jolie, bien apprêtée et de jouer à la coquette. Elle plongea les mains dans ses cheveux, les enroula autour de ses doigts et, basculant les hanches, s'offrit tout entière à sa bouche, sans aucune pudeur.

La tension allait la déchirer, la briser en mille morceaux. Elle se cambra, et sa tête retomba brutalement sur la mousse qui lui piquait le dos et les épaules.

Elle balbutiait son nom, disait des mots que jamais elle n'aurait osé prononcer. Elle le voulait tout au fond d'elle-même, elle réclamait son sexe.

Il la saisit par les hanches, la souleva pour mieux la prendre dans sa bouche caressante, douce et ardente. Soudain, elle céda et, dans un gémissement guttural, les vagues de plaisir déferlèrent, venant de ses jambes et culminant dans son ventre. Cela n'avait rien à voir avec les frissons délicats d'avant, ces remous en surface qui n'atteignaient pas la profondeur de son être.

Elle était prise dans un tourbillon de plaisir, basculait dans un entonnoir de sensations. Enfin, il s'allongea sur elle, et elle sentit le choc de son poids, l'impact exquis de son torse chaud et dur. Quand elle voulut défaire son pantalon, il ne repoussa pas sa main et la laissa faire, l'aidant même à le déshabiller.

Il était très différent de George, plus costaud et plus grand. Elle sentait les muscles de ses cuisses, durs comme du fer, qui lui faisaient presque mal en ondulant contre elle. Oui, elle voulait cette force, cette urgence. Elle leva la tête et écrasa sa bouche contre la sienne, goûtant le parfum de sa propre intimité, et cela ressemblait à *tout*, c'était la terre, c'était la générosité, c'était la douceur et c'était l'amertume.

Il passa son bras sous son corps, et elle s'accrocha à sa poitrine quand il plongea en elle. À chaque centimètre, une vague de plaisir la terrassait.

Avec George, elle essayait de ne pas bouger, de peur de faire quelque chose de travers. Elle reposait dans ses bras comme une poupée.

À présent, elle s'abandonnait à cette délicieuse sauvagerie, incrustant ses ongles dans les fesses magnifiques de Neal, savourant le jeu de leurs muscles qui ondulaient et poussaient en rythme, tandis qu'il venait en elle toujours plus profondément, arquant les hanches pour créer le frottement qu'elle désirait. Elle haletait sous lui, des gouttes de sueur coulant entre ses seins, ses cuisses trempées.

Lorsqu'elle ouvrit les yeux, son visage était juste au-dessus du sien. Les mâchoires tendues, les yeux brillants, il la regardait, et il voyait tout tandis qu'elle basculait dans l'extase, bouche ouverte, dans ses bras. Il se mit alors à bouger plus rapidement. Ses caresses devinrent moins douces, ses doigts se nouèrent aux siens, jusqu'au moment où, secoué de spasmes de plaisir, il se renversa en arrière et se soulagea sur la mousse.

Plus tard, après qu'ils eurent somnolé au soleil, bras et jambes entrelacés, ce fut elle qui lui proposa de rester, de passer la nuit sur place. Il se mit à rire, incrédule. Ils n'avaient pas de toit, pas de nourriture, pas d'eau. Mais avaient-ils besoin d'un toit ? Elle avait déjà ruiné son teint et nourri de son sang tous les insectes. Il régnait une douce tiédeur dans les bois, et le sofa offert par la nature ferait un lit parfait pour peu qu'il roulât sa veste pour leur faire un oreiller. Elle avait beau ne jamais avoir pêché dans le fleuve Min, elle avait dans sa poche un hameçon et une ligne, et Laura Odgers, forte de ses innombrables randonnées dans les bois, avait sûrement indiqué à Neal où trouver des sources d'eau claire. Elle insista, et c'est ainsi qu'ils se retrouvèrent, des heures plus tard, après avoir nagé, pêché et dévoré une truite, à se caresser, pelotonnés l'un contre l'autre devant un feu à demi éteint, le front de Lavinia appuyé contre le dos de Neal, dans la douceur d'une nuit d'été.

Elle tourna la tête et, la joue appuyée contre son épaule, elle contempla les étoiles à travers le feuillage. Un de ses vœux avait été exaucé, mais il en restait tant d'autres inassouvis !

14

Sur les quinze hectares que couvraient les pépinières de Varnham, quatre étaient dédiés aux arbres ornementaux et trois aux arbres fruitiers. Neal fit visiter le reste à Lavinia mais évita le jardin botanique ouvert au public en juin et toujours encombré de monde, préférant lui montrer les serres et le jardin d'hiver.

Il parlait trop. Elle n'était pas particulièrement intéressée par les systèmes de chauffage et de ventilation, ni par le brevet déposé par Varnham sur les superphosphates. Elle continuait pourtant à lui poser des questions, s'intéressant non seulement aux lobélias bleus et aux géraniums écarlates, mais aussi aux artisans qui posaient de nouveaux panneaux de verre et aux jardiniers qui plaisantaient entre eux tout en tamisant le terreau dans les pots.

Les serres des orchidées étaient surchauffées. En sortant de la troisième, elle commença à s'éventer vigoureusement, et il se hâta de les faire sortir à l'air frais.

— Assez d'orchidées pour aujourd'hui, décréta-t-il en la conduisant sur le chemin qui menait à l'allée des orangers.

— Ne me dites pas qu'il y en a encore ? dit-elle, horrifiée.

Il rit et lui prit le bras. Il éprouvait un étrange sentiment de réconfort à se promener avec elle sur le domaine. Il avait ressenti la même impression un peu plus tôt, quand ils avaient pris un fiacre à la gare pour se rendre chez lui, à Truro, où ils avaient surpris Mme Lampshire, sa gouvernante. Celle-ci, en voyant Lavinia, avait essuyé vigoureusement ses lunettes sur son tablier avant de la regarder à nouveau.

— Nous allons à Plymouth, nous nous arrêtons juste pour la nuit, lui avait expliqué Neal en ignorant les cartes de visite qui s'empilaient sur un plateau dans l'entrée et en essayant de ne pas penser au courrier qui l'attendait dans son bureau.

Mme Lampshire, un peu sur la réserve et les sourcils en accent circonflexe, leur avait servi du thé avec des petits pains au safran mais, quand Lavinia avait attrapé un petit pain avec délectation et lui avait demandé sa recette, ses manières avaient immédiatement changé. En un clin d'œil, ils s'étaient retrouvés dans la cuisine, où Mme Lampshire s'était mise à couper, à griller et à beurrer les petits pains avec un entrain qui, leur avait-elle expliqué, était indispensable à la réussite de la recette.

Lavinia s'était barbouillé les lèvres de beurre et les avait nettoyées d'un coup de langue, tandis qu'il mordait dans son petit pain avec un sourire à se décrocher la mâchoire, incapable de détacher son regard d'elle.

Si elle ne lui avait pas demandé de visiter les pépinières, il lui aurait peut-être proposé de faire un tour dans son petit jardin, où une haie de charmes leur aurait assuré l'intimité nécessaire.

— Encore des orchidées, confirma-t-il avec un tressaillement, parce que sa hanche et la cuisse de Lavinia s'étaient touchées. Encore de tout. Nous avons ici plus de variétés de plantes que nulle part ailleurs en Europe, excepté à Kew.

Se vantait-il ? Si oui, ce n'était pas pour son compte. Il ne pouvait mettre à son crédit un siècle continu de succès pour Varnham. Néanmoins, il prenait plaisir à voir les yeux écarquillés et le sourire émerveillé de Lavinia.

— Quand vous me disiez que vous plantiez des arbres, je m'imaginais tout à fait autre chose, murmura-t-elle.

Le chemin serpentait entre la remise à outils et les bâtiments où l'on empotait les plantes et où on les mettait en caisses. Il fit signe aux apprentis jardiniers qui sortaient en groupe avec des paniers en osier, de la paille et des nattes destinées à protéger les plantes pendant le transport.

— La première année, j'ai planté beaucoup d'arbres. J'ai aussi désherbé et paillé. J'ai chargé du charbon pour le chauffage. Nettoyé des pompes. Traité contre le mildiou. Bouturé des arbustes avec le jardinier en chef. Préparé et emballé les commandes avec les apprentis.

Il haussa les épaules.

— Pour embaucher, licencier et prendre des décisions sur l'avenir de la compagnie, j'avais besoin de comprendre comment elle fonctionnait de bout en bout. Certains membres du personnel sont les enfants et les petits-enfants des employés de Varnham. Il fallait que je fasse mes preuves. Vis-à-vis de nos clients aussi, d'ailleurs.

— Parce que vous n'êtes pas un Varnham, dit-elle en s'écartant un peu et en s'arrêtant pour lui faire face.

Elle était vraiment surprenante. Il approuva lentement.

— C'est exact. Richard Varnham a créé la pépinière en 1790. Depuis, l'entreprise s'est toujours transmise de père en fils.

Les mots avaient du mal à sortir de sa gorge nouée.

— J'incarne un changement qui n'est pas le bienvenu.

C'était surtout lui qui n'était pas le bienvenu.

— Regardez.

Il tendit le doigt. Ils avaient atteint l'allée des orangers, un véritable mur d'agrumes : oranges, cédrats, citrons jaunes et verts. Les fruits au milieu des feuilles brillantes étaient verts, pas encore semblables à de petits soleils. Mais il voyait bien qu'elle était plongée dans ses souvenirs. Elle avait dit vrai sur ces visites qu'elle avait faites, enfant, dans une serre. Ses yeux bleus brillaient et elle respirait profondément, emplissant ses narines de l'odeur piquante et astringente qui embaumait l'air.

Restez. Il mourait d'envie de le dire à voix haute. *Oubliez la France. Restez et battez-vous.*

Il ne dit rien. Elle ne lui avait même pas révélé son nom de famille. « Mme Stowe », c'était ainsi qu'elle s'était présentée à Mme Lampshire en jetant à Neal un bref regard implorant. Encore un mensonge. Elle fuyait son mari, c'était sûr. Mais avec lui aussi elle se dérobait.

Le lendemain, elle serait partie.

Elle se dirigea vers la fontaine et s'assit sur la margelle en marbre. Elle portait une de ses robes en soie sophistiquées, grise avec une bordure rose, mais elle avait perdu son air hautain. Son attitude était détendue et confiante. Elle trempa ses doigts dans l'eau.

— Que s'est-il passé, alors ? demanda-t-elle en relevant les yeux. Comment se fait-il que vous soyez devenu directeur si personne ne le souhaitait, à commencer par vous ?

Elle avait du flair. Il enfonça ses mains dans ses poches et donna un coup de pied dans un caillou. Pourquoi lui était-il toujours aussi bougrement difficile d'en parler ?

— Celui qui devait reprendre l'affaire, c'était James, le fils de Charles Varnham. Son fils unique.

Il se sentit incapable de poursuivre sans s'asseoir, aussi la rejoignit-il sur la margelle.

— James..., dit-elle pensivement, et cela lui revint. Vous vous êtes battus ensemble contre les condors dans les Andes.

Elle esquissa un sourire, mais son regard était grave.

— Nous avons combattu les condors. Trouvé des orchidées. Gravi des sommets volcaniques, traversé des glaciers et des jungles infestées de moustiques. Parcouru la pampa.

Lui aussi ébaucha un sourire.

— Il avait trois ans de plus que moi et faisait partie d'un club de natation sur la Tamise. Nous nous étions connus au cours d'une compétition où nous étions arrivés ex aequo. Enfin, c'est ainsi qu'il présentait la chose pour ne pas dire que je l'avais battu.

Son sourire s'élargit. Jamais James ne l'avait battu une seule fois lors d'une compétition, Neal ne manquait jamais de le lui rappeler.

— Sans James, Charles ne m'aurait jamais embauché comme chasseur de plantes. C'est mon père qui m'a appris à les cueillir, à réaliser un herbier, à transporter des plants avec leurs racines, mais je n'avais aucune expérience professionnelle. James voulait aller en Amérique du Sud. Il en avait tellement envie qu'il a menacé son père d'offrir ses services à Edevane & Fernsby s'il refusait de le laisser partir.

Il se mit à rire.

— Quelle nuit ils ont passée ! Charles s'est laissé fléchir, évidemment. Mais James exigeait davantage. Il voulait que je l'accompagne.

Il se tut. Lèvres entrouvertes, elle buvait ses paroles.

— Charles a dit...

Il n'avait jamais raconté à personne ce qu'avait dit Charles. Il inspira profondément.

— Charles a dit : « De deux choses l'une : ou vous veillerez l'un sur l'autre, ou vous vous mettrez tous les deux en danger. Quel cas prévaudra, je l'ignore. »

Il écrasa les jointures de ses doigts sur le marbre.

— Aujourd'hui, nous savons.

Elle secoua la tête.

— Charles ne vous en a pas voulu. Il vous a confié Varnham. Il sait que vous n'y étiez pour rien.

Elle eut ce mouvement de menton têtu. Elle prenait son parti alors qu'elle ne connaissait pas le fin mot de l'histoire.

— Il m'aime bien.

Il détourna le regard, esquivant la compassion qu'il lisait dans ses yeux.

— James et moi avons bien travaillé. Nous avons eu de la chance, et aussi l'estomac et les reins solides. Après chaque expédition, nous expédiions des caisses remplies de spécimens, de plantes, de bulbes et de graines. Nous avons introduit en Angleterre de nouvelles variétés de fleurs de la passion, de lys, de nasturtium, de myrte, de cyprès...

Plusieurs de leurs découvertes avaient été des succès commerciaux, et quelques-unes avaient suscité l'intérêt des botanistes de Kew. Charles avait toujours été avare de compliments, mais là, tous deux savaient qu'il était fier d'eux.

Il soupira.

— Entre deux expéditions, je passais beaucoup de temps dans la maison que les Varnham possèdent à Londres. Surtout après la mort de mon père. Cela me permettait de m'occuper des plants et de les étudier avec le jardinier en chef de la pépinière de Londres. Mais aussi parce que... j'avais manqué trop d'événements. Le mariage de Nessa, celui de Jory. La maladie de mon père, son...

Il s'interrompit. Comme toujours, il commençait à avoir un nœud à l'estomac.

— Les miens m'ont accueilli à bras ouverts, ne vous y trompez pas. C'est moi qui les évitais. Je me sentais comme un étranger.

— Mais vous êtes un Traymayne.

Le cœur de Neal frémit curieusement dans sa poitrine. Elle avait dit cela comme si elle parlait d'un trésor.

— Et alors ?

— Vous vous tenez les coudes. Vous vous protégez mutuellement. Vous vous aimez. Vous appartenez tous à ces mêmes sociétés bizarres.

Elle effleura sa main. Il avait cessé de martyriser ses articulations et lui attrapa les doigts.

— Vous partagez bien plus qu'un nom. Cela va plus loin. Il s'agit d'un comportement. Et vous vous comporterez toujours ainsi, quel que soit l'endroit où vous allez.

Elle hésita avant de poursuivre :

— Et quels que soient vos désaccords avec votre maman. Quand vous regardez de l'extérieur, comme moi, vous voyez les familles telles qu'elles sont. La vôtre est vraiment exceptionnelle.

Elle baissa les yeux, mais il eut le temps d'y lire une lueur d'envie et quelque chose d'autre, comme une immense nostalgie.

Il relâcha l'air comprimé dans ses poumons. Il était bel et bien un Traymayne, exactement comme elle l'avait laissé entendre. Il l'avait su jadis, un temps il l'avait oublié, puis réappris, mais au prix fort.

Mais elle était Lavinia, juste Lavinia. Seule à un degré qu'il avait du mal à imaginer, surtout parce qu'elle ne lui laissait pas percer sa carapace. Il porta sa main à ses lèvres en souhaitant pouvoir l'inclure dans le cercle protecteur qu'il n'avait jamais vraiment quitté, comme elle l'avait justement souligné.

— Qu'est-il arrivé ensuite ? demanda-t-elle avec douceur.

Il laissa retomber sa main.

— Charles est resté longtemps célibataire, James est arrivé tard dans sa vie. Charles voulait se retirer, passer la main. Mais j'ai convaincu James de se lancer dans une autre expédition. La dernière.

Elle referma les doigts sur les siens. Il contempla par-dessus son épaule l'allée d'orangers et, au-delà, les serres qui scintillaient, tous ces hectares de verdure superbement aménagés et qui auraient dû revenir à James. Pas à lui.

— Nous nous trouvions à Misiones, au nord de l'Argentine, et nous bivouaquions. Nous aurions dû rester près du feu, mais il faisait chaud et nous entendions couler la rivière. Saisi par l'une de mes folles impulsions, j'ai bondi et j'ai crié que je serais le premier dans l'eau.

Il se rendit compte qu'il lui serrait la main trop fort, lui écrasant les doigts. Il lui jeta un regard furtif et fut saisi par la bienveillance qu'il lut dans ses yeux. Elle était prête à entendre tout ce qu'il avait à dire.

Il tourna son regard vers le paysage vert et vallonné. Il vivait depuis trop longtemps avec les regrets, le remords.

— J'ai parié que j'arriverais le premier sur la berge. Je savais James incapable de résister à un défi. J'ignorais qu'il avait ôté ses bottes. Je me suis élancé, il m'a suivi, et...

Sa gorge se serra, et elle baisa ses phalanges meurtries tandis qu'il regardait les rayons du soleil se réfléchir sur les serres.

— Il a marché sur une vipère.

Il essayait de parler sans se laisser emporter par le souvenir de cette nuit-là, mais sa mémoire était trop vive. Il était à nouveau là dans la jungle, encerclé par la végétation touffue qui avait englouti le cri de James.

— Elle l'a mordue au pied. Nous étions trop loin de Posadas. Je le savais, mais je l'ai hissé malgré tout sur notre cheval. Nous avons chevauché jusqu'à ce qu'il me supplie de m'arrêter. Je lui avais fait un garrot aussi serré que possible pour ralentir la diffusion de venin, mais il a arraché le pansement. Sa jambe était si enflée qu'il ne pouvait plus plier le genou. Il saignait des gencives. Et aussi du nez.

— Neal, murmura-t-elle, et il comprit soudain qu'il était parti ailleurs.

Il la regarda intensément.

— Il fallait que vous tentiez le coup.

Ses yeux étaient trop brillants. L'intensité qu'il y lut le toucha. Il avala sa salive.

— Il est enterré là-bas. Quand je pense à toutes ces caisses de fleurs que j'ai expédiées à Varnham par-delà l'océan..., ajouta-t-il, la voix de plus en plus rauque. Et moi, j'ai abandonné James dans cette terre rouge et poussiéreuse.

Elle se blottit contre lui, attirant leurs mains jointes sur ses genoux. Il sentait la soie fraîche contre sa peau. Pendant un moment, ils écoutèrent sans rien dire le murmure de la fontaine.

— Pour moi, la voie était toute tracée. C'est ce que les mauvaises langues ont dit.

Ses épaules se contractèrent. Pourquoi lui racontait-il tout cela ? Les rumeurs avaient remué le couteau dans la plaie. Deux semaines après avoir accepté la proposition de Charles, il avait voulu démissionner.

— Voilà comment je me suis retrouvé à diriger Varnham. Je suis un usurpateur, pour ne pas dire un meurtrier.

Elle ne parut pas horrifiée. Elle le regardait sans broncher.

— Les gens peuvent raconter ce qu'ils veulent. Vous connaissez la vérité, et Charles également.

Elle hésita.

— Et moi aussi, désormais.

Lentement, ses muscles se relâchèrent. Seigneur, qu'il avait été larmoyant ! L'embarras se mêlait au soulagement. Comme c'était étrange, ces confidences qu'elle réussissait à lui soutirer et le réconfort qu'elle lui offrait en peu de mots, et avec un simple regard de ses yeux bleus couleur de jacinthe.

Il eut un pâle sourire et hocha la tête.

— Mais ce n'étaient que des commérages. Et comme tous les ragots, ce fut douloureux mais bref.

Il avait bâti de solides relations avec les clients, les anciens comme les nouveaux, travaillé comme un forçat pour montrer aux jardiniers qu'il était l'un des leurs, et cela avait fait taire presque toutes les rumeurs.

Lavinia le dévisageait toujours avec attention, nullement dupe de son apparente désinvolture.

— Charles Varnham a eu raison de vous faire confiance, déclara-t-elle en lui souriant, un sourire tellement adorable qu'il en fut bouleversé. Vous êtes tout dévoué à cet endroit, à cet héritage. À James.

Il mourait d'envie de la prendre dans ses bras. Allait-il vraiment la mettre dans un bateau à vapeur, lui dire adieu sur le quai et reprendre sa vie d'avant comme si toute cette histoire n'avait été qu'un conte de fées ?

— Vous prétendiez que je n'étais pas fiable, lui rappela-t-il.

Sa main bougea dans la sienne, et son regard vacilla. Il lui releva le menton du bout du doigt.

— Non, c'est moi qui suis dans l'incapacité de vous faire confiance.

Elle parlait tout bas, et ils se dévisagèrent longuement. Il avait vu ses traits noyés de plaisir, l'avait entendue haleter sous lui, accrochée à lui, et pourtant ce regard-là était plus intime encore.

— Vous êtes différent de…

Sa voix chavira.

— De George.

Il retenait son souffle, dans l'attente de la suite.

— Vous êtes capable de donner cette sorte d'amour dont je rêvais jadis.

La tristesse dans ses yeux paraissait voiler de bleu les rayons du soleil. Un grondement s'échappa de sa poitrine. Bigre, elle se méfiait encore trop de lui pour lui raconter sa propre histoire.

— Dites-moi qui vous êtes, demanda-t-il en l'obligeant à relever le menton. Dites-m'en plus sur cette Lavinia dont j'ignore le nom et que George a trahie. Vous n'avez pas de famille ? Pas d'amis ?

Il sentit son menton trembler et lui prit le visage dans les mains.

— Si vous arrivez à me faire confiance, si vous pouvez me dire l'indicible, alors je puis vous aider à l'affronter, quel qu'il soit.

Elle baissa la tête en se dégageant de son étreinte.

— Pourquoi fuyez-vous ?

Il ne voyait plus que ses cheveux, le bout de son nez et le léger renflement de sa lèvre inférieure.

Sa poitrine se souleva. Il crut au début qu'elle allait éclater en sanglots. Puis il comprit qu'elle avait pris sa décision.

Elle releva les yeux, et son expression lui fit l'effet d'une flèche reçue en plein cœur.

Son visage s'était illuminé. Dans son regard brillait un espoir mêlé de crainte. Ses lèvres s'entrouvrirent.

— Je ne sais pas par où commencer, lui avoua-t-elle d'une voix tremblante et pressée. Je crois que tout a débuté quand…

— Monsieur Traymayne !

Leurs deux têtes pivotèrent.

— Oh ! Je ne savais pas que vous étiez revenu.

Robert Glendinning, un des responsables de l'hybridation chez Varnham, arrivait sur le chemin en poussant une brouette de sable coquillier. C'était un homme costaud et barbu avec un crâne chauve et luisant, la parfaite antithèse de la personne élancée qui l'accompagnait, une jeune femme ravissante à la mâchoire décidée, au nez droit, auréolée d'une masse de boucles cuivrées.

Elle s'immobilisa et pointa son couteau de jardinage vers le cœur de Neal.

— Mme Pendrake s'ennuyait au milieu des glaïeuls, expliqua M. Glendinning, tout sourire, alors hier nous sommes allés voir les fuchsias. Nous avons pris des boutures sur l'*alba*, et si je puis dire...

Il ne dit rien de plus. Neal avait déjà sauté sur ses pieds, laissant derrière lui une Lavinia pétrifiée. Muriel Pendrake, la vraie Muriel Pendrake, s'approcha de lui en agitant son couteau dans sa main gauche tandis que, de la droite, elle lui serrait vigoureusement la main. Elle le regarda bien en face.

— Neal ! s'exclama-t-elle chaleureusement. Puis-je vous appeler par votre prénom ? Quel pataquès ridicule !

Quelques heures plus tard, Neal était assis dans la salle à manger de l'hôtel Red Lion et son regard passait de l'ancienne Muriel à la nouvelle Muriel. Jamais dans sa vie il ne s'était retrouvé au cœur d'un tel embrouillamini.

La nouvelle Muriel, la deuxième Muriel, enfin non, la seule et réelle Muriel ne manifestait absolument pas la réserve exprimée dans ses lettres. Sa prose pouvait bien être pesante ; elle, en revanche, était une bouffée d'air frais. Plus encore, une bourrasque exubérante.

Elle était en train de leur expliquer sa version du pataquès.

— C'est un récit épique, les avait-elle prévenus à la pépinière. Je vais avoir besoin d'une pinte pour en venir à bout.

Elle avait maintenant sa pinte à la main et leur narrait l'affaire avec une vivacité remarquable. Il avait du mal à en suivre tous les rebondissements, d'autant que les regards qu'il jetait à la dérobée à Lavinia perturbaient sa concentration.

Lavinia témoignait, elle, de moins... d'entrain. Elle était assise, droite comme un I, très raide, et regardait Muriel avec un sourire figé.

Neal lança un coup d'œil à Muriel, revint à Lavinia, puis se frotta les yeux avec le bas de la paume. Cet effort de concentration lui causait des palpitations.

Muriel méritait son attention. Il redoubla d'efforts et se concentra sur ses paroles.

Son périple avait commencé à la gare de Paddington, où le fiacre l'avait déposée et était reparti sans même lui laisser le temps de récupérer ses cartons à dessin et ses herbiers. Elle avait sauté dans un autre fiacre pour le prendre en chasse.

— Nous nous sommes lancés dans une course-poursuite effrénée, dit-elle en secouant son verre, qui déborda légèrement. Ou, plutôt, nous avons essayé, mais tout le monde va à une allure d'escargot à Londres. Nous nous sommes retrouvés coincés derrière un omnibus. Je me suis rendu compte que j'irais plus vite à pied...

Comme elle parlait avec une animation croissante, Neal fut saisi de vertige : et si cette femme si vive mentait, elle aussi ? Et si les Muriel continuaient à se multiplier ? Ses yeux vinrent se poser sur la porte d'entrée. Une troisième Muriel pouvait très bien la pousser d'un moment à l'autre. C'était absurde, évidemment. La supercherie de Lavinia lui avait troublé l'esprit.

Il reposa les yeux sur Lavinia, et leurs regards se croisèrent. Elle parut lire dans ses pensées ou, du moins, devina ses réserves. Son sourire vacilla.

Enfer et damnation !

Muriel riait en leur décrivant sa course folle dans les rues, la façon dont elle avait esquivé les sabots des chevaux et les roues des voitures en criant à l'assassin.

— Un bon samaritain est venu à mon aide. Il croyait qu'on m'avait enlevé mon enfant ! Il est parti en trombe, aussi vif que l'éclair. Quand il a rejoint le fiacre et récupéré mes affaires, il était affreusement perturbé. Dire qu'il avait risqué sa vie pour quelque chose d'aussi dérisoire ! Mais vous savez, vous, combien c'était important. J'ai là une nouvelle espèce de primevère ! Entre autres merveilles.

Elle adressa à Neal un sourire radieux, et soudain il se mit à sourire lui aussi.

Oui, c'était bien Muriel. La vraie.

Elle conclut son récit plus posément, tandis qu'un jeune serveur apportait une autre tournée de bière.

Elle avait finalement manqué son train, était rentrée chez elle et avait attendu une lettre de Neal. Ne voyant rien venir, elle lui avait écrit à Truro et avait ensuite décidé de s'y rendre.

— J'aime cet hôtel, déclara Muriel en agitant la main à l'intention d'un autre groupe de convives qui venaient de s'asseoir. Ce sont les Mepham. J'ai fait leur connaissance ce matin. Nous nous sommes promenés sur la côte. C'était magnifique, vraiment époustouflant. Glendinning m'a dit qu'il y avait ici un spécialiste des algues marines. Je veux absolument le rencontrer. Un certain Underton ?

— Underwood, acquiesça Neal. Bien sûr. Je vous le présenterai.

— Formidable !

Muriel, radieuse, se tourna vers Lavinia.

— Que pensez-vous des algues ?

Prenant son courage à deux mains, Lavinia rendit son sourire à Muriel.

— Je n'y ai jamais songé.

Elle relevait crânement le menton. Quelques jours auparavant, si on l'avait interrogée sur un sujet ayant trait à quelque chose de boueux, de détrempé, de boisé ou de feuillu, elle aurait adopté son air le plus pendrakien et aurait feint de s'y connaître.

Face à Muriel Pendrake en personne, elle n'avait plus ce recours. Elle ne pouvait plus compter que sur sa propre ignorance, sa tête de linotte, ornée de son plus joli sourire.

À présent, Muriel allait échanger un regard peiné avec Neal, et ils se rapprocheraient l'un de l'autre pour discourir tout leur content sur cette boue si *époustouflante*.

Qui se ressemble s'assemble. Ces deux-là étaient parfaitement assortis.

Muriel ne regarda pas Neal. Elle plongea ses yeux dans ceux de Lavinia avec une chaleur non feinte.

— Comment s'est passée votre expédition à Mawbyn ? Vous avez trouvé quelque chose d'intéressant ?

Lavinia avala une gorgée de bière. Elle avait la gorge desséchée

« Une amie. » C'était ainsi que Neal l'avait présentée. « Lavinia Stowe. Nous étions partis herboriser ensemble. »

— Des mousses, réussit-elle à articuler.

— Demain, vous me montrerez ce que vous avez rapporté, dit Muriel, souriante, en s'adressant à Neal et à Lavinia. J'adore les bryophytes.

Ses nattes souples et soyeuses brillaient comme du cuivre brossé. Elle était sculpturale, et en même temps tellement vivante. Un vrai personnage de légende. Et, pour compléter le tout, terriblement sympathique, hélas. Elle avait accepté la présence de Lavinia sans sourciller. Elle essayait de la faire participer à la conversation, comme s'ils étaient tous les trois confrères. Et des amis potentiels.

Lavinia repoussa une mèche de cheveux derrière son oreille. Ses propres tresses avaient connu des jours meilleurs. Ses cheveux étaient gras à la racine et cassants aux extrémités.

— Votre époux va-t-il nous rejoindre ?

Lavinia ne broncha pas. Elle avait essuyé trop de piques dans le beau monde. Mais, intérieurement, elle cessa de respirer.

Pour Muriel, bien entendu, cela partait d'un bon sentiment. Elle avait posé la question avec une franchise désarmante.

Lavinia baissa les yeux sur ses bagues, qui avaient dû scintiller quand elle avait bougé la main, attirant ainsi l'attention de Muriel. L'or lui parut lourd, les joyaux démesurés. Elle eut envie de serrer le poing et de le cacher sous la table. Si on lui avait dit qu'un jour elle aurait envie de dissimuler ses bijoux... et qu'elle aurait préféré faire étalage de connaissances très pointues sur les dents d'iguanodon ou sur le *taraxacum*...

Elle aurait éclaté de rire. George et elle se seraient esclaffés.

— Non, mon mari ne va pas nous rejoindre, répondit-elle en reposant sa main sur ses genoux dans un geste lent et gracieux. Mais j'aimerais qu'il soit là.

Elle piqua du nez dans son assiette pour ne pas voir la réaction de Neal. Ou son absence de réaction.

Comme c'était étrange... Après toutes les révélations et revirements qui venaient de se produire dans sa vie, elle avait brusquement besoin de la présence de George à ses côtés.

Elle et George étaient faits du même bois, eux aussi, exactement comme Neal et Muriel. S'il avait été là, elle ne se serait pas sentie si mal à l'aise.

— Alors, une prochaine fois, peut-être ?

Muriel se tourna vers Neal.

— J'ai oublié de vous dire, à propos des plantes carnivores...

Lavinia disparaissait dans le décor. Si George avait été présent, il aurait haussé les sourcils devant Neal et Muriel, il aurait secoué la tête et, de sa voix caressante et hautaine, aussi familière que l'était sa propre voix, il lui aurait murmuré à l'oreille : « Ma Vinnie, tu fais le pot de fleurs chez les botanistes. »

Si George avait été là, il aurait mis Truro sens dessus dessous jusqu'à ce qu'on lui apporte une bouteille de champagne.

Elle but sa bière. Quand elle releva enfin les yeux sur Neal, il était appuyé sur un coude, la tête tournée vers Muriel, et parlait avec décontraction. En latin ! Toute la conversation n'était pas en latin, bien sûr. Mais suffisamment pour qu'elle se sente complètement exclue.

Ils enchaînaient parfois en anglais pour débattre des théories de Charles Darwin.

Finalement, Lavinia se leva pour prendre congé. Neal et Muriel étaient assis, entourés de verres vides, pris dans un fiévreux échange sur la théorie du dessein intelligent.

Quand elle se leva, Neal s'interrompit et la regarda d'un air désorienté, comme s'il avait oublié qui elle était. Ou, plus exactement, comme s'il se souvenait qu'il ne savait rien d'elle.

— Je vous accompagne, dit-il.

Elle déclina son offre d'un hochement de tête. Sa maison se trouvait au coin de la rue. Il était en pleine discussion, et ses yeux brillaient d'enthousiasme. Elle voyait bien qu'il avait hâte d'exprimer l'idée qui se formait dans son esprit.

— Vous étiez en train de démontrer que la science n'est pas incompatible avec la foi...

Sur ces mots, elle les quitta.

Il était minuit passé quand elle entendit enfin les pas de Neal dans le couloir. Pourvu qu'il ne s'arrête pas, qu'il ne frappe pas à sa porte. Cela ne ferait que rendre les choses encore plus difficiles.

Il ne s'arrêta pas.

Il ne vint pas frapper à sa porte.

Elle se leva tôt, mais Mme Lampshire l'avait devancée. La brave gouvernante s'affairait, ses lunettes brillant sous la lumière des lampes à gaz. Elle fut visiblement désarçonnée de voir Lavinia partir si vite, et seule. Mais elle lui emballa quelques petits pains au safran pour le voyage et réveilla les autres domestiques de la maison pour qu'ils l'accompagnent à la gare.

Enveloppée dans son châle le plus chaud, Lavinia attendait à présent sur le quai, sa malle près d'elle.

Le train ne partait pas avant 9 heures. Normalement, Neal aurait dû être debout depuis longtemps. Mais, une fois n'était pas coutume, il s'était couché tard, avait beaucoup bu, plongé dans ses discussions passionnantes avec Muriel.

Quelle piètre Mme Pendrake elle avait fait ! L'apparition de la véritable Muriel Pendrake n'avait fait que le confirmer.

Elle toussa un peu et s'enveloppa plus étroitement dans son châle. Une miette du petit pain au safran qu'elle venait de grignoter s'était coincée dans sa gorge. Voilà pourquoi elle avait les larmes aux yeux.

Des hirondelles volaient en piqué autour d'elle. Le soleil chassait la brume matinale, mais l'air demeurait frais.

En échange de son alliance, elle avait obtenu de l'employé de l'argent et un billet en première classe, mais pas pour Plymouth. Pour Londres.

Le billet ne représentait qu'une partie infime de la valeur de sa bague, mais elle se sentait déjà plus légère.

Cranbrook était à Fowey, elle pouvait donc retourner à Harcott House. Profiter de cette occasion pour avouer la vérité à sa mère. Les Yardley n'étaient pas les

Traymayne. Ses parents l'avaient abandonnée. Mais il était peut-être encore temps, sa mère et elle pouvaient encore unir leurs forces. Trouver une solution. Sa mère irait voir Cranbrook et… et puis quoi ?

Son esprit tournait à vide. Mais elle n'avait plus le choix. Plus vraiment. C'était bien beau de vouloir s'enfuir en France avec un pirate. Mais embarquer seule sur un steamer qui sentait l'oignon à destination de Roscoff n'était pas une mince affaire. Réveillée avant l'aube, allongée dans son lit, elle avait imaginé Paris et la vie qu'elle y aurait menée, sans pouvoir aller dans ses boutiques préférées par manque de moyens, sans amis, lamentable. Elle s'était vue débarquer au Manoir, où les anges de pierre lui auraient tourné le dos.

Sa mère, au moins, lui accorderait une chance de s'en sortir.

Les dés étaient jetés. C'était décidé. Elle ne pouvait plus revenir en arrière.

Même si elle gardait les yeux fixés vers l'est, en direction du cœur de la ville, elle ne priait pas pour que Neal descende du fiacre qui s'approchait, ni du suivant.

Elle ne priait pas pour qu'il apparaisse, qu'il coure à sa rencontre en suppliant : « Attendez. Ne partez pas. »

Elle était désormais seule sur le quai. Elle fut la dernière à monter dans le train.

15

Le majordome retint la lourde porte d'entrée et la dévisagea, effaré, la moustache dédaigneuse. Dans la pénombre, il ne la reconnaissait pas, avec ses vêtements chiffonnés et sa mine lasse. Lavinia se redressa, fit un pas dans la lumière et se présenta.

— Je suis la duchesse de Cranbrook, déclara-t-elle en enlevant ses gants et en passant devant lui pour gagner le hall d'entrée.

Elle marqua un temps d'arrêt sous le lustre. Il lui semblait que des années s'étaient écoulées depuis la dernière fois où, jeune mariée, elle avait franchi le seuil de Harcott House avec un sourire figé, toute de blanc vêtue.

Avec un temps de retard, le majordome la débarrassa de ses gants. Sa tête paraissait s'être rétractée sur son cou ridé. Avant même qu'elle puisse s'enquérir de Mme Yardley, elle entendit un cri venu d'en haut.

Sa mère se tenait sur le palier du premier étage, stupéfaite, la bouche arrondie en un O parfait. Elle s'apprêtait à sortir et portait une robe en soie grise dotée de basques en brocart. Les plumes de héron qui ornaient son couvre-chef s'agitèrent quand elle descendit l'escalier. Lavinia avança à sa rencontre et toutes deux hésitèrent, face à face, au pied de l'escalier de marbre. Lavinia ferma les yeux et emplit ses narines de l'odeur florale et légèrement ambrée du parfum si familier de sa mère, *Bouquet suave*. Elle était redevenue une enfant, venue de la nursery pour recevoir un baiser de sa mère.

C'est alors qu'elle découvrit le regard de sa mère, dont les yeux bleus offraient une version plus pâle des siens.

Ses yeux étaient écarquillés non pas sous l'effet de la surprise, comme elle l'aurait cru, mais de l'effroi.

— Ton teint, souffla sa mère. Qu'as-tu fait ? Qu'est-ce qui t'a pris de t'enfuir comme ça ? J'étais à moitié morte d'inquiétude.

— Vous le cachez fort bien, ironisa Lavinia avec amertume.

Sa mère était très élégante, visiblement bien nourrie et reposée. Elle s'était teint les sourcils et portait ses pendants d'oreilles en perles.

« Nous sommes réunies, c'est tout ce qui compte. »

Pendant que le train traversait la campagne, Lavinia avait rêvé d'entendre ces mots dans la bouche de sa mère, qui l'aurait serrée dans ses bras. Elle, de son côté, aurait caressé ses cheveux, blanchis par l'inquiétude.

« Dieu soit loué, tu es saine et sauve. »

— Je ne voudrais pas vous soustraire à vos engagements, dit-elle.

Elle s'effaça et eut un petit pincement au cœur en voyant que sa mère hésitait.

— Il est un peu tard pour aller au théâtre, reprit-elle sur le même ton mordant. Vous vous rendez peut-être à un bal ? Quelle joie d'avoir pu vous croiser. Que votre sollicitude ne vous empêche pas d'y assister !

Le regard de sa mère vint se poser sur le majordome. Elle avait toujours eu horreur des esclandres. Elle n'avait de cesse que Lavinia soit toujours plus calme, plus douce, plus pâle, plus gentille. Contrairement à son mari, elle n'avait jamais cédé à sa fille quand celle-ci pleurait et tempêtait. Elle se retirait froidement.

Lavinia avait envie de pleurer maintenant, ne serait-ce que pour la punir. En piquant une colère devant cette tortue bigleuse de majordome.

Mais sa mère fit volte-face.

— Je n'aurai finalement pas besoin de la voiture, Irving, dit-elle en traversant le hall. La duchesse et moi allons prendre un rafraîchissement dans le salon jaune.

Une fois dans le salon, Lavinia dédaigna les canapés et se dirigea vers l'une des trois fenêtres qui donnaient sur le jardin plongé dans l'obscurité.

— Estime-toi heureuse que ton époux ait étouffé l'affaire ! lança sa mère dans son dos.

Lavinia ne se retourna pas, mais plissa les yeux en essayant de distinguer les statues des arbustes et le petit pavillon des colonnades.

— C'est à *vous* que cela profite, rétorqua-t-elle.

Un air glacial s'infiltrait par les carreaux, et elle réprima un frisson.

— Lady Chatwick vous a-t-elle invitée ce soir ? Ou serait-ce lady Sambourn ? Elles ne voulaient pourtant plus vous voir quand vous étiez l'épouse d'un criminel. Mais depuis que vous êtes la mère d'une duchesse, vous avez renoué avec vos vieilles amies. Cela réchauffe le cœur.

— Lavinia.

En entendant un froissement de jupes, Lavinia se détourna lentement de la fenêtre. Sa mère avait traversé la pièce.

— Au nom du ciel, que t'est-il passé par la tête ?

Sa mère s'arrêta près d'un petit guéridon surmonté d'un vase de Sèvres dont elle caressa l'anse dorée. Son front plissé accusait les traits de son visage et la vieillissait.

Les humeurs de Lavinia avaient toujours suivi l'inflexion des lèvres de sa mère. Un sourire, et elle se sentait récompensée ; un froncement de sourcils, et elle se sentait penaude. Cela lui permettait de mesurer ses succès et ses échecs.

— Ton union avec le duc de Cranbrook nous a sauvées l'une et l'autre.

Sa mère inclina la tête, et les plumes de héron oscillèrent.

— C'était le mariage parfait. Exactement celui que j'espérais pour toi. Depuis toujours.

— Comment pouvez-vous parler de mariage parfait alors que je le déteste ?

Lavinia avait tenté de prendre sur elle, mais sa voix était devenue aiguë.

Les rides se creusèrent plus profondément sur le front de sa mère. Elle arbora l'expression peinée, déçue, que Lavinia avait si souvent vue chez elle quand elle ne se comportait pas raisonnablement.

Il était évident que son attitude était déraisonnable. Quand les circonstances l'exigeaient, les jeunes filles se mariaient en échange d'un titre, d'une fortune, pour être socialement acceptées, pour l'honneur de leur famille, pour un tas de raisons qui n'avaient rien à voir avec l'amour ou le bonheur.

Dans son cas, les circonstances parlaient d'elles-mêmes. Sa mère et elle avaient besoin d'un toit au-dessus de leurs têtes. Il fallait qu'elles soient admises à nouveau au sein de la société, en dépit de l'hypocrisie de leur entourage. Cela leur était aussi nécessaire que l'air qu'elles respiraient.

Alors qu'importait sa répulsion pour Cranbrook ?

Sa mère sentit sans doute son désarroi, car son visage s'adoucit.

— J'avoue que le duc est fautif. Jamais il n'aurait dû te faire voyager dans cet état, lui dit-elle d'une voix plus amène. Tu avais besoin de temps pour te remettre de ton accès de fièvre. Tu devais probablement délirer quand vous êtes descendue de ce train. C'est bien ce qui s'est passé, n'est-ce pas ? Tu as erré dans ton délire. Tu t'es évanouie, et un quidam s'est chargé de te conduire chez le médecin.

Sa mère avait beau parler d'une voix douce, sa tension était palpable. Ses doigts s'étaient crispés sur l'anse du vase.

Elle ne voulait pas savoir ce qui était arrivé à Lavinia au cours de cette semaine.

Elle voulait simplement s'assurer que sa fille était en mesure de réciter docilement sa version des événements, une histoire qui pourrait convaincre Cranbrook qu'elle ne s'était pas enfuie, qu'elle ne l'avait pas humilié la veille de leur lune de miel.

Elle était prête à se rendre complice de Lavinia, mais seulement pour défendre son mariage.

Lavinia se sentit trembler. Ses émotions étaient un entrelacs de cordes tendues et nouées, et sa mère savait si bien en jouer ! Culpabilité, colère, peur, honte, panique, toutes résonnaient à l'unisson. Elle était incapable de les distinguer les unes des autres.

— Je n'avais pas la fièvre, chuchota-t-elle. Après le mariage... ce n'était pas...

Elle rassembla ce qui lui restait de forces pour ne pas s'effondrer.

— De quoi parles-tu ? fit sa mère en écarquillant les yeux. J'ai craint la scarlatine. Tu étais toute rouge. Tu avais l'air d'aller mieux le lendemain matin, mais le docteur Barth s'est peut-être trompé. Après tout, c'était peut-être bel et bien la scarlatine ou quelque chose qui y ressemblait. La fatigue du voyage t'aura achevée. Tu n'étais pas dans ton assiette. Le duc comprendra si nous lui présentons les...

— J'ai mangé des fraises, l'interrompit Lavinia. Au buffet du mariage. J'en ai avalé autant que j'ai pu.

Sa mère et elle sursautèrent quand le vase de Sèvres bascula. Il roula sur le tapis, sans se casser. Sa mère porta les mains à sa bouche, horrifiée. Elle était aussi blanche que ses gants.

— Maman...

Lavinia fit un pas en avant, dans l'espoir qu'elle lui tendrait les bras.

— C'est donc ce qui t'a rendue malade, dit lentement sa mère en laissant retomber ses bras.

Elle ne la serra pas contre elle. Elle clignait des yeux, son regard passant du vase à sa fille. Brusquement, elle parut très contrariée, et ses joues se creusèrent comme si elle les mordait de l'intérieur.

Se rappelait-elle ce jour lointain où elle avait eu si peur, alors que son enfant parvenait à peine à respirer ? « En gardera-t-elle des cicatrices ? » avait-elle demandé au médecin dans le couloir après avoir quitté sa chambre.

Pour la première fois, elle allait peut-être mesurer l'étendue du désespoir de Lavinia.

— Pourquoi ? Pourquoi as-tu fait une chose pareille ?

Sa mère recula et finit par heurter un sofa sur lequel elle se laissa choir.

— Pourquoi t'infliger une telle souffrance ?

— Je souffrais déjà, répondit Lavinia en la regardant.

Au cours des semaines qui avaient précédé le mariage, elle s'était tue. Maintenant, elle explosait.

— *Vous* m'avez fait souffrir. Papa m'a fait souffrir.

— Nous t'avons fait souffrir ? Mais tu as toujours eu tout ce que tu désirais. Tu as été élevée comme une vraie princesse, mieux peut-être.

La voix de sa mère tremblait.

— Et voilà comment tu nous remercies !

— Vous m'avez donné tout ce que *vous* jugiez bon de me donner, rétorqua Lavinia, dont le cœur battait de plus en plus fort. Ce n'est pas la même chose.

Durant toutes ces années, elle avait essayé de satisfaire à des exigences impossibles.

— Ma robe est-elle parfaite ? murmura-t-elle. Et mon maintien ? Parfait, lui aussi ? Et mon teint ? M'aimerez-vous toujours si je grossis ou je maigris, ou si mes cheveux deviennent raides comme des baguettes ? Je n'ai jamais eu d'autre choix que de vouloir la perfection, ce qui ne rime à rien. À quoi sert un joli sourire si intérieurement, vous vous mourez ?

Elle sourit à sa mère à travers les larmes qui roulaient sur ses joues.

— J'aurais pu être quelqu'un de radicalement différent. Quelqu'un que *moi*, j'aurais préféré être.

— Je crois effectivement que tu es malade, dit sa mère en soupirant.

Elle leva les yeux vers le plafond décoré, et Lavinia vit les plumes de son chapeau dessiner un arc complet.

— Les hérons sont des oiseaux incroyables, fit-elle remarquer d'une voix douce. En avez-vous déjà observé un en train de pêcher ? Ou en plein vol ?

Sa mère ne répondit pas.

Le sourire de Lavinia s'évanouit.

— J'étais terrifiée à la perspective de ma nuit de noces, alors j'ai préféré me rendre malade.

À ces mots, sa mère reprit sa respiration. Les narines pincées, elle fixait obstinément le plafond, l'air très mal à l'aise.

— Une jeune mariée est toujours fébrile, objecta-t-elle. Je comptais te mettre au courant de ce qui allait se passer, mais l'occasion ne s'est pas présentée.

Elle laissa retomber la tête et soupira.

— Honnêtement, Lavinia, est-ce bien de cela qu'il s'agit ?

— Non.

Lavinia se sentit rougir.

— J'étais fébrile, certes, mais c'était précisément parce que... je savais ce qui allait se passer.

Sa mère resta muette de stupeur pendant un instant. Puis la lumière se fit jour dans son esprit et une lueur brilla dans ses yeux. Elle se leva d'un bond.

— Pour moi, il était comme mon époux, plaida Lavinia, dont les oreilles se mirent à bourdonner.

Un voile noir commença à envahir son champ de vision. Elle se concentrait désespérément sur le visage de sa mère. Le visage blême et glacial de sa mère.

— Nous devions nous marier. Il avait promis de m'épouser !

— Qui est-ce ? siffla sa mère entre ses dents.

Lavinia essaya de reprendre sa respiration.

— George. Je l'aimais. J'aurais...

La violence de la gifle la fit tituber. La douleur irradia dans sa pommette, un élancement aigu qui lui donna envie d'éternuer.

— Le marquis de Stowe !

Sa mère tremblait de rage, la bouche grimaçante.

— Cette famille, éructa-t-elle. Cette maudite famille. Elle ne m'a rien laissé. Elle ne m'a épargné aucune vilenie.

Lavinia la dévisageait, effarée, les doigts pressés sur sa joue.

— Mais... papa les a volés !

— Parce qu'il était obsédé par cette folle ! cracha sa mère. Cette catin. C'est par elle que tout a commencé.

Lavinia n'avait jamais vu le visage de sa mère déformé ainsi par la haine.

La mère de George, la duchesse de Weston, était folle, c'était de notoriété publique. George avait refusé de lui parler d'elle. Lavinia s'était parfois demandé si elle aurait dû insister, lui dire qu'elle se souvenait de sa mère dans sa serre, en train de cueillir des fruits brillants et parfumés. Lui dire que, dans sa mémoire, sa mère était belle et bonne. Pas folle. Simplement féerique.

Son père non plus ne lui en avait jamais parlé.

— Je me suis réjouie quand ils l'ont internée dans cet asile, et quand elle est morte.

Des marbrures apparurent sur le visage de sa mère.

— Mais ce n'est visiblement pas terminé. Vingt ans plus tard, elle continue à me gâcher la vie.

Lentement, Lavinia se pencha pour ramasser le vase. La porcelaine était fraîche dans ses paumes.

Elle avait voulu dire la vérité à sa mère.

Elle ne se doutait pas de l'aveu qui fuserait de la bouche de celle-ci.

Son père... et la duchesse. *Dieu tout-puissant !* Une vague de dégoût la submergea. Son père avait-il joué un rôle dans l'internement de la duchesse de Weston, comme pour Effie ?

Les liens d'amitié entre sa famille et celle de George, une amitié qui remontait à bien avant sa naissance et qui avait duré jusqu'à ce que les méfaits de son père soient révélés, ces liens reposaient depuis le début sur un mensonge.

L'amour que lui portait son père était faussé. Il l'avait toujours été.

Ou peut-être n'était-ce même pas de l'amour.

Elle envisagea un instant de fracasser le vase contre la cheminée en marbre mais finit par le reposer doucement sur la table.

Tout était différent, mais rien n'avait changé.

Elle était tellement fatiguée.

Elle joignit les mains devant sa taille et réussit à regarder calmement sa mère.

Cette dernière respirait bizarrement, comme si elle sanglotait, mais sans larmes.

— Je me suis réjouie quand tu t'es fiancée à Anthony.

Elle s'interrompit pour reprendre sa respiration, puis elle poursuivit :

— Ma fille, la nouvelle duchesse de Weston, allait renvoyer l'ancienne aux oubliettes. Mais Anthony s'est révélé être le digne rejeton de sa mère. Et maintenant, j'apprends que tu...

Elle serra les poings.

— Que tu as joué à la putain avec son frère.

Cela faisait plus mal encore que la gifle. Lavinia eut le réflexe de grimacer un sourire. Les larmes lui piquaient les yeux, mais elle les retenait encore.

— Très bien, murmura-t-elle, toujours avec son affreux sourire. Alors nous avons toutes les deux appris quelque chose ce soir.

Elle ne devait plus rien à ses parents, à présent. Absolument rien.

Au même instant, la porte s'ouvrit en grand.

La domestique qui entra avec un plateau gardait la tête baissée. C'était une jolie fille au pas léger. Elle posa le plateau et s'esquiva rapidement en balançant les hanches.

Beth ! Non, Nan ! Oui, c'était son prénom. L'insolente qu'elle avait tancée à la gare de Bodmin. Lavinia, stupéfaite, la suivit du regard.

— Ma chérie.

Elle sentit tout tourner autour d'elle, et sa mère se précipita.

— Pardonne-moi !

Elle prit les mains de Lavinia dans les siennes.

— Ma chérie, je...

Elle s'interrompit et laissa échapper un cri étouffé en soulevant la main de Lavinia.

Un certain temps s'écoula pendant lequel elles fixèrent toutes les deux ses articulations à la peau rugueuse et ses ongles sales, puis Lavinia libéra sa main.

— Enfile-moi ça, lui ordonna sa mère en arrachant ses gants.

— Pourquoi ?

Lavinia prit les gants et les jeta sur une causeuse. La vision de Nan restait imprimée sur sa rétine. Cette fille aurait dû se trouver en Cornouailles, à Fowey. Avec Cranbrook.

Soudain, Lavinia sentit son corps peser comme du plomb. Elle vit sa mère s'asseoir et leur servir deux tasses de thé.

— Assieds-toi, lui dit sa mère. Parlons calmement.

Elle tapota le coussin près d'elle.

— Il est ici ! dit Lavinia.

— Bien sûr que non, coupa sa mère avec impatience.

Elle mit du sucre dans une des tasses et la lui tendit.

Lavinia la vit regarder subrepticement vers la porte. Quelle menteuse ! Comme son père. Comme tous les autres. Sauf Neal, peut-être. Mais avec Neal, elle avait menti pour deux.

Elle ne voulait plus y repenser.

— Assieds-toi, répéta sa mère d'une voix bien trop douce.

— Cranbrook est revenu, fit Lavinia d'une voix étranglée. Il est à Londres.

Le rire de sa mère sonnait faux.

— Oh ! Eh bien, oui, il est à Londres, admit-elle en reposant sa tasse sur le plateau. Mais il n'est pas à la maison. Il est à son club.

— Vous ne me l'avez pas dit !

— Je pensais que tu le savais. Que tu étais venue pour le voir. Pour que vous vous réconciliez.

— C'est vous que je suis venue voir.

Lavinia fixait la porte, qui pouvait à tout moment s'ouvrir sur son ignoble mari.

— Je le croyais à Fowey.

— Il est revenu immédiatement à Londres, expliqua sa mère en fronçant les sourcils. Pour engager des détectives. Il redoutait un mauvais coup. Un kidnapping. Il m'a fait pitié. Il est très inquiet.

Ce fut au tour de Lavinia de rire.

— Pauvre homme !

— Ce n'est pas seulement un homme, s'emporta sa mère, qui tapa de la main sur la table, faisant s'entrechoquer le service à thé. C'est un duc et c'est ton époux.

Lavinia contempla les doigts minces et pâles, la bague qui scintillait et les ongles bien polis qui luisaient doucement.

— Il ne sera jamais mon époux, déclara-t-elle, surprise elle-même par l'ampleur de son soulagement.

— Ma chérie...

Lavinia croisa le regard de sa mère.

Ma chérie.

Putain.

Ces mots ne pouvaient plus l'atteindre.

— Il est encore temps, décréta sa mère en se levant. Un homme jauge l'innocence de sa femme à son comportement. Après tout, nous sommes en 1883. Les nuits de noces ne sont pas toutes forcément... bibliques. Si tu donnes une impression de chasteté, de docilité et de timidité... il ne se doutera de rien.

Lavinia se rendit compte qu'elle secouait vigoureusement la tête.

— Non.

— Allons !

Sa mère baissa la voix et se mit à siffler :

— Feindre la modestie est certainement dans tes cordes. Tu en as appris les subtilités dans cette école en France, non ?

Lavinia rit de nouveau, d'un rire qui résonna désagréablement à ses propres oreilles.

— Un jour, je vous raconterai ce que j'ai appris de la modestie au Manoir.

Elle reprit sa respiration.

— « *Divorcée*[1] » sonne bien en français. *Divorcée*[2].

Les yeux de sa mère se réduisirent à deux fentes.

— Tu n'es absolument pas en mesure de demander le divorce.

— Mais lui, oui.

Lavinia contourna sa mère et se dirigea vers la porte.

— Il est proche du lord chancelier. Il m'a promis de faire appel à lui pour libérer ton père. En cas de divorce, il continuera à croupir en prison, lança sa mère. Et moi, je me retrouverai à la rue. Et toi ? Que deviendras-tu ?

Arrivée à la porte, Lavinia se retourna. Fatale erreur. Sa mère était livide.

— Tu iras grossir les rangs des prostituées ?

Ses épaules s'affaissèrent, mais ses yeux étincelaient.

— Ah ! Le marquis de Stowe avait un penchant pour la compagnie des prostituées. Tu aurais peut-être dû t'y mettre plus tôt.

— Il y a tellement de choses que j'aurais dû faire plus tôt.

Lavinia posa la main sur la poignée de la porte.

— Adieu, mère, conclut-elle, mais sa mère se leva et la suivit dans l'entrée, balbutiant des phrases incohérentes à son oreille.

Ses paroles la poursuivirent tandis qu'elle s'échappait, sortait en courant de la maison et grimpait dans le fiacre qui attendait. Elles se gravaient dans son cerveau.

---

1. En français dans le texte. *(N.d.T.)*
2. En français dans le texte. *(N.d.T.)*

« Et s'il refuse le divorce ? S'il préfère te garder avec lui ? Il en a le droit. Et alors ce sera pire que tout ce que tu peux imaginer. »

Lavinia s'adossa à la banquette, frémissante.

Elle avait toujours eu une imagination fertile. Et plus encore quand il s'agissait du pire.

Une nuit épaisse l'entourait de tous côtés. Où aller ?

La serre scintillait dans ses souvenirs, avec ses petits soleils qui brillaient au milieu des rameaux verts.

Elle finit par indiquer une adresse au cocher.

Elle conserva les yeux grands ouverts tandis qu'ils roulaient dans la nuit.

Pour la deuxième fois de la soirée, Lavinia se retrouvait à frapper à la porte d'un duc. Dieu merci, Anthony avait renvoyé Collins. Le nouveau majordome était taillé dans un bois plus tendre. Il lui suggéra doucement qu'il ne serait pas opportun de déranger le duc de Weston, avant de capituler et de la laisser entrer.

La troisième porte à laquelle elle frappa à l'étage s'ouvrit brusquement.

— Lucy ! s'exclama Anthony. Je...

Il s'interrompit.

— Votre Grâce, fit-il avec un petit sourire au coin des lèvres.

Il appuya une épaule contre le chambranle de la porte et croisa les bras, ses muscles saillant sous le coton blanc de sa chemise de nuit qui s'arrêtait au-dessus du genou.

Il ne portait pas de pantalon.

Un autre que lui aurait paru bête, peu à son avantage, ainsi surpris en vêtement de nuit.

Anthony, lui, ressemblait à Achille.

Elle les haïssait, George et lui. Elle les haïssait à cause de leur beauté, de leur argent, de leur pouvoir et de l'influence dévastatrice qu'ils avaient eue sur sa vie.

— Qu'est-ce qui me vaut le plaisir de la visite à cette heure indue de l'illustre duchesse de Cranbrook ?

La froide ironie perceptible dans la voix d'Anthony tranchait avec la chaleur rude et la franchise de Neal. Dire qu'autrefois cette suffisance aristocratique la charmait ! Aujourd'hui, c'était difficile à imaginer.

— Ne m'appelez pas ainsi ! siffla-t-elle en le fusillant du regard. Si ça continue, je vais finir par tuer un duc, et il se pourrait bien que ce soit vous !

— Vous êtes venue pour me tuer ?

Anthony simula un soupir de résignation, comme s'il était fréquent que des gens fassent irruption chez lui avec des intentions meurtrières.

C'était peut-être le cas. Moins dissolu que George, Anthony avait toutefois la même propension à se faire des ennemis.

— Faites vite, dans ce cas, ou Lucy vous devancera.

Il la regarda avec dédain.

— Nous étions en train de nous disputer, et elle est partie en courant chercher un couteau de cuisine.

Lavinia tiqua. Il n'avait pas l'air spécialement troublé par cette dispute. Lucy, sa femme, avait grandi dans l'East End et n'avait pas sa langue dans sa poche ; elle était sans fortune, pas vraiment jolie et peu encline à faire des concessions. Une artiste à tendance bohème. Maintenant qu'elle était duchesse de Weston, elle devait probablement s'emporter à cause d'œufs mal pochés, ce qui devait amuser Anthony.

— Cela m'étonne qu'elle ne porte pas de couteau sur elle, murmura Lavinia. Je me rappelle l'avoir vue traîner derrière elle un sac contenant tout un bric-à-brac, où l'artillerie devait tinter contre les flacons d'acide.

La première fois qu'elles s'étaient rencontrées, Lucy avait tiré un flacon de son sac et avait volontairement taché la robe de Lavinia. Cela partait d'un bon sentiment, puisqu'elle voulait lui prouver que la soie verte de sa robe était teintée à l'arsenic. Néanmoins, Lavinia avait très mal vécu cet acte de destruction barbare.

Anthony se mit à rire. Il adorait visiblement les excentricités de sa femme. Jamais elle n'avait vu ses yeux briller d'un tel éclat.

Il s'étira, posa un bras sur le montant de la porte et la dévisagea d'un air plus amène. Autrefois, ils aimaient plaisanter tous les trois, Effie, Anthony et elle.

— Lavinia, dit-il d'une voix redevenue si normale qu'elle faillit défaillir de soulagement.

Duchesse.

Ma chérie.

Putain.

Il hésita.

— N'attendez pas de moi des excuses au sujet de votre père.

— Je n'en attends pas.

Elle avait du mal à parler.

— On prétend que la vengeance est plus douce que le miel. On dirait que cela vous a réussi.

Il avait coupé ses cheveux ras depuis la dernière fois qu'ils s'étaient vus. La coupe austère soulignait l'audace et la régularité de ses traits grecs, et faisait ressortir ses yeux verts, en particulier sous cet éclairage tamisé.

Son sourire s'était évanoui.

— C'est le mariage qui me réussit.

Elle lâcha un petit ricanement incrédule, mais c'était pourtant la vérité. Anthony avait trouvé le bonheur avec cette femme si originale.

— Quant à ma vengeance, reprit-il, si j'avais pu vous épargner, vous et votre maman, je l'aurais fait.

Elle n'en doutait pas. Anthony l'avait toujours traitée avec gentillesse, y compris durant leurs grotesques fiançailles. Elle aurait aimé le détester, mais elle ne le pouvait pas. C'était impossible.

Et pourtant, Dieu sait qu'elle lui en voulait. Elle lui enviait son bonheur.

Il attendait une réponse de sa part. Elle ouvrit les mains en signe d'impuissance. Le procès de son père avait signé sa chute. Peu importait que le dommage ait été collatéral.

— Qu'est-ce que cela aurait changé ?

— Rien, je présume.

Il haussa les épaules, et son visage se durcit.

— Comme vous l'avez dit, un duc en vaut un autre. Mais je n'aurais jamais misé sur Cranbrook. Bien joué, Votre Grâce.

Ses dents blanches étincelèrent.

— Vous retombez toujours sur vos pieds.

— Mes pieds ? fit-elle avec un petit rire strident. Ils sont en sang.

Anthony se raidit et parut se rendre compte alors de l'état piteux de ses souliers et de sa robe toute froissée.

— Ma foi, vous dites vrai ! constata-t-il en laissant retomber ses bras.

Les ampoules de Lavinia saignaient. Elle passait d'un pied sur l'autre, misérable, et se demandait avec terreur comment elle allait faire pour repartir seule dans la nuit.

— Lavinia, reprit Anthony d'une voix adoucie, qu'est-ce qui vous amène ici ?

— Le destin.

Elle évitait son regard et essayait de persifler, mais son menton tremblait.

— Quand j'étais petite, j'ai lu dans les étoiles que je finirais un jour à Weston Hall.

— Je ne vous crois pas, répliqua-t-il, impassible. J'ai rompu nos fiançailles, certes, mais ne me faites pas croire que je vous ai brisé le cœur.

— Pas vous, souffla-t-elle. Mais votre frère, oui.

Anthony allait peut-être à son tour la traiter de putain. Elle se força à le regarder dans les yeux. Leur feu la pétrifia.

— Les étoiles se trompaient, dit-elle. Ou alors mon interprétation était fausse. J'aurais plutôt dû lire dans les taches noires qui les séparent. La nuit qui a précédé la mort de George, nous nous sommes retrouvés dans la bibliothèque de lady Lytton, pendant le bal.

Le visage d'Anthony s'était figé comme un masque.

— Je craignais d'être enceinte, poursuivit-elle en relevant crânement le menton, se tenant très droite pour compenser la honte qu'elle éprouvait. Il m'a dit de ne pas m'inquiéter. Que nous nous marierions si vite que le docteur lui-même n'y verrait que du feu. Le lendemain, il volait ce yacht et se noyait.

— Nom de Dieu ! jura Anthony.

Son poing frappa violemment le cadre de bois. Si elle ne s'était pas sentie si faible, elle aurait bondi sur le côté. Mais elle se contenta de le regarder sans bouger.

— Et l'enfant ? s'enquit-il.

Elle secoua la tête et vit des étincelles passer devant ses yeux.

— Une fausse alerte.

Anthony avait le regard sombre. Sa belle bouche s'incurva avec amertume.

— Comme j'ai été aveugle, murmura-t-il en se frottant le front. Crénom de nom, dire que je n'ai rien vu !

Elle comprit brusquement que ce mépris était dirigé contre lui-même.

— Qu'auriez-vous pu voir ? dit-elle en haussant les épaules. Vous étiez loin, en train de guerroyer.

Anthony avait été soldat pendant plusieurs années, dont une partie en Orient, loin des intrigues fomentées dans les salles de bal londoniennes, des petits coups tordus et masqués que déforment dans leurs récits les personnes les mieux averties.

— Personne ne savait, ajouta-t-elle.

— Et votre mari ?

Anthony fronçait toujours les sourcils en scrutant son visage. Un frisson la traversa avant qu'elle ait pu se ressaisir.

Il laissa échapper un petit sifflement, et elle comprit qu'il était déjà en train de reconstituer l'histoire.

— Lui encore moins que les autres.

Elle avait baissé la voix, comme si le simple fait de prononcer le nom de Cranbrook pouvait le faire apparaître.

— Il ne sait rien de moi. Il ne sait même pas où je suis en ce moment. J'ai compris qu'il m'était impossible d'être son épouse pendant la réception qui a suivi la cérémonie.

Les muscles du visage d'Anthony s'étaient contractés au niveau des yeux et du nez.

— Le mariage n'a pas été...

Elle serra les poings.

— ... consommé. Je me suis enfuie. Je suis d'ailleurs toujours en fuite. Peut-être puis-je obtenir une annulation.

Ses ongles s'incrustèrent dans la chair tendre de ses paumes.

— Cherche-t-il à se débarrasser de vous ? interrogea Anthony d'une voix tendue. Le souhaite-t-il au point de faire l'aveu de sa propre impuissance ?

Dieu du ciel, elle tremblait comme une feuille. À ses oreilles résonnait de nouveau le rire de Cranbrook repoussant l'élixir de lord Browning.

Inutile.

Le vieux bouc se vantait de sa virilité.

— Si ce n'est pas le cas, poursuivit Anthony en secouant la tête, c'est vous qui violerez les termes du contrat de mariage. Votre époux a des droits sur vous, et vous, vous avez des devoirs envers lui. Vous ne pouvez pas revenir sur votre consentement sur un caprice. Car c'est ainsi que la cour verra les choses.

— Mais vos avocats devraient bien trouver quelque chose, après avoir réussi à envoyer mon père en prison.

Elle réunit toutes ses peurs, toutes ses craintes et essaya de les exprimer dans son regard.

— Il faut que vous m'aidiez.

Elle attendit sa réponse, plus morte que vive.

— Vous aider ? fit-il avec un infime mouvement de recul. Légalement, tout dépend de votre mari. Je ne peux rien faire.

— Ne dites pas de bêtises ! Il y a toujours une solution, lança une voix un peu rauque.

Lucy. La duchesse de Weston.

Elle rejoignit Lavinia et regarda sévèrement Anthony. Ses cheveux étaient dénoués, et elle serrait un chat contre sa poitrine.

— Mais nous ne la trouverons pas ce soir. Regardez-la. Elle est anéantie. Dans un instant, elle va s'effondrer.

Elle dévisageait Lavinia d'un regard perspicace. La plupart des femmes, en tout cas de celles que connaissait Lavinia, se seraient déchaînées contre une ancienne fiancée de leur mari qui serait venue le trouver dans sa chambre au beau milieu de la nuit. Mais celle-ci s'était interposée pour prendre la défense de l'intruse.

Peut-être se souvenait-elle que, peu de temps auparavant, c'était elle qui avait fait figure d'intruse.

Et si c'était pour mieux la perdre ?

Le doute fit se redresser Lavinia.

— Je ne suis absolument pas anéantie.

Lucy se débattait avec son chat, qui tournait en rond dans ses bras.

— C'est bientôt moi qui vais anéantir cette sale bête si elle ne se calme pas.

Elle souleva l'animal, dont les griffes s'accrochèrent à la dentelle de son déshabillé de soie. Elle soupira et détacha les griffes une à une.

— Ce que je voulais dire, c'est que j'ai eu faim et que j'ai été fatiguée. Et je sais voir quand quelqu'un est affamé et épuisé. Aïe !

Elle tira un dernier coup sur le tissu et se pencha pour laisser le chat sauter à terre. Puis elle se redressa et reporta son attention sur Lavinia.

— Vous avez besoin d'une soupe chaude et d'une bonne nuit de sommeil.

— Mmm.

Lavinia serra les lèvres. Une soupe chaude. Mortifiée, elle entendit son estomac émettre un gargouillis révélateur. Elle appuya ses mains sur son ventre et se redressa. Lucy l'observait, sans montrer ni pitié ni satisfaction. Elle attendait simplement que Lavinia se rende à l'évidence.

Cette dernière soupira. Pourquoi compliquer les choses ? Si Lucy avait choisi de lui offrir l'hospitalité, alors elle pouvait bien, elle, choisir de l'accepter.

— Un souper léger ne me ferait pas de mal, acquiesça-t-elle avec raideur.

Accepte gracieusement sa proposition.

— Merci, ajouta-t-elle.

— Parfait, dit Lucy avec un grand sourire désarmant qui la rendit presque jolie. Une soupe chaude. Et de l'eau encore plus chaude. On va vous faire couler un bain. Anthony, vous voulez bien demander à Mme Perkins de préparer une chambre ?

— Et aussi…

Lavinia hésita mais, toute honte bue, elle se lança.

— Mon fiacre attend en bas. Avec ma malle. Je crois que je n'ai pas de quoi le payer.

Anthony fronçait les sourcils. Lucy hocha la tête et planta les poings sur les hanches.

— Vous avez entendu ? dit-elle en se tournant vers son mari. Allez donc payer le fiacre. Et faites-nous monter de la soupe. Avec du thé.

Lentement, Anthony secoua la tête. Lavinia sentit son cœur chavirer, mais il ne refusait pas d'obéir à l'ordre de sa femme. Il obtempérait, un peu sidéré par sa réaction.

— Incroyable, marmonna-t-il tout bas. Vous êtes incroyable.

Le regard qu'il échangea avec Lucy fit baisser les yeux à Lavinia. La boule qui se forma dans sa gorge était due autant à la jalousie qu'au soulagement.

Après un long moment, Anthony laissa échapper un soupir dramatique.

— Laissez-moi au moins enfiler un pantalon.

— Pourquoi ? observa Lavinia avec une grimace, levant les yeux au ciel. La moitié de Londres vous a déjà vu dans cette tenue.

Lucy grommela tout bas. L'année précédente, elle avait peint un portrait d'Anthony nu, qui avait provoqué un tollé au salon d'été de l'Académie royale des arts. Le public s'était rincé l'œil.

Le cocher allait probablement lui en présenter une reproduction et lui demander de la lui dédicacer.

Anthony ouvrit la bouche, avant de la refermer avec un bruit de bouchon qui saute. Son regard passa de Lucy à Lavinia, puis il haussa les épaules et se dirigea avec nonchalance, jambes nues, vers l'escalier.

— Pas besoin de l'encourager, souffla Lucy en le suivant du regard, et ce fut au tour de Lavinia de grommeler.

C'était certainement un étourdissement dû à cette longue et harassante journée chargée en émotions qui la submergea soudain d'une chaleur bienfaisante. Ce n'était pas de l'amitié. Et pourtant… elle et Lucy dans le couloir, épaule contre épaule… cela ressemblait presque à de la camaraderie.

— Il n'a jamais eu besoin d'encouragements, confirma Lavinia.

Soudain, une vague d'épuisement la terrassa, à tel point qu'elle crut qu'elle allait s'effondrer sur place.

Une heure plus tard, elle grimpa dans le grand lit moelleux avec l'intention d'écrire dans son journal, mais ses membres lourds de fatigue l'emportèrent et elle sombra dans le sommeil.

Elle rêva qu'elle était à Weston Hall, pas maintenant mais des années auparavant, par une belle et chaude journée d'été. Ses parents étaient dans le jardin en train de prendre le thé avec le duc et la duchesse. George était là, lui aussi, se prélassant près de la fontaine, tandis qu'Anthony et Effie jouaient à se poursuivre dans les bosquets.

Elle les observait, perchée dans un arbre, et se mit à pouffer alors que la partie de cache-cache commençait.

— Où est Lavinia ? L'avez-vous vue ?

Ils étaient tous en bas en train d'arpenter le jardin en l'appelant.

— Lavinia ! Ma Vinnie ! Lavinia !

Elle se réveilla brièvement quand le soleil darda ses rayons par une fente entre les rideaux, mais comme aucun coq ne chantait, elle bascula de nouveau dans le sommeil et dormit cette fois d'un sommeil sans rêves.

16

— Mais, mon pauvre ami, tu ne l'avais donc jamais vue en photographie ?

Le rire sonore d'Alan s'éleva jusqu'aux poutres de la maison du jardinier. Il avait écouté l'histoire – expurgée – des deux Mme Pendrake sans broncher. Chose rare, car Alan avait tendance à devancer ses interlocuteurs et à les interrompre avec des remarques qui partaient dans tous les sens. C'était un travers qui l'avait rendu impopulaire à l'école.

Neal regrettait déjà de lui avoir parlé.

— Bien sûr que non !

Il s'appuya contre le dossier de sa chaise et croisa les jambes, une botte sur le genou. C'étaient de belles bottes, qui prenaient bien la jambe. S'excusant mentalement auprès de son grand-père, il avait fini par jeter à la poubelle les vieilles bottes cavalières.

Les yeux d'Alan pétillaient derrière son pince-nez. C'était tout lui d'appuyer là où cela faisait mal. Mais nom d'une pipe ! Neal n'était pour rien dans cette supercherie. Comment aurait-il pu se douter qu'une débutante perfide profiterait de ce qu'il n'avait jamais vu Muriel Pendrake ?

— Muriel est une botaniste, ajouta-t-il sans pouvoir réprimer sa mauvaise humeur. Elle ne pose pas pour des réclames pour de la pâte dentifrice.

— Le ciel nous en préserve ! murmura Alan, faisant mine d'être horrifié.

Son ton et ses sourcils relevés ne laissaient aucun doute sur ce qui lui trottait dans la tête : il repensait aux amours compliquées de Neal dans le passé.

— Depuis quand te méfies-tu d'un joli sourire ?

— Depuis aujourd'hui, répliqua Neal. Et cesse de sourire comme Raminagrobis. Cela ne te convient guère.

Alan sourit à nouveau de toutes ses dents, qu'il avait très belles. Bien loin d'être pointues ou dégoulinantes de venin comme les auraient dessinées les caricaturistes.

— Te souviens-tu de Gareth Bidmaid ? interrogea-t-il. C'est moi qui ai rédigé la critique de sa dernière œuvre, une opérette en un seul acte qui ne vaut pas tripette. Tu gâcherais ta soirée.

— Je ne risque pas d'y aller, grommela Neal.

Ses goûts ne le portaient pas vers l'opérette mais, si cela avait été le cas, le nom même de Gareth Bidmaid aurait suffi à le décourager.

— S'il m'adresse à nouveau la parole, poursuivit Alan, ce dont je doute, rappelle-moi de lui raconter toute l'histoire, pour me faire pardonner. Je ne donnerai pas les noms.

Il leva la main comme pour prévenir une objection.

— L'anonymat de Mme Pendrake sera respecté. Mais ce serait dommage de passer à côté d'une telle histoire. Une intrigue toute prête ! Bidmaid lui-même n'arrivera pas à la massacrer.

— Comme c'est aimable à toi, déclara sèchement Neal. Descendre en flammes un auteur et lui offrir une farce en compensation.

— Bah ! fit Alan. C'est un ami.

Neal éclata de rire à son tour.

— Et où en es-tu de ton propre chef-d'œuvre ?

Il se leva, s'étira et contourna les meubles pour aller ouvrir la porte. Une brise légère envahit la pièce. Il appuya une épaule contre le montant de la porte et, par réflexe, tâta ses poches.

Son cerveau avait toujours un temps de retard.

Plus d'étui à cigarettes. Il l'avait donné à Lavinia.

— Je l'ai terminé.

Alan caressa ses favoris avec une nonchalance étudiée. À Oxford déjà, il s'habillait comme un philosophe de l'époque des Lumières. Pour Neal, ce cliché du vénérable homme de lettres était un peu éculé, mais la plupart des gens voyaient les choses différemment.

— Passons à la suite !

La voix d'Alan s'infléchit de ce mélange si caractéristique chez lui d'arrogance et d'ironie. Il regarda attentivement Neal, en pleine réflexion. Soudain, il se leva.

— Alors comme ça, la première Mme Pendrake est partie rejoindre son époux, dit-il lentement.

Il rejoignit Neal à la porte.

— Et la seconde en cherche toujours un.

Neal haussa les épaules et ignora le sourire d'Alan pour contempler le grand jardin éclaboussé de taches roses, blanches et vertes. Des rosiers et des peupliers.

— C'est ce que j'ai cru comprendre.

Lavinia n'avait confié qu'un mot très court à Mme Lampshire.

Je suis attendue à Londres. Bonne cueillette.

Il avait longuement contemplé son écriture si particulière.

Muriel et lui s'étaient effectivement régalés en cueillant les plantes. Ils étaient allés jusqu'à l'extrémité de la péninsule de Lizard et étaient revenus paisiblement à Londres, et en excellents termes. Elle était réfléchie et instruite, et sa conversation s'était révélée bien plus animée que ne le présageaient certaines pages de son manuscrit. Quand ils en avaient parlé et qu'il lui avait fait part, en hésitant, de ses suggestions, elle l'avait chaleureusement remercié.

— Il manque à ce *libretto* un dernier rebondissement, fit remarquer Alan en frappant le montant de la porte avec sa canne pour attirer son attention. Il faut à la fin intervertir les couples d'amoureux.

Il envoya sa canne sur la droite.

— Mme Pendrake avec le mari de la fausse Mme Pendrake. Et la fausse Mme Pendrake...

Sa canne partit sur la gauche et vint heurter la poitrine de Neal.

— ... avec toi !

— Nom de Dieu ! s'exclama Neal en repoussant vigoureusement la canne.

— C'est d'ailleurs celle dont j'aimerais faire la connaissance.

Alan frappa encore deux coups sur le montant.

— Je m'incline devant l'intelligence qui sait improviser. Il est évident que le mari n'est pas à la hauteur. Mais je me demande d'ailleurs si toi, tu serais à la hauteur.

— Comment ça, pas à la hauteur ?

Trop tard, Neal se mordit les lèvres. Bigre ! Voilà qu'il passait pour un amoureux jaloux !

Alan sourit de toutes ses dents. Il adorait tendre des pièges. Mais quand il reprit la parole, sa voix était presque douce.

— Tu cherches une compagne qui soit intellectuellement ton égale pour l'épouser. C'est bien ce que tu m'as dit, n'est-ce pas ? Et c'est ce qui t'a poussé à entreprendre cette petite excursion prétendument botanique.

Un rayon de soleil fit miroiter les verres de son pince-nez alors qu'il se tournait vers le jardin.

— Dans la vraie vie, mon vieux, c'est la botaniste originale que tu dois épouser : Mme Muriel Pendrake.

Il donna un dernier coup de canne et sortit dans l'allée.

Il avait toujours adoré les sorties théâtrales.

Neal le suivit, et Alan lui lança un regard malicieux.

— Redis-moi le nom de la fausse Mme Pendrake.

Neal le foudroya du regard.

— Lavinia.

Comme si Alan l'avait oublié ! Ce salaud n'oubliait jamais rien.

— Tu es sûr qu'elle est partie retrouver son mari ?

— Sûr et certain, grinça-t-il entre ses dents.

Ce voyou prétentieux l'avait trahie, mais elle lui était encore visiblement très attachée. Au Red Lion, à Truro, il l'avait senti dans sa voix. Le vœu qu'elle avait formulé concernait George.

— C'est un libertin ? Jeune et beau ?

— Arrête avec ta foutue maïeutique, gronda Neal. Mais oui, elle m'a donné l'impression très nette qu'il s'agissait d'une belle canaille, un homme à femmes qui l'a souvent trompée.

— Et ils sont mariés depuis un bon moment, ou plutôt un mauvais vu ce que tu me racontes, compléta pensivement Alan.

Neal hésita. Si Alan réussissait à identifier la jeune femme… Et puis zut ! Il voulait savoir, et en même temps il ne voulait pas. Il se mordit la langue, espérant que cette dernière réaction l'emporterait sur la première.

— Je crois que son nom est George, dit-il, lâchant le dernier élément dont il disposait, et il se rendit compte avec désespoir qu'il était suspendu à la réponse d'Alan.

Ce dernier s'était arrêté de marcher. Le soleil avait chassé les ombres et dispensait une chaleur inhabituelle. Il supportait néanmoins sa longue redingote. Il dévisagea calmement Neal avant de secouer lentement la tête.

— Je ne connais personne dans mon entourage qui puisse correspondre à cette description.

Il avait pourtant l'air de celui qui réfléchit, les sourcils froncés. Une idée avait germé dans son esprit.

Neal pinça les lèvres. Qu'est-ce que cela pouvait bien faire si Alan l'identifiait ? Lavinia était mariée. Elle avait retrouvé son époux. Qu'y avait-il d'autre à savoir ?

Néanmoins, il ne pouvait détacher son regard du visage d'Alan.

Une mouche bourdonnante rompit le silence. Alan la chassa comme s'il chassait également le cours qu'avaient suivi ses pensées. Il plissa le nez devant un rosier.

— Qu'arrive-t-il à ces fichues roses ?

Neal souffla par le nez.

— Ce sont les limaces, lâcha-t-il enfin en s'approchant pour examiner les feuilles.

Alan en attrapa une et la tendit vers le ciel sans nuages. On voyait du bleu à travers les trous.

Il rapprocha la feuille des verres de son pince-nez, puis la rabaissa en soupirant.

— La ponctualité n'est pas le point fort de Mme Pendrake, n'est-ce pas ?

Il tendit la feuille à Neal.

— Tu crois qu'elle est passée par la maison ?

Neal regarda au-delà de la pelouse en direction d'Umfreville House, résidence des ducs d'Umfreville à Londres. Alan s'y était installé quand son frère aîné, le duc actuel, était parti à l'étranger avec sa famille.

Il fit un geste de dénégation.

— Je lui ai dit de nous rejoindre à la maison du jardinier.

Le cottage, un charmant petit pavillon avec un figuier en espalier qui encadrait la porte, était inoccupé depuis quelque temps, et Alan l'avait mis à la disposition de Neal pendant la durée de son séjour en ville.

— Elle a dû commencer par faire un tour dans les jardins, reprit-il.

Il savait que c'était la vérité. Ils fonctionnaient de la même façon. Il soupira, et Alan haussa les sourcils.

— Alors, tu vas te déclarer, comme prévu ?

Neal lâcha la feuille et suivit du regard sa chute virevoltante tout en se maudissant. Il avait quitté Londres avec l'intention de demander sa main à Muriel Pendrake quand ils seraient au Lizard.

Puis tout avait déraillé.

Quand il était enfin arrivé au cap Lizard avec la vraie Mme Pendrake, ils avaient passé leurs journées à étudier à la loupe les algues rares. Il n'y avait eu ni dîners intimes ni pique-niques. Ils avaient assisté à des réunions organisées par des ornithologues. Ils étaient partis en randonnée avec des instituteurs locaux amateurs de botanique.

Neal se massa la nuque. Il n'avait pas la moindre idée de ce qu'il allait faire.

— Chut ! Écoute !

Alan attrapa Neal par l'épaule et l'obligea à pivoter.

Muriel venait d'apparaître au milieu des peupliers, à l'autre bout du jardin.

Quand Neal l'eut rejointe, il lui serra la main. Ils s'étaient quittés voilà seulement deux jours sur le quai de la gare de Paddington, mais il était heureux de ces retrouvailles.

— Bonjour.

Elle lui serra le bras avec effusion et adressa un signe de la main à Alan, qui approchait à une allure d'escargot.

— Pardonnez mon retard, dit-elle. J'ai voulu venir à pied et je me suis complètement perdue. J'ai fini par repérer un monsieur qui avait fait partie d'une délégation en Chine. Nous avons eu une conversation passionnante sur la pose des câbles télégraphiques. Quel jardin magnifique ! s'exclama-t-elle à l'intention d'Alan quand il fut à portée de voix. Je suis arrivée par le mauvais chemin, mais ce petit pont bordé d'ifs est charmant.

Au bout de quelques minutes, Alan et Muriel bavardaient comme deux vieux amis en flânant dans l'allée.

Neal les laissa marcher devant et s'assit sur la margelle d'une fontaine. Il avait invité Muriel dans le but de la présenter à Alan. Celui-ci était en mesure de confier ses *Souvenirs* en de bonnes mains. La question était : exercerait-il ce pouvoir ? Tout dépendait de Muriel et de sa capacité – ou de celle de son ouvrage – à faire bonne impression sur lui.

En les voyant marcher devant lui, il savait déjà à l'attitude d'Alan et en entendant son rire qu'il n'avait pas de souci à se faire.

Alan s'était tout de suite pris d'amitié pour Muriel.

Et pourquoi pas ? Lui aussi s'était pris d'amitié pour elle. Et sa mère en ferait autant. Ses sœurs, ses frères et ses cousins aussi… Elle les mettrait tous dans sa poche. N'était-ce pas ce qu'il désirait ?

Quand il se leva enfin et qu'il les rejoignit près des plates-bandes de tulipes, Muriel souriait. Un sourire indéniablement charmant. C'était une femme indéniablement charmante. Sa compagnie était indéniablement charmante.

Un papillon passa en battant des ailes vers les arbres comme pour ajouter à cette perfection. Elle contemplait le papillon d'un air satisfait.

Elle savait bien sûr qu'il s'agissait d'un *vanessa cardui.* Tous deux le savaient.

Alan, qui parlait des éditeurs, jeta un regard en coin à Neal.

— Nous allons chez Otis & Boyd. Otis est toujours dans son bureau à cette heure de la journée. Il adore les récits de voyage, et les gros pavés ne lui font pas peur.

— Formidable !

Neal tâchait d'exprimer à Alan sa gratitude et à Muriel son enthousiasme.

— Allez-y donc tous les deux. Moi, je file à Varnham. Je préfère être sur place pour surveiller la livraison de Bornéo.

Un silence s'installa, seulement troublé par le bourdonnement des abeilles.

— Vous ne nous accompagnez pas ?

Muriel ne semblait pas contrariée, seulement déçue.

— Mais je serais de trop, non ?

Neal se sentit rougir. Cela n'avait rien à voir avec le soleil, mais plutôt avec l'impression qu'il se comportait peut-être comme un goujat.

Il jeta un coup d'œil à Alan, mais celui-ci s'était composé un visage impassible. *Pas d'avis de ce côté-ci.*

Dans le *libretto*, Neal finissait avec Lavinia.

Mais, dans la vraie vie, Neal et Muriel allaient parfaitement ensemble.

Il avait déjà vécu un scénario similaire. Il avait commis trop d'erreurs qui s'étaient terminées par des drames. Les cheveux de sa mère en étaient devenus blancs. Il avait manqué les derniers mois de son père, et même ses funérailles. Il avait laissé son meilleur ami se faire mordre par une vipère. Sa vie sentimentale avait été un désastre. Il fallait qu'il fasse le bon choix. Et pourtant…

Il était tombé amoureux d'une femme mariée qu'il ne reverrait jamais.

Il n'y avait rien qu'il puisse faire. Il avait déjà commis l'ultime erreur.

Il ne pouvait plus faire la cour à Muriel. Il avait gâché ses chances de partager sa vie.

— Vous serez mieux sans moi.

Il l'avait dit avec trop d'empressement et essaya de tempérer son ton.

— J'ai hâte que vous me racontiez tout.

— Ce soir au dîner ? demanda Muriel en penchant la tête. Si nous nous retrouvions au Criterion ? Leur cuisine au curry est tout simplement divine.

— Pas ce soir.

Bonté divine, quel imbécile il faisait !

— Le déchargement va sûrement me prendre une bonne partie de la soirée.

Il s'éclaircit la voix.

— Nous vous verrons à votre conférence samedi. Et nous dînerons ensemble après. Tu es aussi convié, bien entendu, ajouta-t-il en jetant un regard en biais à Alan.

— Bien entendu, répéta Alan en écho, les sourcils haussés.

— Je ferai signe à Hitchens.

— Et pourquoi pas à Bidmaid, pendant que tu y es ? ironisa Alan. Ce sera très festif.

Neal le foudroya du regard, mais Alan s'était penché pour cueillir un brin de lavande.

Au bout d'un moment, Muriel haussa les épaules.

— Comme vous voudrez.

Cela ne semblait pas la déranger outre mesure. Mais, comme ils se dirigeaient tous les trois vers la maison, elle dit en soupirant :

— Je crois que nous ne réussirons jamais à nous retrouver en tête à tête. Mais ça ne me dérange pas de parler devant vous deux, Neal.

Son sourire s'était évanoui. Son expression était farouchement déterminée.

Neal sentit son col le serrer. Soudain, il eut du mal à déglutir. Alan ralentit et faillit retenir son ami par la manche pour l'empêcher de basculer en arrière.

— Neal, la réponse est oui.

Elle semblait avoir vidé tout l'air de ses poumons.

— Je suis sensible au fait que vous ne m'ayez pas harcelée, que vous m'ayez invitée en Cornouailles, montré Truro, que jamais vous ne vous soyez impatienté. Que vous m'ayez laissée arriver seule à cette conclusion.

Un oiseau pépia. Non, pas un oiseau. C'était Alan qui sifflotait. Tout était logique, et pourtant rien n'était comme il le fallait.

Qu'était-elle en train de lui dire ?

Le soleil, le sifflotement allègre d'Alan, la haie verdoyante, cette femme parfaite à côté de lui, toutes les pièces du puzzle s'emboîtaient parfaitement. La journée magnifique se fissurait sur un immense gâchis que lui seul voyait.

Qu'avait-il fait ?

Neal regardait le visage de Muriel, sur lequel s'épanouissait un sourire radieux.

— On se sent si merveilleusement bien, n'est-ce pas, une fois qu'on a pris sa décision ? fit-elle avec un soupir de satisfaction, cette fois.

Aucun mot ne vint à l'esprit de Neal.

Dans la maison, ce fut elle qui lui prit la main.

— Je ne suis pas inquiète pour l'organisation. Mais il fallait que je vous le dise. À partir du moment où je l'ai su, j'ai eu un mal fou à le garder pour moi.

Ils se regardaient, debout l'un en face de l'autre. Il ne savait pas quoi dire, comment dissiper cette incroyable confusion dont il était responsable, alors il se tut, laissant le temps s'étirer, jusqu'au moment où il comprit qu'il était arrivé à ce point de l'histoire où il fallait qu'il l'embrasse.

Sapristi ! Était-il *fiancé* ?

Elle releva le menton.

— Muriel.

Comment le lui dire gentiment ?

— Muriel, je vous ai...

— En route pour Otis & Boyd ?

Elle regarda Alan par-dessus l'épaule de Neal. Ce dernier se détourna et fourra les mains dans ses poches.

— Allons-y, décréta Alan en brandissant sa canne. Sinon, notre sémillant Otis, l'éditeur le plus besogneux de Londres, avide de nouveaux talents, risque de filer à son club plus tôt que prévu.

— Surtout pas ! Il n'y a pas un instant à perdre.

Muriel emboîta le pas à Alan, tout en lançant à Neal un grand sourire par-dessus son épaule.

— Bonne chance pour la livraison de Bornéo. J'espère qu'il y aura encore des plantes carnivores. Ce serait merveilleux !

Le regard qu'Alan adressa à son ami était nettement plus perplexe.

Quand ils eurent disparu, Neal demeura cloué sur place.

Il était piégé entre les deux Pendrake.

Bidmaid se serait probablement mieux débrouillé que lui avec ce scénario. Impossible de faire pire.

Dieu du ciel ! Il avait tout gâché.

Il finit par se reprendre et s'en aller en coupant par Hyde Park pour rejoindre les pépinières de Varnham, seul.

17

L'air étincelait. Quand Lavinia ferma les yeux, une explosion d'étoiles jaillit derrière ses paupières closes. La serre sentait l'essence de térébenthine et le vernis au lieu des parfums de fleurs et de fruits. Les tableaux avaient remplacé les plantes. Il y en avait partout, empilés contre les murs, posés sur des chevalets.

Mais la lumière… la lumière, elle, n'avait pas changé.

Elle effectua un lent mouvement circulaire.

— Que pensez-vous de ce portrait ?

La voix de Lucy la fit sursauter. Elle l'avait oubliée. Elle avait également oublié son numéro de séduction pour que Lucy l'emmène ici.

Elle lui avait tendu une embuscade ce matin-là pendant qu'elles prenaient leur petit déjeuner. « Votre tante m'a chanté les louanges de votre dernière œuvre. Il me tarde tellement de la voir ! Si vous saviez comme l'art m'a manqué ! »

— Oh !

Des taches bleues et rouges papillotaient encore devant ses yeux, et elle essaya de se concentrer au hasard sur un tableau.

— Est-ce celui-ci ? Mais c'est merveilleux !

— Pourquoi avez-vous voulu venir ici ?

Lucy la dévisageait avec une intensité qui la déconcerta. Ses yeux brillaient comme de l'or liquide au milieu de cette débauche de lumière.

— Quelque chose me dit que ce n'était pas pour admirer mon *Chasseur au repos*.

Elle lui désigna une petite toile sur un chevalet au centre de la pièce. Lavinia plissa les yeux et fronça le nez. Bien que le tableau soit inachevé, on reconnaissait entre mille le chat si déplaisant de Lucy. Elle avait saisi son expression presque humaine. On aurait dit un étrange vieillard recouvert de fourrure.

Son dégoût n'échappa pas à Lucy, qui se mit à rire.

— Cela ne plaira pas non plus au public. Tante Marian a toujours eu un faible pour moi et pour M. Malkin.

— Le public est indulgent quand vous peignez Anthony tout nu, marmonna Lavinia.

Elle examina les autres toiles exposées. Des scènes de la ville. Mais qu'en était-il des autres peintures rangées contre le mur ?

— Puis-je ?

Elle se dirigea vers l'une d'entre elles et la retourna.

C'était bien Anthony. Mais pas nu, loin de là. Vêtu d'un pantalon et d'une redingote, assis sur un canapé vert dans une pièce sombre avec des boiseries dorées, remplie de meubles et de bibelots, il posait avec une jeune femme aux cheveux de jais juchée sur l'accoudoir du canapé.

Effie.

Lucy surgit à ses côtés et lui retira le tableau des mains. Les joues de Lavinia s'empourprèrent. Elle avait fait preuve d'impolitesse en s'emparant du tableau sans attendre sa permission. Mais Lucy ne reposa pas la toile face contre le mur. Elle l'installa sur un chevalet vide et fit un pas en arrière, les mains sur les hanches. Elle ne paraissait pas fâchée. Ou en fait, si.

Elle fronçait exagérément les sourcils. Mais Lavinia se rendait compte que c'était son expression habituelle, la plupart du temps. Cela signifiait qu'elle était en train de réfléchir.

Parlerait-elle ?

Lavinia attendit, avec des questions qui lui brûlaient les lèvres au sujet du tableau et de ce regard brisé qu'elle lisait dans les yeux d'Effie.

Effie était partie en Amérique, assez brutalement pour ce qu'en savait Lavinia. Le sujet avait été clos aussi rapidement qu'il avait surgi.

Il était tabou. Bien des sujets étaient tabous à Weston Hall.

Après cette première nuit, Lavinia et Anthony avaient marché sur des œufs. Ils avaient parlé de Cranbrook, de la meilleure façon de l'approcher, mais ils avaient soigneusement évité d'évoquer George ou le père de Lavinia. Par un accord tacite, ils demeuraient réservés quand la conversation les menait sur un terrain qui ne pouvait qu'être douloureux et exacerber les loyautés des uns et des autres.

Toute la semaine, ce calme avait prévalu.

Lucy finit par se détourner du chevalet. Un pli profond creusait son front.

— Vous vous souvenez aussi d'elle ? demanda-t-elle.

Elle.

Elle ne parlait pas d'Effie.

— La duchesse de Weston ? interrogea Lavinia avant de se rendre compte que Lucy était désormais la nouvelle duchesse de Weston.

Mais Lucy ne parut ni gênée ni contrariée. Elle hocha la tête, et son bras décrivit un vaste cercle.

— De son vivant, cet endroit était rempli de figues et de raisins. Anthony en parle comme d'un jardin d'Éden en miniature.

— Vraiment ?

Lavinia sentit de nouveau une boule se former dans sa gorge. Les lèvres de Lucy souriaient quand elle parlait d'Anthony. Cette petite femme frisée et inflexible était amoureuse d'un homme qui l'aimait en retour et qui l'avait épousée.

Il lui en coûta de sourire, mais elle y parvint.

— Un vrai décor de conte de fées, reconnut-elle. C'est ainsi que je le voyais. Il y avait aussi un citronnier. J'ai un souvenir de citrons au-dessus de ma tête.

Elle fit un pas vers Lucy, en direction de l'endroit où s'était trouvé l'arbre depuis longtemps disparu.

— C'est l'un de mes plus anciens souvenirs. Et le plus heureux aussi. Le citronnier était juste ici.

— Voilà pourquoi vous vouliez venir ici avec moi. Pas par amour de l'art.

Lucy inclina la tête pour rajuster une épingle à cheveux, sans grand résultat.

Lavinia se mordit les lèvres. Inutile de nier. Elle avait eu tellement envie de revoir ce lieu, point de départ de ses rêves. Curieusement et malgré tous ces changements, elle n'était pas déçue.

— C'était un endroit extraordinaire.

Son sourire était bien plus sincère, cette fois-ci.

— Je suis heureuse de constater qu'il l'est resté.

— Par des journées comme aujourd'hui, il y fait chaud comme dans un four, objecta Lucy en s'éventant. Anthony m'a promis de me faire construire un vrai atelier, ajouta-t-elle presque timidement, comme si elle-même ne pouvait croire à sa bonne étoile.

Pour une fois, elle partageait un sentiment commun à tous. À Londres, personne n'en avait cru ses yeux. Elle, une orpheline de Shoreditch, avec un duc beau à damner un saint ! On ne voyait cela que dans les contes.

Lavinia pinça les lèvres, mais le regard de Lucy s'attardait sur la serre.

— Cela me manquera de ne plus peindre ici, malgré tout, soupira-t-elle. Peut-être en referai-je un jardin d'hiver où je ferai pousser du raisin et des figues. Et des citrons, ajouta-t-elle en regardant Lavinia.

— Vous pourriez aller aux pépinières de Varnham, dit Lavinia, dont la voix se fêla.

Elle-même se retenait chaque jour d'y aller. Pour quoi faire ? Pour se torturer ? Pour se rappeler que Neal était en train de pique-niquer dans une crique en Cornouailles avec Muriel Pendrake ?

— Mmm..., fit Lucy en se dirigeant vers un chevalet. Nous avons tout le temps. Il faut maintenant que je termine cet hommage à ce représentant méconnu de la gent féline. Vous pouvez rester à me regarder mélanger mes couleurs si vous n'avez rien de plus amusant à faire.

— Je n'ai, hélas, pas grand-chose d'amusant à faire, répondit amèrement Lavinia.

Confuse, elle se laissa tomber sur un banc de marbre. Mais les mots se pressaient dans sa bouche.

— Je suis sur le point de me retrouver divorcée et au ban de la société. De duchesse, je vais devenir une moins que rien.

Lucy s'immobilisa, puis se retourna lentement.

— Pas divorcée, répliqua-t-elle.

Son regard se fit pénétrant.

— Peut-être acceptera-t-il une annulation.

Cranbrook sauverait son honneur ainsi, s'il réussissait à imputer l'absence de consommation du mariage au tempérament de Lavinia. Ou à son anatomie. C'était ainsi que raisonnait Anthony.

— Dans ce cas...

Lavinia étreignit le rebord du banc de marbre.

— On me prendra pour une femme dérangée, on ne me manifestera plus aucune considération, je perdrai mon rang de duchesse. Quelle perspective réjouissante.

L'annulation valait à peine mieux que le divorce. Mais les deux options étaient préférables à celle de rester mariée.

— Non, pas réjouissante, mais moins mauvaise, rectifia-t-elle en abandonnant son air bravache.

Oh, mon Dieu. Des larmes. La lumière se troublait devant ses yeux. Une deuxième ride apparut sur le front de Lucy, puis une troisième.

Il fallait que cela cesse. Elle s'entendit pourtant continuer d'une voix précipitée :

— Jamais elles n'accepteront de me revoir… mes amies. Il m'était déjà difficile de me montrer dans Londres quand il y a eu ce scandale avec mon père, alors maintenant ! Agnès aura pitié de moi. Cora me regardera de haut. Et Élise fera comme si je n'avais jamais existé.

— En voilà de bonnes amies ! commenta Lucy, les mains sur les hanches. Il y a mieux, tout de même.

Par son attitude et ses propos, elle avait l'air plus âgée que sa très vieille et très acerbe tante.

— Mieux ? reprit Lavinia avec une grimace. Mes amies font partie du gratin. Elles sont riches, élégantes, courtisées, titrées…

— Et épouvantables, acheva Lucy. Ce sont des pies qui jacassent à tort et à travers. Elles sont insupportables.

Lavinia éclata de rire avant de soupirer.

— Je suppose que moi aussi, j'étais insupportable.

— Vous supposez seulement ? fit Lucy avec un clin d'œil malicieux.

Lavinia rougit. Elle avait été affreuse avec Lucy. Et dire que celle-ci avait été si bonne avec elle !

— Je l'étais, c'est vrai, admit Lavinia en détournant le regard. Et je me rends compte aujourd'hui que tout cela n'est que vanité. La fameuse bonne société. J'essaie de me dire que je me fiche d'être ostracisée. Bon débarras. Mais…

Elle hésita et regarda de nouveau Lucy en face. Comprendrait-elle son dilemme ?

— J'ai été si longtemps populaire. C'est la seule vie que je connaisse.

Dès qu'elle eut prononcé ces mots, l'évidence la terrassa. Quelle autre perspective s'offrait à elle ?

— Je ne peux pas faire volte-face et aller à Girton !

Dans le silence assourdissant qui suivit, elle eut tout le temps de regretter ce cri du cœur.

— Girton ? répéta Lucy en haussant les sourcils. Mazette !

— Je ne veux pas dire que je suis sotte, reprit Lavinia en défroissant sa jupe avec un peu trop d'énergie. Je suis tout à fait capable d'aller à Girton.

— Admirable projet, approuva Lucy avec un sec hochement de tête.

Une seconde plus tard, Lavinia entendit son épingle à cheveux tomber sur le carrelage.

— Flûte !

Lucy repoussa ses boucles indisciplinées, souleva un pied, puis l'autre pour tenter de retrouver son épingle.

— Là, sur votre gauche. Attendez, je vais la ramasser.

Lavinia quitta son banc et s'accroupit pour chercher à tâtons cette fichue épingle tombée entre les pieds du chevalet. Quand elle l'eut attrapée, elle recula en se tortillant et se cogna contre Lucy qui, accroupie, fut déséquilibrée et s'étala par terre. Surprise, Lavinia retomba à son tour sans douceur sur ses fesses.

Les dalles étaient chaudes, même à travers leurs jupes.

Deux duchesses, affalées par terre.

Mais quelles duchesses ! Aucune des deux n'était à proprement parler une lady. Lavinia songea en elle-même que cette posture était bien appropriée.

— Votre Grâce.

Elle tendit l'épingle à Lucy avec un soupir.

— Merci.

Lucy piqua l'épingle dans ses cheveux, rangea ses jambes sous elle et ne fit aucun effort pour se relever.

— Vous avez un œil de lynx, plaisanta-t-elle. Alors comme ça, vous voulez aller à Girton.

— Je ne vais pas à Girton, répliqua Lavinia en remontant ses genoux contre sa poitrine.

Elle se sentait plus petite, dans cette pièce si aérée, sous la haute verrière.

— Je disais juste que je pourrais y aller mais que...

Elle s'interrompit. Pourquoi s'épancher davantage ?

— Sapristi, dit-elle tout bas.

— Que comptez-vous faire ? s'enquit Lucy avec un regard en biais.

Ses yeux étaient plus perçants que jamais, mais la situation était déconcertante. Dire qu'elles étaient assises toutes les deux par terre comme deux fillettes jouant à la poupée !

— Je ne sais pas.

Lavinia enfouit son menton entre ses genoux.

— J'aimerais être un chat.

Lucy pouffa. Oui, Lavinia avait bien entendu : elle avait pouffé.

— Vous feriez une jolie chatte, gloussa-t-elle. Je vous peindrais et j'accrocherais votre portrait à côté de mon *Chasseur au repos*.

Quelle fille originale. Il était facile de parler avec elle, une fois qu'on avait compris comment elle fonctionnait. Une duchesse qui faisait fi des convenances et disait ce qui lui passait par la tête.

Lavinia commençait à apprécier sa compagnie.

— Comme ce doit être plaisant de savoir peindre, reprit-elle en allongeant les jambes et en s'appuyant sur son coude.

— En effet, acquiesça Lucy.

Elle eut ce même hochement brusque de la tête mais, cette fois-ci, ses épingles restèrent à leur place.

— Mais vous savez, c'est plaisant de faire n'importe quoi du moment qu'on le fait bien.

Lavinia pensa subitement aux petits pains au safran. Savoir les préparer, les cuire et les manger. Elle revit la façon dont Neal rangeait ses plantes dans son *vasculum*. La façon dont il...

Elle se redressa.

— Je crois que vous avez raison.

— Et vous, pour quoi êtes-vous douée ?

Lucy la regardait avec curiosité, convaincue que Lavinia avait une réponse à lui offrir. Qu'elle avait des atouts.

Or, elle possédait bel et bien un don.

— J'écris, lui dit-elle, aussi surprise que Lucy par cette réponse.

Elle se mit à rire. Mais c'était vrai, et il n'était pas si ridicule de le revendiquer au cours d'une conversation avec une artiste.

— Moi, je peins des tableaux avec des mots, ajouta-t-elle en relevant le menton pour prévenir toute objection.

Mais Lucy n'était absolument pas dans cette disposition d'esprit. Elle paraissait enchantée.

— Vous pourriez écrire des chroniques dans un journal ! s'exclama-t-elle. Pour *The Queen*, par exemple. Vous faire un nom en tant qu'arbitre de la mode ou du costume de théâtre. Vous pourriez interviewer tante Marian.

Lavinia tressaillit à cette idée formidable. Elle en savait effectivement long sur la mode. Et la tante de Lucy travaillait comme costumière au théâtre et habillait ses actrices préférées.

— J'adorerais ça, je pense, dit-elle lentement.

Mais Lucy ne voyait pas cela comme une distraction.

— Vous voulez dire que je pourrais en faire mon métier ?

— Écrivain, fit Lucy en levant les mains comme pour consacrer le terme. Vous toucheriez un revenu. Ça n'irait pas bien loin, pour être honnête. Mais cela améliorerait votre quotidien. Vous pourriez écrire dans la salle de lecture du British Museum et rencontrer un tas de gens très intéressants. Vous iriez moins souvent au bal, mais vous rejoindriez le Club littéraire féminin.

Lavinia sentit son pouls s'accélérer. Le visage animé et parsemé de taches de rousseur de Lucy la frappa soudain par sa beauté surnaturelle, comme un phare d'espérance dans la nuit.

— Je pensais plus à des romans qu'à des chroniques…

— C'est encore mieux ! Faites les deux. Des chroniques *et* des romans. Devenez un phénomène littéraire. Oui, c'est ce qu'il faut que vous fassiez.

Lucy sauta sur ses pieds.

— Eh bien, voilà une bonne chose de réglée.

Elle fit volte-face avec un grand sourire.

— Maintenant, si vous voulez bien m'excuser, il faut vraiment que je m'occupe de ce portrait.

Lavinia l'observa qui s'affairait sur une table au plateau de marbre, ouvrant des boîtes et alignant des pots. Le sang battait à ses oreilles. L'odeur piquante et les rayons brûlants du soleil contribuaient à lui donner le tournis.

Elle s'humecta les lèvres.

— Par quoi dois-je commencer ?

— Par écrire !

Lucy lui jeta un coup d'œil par-dessus son épaule et ponctua sa phrase en agitant un drôle de petit couteau aplati.

— Écrivez tous les jours. Écrivez un roman.

— C'est déjà fait.

Lavinia se redressa comme un ressort. Elle oscilla un instant tandis que tout tournait autour d'elle. Puis elle serra les poings, et le monde retrouva son aspect normal de briques, de fer et de verre. Avec, au-delà des murs de la serre, l'herbe verte, les tulipes roses et jaunes.

— J'ai déjà écrit un roman. La première partie, du moins.

Sur la dernière page, le pirate, dont le bateau avait été saisi par les sbires du duc tyrannique, gisait au fond d'un immonde cachot pendant que la duchesse élaborait un plan pour le soustraire aux galères.

Il était aisé de reconnaître le duc tyrannique.

Tout comme la duchesse.

— Excellent.

Lucy mélangea du blanc et du violet sur sa palette et reporta son attention sur son chevalet.

— L'étape suivante consiste à le faire publier.

Lavinia avala sa salive. Un scandale n'allait pas arranger ses affaires. Mais elle était déjà un scandale ambulant.

Elle deviendrait célèbre. La célébrité faisait vendre. Qu'avait-elle à perdre ?

Il fallait qu'elle reprenne soigneusement son roman pour le présenter à un éditeur.

Elle avait une claire vision de ce qu'elle allait faire, comme si l'air de cette serre la dotait de pouvoirs extrasensoriels.

En revanche, elle n'avait pas la moindre idée de ce qu'était la profession littéraire ni de son fonctionnement. Mais elle connaissait le nom de quelqu'un qui, lui, s'y entendait.

Et il se trouvait qu'il était critique d'art.

— Lucy ?

Consciente que son destin se jouait sur la question qu'elle s'apprêtait à poser, elle parla avec une fermeté surprenante.

— Avez-vous déjà entendu parler d'Alan De'Ath ?

18

Ce n'était pas très malin de se promener dehors quand on était recherchée par son époux. Mais elle devait saisir sa chance, alors au diable la sagesse.

Cinq jours s'étaient écoulés depuis la conversation de Lavinia avec Lucy dans la serre, trois depuis la visite d'Alan De'Ath à Weston Hall, et deux depuis l'entretien désastreux d'Anthony avec Cranbrook.

Pendant ce temps, plusieurs points s'étaient éclaircis.

L'annulation était impossible. Cranbrook avait explosé devant Anthony, l'accusant de conspiration et d'adultère et menaçant de débarquer à Weston Hall pour récupérer de force ce qu'il estimait être son bien.

Lavinia avait essayé de ne pas trop y penser. Essayé et presque réussi parce que... parce qu'une carrière littéraire était bel et bien envisageable. C'était du moins ce que M. De'Ath lui avait laissé entendre. Il avait emporté son manuscrit et lui avait envoyé un mot le soir même pour l'inviter à le rejoindre, lui et « une tierce personne qui serait intéressée », à Regent's Park le samedi après-midi. Elle préférait donc se concentrer sur cet événement, qui marquerait le début de sa deuxième vie en tant que femme de lettres.

Quand était arrivé le samedi, son hésitation avait été de courte durée. Anthony lui avait pourtant fortement déconseillé cette aventure. Il était revenu de son entretien avec Cranbrook furieux et les mâchoires serrées. Il n'était pas loin de faire d'elle une nouvelle Hélène et de Weston Hall une nouvelle Troie assiégée. Mais la chance avait voulu qu'il quitte la maison tôt, dans le but d'influer sur un vote au Parlement avec d'autres chahuteurs de la Chambre des communes. Le garçon rebelle et insolent dont se souvenait Lavinia semblait désormais prendre plaisir à faire de la politique. Et, à son grand étonnement, à ce qu'il paraissait, il se révélait être un politicien doué.

Tous faisaient confiance au lord qui posait en petite tenue.

Lucy, qui avait passé la matinée à arpenter le hall, d'une humeur massacrante à cause d'une mauvaise critique dont avait récemment écopé son amie Gwen Burgess, n'était pas davantage convaincue. Elle avait néanmoins suivi Lavinia en tapant du pied et s'était engouffrée dans la voiture.

La circulation fut très dense jusqu'au parc. Quand elles eurent péniblement atteint l'entrée sud, Lavinia ouvrit en grand la portière et sauta à terre devant le cocher sidéré. Près du pavillon des nénuphars, elle dut s'arrêter pour laisser à Lucy le temps de la rejoindre. Elles étaient en retard. Elle priait pour qu'elles n'aient pas manqué le rendez-vous.

En quelques enjambées, elle distança de nouveau Lucy. Elle atteignit la serre et scruta du regard les jardins enserrés entre deux allées circulaires, une extérieure et une intérieure. Des couples se promenaient au milieu des rosiers. Un enfant pleurait dans les bras de sa nourrice.

— Mademoiselle Laliberté ?

Alléluia. Elle fit volte-face.

Alan De'Ath était assis sur un banc à l'ombre d'un mûrier. Il se leva à son approche, en refermant un petit livre d'un coup sec.

— Vous ai-je fait attendre longtemps ?

Quelle question idiote ! Ses yeux tombèrent sur l'ouvrage qu'il tenait à la main. Il avait eu le temps de lire... Elle essaya de déchiffrer le titre. Il était écrit en grec. Elle sentit ses espoirs vaciller. Le grec était pire encore que le latin. Que pouvait bien valoir son roman aux yeux d'un érudit comme lui ?

— Les minutes ont passé vite.

Il fourra son livre dans sa poche et ôta ses lunettes pour en frotter les verres sur sa manche. Curieusement, son regard n'en paraissait que plus pénétrant.

— *A contrario*, celles que j'ai passées dans ce fiacre ont duré une éternité, répondit-elle avec un charmant sourire. Nous n'avons guère parcouru plus d'un mile, mais j'ai eu l'impression d'aller jusqu'en Chine.

Son sourire faiblit. En Chine ! Quelle comparaison déplacée. Elle était déjà suffisamment tendue ; inutile de se rappeler son ignorance de la faune et de la flore de ce pays, sans parler de la langue.

— Eh bien...

Elle essaya de se reprendre alors que Lucy la rattrapait enfin.

— Nous voici.

— *Tout à fait*[1].

Il n'y avait qu'une pointe de moquerie dans sa voix. À Weston Hall, il s'était adressé à elle exclusivement en français jusqu'au moment où Lucy était intervenue en bougonnant au-dessus de sa tasse de thé :

— Elle n'est pas française. C'est un nom de plume.

Ce à quoi M. De'Ath avait rétorqué en feignant la surprise :

— Ah, un nom de plume ! En ce cas, mademoiselle Laliberté, mes compliments pour votre accent.

L'accent de Lavinia était correct.

1. En français dans le texte. *(N.d.T.)*

Celui de M. De'Ath était impérial. Presque napoléonien.

À plusieurs reprises, alors que Lucy et lui parlaient d'art, elle s'était surprise à l'examiner. Il était si différent de Neal qu'elle avait du mal à croire qu'ils soient amis. Il faisait au bas mot dix ans de plus, avec ses lorgnons et ses favoris, sa veste couleur prune et son pantalon à carreaux. Il avait l'air sorti d'une autre époque.

Maintenant qu'elle le voyait en plein jour, elle revenait sur sa première impression. Il n'était pas ratatiné. Conventionnel, sûrement. Peut-être même un peu guindé. Sa tenue vestimentaire était impeccable, élégante et terriblement démodée.

Mais, debout, il mesurait un bon mètre quatre-vingts, et il était doté d'épaules assez larges pour bloquer une porte.

Des études universitaires poussées ne réalisaient pas de tels miracles sur le physique d'un individu. Était-ce seulement dû à la natation ?

— Votre roman m'a plu, déclara-t-il. C'est un bon exemple du genre. Envoûtant, à vrai dire. Toutes ces descriptions de la côte ouest et de la houleuse mer Celtique...

Son sourire s'élargit.

— Cela m'a donné envie d'accepter l'invitation faite par un de mes vieux amis à venir le voir en Cornouailles.

Elle devait être écarlate. À cause de ses éloges. Et parce qu'il avait mentionné son vieil ami des Cornouailles. Alan De'Ath était un lien entre et Neal. Elle pouvait lui dire, là maintenant, qu'elle connaissait l'ami dont il parlait. Mais à quoi cela servirait-il ?

Un jour, dans un an ou plus tard, bien plus tard, elle céderait à son impulsion et irait aux pépinières de Varnham à Londres, ou même à celles de Truro, et essaierait de surprendre Neal au travail. Elle le supplierait d'aller faire un tour avec elle, de lui accorder une heure de conversation, juste par amitié. Il ne le lui refuserait pas. Il était tellement gentil. Il serait alors le père d'enfants aux cheveux clairs, sa maison serait remplie d'os de dinosaures et de lys, et Muriel, comme Lucy, se montrerait très aimable si Lavinia faisait irruption chez elle, bien plus gentille qu'elle ne l'aurait été elle-même dans une telle situation. Le temps aurait passé, et cela ne la ferait plus autant souffrir de les observer de l'extérieur, exclue de ce cercle chaleureux où régnaient l'amour et l'affection.

Mensonge ! Cela serait comme un poignard plongé dans son sein. Il fallait qu'elle lutte contre cette tentation de toutes ses forces. Maintenant, avec M. De'Ath, et aussi plus tard. Elle devait rester vigilante.

— Merci, dit-elle d'une voix rauque. Et merci de m'aider à essayer de le publier.

— J'ai bien un éditeur en tête, reprit M. De'Ath en chassant un grain de poussière d'une de ses manchettes d'un blanc immaculé, dont le bouton en or étincela.

— Vous voulez parler de la tierce personne qui serait intéressée ?

Elle détourna les yeux et examina les jardins. La foule des estivants se déplaçait autour des massifs de roses et le long des parterres fleuris.

— Peut-être allons-nous interrompre sa promenade en famille ?

Les banquiers traitaient leurs affaires à la banque. Les juristes réglaient les leurs dans leurs cabinets. Mais, apparemment, les personnes lettrées pouvaient discuter n'importe où de leurs affaires. Et pourquoi pas, après tout, puisqu'elles traitaient précisément de la condition humaine ?

M. De'Ath parla doucement.

— Il est spécialisé dans la vente de romans pour les revues illustrées.

— Des revues illustrées ? intervint Lucy. Ne s'agit-il pas, en ce qui nous concerne, d'une romance maritime ?

Elle n'attendit même pas la réponse de Lavinia et s'adressa directement à M. De'Ath :

— Vous avez vu les croquis de marines faits par Gwen. Elle en a exposé quelques-uns au Salon au printemps. Vous étiez sous le charme.

— Ses études à l'encre et au crayon ? En effet !

M. De'Ath plissa les yeux tout en réfléchissant.

— *Vues marines*, je crois que c'est ainsi qu'elle les avait appelées.

— Elles donneraient vie au roman ! Et si on charge Gwen de l'illustrer, cela lui redonnera courage.

Lucy se hissa sur la pointe des pieds, toute à son enthousiasme, et totalement inconsciente du fait qu'elle défendait son propre point de vue.

— Je sais que cette critique a dû l'anéantir. Vous devriez aller à son atelier...

Lavinia cessa de suivre le cours de la conversation. Encore cette Gwen Burgess. Elle finit par toussoter. L'objet de cette expédition n'était-il pas sa carrière à elle ? Elle n'avait pas beaucoup de temps. Tôt ou tard, elle allait tomber sur une connaissance.

Pire, sur quelqu'un payé par Cranbrook pour la retrouver.

— Ce spécialiste dont vous parlez, les interrompit-elle, il est ici ? Vous comptez me le présenter ?

— C'est effectivement mon intention. Mais d'abord...

M. De'Ath fit tournoyer sa canne et la pointa vers un bâtiment situé de l'autre côté de l'allée intérieure. Il était modeste comparé à l'imposante serre qui s'élevait au premier plan, avec son altière structure en fer et en verre reposant sur des briques.

Lucy fit la grimace.

— Je me sens incapable d'assister à une conférence dans l'immédiat. Pas aujourd'hui.

— Je suis prêt à parier que la conférence est terminée.

M. De'Ath se mit à marcher au milieu des arbres, adoptant un rythme décontracté.

— Mais il y a encore du travail à faire au niveau du *libretto*.

Les deux jeunes femmes échangèrent un regard, et Lucy secoua la tête.

— Ne me posez pas de questions, soupira-t-elle avant d'emboîter le pas à M. De'Ath.

Un instant plus tard, Lavinia les suivit docilement.

19

Les questions et les commentaires fusèrent dès la fin des applaudissements. Muriel, rayonnante, s'appuya sur le pupitre tandis que, au premier rang, le rond et dyspeptique professeur Murray, qui surgissait toujours dans les amphithéâtres tel un champignon vénéneux, se répandait en louanges inhabituelles.

Neal frémit quand un étudiant en pharmacie se leva pour interroger Muriel sur les propriétés médicinales de la sauge chinoise. Puis Winston Reeves, un ancien collègue du père de Neal, prit la parole. Reeves jugeait les femmes incapables de mener des recherches scientifiques rigoureuses ; la mère de Neal l'avait un jour chassé d'un dîner universitaire en le tirant par l'oreille.

— Les fougères que vous décrivez, celles qui poussent au pied des chutes d'eau dans le Penang, il faudrait les montrer à des experts. J'espère que vous en avez rapporté quelques spécimens pour la communauté scientifique. Je connais un ptéridologue qui…

— Je l'ai fait. J'ai déjà envoyé des spécimens à Kew, le coupa Muriel en hochant la tête avec enthousiasme. En réalité, je suis en train de rédiger un article sur leurs caractéristiques morphologiques pour le *Magazine de botanique* en me concentrant sur leurs structures reproductives. Cette espèce m'a aidée à mieux comprendre l'alternance entre les spores et les générations sexuées.

Quand elle prononça le mot « sexuées », on entendit des exclamations étouffées et des rires. Reeves était bouche bée. Muriel continua en souriant :

— Si vous me donnez votre adresse, je vous ferai parvenir un exemplaire de cette revue.

Son air indulgent froissait visiblement la vanité de Reeves. Neal le vit se raidir.

Sa mère aurait bien ri.

— Ah ! fit Muriel. Je vois une main levée au fond.

Les questions se poursuivirent.

Neal sentit qu'on lui donnait un coup de coude et regarda Simon Hitchens sur la chaise d'à côté, qui lui lançait un regard de connivence. Il comprit tout de suite ce qu'il signifiait et soupira.

Oui, Muriel était merveilleuse.

Mais il n'avait pas envie de l'épouser, tout simplement.

Au lieu de le lui dire en face, il l'évitait. Il aurait aimé se confier à Alan, mais voilà que celui-ci l'évitait aussi, à moins qu'il ne soit absorbé par son nouveau projet d'écriture. Il n'était même pas venu à la conférence.

Comme les questions se raréfiaient et que le public se dispersait en petits groupes animés, Neal se leva et se fraya un chemin parmi les auditeurs pour aller féliciter Muriel. Il n'était pas le seul à avoir eu cette idée. Il rejoignit un semblant de file qui s'était formé et attendit son tour en se balançant sur ses pieds, les mains dans les poches.

Muriel faisait de grands gestes en parlant à un homme replet avec des favoris, dont le costume aux motifs écossais détonnait dans l'assistance. Il s'agissait de son ancien employeur et du plus grand concurrent de Varnham, Robert Edevane. Neal détourna les yeux et aperçut Alan de l'autre côté de l'amphithéâtre. Il alla le retrouver en fronçant les sourcils.

— Je t'avais gardé une place, lui dit-il en appuyant un doigt sur sa poitrine. Et je me suis retrouvé coincé entre Hitchens et Bidmaid, merci bien !

— Bidmaid est venu, finalement ?

Alan regarda avec dédain le doigt de Neal.

— J'avais dit à Otis de le traîner ici, mais on ne peut jamais se fier à personne. Les gens sont si imprévisibles.

Neal baissa la main, les mâchoires serrées. Bien entendu, Alan avait immédiatement deviné son agacement et avait décidé de l'asticoter.

— Une leçon de vie pour la postérité, grinça-t-il. Mais là, j'ai bigrement besoin de pouvoir compter sur toi. S'il te plaît. Je me suis mis dans un sale pétrin. La situation avec Muriel est...

— Nous en reparlerons plus tard, tu veux bien ?

Alan se détourna pour faire signe, apparemment sans succès, à quelqu'un à l'autre bout de la salle. Il haussa les épaules, puis se retourna vers son ami avec une lueur étrange dans les yeux.

— Je reviens tout de suite.

Avant de traverser la cohue, il lui lança par-dessus son épaule :

— Ne te sauve pas.

— Cesse de me donner des ordres, répliqua Neal, qui se maudit aussitôt pour son mouvement d'humeur.

On aurait dit qu'il avait dix ans et qu'il se disputait avec son frère Jory. Sans trop regarder, il décida de se rendre de l'autre côté de la salle. Il éprouvait soudain une envie irrésistible de fuir. Impossible de rester une minute de plus dans l'amphithéâtre, sans parler d'aller dîner au Criterion : Muriel dupée et heureuse, Alan et Bidmaid effectuant des passes d'armes savamment chorégraphiées, Hitchens jouant à l'entremetteur suffisant et dissertant d'une voix monocorde sur les iguanodons sans le dixième du talent de Lavinia.

Non, il allait disparaître tout de suite. Il écrirait à Muriel pour tout lui expliquer. C'était lâche, mais après tout, leurs relations avaient été dès le début principalement épistolaires.

Il se dirigeait vers la porte quand Muriel l'arrêta au vol.

— Neal ? Ne me dites pas que vous vous esquivez ?

Il tressaillit, puis répondit maladroitement :

— Hein ? Non ! Non, bien sûr, comment le pourrais-je ? Vous avez été formidable.

Il était sincère. Mais alors qu'il continuait à vanter son éloquence et son assurance en tant que conférencière, chacune de ses phrases sonnait faux à ses oreilles. La peste soit de cette maudite culpabilité ! Il ajoutait l'insulte à l'offense. Mais Muriel rayonnait, toute à son triomphe, et ne remarquait visiblement pas son embarras.

Elle n'était pas le genre de femme à se laisser insulter ou offenser facilement, elle le lui avait prouvé à plusieurs reprises. Mais il finirait par lui faire du mal, quand il anéantirait ses espoirs en lui avouant qu'il s'était fourvoyé et qu'il l'avait entraînée dans cette impasse.

Cette pensée amena un arrière-goût amer dans sa bouche.

— Bon. Ne parlons plus de tout ça. Je le lui ai dit !

Elle claironna presque ces derniers mots.

— Je l'ai dit à Robert !

— Robert ?

— Robert Edevane, bien sûr.

Elle était radieuse.

La salle, surpeuplée, surchauffée, parut se rétrécir. Les murs se rapprochèrent de lui. Tout le monde semblait le regarder à la dérobée avec des petits sourires narquois. Le vacarme des conversations chuta. Tous écoutaient. Il avala sa salive. *Grands dieux !*

— Vous l'avez dit à M. Edevane ? souffla-t-il.

La peste soit de sa culpabilité et de son inaction. Il avait laissé traîner la situation, et voilà qu'il récoltait de nouveaux ennuis.

— Je lui dois tant ! Je ne voulais pas qu'il l'apprenne par quelqu'un d'autre.

Elle ne murmurait pas. Elle parlait au contraire plus fort, comme pour compenser le timbre assourdi de Neal.

— Après la mort d'Esmé...

Elle hésita brièvement, ce fut presque imperceptible.

— Beaucoup doutaient de mes capacités d'observation et ne me considéraient pas comme une chasseuse de plantes et une botaniste à part entière. Esmé et moi avions reçu des offres de financement pour de futures expéditions de la part de Kew, de la Société de géographie et d'une demi-douzaine d'institutions. Quand je suis retournée les voir après sa mort, aucune d'elles n'a voulu me donner d'argent. La Chine est trop dangereuse !

Elle eut un petit reniflement de dédain.

— Alors que j'y avais passé six ans ! Robert m'a réembauchée. Il m'a confié la direction de l'expédition. Il m'a redonné confiance en moi. De mon côté, j'ai fait augmenter l'activité de ses pépinières. Alors oui, bien sûr, je le lui ai dit.

Neal la dévisageait, ahuri.

— Mais... c'est un peu prématuré. Il faut que nous parlions encore, ou plutôt que parler, que nous... J'avais pensé...

Il pressa ses doigts sur son front.

— Je m'étais dit que j'allais rédiger un...

Sa peau le démangeait, et soudain, il se détesta. Voilà qu'il cherchait de nouveau à gagner du temps. Mais avait-il encore le choix ? La repousser maintenant ? Ici ? Devant ses collègues et tous ces gens ? S'il attendait et qu'il lui écrivait, elle recevrait sa lettre quand elle serait seule, et elle pourrait pleurer ou se répandre en injures, ou encore encaisser calmement le coup, sans témoin.

Mais... à qui d'autre encore parlerait-elle d'ici là ? Il fallait absolument limiter les dégâts, sinon la nouvelle se répandrait dans tout Londres. La date du mariage serait imprimée avant même qu'il ait eu la possibilité de démentir les fiançailles, d'expliquer qu'il s'agissait d'un gigantesque malentendu.

Il continuait à la fixer d'un air hébété.

— Le mettre par écrit ? Mais je n'en attendais pas moins de vous, cela va sans dire. J'ai l'habitude. Ce n'est pas la première fois, comme vous le savez.

Ses yeux se plissèrent avec une soudaine malice, et elle pinça les lèvres. Puis elle sourit.

— Ah ! Voici M. Hewett. Il faut que je le prévienne, lui aussi.

Elle lui attrapa la main et la serra en geste d'au revoir. Mais il ne la lâcha pas. Il n'avait plus le choix.

— Muriel.

— Oui ?

Elle leva les yeux, et toutes ses qualités lui sautèrent aux yeux. Elle était intelligente. Spirituelle. Honnête.

Elle méritait qu'il soit honnête avec elle.

— Je ne peux pas vous épouser.

Elle inclina la tête, sans comprendre. Elle n'avait pas entendu. Il s'éclaircit la gorge et éleva la voix.

— Je ne peux pas vous épouser.

Il regarda au plafond, dans l'espoir qu'un éclair vienne l'anéantir. Puis il se redressa et la regarda bien en face. Cette fois, elle l'avait entendu. Ses yeux s'écarquillèrent.

— Je suis fier d'avoir fait votre connaissance, reprit-il en pressant plus fort sa main dans la sienne. Vous êtes d'une intelligence remarquable. Vous avez un charme fou. Vous êtes...

Son visage se crispait. Elle allait se mettre à pleurer. À l'injurier. Quel goujat il faisait !

— Je sais que je suis impardonnable, ajouta-t-il. Je ne voulais pas vous blesser. Je suis entièrement fautif...

Elle émit un petit son étranglé, et il s'attendit au pire. Il ne méritait même pas la corde pour se pendre. Elle essayait de reprendre son souffle, le visage très rouge.

— Vous ne pouvez pas m'épouser ? bredouilla-t-elle en battant très vite des paupières.

Des larmes apparurent dans ses yeux. Il prit à nouveau conscience du monde qui les entourait. Des têtes s'étaient tournées dans leur direction.

— Non, dit-il, désespéré. Mais, je vous en prie, croyez bien que... si les choses s'étaient passées autrement... mais ça n'a pas été le cas, je... Non, Je suis navré. Je ne peux pas. J'espère...

— Ah ! Quelle blessure mortelle ! Je ne m'en remettrai jamais, balbutia Muriel, qui était littéralement en train de s'étouffer... de rire.

— Je ne comprends plus rien, fit-il, les sourcils froncés, complètement perdu, et cruellement conscient de la situation ridicule dans laquelle il se trouvait.

— Neal, vous avez vous-même beaucoup de charme, reprit Muriel en essayant de maîtriser son fou rire. Je vous tiens dans la plus haute estime. Mais loin de moi l'idée de vous épouser, ni vous ni personne. À quoi cela rimerait-il puisque je repars pour la Chine ?

Il laissa échapper un grand soupir. Ainsi, pendant tout ce temps elle voulait lui dire...

— Oui, dit-il. Vous avez répondu oui.

Il se tut. Elle avait répondu oui à la question qu'il lui avait posée au début de leur correspondance. Et non à celle qu'il ne lui avait jamais posée, celle qui lui avait paru si évidente qu'elle était devenue inévitable, un piège.

Elle attendit avec un sourire en coin qu'il reprenne péniblement ses esprits.

— Vous acceptez de travailler pour le compte de Varnham ? Vous prenez le contrat pour l'expédition dans le Sichuan ? Celui que vous aviez refusé ?

Elle hocha la tête.

— J'ai changé d'avis sur un coup de cœur. Mon voyage en Cornouailles m'a rappelé à quel point j'aimais être sur le terrain. Et à quel point il fait bon être loin de Londres.

Comme ils se ressemblaient !

Comme il s'était trompé en s'imaginant fiancé !

L'humiliation, la joie, le chagrin, tout affluait par vagues.

Le sourire de Muriel devint tendre tandis qu'elle scrutait son visage.

— Le fait de mieux vous connaître a également joué dans ma décision, ajouta-t-elle. J'admire ce que vous faites pour Varnham. Je désire faire partie de cette aventure.

Soudain, son fou rire la reprit.

— Mais vous...

Elle lui pressa la main.

— Vous avez cru vous retrouver fiancé malgré vous. Oh ! Mon pauvre ami ! Vous auriez dû me le dire. Mais vous n'osiez pas ! Vous me pensiez partie dans mes rêves.

Son rire résonna.

Il eut l'impression d'avoir été frappé par la foudre. Son visage était en feu, ses oreilles le brûlaient.

— Mais comment avez-vous pu vous imaginer une chose pareille ?

Elle le regardait avec un mélange de curiosité, d'amusement, d'exaspération et d'affection. Comme une sœur.

Il essaya de rire, mais réussit seulement à souffler un peu d'air.

Elle s'empara de son autre main et les souleva toutes les deux.

— Reprenez-vous ! Votre gaieté est votre atout principal. Broyer du noir ne vous sied pas. Peut-être feriez-vous mieux de bouger vous aussi. Pourquoi ne repartiriez-vous pas au Brésil ?

Il toussa.

— Les Cornouailles me suffiront amplement.

Un homme brun à la barbe rousse les dépassa rapidement pour gagner la porte. Muriel tourna la tête pour le suivre des yeux.

— C'est M. Hewett. Je dois...

— Je vous en prie.

Il lâcha ses mains, et elle fila comme une flèche. Il fourra ses poings dans ses poches et releva les épaules, adoptant un air viril comme s'il ne venait pas de se ridiculiser devant la terre entière. Bêtement, il arrondit les lèvres, prêt à siffloter comme un écolier.

Surtout, ne faites pas attention à moi.

Après ce grand étalage de désinvolture, il partit, le dos rond, dans la direction opposée. C'est alors qu'il la vit.

Lavinia.

Elle était debout contre le mur, ses cheveux clairs relevés sur sa nuque. Son visage semblait pâle et dévasté.

Il se redressa sous l'effet de la surprise, tout le corps aussitôt en éveil. Il reconnaissait son port de tête, ses épaules bien droites. L'attitude hautaine de l'experte ès mondanités. Il l'avait vue se tenir exactement de la même façon pour dissimuler son épuisement. Pour s'empêcher de ployer sous le fardeau d'émotions qu'elle n'avait jamais partagées. Elle était tellement obstinée, tellement fichtrement orgueilleuse.

Il était furieux qu'elle se soit enfuie. Furieux qu'elle ait décidé, en fin de compte, qu'il ne valait pas mieux que l'autre homme qui l'avait blessée. Tous les mêmes. Il ne méritait rien de plus de sa part que ce petit mot griffonné à la hâte.

Il venait de prendre conscience à l'instant à quel point il était furieux, car la colère brûlait en lui.

Ou était-ce le désir ?

Il brûlait de poser ses lèvres là, sur son cou offert ; il voulait sentir battre son pouls sous sa bouche et ses doigts se planter dans sa chair.

Elle ne pouvait détacher son regard du sien. Quelques mètres seulement les séparaient. Et une poignée d'auditeurs.

Comme il s'approchait à grandes enjambées, elle releva le menton. Elle se servait de sa beauté comme d'un bouclier. Il voulait faire tomber ses défenses, son armure, pour lui prouver qu'il saurait la protéger et la chérir. Ensemble, ils mettraient leurs âmes à nu.

Un homme s'écarta du mur juste à côté d'elle et approcha ses lèvres de son oreille, avant de passer un bras autour de ses épaules. Soudain, ils se retrouvèrent collés l'un contre l'autre, firent demi-tour et s'éloignèrent.

Le sang de Neal bouillait dans ses veines.

Elle était venue à la conférence avec son époux.

Pourquoi ? Pourquoi avait-elle fait une chose pareille ? Ne se doutait-elle pas qu'il serait dans l'assistance ? Était-ce pour le narguer ? Lui ou son mari ?

Londres raffolait de ces petits jeux malsains.

Pas lui.

Il fonça sur deux étudiants dégingandés qui s'écartèrent pour le laisser passer, et continua tête baissée, le cœur cognant dans sa poitrine. Un individu se mit sur son chemin, un homme dont il reconnut le pantalon en serge de coton rayée. Neal ricana et releva la tête. Alan. Alan, les bras croisés, avec sa canne mise en travers. Il avait un air étrange, comme s'il attendait quelque chose.

Ce démon machiavélique. Finalement, tout était sa faute. Il ressemblait à ces araignées paons de la Nouvelle-Galles du Sud, qui prenaient plaisir à tisser leur toile et à voir leur proie s'y débattre.

— Comment as-tu fait ? demanda Neal en se plantant juste sous son nez.

Alan n'essaya même pas de nier, ne s'excusa pas non plus.

— C'est elle qui est venue me trouver, lui dit-il.

Puis il secoua la tête d'un air de reproche.

— Tu ne m'avais pas dit qu'elle était romancière.

Neal ne put que grommeler dans sa barbe. Il aurait mieux fait de ne rien dire du tout.

— Ça n'a aucune importance, poursuivit Alan en souriant. Elle se fait appeler Mlle Laliberté, mais son prénom et l'aura de mystère qui l'enveloppait m'ont tout de suite mis sur la piste de la fausse Mme Pendrake. Après quoi j'ai lu son roman qui, je dois l'avouer, m'a fait rougir, et voilà comment ça s'est passé.

— Foutaises ! Tu donnerais des leçons au diable lui-même.

Neal sentit sa gorge se serrer. Les souvenirs remontaient à la surface, le ramenant dans ce monde verdoyant et rempli de senteurs au bord de la rivière. Il entendait le cri de Lavinia quand elle avait aperçu le bateau ; il la revoyait allongée sur le lit de mousse dans la clairière, sa peau buvant la lumière et tellement douce sous ses lèvres ; il sentait son corps exquis s'enrouler comme une liane autour du sien.

Avait-elle raconté cette scène dans son roman ?

— Tu rougis, lui souffla Alan, et Neal se mordit l'intérieur des joues.

— Fais attention, ou je ne vais pas me contenter de rougir, gronda-t-il, excédé. Quel est son nom ?

Alan secoua la tête.

— Je veux te laisser travailler un peu de ton côté. Je me suis contenté de favoriser vos retrouvailles.

— Par pur cynisme, fit Neal en s'écartant d'Alan avec dégoût. Et pour le plus grand profit de ton cher ami Bidmaid, pour qu'il puisse rimailler à ce sujet.

— Pour ton profit aussi, rétorqua Alan. J'ai remarqué chez toi quelques accès de nostalgie. De fréquents soupirs. Des regards rêveurs vers de lointains horizons. Un relâchement dans la pratique de la natation et, de manière générale, un déclin de ton esprit de compétition. Tu étais, très honnêtement, en train de te languir d'amour.

— Drôle de diagnostic de la part d'un homme dépourvu de cœur.

— Allons, Neal, ne sois pas ingrat.

Il avait le culot de paraître irrité.

— Je t'ai livré l'objet de tes désirs, non ?

Neal avait envie de hurler. Il inspira profondément.

— Effectivement, dit-il. Tu me l'as livré devant tout le monde : Muriel, Bidmaid, Hitchens, toi...

— *Dramatis personae*, murmura Alan en haussant les épaules.

Neal poursuivit en grondant d'une voix sourde :

— Devant mes concurrents les plus acharnés, devant les vieux collègues de mon père, devant deux douzaines d'étudiants en médecine, devant des femmes de la haute société et, enfin et surtout, devant son foutu mari.

Alan sursauta.

— Son mari ?

Neal serrait les poings.

— J'étais peut-être censé lui casser la figure pour compléter le tableau ?

Alan n'eut pas le temps de répondre. Une petite femme dont les cheveux rappelaient les meules de foin de Cornouailles jaillit de la foule.

— Avez-vous vu Lavinia ? demanda-t-elle à Alan, tout essoufflée. Je la cherche partout.

Alan lui désigna Neal du bout de sa canne.

— Lui l'a vue. Neal Traymayne. Lucy Coover. C'est ainsi qu'on l'appelle dans la sphère de la *haute bohème*[1]. Auprès du monde civilisé, elle est la duchesse de Weston.

La minuscule duchesse foudroya Alan du regard avant de tourner son regard incendiaire vers Neal.

— Où l'avez-vous vue ?

« Quel est votre lien avec elle ? » aurait voulu lui demander Neal. Ou plutôt : « Qui est-elle ? » Mais il se contenta de s'incliner.

— Là-bas, contre le mur, Votre Grâce. Avec son mari.

Alan secoua la tête.

— Me croiras-tu si je te dis que je ne suis pour rien dans l'apparition du mari ?

— Me croiras-tu si je te dis que ça ne m'intéresse pas de couper les cheveux en quatre ?

Neal regarda Alan, puis la duchesse. Elle avait pâli, et ses taches de rousseur ressortaient sur sa peau laiteuse.

— Son mari ? répéta-t-elle.

— Un homme grand. Blond.

Neal résista à l'envie d'énumérer la suite. *Indigne. Ingrat. Infidèle.*

Lavinia avait donc choisi de le retrouver, et elle semblait s'en contenter. Cela ne le regardait plus.

— Dites plutôt flétri, grisonnant et bilieux.

1. En français dans le texte. *(N.d.T.)*

La duchesse empoigna ses jupes. Elle était encore pâle, mais ses yeux brillaient de détermination.

— Il a dû envoyer un de ses sbires. Bon, je m'en occupe.

Et elle bondit vers la porte.

Sans un mot, Neal se lança à sa poursuite. La duchesse courait, visiblement en proie à une vive émotion, faisant fi de toute bienséance, mais elle avait de petites jambes et ses lourds jupons la gênaient. Neal la rattrapa facilement et la suivit alors qu'elle sortait du bâtiment. Elle jurait comme une poissonnière avec un accent qui n'avait rien d'aristocratique.

Il fut d'abord ébloui par le soleil. Tout était flou devant lui, les visiteurs des jardins de la Société royale de botanique se déplaçaient devant ses yeux comme des ombres pastel sur un fond vert pâle. Puis sa vision s'éclaircit, et il se mit à balayer les lieux du regard, allant de l'observatoire à l'arboretum.

Lavinia et le grand individu blond avaient disparu.

La duchesse le lui confirma au même instant.

— Je l'aurais soudoyé, gémit-elle en débouchant dans l'allée, coupant au coin de la roseraie. J'avais mis de l'argent dans ma jupe en prévision. Bon sang de bonsoir ! La peste soit de ce sale type, cet immonde bandit, ce fils de...

— Cet homme blond...

Neal se tenait juste derrière elle, mais son cerveau était encore ralenti et peinait à appréhender les derniers événements.

— C'est un simple sous-fifre, jappa la duchesse. Je parlais du mari de Lavinia, c'est lui que je maudis. Elle s'est enfuie le jour même de leur mariage. Et voilà qu'il a remis la main sur elle. La brute ! Merde et merde !

Elle repartit au trot, se faufilant entre les statues.

— Nous n'aurions jamais dû sortir. Je savais que ces foutus détectives rôdaient partout.

Ils atteignirent la file des voitures, un noir cortège qui s'étirait le long de l'avenue.

— Il faut que je rentre chez moi, se marmonnait la duchesse à elle-même. Je dois prévenir Anthony.

Neal éprouva un sentiment de vertige, comme autrefois, lorsque Jenni et lui tournoyaient dans les champs jusqu'au moment où l'horizon leur tombait dessus et où le sol se dérobait sous leurs pieds.

Le monde lui devenait incompréhensible. Il comprenait de moins en moins toute cette histoire avec Lavinia, son mari, et comment ce récit pathétique s'accordait à la réalité.

Mais une chose était sûre : elle était en danger.

Cette certitude éclipsait tout le reste.

La duchesse était en train de donner des ordres au cocher quand il l'interrompit.

— Oubliez cet Anthony.

Il croisa le regard de la duchesse, ses yeux en amande à l'éclat perçant. Elle n'était pas femme à se laisser donner des ordres, par qui que ce fût.

— Vous avez dit que le mari de Lavinia était une brute.

Sa voix se fit rauque.

— S'il lui fait du mal... Si nous n'intervenons pas à temps...

Jamais il n'avait éprouvé une telle rage. Un feu intérieur le dévorait. Il était prêt à cracher des flammes.

— Allons tout de suite là-bas, dit-il. Nous devons l'arrêter.

La duchesse le dévisagea, les mains sur les hanches. Puis elle acquiesça et repartit parler au cocher. Un instant plus tard, elle sautait dans la voiture et criait par-dessus son épaule :

— Dépêchons-nous, alors.

20

Il n'y avait pas moyen de raisonner avec Face de Granit et Butor, les deux lascars. Face de Granit l'avait entraînée de force hors de l'amphithéâtre, et Butor avait aidé son comparse à la fourguer dans la voiture. Les larmes de Lavinia n'avaient servi à rien. Quand ils l'eurent débarquée à Harcott House et enfermée à double tour dans le petit salon jaune, ses yeux étaient secs. Elle avait retrouvé son calme, même si elle criait et frappait à la porte. Cela aurait très bien pu passer pour une crise d'hystérie, mais elle savait qu'il n'en était rien. Son être profond demeurait froid et intact, et elle réfléchissait.

Elle voulait que sa mère l'entende. Elle voulait lui donner une dernière occasion de la décevoir.

Ou de la surprendre.

En volant à son secours.

Au bout d'un moment, elle s'écarta de la porte et attendit, ni déçue ni surprise. Si elle avait retenu une leçon du passé, c'était qu'il fallait savoir renoncer. Elle avait au moins appris cela.

Les parents de Lucy étaient morts, les siens vivants, mais elle aussi était orpheline, dans un autre genre.

Quand la clé tourna dans la serrure, elle ne bougea pas et se contenta de regarder la porte s'ouvrir en s'armant de courage.

Ce n'était pas Cranbrook.

Mais une silhouette féminine.

Elle se décomposa instantanément et le mot jaillit de sa gorge comme un sanglot.

— Maman !

— Elle est sortie.

Nan n'entra pas dans la pièce. Elle resta à la porte et souffla :

— Vite ! Il vient de ranger son bureau, ce qui signifie qu'il peut descendre d'un moment à l'autre.

La jolie servante lança un coup d'œil par-dessus son épaule et Lavinia entraperçut son visage empourpré, qui témoignait d'une grande agitation.

C'était donc cette petite impertinente qui venait à son secours.

Lavinia la suivit dans le couloir, mais là, la jeune fille pivota brusquement et se dirigea vers le cœur de la maison, s'éloignant de la porte d'entrée.

Elle avait raison. Si on la surprenait à aider Lavinia à s'enfuir, elle risquait sa position, ses références et peut-être même plus encore.

Lavinia saisit sa main, qui tenait fermement le lourd trousseau de clés de la gouvernante pour l'empêcher de tinter. Elle la pressa, trop fort, et elle sentit les doigts minces de Nan s'écraser sur le métal.

— Merci, dit-elle.

— C'est un porc !

Les yeux bleus et ronds de Nan plongèrent dans les siens. Ils brillaient d'indignation. Lavinia se mordit les lèvres. Si Cranbrook avait osé la pincer et la peloter, elle, une enfant chérie de la bonne société, quels sévices avait-il pu infliger à ses domestiques ?

Elle était focalisée sur elle-même, sur ses propres malheurs. Elle n'avait pas songé une minute que Nan vivait un enfer au service de Cranbrook. Qu'elles pouvaient faire cause commune.

— L'immonde vieux bouc, approuva Lavinia en hochant énergiquement la tête. Voilà comment je l'appelle.

Un sourire flotta fugitivement sur les lèvres de Nan. Puis elle libéra sa main et secoua la tête.

— Un porc, insista-t-elle. J'aime bien les chèvres. Dépêchons-nous !

— Je n'oublierai jamais ce que vous faites pour moi, murmura Lavinia d'une voix rauque.

C'était la seule promesse qu'elle soit en mesure de faire. Elle pouvait se souvenir, témoigner. Pour le reste, elle était impuissante.

Nan disparut dans le couloir.

Lavinia pivota et courut dans la direction opposée.

Elle traversait le hall d'entrée quand quelque chose la fit brusquement se raviser. Une sorte d'épuisement. Seigneur Jésus, elle n'avait même plus l'énergie de courir. Elle avait épuisé toutes ses forces.

Dans son roman, la duchesse fuyait son horrible mari, mais ensuite, elle revenait se venger, elle pillait ses biens et exigeait son dû.

Lavinia fit volte-face devant la porte d'entrée et repartit en arrière, fonçant vers le grand escalier de marbre.

Cela faisait des années qu'elle avait envie de cracher au visage de Cranbrook ce qu'elle pensait de lui. Le soir où il l'avait pelotée sous la table, elle s'était mordu la langue parce que son père était en affaires avec lui. Cet autre soir où il l'avait coincée dans la bibliothèque au bal des Sambourn, elle avait refoulé son cri parce qu'elle n'était pas censée se trouver là. C'était George qu'elle attendait, qui avait arrangé ce petit rendez-vous galant... et qui avait omis de se présenter.

Pendant leurs fiançailles, elle avait enduré les baisers malodorants et les mains baladeuses de Cranbrook. Dans le train qui les conduisait à Bodmin, elle l'avait laissé se frotter contre sa jambe et tirer un plaisir malsain de sa frayeur. Tout ça parce que son argent et son titre avaient le pouvoir de les sauver, sa mère, son père et elle.

Eh bien, qu'ils aillent au diable ! Tous autant qu'ils étaient. Elle s'extirpait de leurs griffes.

Son estomac se serra quand elle emprunta de nouveau le couloir. Elle passa devant des portes closes et s'arrêta devant l'une d'elles, qui était entrebâillée. Le bureau de Cranbrook sentait le renfermé. Les relents de son affreuse odeur y flottaient. L'eau de Cologne. Le whisky. L'animal en rut. Les fleurs en décomposition. Ses narines se dilatèrent.

Il était l'obscénité faite homme.

Elle hésita. Le bureau était plongé dans la pénombre, les rideaux tirés. Le courage lui manquait. Elle n'arrivait plus à faire un pas, ne réussissait pas à maintenir son regard fixé sur l'endroit où il se tenait, assis derrière son bureau. Mais il lui restait l'usage de la parole. C'était le dernier pouvoir qu'elle possédait.

— Sale bouc ! lança-t-elle. Espèce de porc ! Vous me donnez la nausée !

Son cœur cognait dans sa poitrine, la bile montait. Elle réussit finalement à franchir le seuil de la porte. Elle gardait les yeux rivés sur le tapis. Même dans l'obscurité, elle devinait qu'il était rouge, comme les roses. Rouge comme les fraises.

— Vous m'avez obligée à me rendre malade pour vous éviter.

Elle respira un grand coup.

— Vous savez ce que j'ai fait au lieu de passer ma lune de miel avec vous à Fowey ? J'ai gambadé au bord de la mer en compagnie d'un beau jardinier.

Elle ferma les yeux. Cette sensation de liberté, même si elle restait prisonnière chez lui, la porterait désormais.

— Je ne vous ai pas seulement abandonné, reprit-elle, plus fort cette fois. Je me suis glorifiée dans l'adultère. Vous pouvez accepter ou refuser le divorce. Je n'ai pas besoin de cette fichue Haute Cour pour me dire que je ne vous appartiens pas. C'est moi qui vous le dis. C'est fini. Si vous osez reposer la main sur moi, si vous osez encore toucher Nan ou n'importe quelle autre femme, je...

Elle serra ses poings tremblants. Quoi ? Que ferait-elle ? Elle l'attaquerait avec un coutelas ?

Elle avança d'un pas, la poitrine frémissante.

— Je jure devant Dieu... Je jure que je..., bredouilla-t-elle.

Elle fit encore un pas, mais les mots restaient bloqués dans sa gorge. Ils l'étranglaient. Peu importait ce qu'elle disait. Ce qui comptait, c'étaient sa détermination, son audace, son pouvoir. Elle s'obligea à relever le menton et à le regarder droit dans les yeux.

Elle frémit.

Cranbrook était assis derrière son bureau, oui, mais il était bizarrement recroquevillé sur lui-même. Ses yeux brillaient par intermittence, un œil à moitié fermé, l'autre exorbité. Ses dents jaunes saillaient.

Il avait le visage livide et les joues creuses.

Le frisson de Lavinia se prolongea. S'intensifia. Elle tremblait de tous ses membres, mais elle se rapprocha. Le sang cognait dans ses tempes.

Il ne bougeait pas. Ne respirait pas. Depuis combien de temps était-il dans cet état ? Face de Granit et Butor devaient être les derniers à l'avoir vu.

Il avait eu une crise d'apoplexie, une attaque.

Elle demeurait immobile.

Il était inconcevable pour elle de le toucher, de poser ses doigts sur son cou ou son poignet pour prendre son pouls.

Elle fixait sa main aux doigts recroquevillés qui devenait déjà cireuse. Elle était posée sur le bureau, à côté d'une bouteille. Elle distinguait la signature sur le petit mot qui l'accompagnait. *Browning*.

Son immonde élixir. Un aphrodisiaque, avait précisé Browning.

Cranbrook avait eu l'intention de vider ce flacon. Pour ensuite venir se pavaner dans le salon et lui montrer qui était le maître !

Ce ne serait pas aujourd'hui. Ni jamais.

Elle recula lentement, tâtonnant des mains derrière elle. Quand elle fut sortie de la pièce, elle suivit le couloir mais, au lieu de se diriger vers l'escalier principal, elle emprunta l'escalier de service.

La maison était silencieuse.

Peut-être le personnel avait-il reçu l'ordre de s'éclipser quand une femme se mettait à crier.

La poitrine palpitante, elle descendit au rez-de-chaussée et se faufila dehors par l'une des portes situées sur l'aile gauche de la maison. Inconsciemment, ses pas la conduisaient jusqu'au jardin. Elle éprouvait le besoin d'être entourée de vie et de verdure.

La chaleur du jour l'enveloppa. Comment le soleil pouvait-il encore briller ? Et les oiseaux chanter ?

Elle marchait quand elle se retrouva soudain paralysée, terrassée par l'énormité de ce qui venait d'arriver. On eût dit que son corps ne lui appartenait plus. Elle se laissa choir sur un banc. Elle fixait, hébétée, la façade sud d'Harcott House. Sur un treillis de bois entre les balcons grimpait une plante qui s'enroulait autour de l'armature en losanges.

Quelqu'un était en train de l'escalader. Non, pas *quelqu'un*.

Neal.

Elle bondit sur ses pieds. Il grimpait facilement, rapidement. Quand ses doigts eurent attrapé le rebord du balcon, il souleva tout son corps d'un mouvement souple, prit appui sur un pied, puis s'élança par-dessus la balustrade avant de disparaître.

21

Courir n'était plus un problème, à présent. Tout à l'heure elle fuyait, là elle se hâtait.

— Neal !

Le cri jaillit du tréfonds de son être. Et il l'entendit. En un instant, il réapparut sur le balcon, et voilà qu'il dégringolait en s'accrochant au feuillage, sautant avant même de toucher le sol. Elle le rejoignit et se jeta à son cou, ses bras noués attirant sa tête contre la sienne. Elle avait tellement besoin de le voir, de savoir qu'il était là, en chair et en os.

Ses cheveux ébouriffés. Son nez irrégulier. Ses yeux bruns ourlés de longs cils, ceux qu'elle voyait chaque soir quand elle fermait les paupières.

Il posa un doigt sur sa joue, et ce geste libéra quelque chose au plus profond d'elle-même. Elle vacilla devant tant de douceur.

— Vous allez bien ?

Il parlait posément, mais c'était surtout pour l'apaiser. Elle s'en rendit compte en voyant son expression. Il était loin d'être serein. Ses yeux brillaient de rage.

— Cranbrook a-t-il essayé de...

— Il est mort.

Sa voix tremblait mais ne se brisa pas.

— Une attaque, je crois. Je l'ai trouvé dans son bureau.

Elle déglutit.

— Vous êtes venu me chercher ?

Il ne dit rien. Il la serra simplement contre lui, à l'ombre de la maison, dans le feuillage dont les vrilles les enveloppaient. Pendant un long moment, elle resta blottie contre son épaule, savourant sa force, respirant son odeur de bruyère qui lui rappelait tout ce qui est sauvage et libre.

Quand elle sortirait de ses bras, le cercle protecteur se briserait. Elle devrait faire face au monde tel qu'il était.

Elle recula, posa les mains sur son ventre et serra instinctivement les poings. Tournant les yeux vers Harcott House, elle fut saisie de vertige. Son champ de vision se rétrécit et devint noir sur les côtés.

— Je ne peux plus entrer dans cette maison.

Elle essayait de parler posément, mais sa voix avait grimpé dans les aigus. Elle respira profondément.

— Pas tout de suite, rectifia-t-elle.

Les jours à venir s'annonçaient chaotiques et chargés. Les fils et les filles de Cranbrook allaient se précipiter, tout comme ses amis et les parasites de la bonne société. Tous ceux qui avaient assisté à ce funeste mariage allaient se retrouver en jubilant pour les funérailles.

Peut-être que filtrerait le récit de sa fugue et de son retour forcé. Les spéculations iraient bon train concernant les circonstances de la mort de Cranbrook. Encore de nouvelles rumeurs, bien qu'entièrement différentes de celles auxquelles elle s'était préparée.

Elle n'arrivait pas à appréhender tout ce que tout cela impliquait.

— Pas tout de suite, répéta-t-elle en se tournant vers Neal.

Il acquiesça et lui tendit la main.

— Alors, venez.

Leurs doigts s'entrelacèrent. Elle retint sa respiration. La chaleur de sa grande main solide lui avait tellement manqué ! Les cals de sa paume étaient durcis par sa récente escalade.

— Vous avez de la chance que cette treille ait été bien accrochée, dit-elle avec un sourire tremblant. Vous auriez pu vous rompre le cou.

— Je savais qu'elle était solide. Nous avons été bien inspirés de planter du lierre ! L'escalade aurait été plus ardue avec des rosiers.

Elle le regarda avec étonnement.

— C'est Varnham qui a conçu ces jardins, expliqua-t-il. Et c'est nous qui les entretenons et qui nous occupons des plantations depuis le début.

Il l'emmena vers les troènes.

— Le mur sud est couvert de glycine. Elle est en fleur. Un vrai délice !

Elle regarda au fond du jardin, que clôturait un haut mur recouvert de fleurs d'un violet pâle.

— Vous avez escaladé le mur ?

— Vous pensiez donc qu'ils allaient m'ouvrir la porte d'entrée ?

Elle secoua la tête.

— Mais comment avez-vous su que j'étais ici ?

— Grâce à la duchesse de Weston.

Neal l'entraîna dans une allée ombragée, puis obliqua dans une autre. Lavinia ne disait rien.

— Vous aussi, vous êtes duchesse, reprit-il.

— Duchesse douairière, même.

Elle fut soudain prise d'un fou rire. Elle était *veuve*. Seigneur Jésus ! Saisie de vertige, elle dut s'appuyer contre lui.

— Où est la duchesse de Weston ?

— Nous nous sommes séparés à l'arrivée. Elle a opté pour la porte d'entrée.

Elles avaient dû se manquer de peu. Lavinia ferma les yeux, puis les rouvrit en grand. Les massifs alentour paraissaient bien sages comparés au chaos exubérant des haies semées de roches de Cornouailles, mais elle s'y sentait bien. Elle aimait marcher avec Neal dans la nature.

C'était une impression à la fois familière et étrange.

Il portait ses habits de ville, une veste et un pantalon sombres, parfaitement adaptés à sa puissante musculature. N'importe quelle femme aurait remarqué son physique séduisant et son beau visage franc.

Il n'était pas l'humble jardinier de Cornouailles qu'elle s'était imaginé au début. C'était un homme fortuné et socialement bien inséré. Un homme qui allait et venait entre la ville et la campagne. Un homme qui avait le choix.

Et qui avait choisi Muriel Pendrake.

Mieux valait ne pas perdre de vue cet élément essentiel.

— Vous a-t-elle dit qu'il fut un temps où j'étais fiancée à son mari ?

Elle s'obligea à prendre de la distance et à lâcher son bras.

— Que j'étais riche, gâtée et insupportable, et que tout cet argent qui me semblait dû était en grande partie volé à la famille de son mari ? Et que mon père chéri n'était pas celui que je croyais ?

Inconsciemment, Lavinia avait accéléré le pas. Elle dut s'arrêter et attendre qu'il la rattrape. Il marchait lentement, tout en réfléchissant. On aurait dit qu'il guettait quelque chose.

— Elle m'a seulement dit qu'elle était votre amie.

Son regard fixe l'alerta, et elle vit sa bouche se crisper.

— Elle a également dit que votre mari était une brute. Et d'autres choses encore.

Elle respira, soulagée.

— Alors je vais tout vous raconter. Je m'appelle Lavinia Yardley. Mon père est actuellement en prison à Holloway. Ma mère et moi vivons...

Où ? Que dire d'autre ? Elle fut soudain prise de panique et se força à rire. Mais il continuait à la dévisager calmement.

— Tomas vous a parlé de mon père, vous en souvenez-vous ? L'architecte escroc ? Tout est vrai, soit dit en passant. Tout ce qu'on raconte. Parfois, il faut croire la rumeur.

Elle fit une révérence.

— Je suis sa fille. Enchantée de faire votre connaissance.

Il avait enfoncé ses mains dans ses poches. Il secoua la tête, une ride profonde barrant son front.

— Je ne répondrai pas à votre révérence. Pardonnez mon manque de courtoisie, mais nous nous connaissons déjà.

Son regard se voila.

— Très bien, même.

Le cœur lui manqua. Elle s'obligea à sourire.

— Nous nous connaissons, oui et non. Dans le milieu d'où je viens, je suis une petite sotte emplumée et enrubannée. La belle de la fête. Sortie du même moule que votre Elizabeth Davenport.

À ce stade, il était ridicule de chercher à savoir si c'était bien le nom de son ancienne fiancée, mais c'était plus fort qu'elle.

Il accueillit cette tentative avec un léger et très fugace haussement d'épaules.

— Je ne crois pas que je plairais à votre mère.

Chut ! Elle aurait mieux fait de se taire. L'autoflagellation n'était qu'une façon de s'apitoyer sur soi. Cette remarque était de lui, et elle était d'accord.

— Mais je n'ai jamais réussi à impressionner la mienne non plus.

Elle fit la grimace. Voilà ! Il était prévenu, et tant pis pour sa petite voix intérieure. Elle ne pouvait plus s'arrêter maintenant.

— Elle voulait que j'épouse Cranbrook, et j'ai accepté. Pour elle et pour mon père, poursuivit-elle, la honte lui faisant baisser la tête. Et aussi parce que je ne voyais pas d'autre solution. Notre pauvreté me terrorisait. J'ai pensé que, par certains côtés, ce mariage offrirait des avantages.

Personne ne l'avait forcée à prononcer ses vœux. Elle aurait pu être courageuse. Faire preuve d'héroïsme. Cracher au visage de Cranbrook. Oser se lancer dans le journalisme.

Je ne serai jamais votre épouse. Je vais travailler pour The Queen.

— Vous étiez confrontée à un choix impossible.

Cette phrase la déstabilisa. Elle releva les yeux et lut dans les siens de la compréhension, pas de jugement. Voilà ce qu'il lui offrait.

— Le crime de votre père n'est pas le vôtre, ajouta-t-il, mais elle secoua la tête avec incrédulité.

— J'en ai profité.

— Vous l'avez également payé.

Il plongea son regard dans le sien, et elle eut l'impression que ses yeux la caressaient. Avec lui, elle se sentait toujours en sécurité. Plus brave aussi, plus méritante, même maintenant qu'elle avait cessé de jouer un personnage.

Il savait tout. Enfin, presque tout.

— L'homme dont je vous ai parlé, celui qui m'a trahie... ce n'était pas Cranbrook.

— Non, murmura-t-il.

Il avait évidemment fait le lien.

— J'imagine que...

Il ne voulait pas la blesser. C'était la raison pour laquelle il parlait si doucement.

— ... c'était le duc de Weston.

Il se trompait encore. Un nuage qui passait obscurcit son regard et bleuit les haies. Elle soupira.

— Il aurait dû le devenir. C'était l'aîné des deux frères.

Elle en avait dit assez pour qu'il puisse reconstituer toute la tragédie. Le visage de Neal se rembrunit.

— Nous sommes partis en France tous les deux, expliqua-t-elle en regardant l'ombre courir sur la pelouse. Pas pour nous marier, juste pour nous retrouver tous les deux. Et il n'a pas changé son mode de vie. Ensuite, j'ai... Ensuite, nous sommes devenus amants et tout est resté pareil...

Elle croisa les bras sur sa poitrine. Dieu que c'était embarrassant !

— Il a continué à courir les femmes. Et après, il s'est noyé.

Une fin de vie brutale. Le naufrage de son conte de fées.

Elle regarda Neal.

— Il s'est noyé dans la Tamise. Une femme l'accompagnait. Il avait volé un yacht. Vous l'avez forcément lu dans les journaux. Ils en ont tous parlé. C'était impossible à manquer.

— Lavinia...

Sa voix était tendre. Il fit un pas vers elle. Elle leva la main, paume en l'air, pour l'arrêter, mais il lui attrapa le poignet et l'effleura d'un baiser. Un picotement l'envahit.

— Cranbrook me touchait comme si j'étais sa propriété, chuchota-t-elle. Bien avant que je devienne sa femme.

Il se pencha en avant et appuya ses lèvres sur son front.

Elle soupira dans son cou.

— Aujourd'hui, quand je suis montée dans son bureau pour lui dire ses quatre vérités, j'ai pensé pour la première fois…

Elle lâcha un autre soupir.

— … que si George avait vécu, il serait devenu comme lui.

Pas un prince, finalement, mais un vieux dégoûtant.

George prenait son plaisir partout où il le trouvait. Il lui fallait toujours satisfaire ses envies.

Elle avait espéré, fermé les yeux, lui avait trouvé des excuses.

On passe tout à un jeune et beau marquis.

Mais s'il était devenu vieux et laid ? Comment aurait-elle réagi alors devant son comportement ?

Cranbrook lui avait ouvert les yeux sur George.

Sur Neal également. Elle avait eu un autre aperçu de l'amour, qui lui avait fait comprendre à quel point son engouement pour George avait été futile et vain.

C'était si bon, si vrai, de sentir ses lèvres sur son front.

Elle avait trouvé une solution à ses problèmes.

Elle aussi pouvait être généreuse. Comme Lucy. Même en ayant tout perdu.

Elle prit les mains de Neal dans les siennes.

— Soyez heureux, lui dit-elle. Vous le méritez. Je vous demande pardon pour tous mes sarcasmes au sujet de votre mère, des fossiles et des Cornouailles.

Comme elle lui tenait les mains, elle ne pouvait pas s'essuyer les yeux, alors elle lui sourit à travers ses larmes.

— Muriel et vous êtes faits l'un pour l'autre.

Mon Dieu ! Comme sa voix chevrotait !

— Je vous souhaite d'être heureux.

Elle se détourna, bien trop vite, mais quelle étiquette aurait pu prévaloir après un tel discours, dans une telle situation ?

— Sur ce, j'ai un époux à enterrer.

Elle avait prévu de s'éloigner avec dignité. Solennellement. Et pourtant... elle entendait ses pieds marteler le sentier. En réalité, elle courait. Elle fuyait. De nouveau. Les haies s'ouvraient et se refermaient autour d'elle dans un labyrinthe où elle s'égarait. Elle posa une main sur son flanc, où naissait un point de côté, et ralentit. Enfin, elle sortit du couloir de verdure et déboucha sur une vaste esplanade qui explosait de couleurs.

Des parterres longs et étroits entouraient un bassin de marbre qui n'était pas une fontaine, mais une jardinière. Sa surface chatoyante et ondoyante était couverte de fleurs rouges et violettes. Au centre se trouvait une statue de nymphe soutenant une vasque qui débordait de fleurs, elle aussi.

Elle avait atteint le cœur du labyrinthe.

En entendant les pas de Neal dans son dos, elle reprit son souffle pour lui dire :

— Je me suis trompée de chemin.

Elle regarda derrière son épaule.

Ce qu'elle n'aurait jamais dû faire.

L'effet fut dévastateur. Il se tenait là, dans une trouée entre deux haies, les yeux étincelants comme le soleil, mais plus durs. Une lumière qui faisait mal. Sa vue lui serra le cœur.

Il fit un pas en avant.

— Muriel et moi...

Elle lui coupa la parole, se forçant tellement à sourire que ses lèvres lui firent mal.

— Félicitations !

Mais oui, ils étaient déjà fiancés, bien sûr ! Cela ne l'étonnait pas. Elle les avait vus se tenir par la main dans l'amphithéâtre. Ses joues crispées étaient douloureuses.

— Je suis tellement heureuse pour vous. Si vous voulez bien m'excuser...

Il allait faire chavirer sa détermination à se montrer généreuse. Elle savait qu'elle craquerait dès lors qu'il prononcerait le moindre mot qui le lui rendrait haïssable. Elle essaya de lui échapper, mais il l'attrapa par la taille et l'attira à lui avec douceur. Ils étaient désormais face à face.

Elle ne le laissa pas parler.

— Mais je *veux* me réjouir pour vous, articula-t-elle, les dents serrées. Laissez-moi vous présenter la meilleure version de moi-même, je vous en supplie. D'ici peu, je ne répondrai plus ni de mes gestes ni de mes propos. Je ne suis ni bonne, ni douce, ni charitable de nature. Pour l'instant, je me comporte honorablement face à la plus grande perte qui soit pour moi, alors ne gâchez pas tout en me retenant, sinon je vais crier.

Sa poitrine palpitait. Pendant un long moment chargé de tension, ils se regardèrent. Puis il ébaucha un grand sourire, en plissant les yeux. Ce sourire qui la faisait se liquéfier.

— La meilleure version de vous-même ?

Il haussa une épaule.

— Mais je les aime toutes. Elles m'enchantent.

Il baissa lentement le bras et l'attira à lui avant d'ajouter dans un grondement :

— Elles me rendent fou. Elles m'empêchent de dormir. Vous êtes tour à tour la femme la plus fascinante, la plus inoubliable et la plus impossible qu'il m'ait été donné de connaître.

Elle restait bouche bée, n'en croyant pas ses oreilles. Le sang lui était monté à la tête et pulsait dans ses tympans.

— Alors écoutez-moi bien...

Sa gorge se noua.

— Je hais l'idée même de vous voir épouser Muriel Pendrake. Je me contrefiche de ce que vous pouvez bien vous dire au sujet de Darwin. D'ailleurs, je voudrais que ce Darwin n'ait jamais vu le jour.

Elle saisit son large poignet et le serra de toutes ses forces, comme pour lui faire mal.

— Et je préférerais me couper la main plutôt que de vous laisser partir. Voilà ! C'est dit. Et encore, je mesure mes propos.

Il refoulait avec peine son hilarité.

— Je ne vais pas épouser Muriel Pendrake, dit-il en prenant son visage entre ses mains. Muriel et moi préparons une expédition en Chine pour le compte de Varnham. Je ne partirai pas, bien entendu. C'est elle qui la dirigera.

— Pendant trois ans !

L'exultation dans sa voix la fit rougir, et cela amusa beaucoup Neal.

Il haussa les sourcils.

— Mmm, fit-il. Oui, c'est la durée normale d'un contrat.

Elle inspira profondément. Maintenant que son odeur épicée et boisée emplissait ses narines, elle ne souffrait plus. Elle se sentait grandir, grandir…

Oh, mais c'était merveilleux ! Muriel allait retrouver ses arbustes et ses chères forêts à l'autre bout du monde, et Neal…

Où irait-il ? À Truro ? Penzance ? Certainement pas loin de la flore des Cornouailles et de sa famille.

Elle l'avait attrapé, le bord tranchant de son bonheur.

Elle était plusieurs femmes en une. Mais aucune d'elles ne correspondait aux critères de Neal. Les sentiments qu'il éprouvait pour elle ne dureraient pas. La réalité aurait raison de son estime pour elle, la grignoterait petit à petit. Quand sa mère la prendrait en horreur. Quand ses sœurs la jugeraient ignorante. Quand ses cousins apprendraient qu'elle leur avait menti. Quand il se lasserait de ses bavardages. Bien entendu, sa bonne nature ferait qu'il resterait correct. Il ne la repousserait même pas. Il l'épouserait, mais ce ne serait pas le mariage espéré, un mariage où les deux parties communient autour de l'amour des bryophytes. Il fallait qu'elle l'empêche de commettre cette bêtise. Mais même la meilleure version d'elle-même n'en avait pas le courage.

Elle le dévisageait intensément, gravant ses traits rudes dans sa mémoire.

— Vous avez été libérée de *votre* contrat.

Il lui caressait le cou de ses mains calleuses. Elle ferma les yeux.

— Légalement, répondit-elle en frémissant. Mais pas socialement.

L'ombre qu'elle voyait sous ses paupières fermées était celle qui accompagne le deuil et les convois funéraires.

— Mlle Laliberté se soucie donc du qu'en-dira-t-on ?

Elle ouvrit instantanément les yeux. Il avait haussé les sourcils d'un air malicieux.

— Cela reste à voir, rétorqua-t-elle un peu sèchement.

Alors comme ça, il avait parlé d'elle avec Lucy. Que lui avait donc raconté M. De'Ath ?

Elle soupira.

— Il y a encore tant de choses à voir.

— Nous savons déjà que vous n'avez pas besoin de vous couper une main, plaisanta-t-il.

Ce ton gai, cette allusion à un lien entre eux, à une complicité déclenchèrent chez elle une succession de minuscules bouffées de plaisir.

Soudain, il se pencha, avant de se redresser avec une tout autre expression.

— Accepteriez-vous ceci ?

D'un geste précis et rapide, il enroula la tige mince d'une marguerite autour de son annulaire, en faisant reposer la fleur sur sa première phalange.

Elle sentit ses yeux s'agrandir démesurément. Ils la brûlaient, lui dévoraient le visage.

Il s'éclaircit la voix. L'espace d'une seconde, cet homme sûr de lui, direct, sembla presque intimidé.

— En attendant que je la remplace par une bague en or.

— Pour moi, c'est de l'or, souffla-t-elle d'une voix rauque.

Elle souleva la main et porta à ses narines le disque brillant couronné de pétales blancs.

Et éternua.

Oh, mon Dieu !

Elle battit des paupières et interrogea :

— Est-ce un mauvais présage ?

— Ça ne peut pas être pire que les autres présages qui nous ont été donnés. Meilleur que la plupart, répondit-il avec son beau sourire ensorcelant. Vous et moi allons nous forger notre propre destin.

Cela lui convenait parfaitement. Le destin n'avait jamais été tendre avec elle.

Jusqu'à maintenant. Car, en y pensant, elle s'était finalement trouvé quelques nouveaux amis.

Les mots lui manquaient, alors elle retroussa sa jupe et se mit à sauter en claquant des talons. Neal l'accompagna en tapant dans ses mains et en riant, mais dans son regard elle lisait plus que de la gaieté.

Il la dévorait des yeux.

Un frisson brûlant la parcourut. Elle avait le pouvoir de déclencher ce regard, ce désir. Elle sourit et laissa retomber sa jupe dans un bruissement soyeux autour de ses chevilles.

— Je me suis exercée, confessa-t-elle.

Durant ses nuits d'insomnie à Weston Hall, elle avait dansé la gigue jusqu'à l'épuisement, et aussi pour se souvenir des moments où elle avait dansé avec lui.

— Il n'y a pas de tonneau, observa-t-il en penchant la tête. Quel dommage. Les jardins classiques ont aussi leurs inconvénients. Certaines activités s'y avèrent impossibles.

Elle vit son torse se gonfler sous sa respiration qui s'accélérait. Ses seins palpitaient au même rythme.

— Mais il y en a d'autres qui s'imposent naturellement, ajouta-t-il avec un sourire malicieux.

Sans réfléchir, elle se jeta dans ses bras et se blottit contre sa poitrine, exactement à l'endroit qui lui était réservé. Ses bras puissants l'enveloppèrent. Elle était sa prisonnière. Captive de cet homme solide dont la force, même si elle pouvait être violente, ne la blesserait jamais. Quand il l'embrassa, âprement, en la renversant dans ses bras, c'était exactement ce à quoi elle aspirait. Brusquement, il la souleva et, passant un bras sous ses genoux, il se mit à marcher. Elle se tortilla pour embrasser la peau douce sous son menton. Ailleurs, elle était plus dense, plus rugueuse, et elle éprouva une étrange impression de pouvoir quand elle effleura ce point si vulnérable.

Il lui témoignait sa confiance en lui découvrant ses points faibles. Et elle lui découvrait les siens.

Il s'agenouilla pour la poser sur la margelle en marbre du bassin, lui écarta les jambes et se cala entre ses genoux. Elle l'aida à relever sa jupe jusqu'à sa taille, leurs mains fourrageant ensemble dans la soie et les dentelles.

— C'était plus facile avec votre robe en coton, murmura-t-il.

— Ne mélangez pas les torchons et les serviettes, s'offusqua-t-elle.

Neal était un amour, mais il ne comprenait rien à la mode. Il se mit à rire en lui ôtant ses bas. Quand il toucha sa jambe nue, son rire mourut sur ses lèvres. Retenant son souffle, il lui jeta un coup d'œil. Ses yeux étincelaient entre ses longs cils bruns.

Cet homme chassait les ombres. Sa passion solaire transformait tout en or, y compris elle. Autour de lui, tout resplendissait.

Il fit glisser ses bas et se mit à lui caresser le cou-de-pied. Comme il soulevait sa jambe un peu plus haut, elle se rattrapa de justesse au rebord du bassin pour éviter de basculer dans les fleurs.

— Arrêtez ou je vais tomber ! s'écria-t-elle, partagée entre l'effroi et le fou rire. Je risque d'écraser les fleurs.

Il haussa un sourcil suprêmement indifférent.

— Je les ferai replanter.

Il posa le talon de Lavinia sur sa cuisse, puis se pencha en avant et posa la paume juste au-dessus de son décolleté. Et il la poussa. La poussa pour l'allonger sur le dos, au milieu des pétales si doux contre son cou et ses bras. Il glissa en avant et s'étendit sur elle. Son torse large et lourd lui écrasait les seins ; elle sentait s'incruster contre son ventre les os pointus de ses hanches. Elle exhala l'air de ses poumons en frissonnant. Elle sentait son sexe en érection, ses jambes musclées et arc-boutées. Sous son poids, elle partit en arrière, et l'air s'emplit de l'odeur de miel sucré des fleurs écrasées. Il effleura ses lèvres du bout de la langue, s'insinua dans sa bouche. Puis il roula sur le côté et se baissa.

Elle s'entendit gémir tandis que ses doigts calleux s'aventuraient entre ses cuisses. Elle ferma les yeux à moitié et se souleva sur un coude pour tenter de le regarder, mais les volants de ses jupes et de ses jupons relevés jusqu'à sa taille lui cachaient la vue. Il avait plongé entre ses jambes. Elle ne voyait plus que ses larges épaules et sa chute de reins tandis qu'il s'accroupissait.

Cette fois, à la première caresse intime, elle ne ressentit rien qui ressemblât à de la honte. Seulement de l'excitation, sauvage, impudique, choquante dans son intensité. Elle se laissa retomber dans les fleurs et cambra les reins pour s'offrir à sa bouche.

Ses lèvres avides sur sa peau si douce, le pouls impérieux, insistant, qui battait là où elles se rejoignaient... Grands dieux ! Quel plaisir inouï ! C'était plus encore qu'une sensation physique, c'était *élémentaire*.

Elle étendit les bras sur les fleurs chauffées par le soleil, planta ses coudes dans la terre fraîche et gémit en sentant contre sa chair les dents de Neal, qui isolaient l'endroit où sa langue traçait lentement un cercle à un rythme insupportablement exquis. Elle ouvrit les jambes en grand, s'offrant tout entière. Il pouvait tout voir, tout toucher, tout goûter de sa personne. Elle ne lui cachait rien. Elle lui donnait tout. Et elle recevait aussi.

Ses jambes tremblaient de plaisir. Des aiguilles lui transperçaient le ventre. La tension la transportait hors d'elle-même, lui faisait crier le nom de Neal. Une étoile explosa et envoya un rayon brûlant jusqu'au plus profond de son être. Elle se cambra, le ventre crispé, en criant encore et encore. Il passa son bras sous elle et, d'un coup de reins, se glissa sous elle, de façon à ce qu'elle le chevauche. Les genoux de Lavinia s'écrasèrent contre le marbre de la margelle. Il entendit son cri de douleur et les entraîna tous deux sur le tapis de fleurs. Les fleurs, les feuilles et les tiges lui piquaient les jambes, et cela la fit rire.

Lui ne riait pas.

Le désir durcissait ses traits. Son seul regard dénoua le dernier frein qui retenait son propre désir, un désir qu'elle avait cru assouvi. Les mains tremblantes, elle déboutonna sa veste. Il se hâta de s'en débarrasser, et elle s'escrima sur son foulard, fit sauter un bouton de sa chemise puis, abandonnant la partie, glissa la main dans l'échancrure. Sa peau était douce, tendue sur les muscles durs de son torse. Son bras adopta un angle bizarre tandis qu'elle faisait courir ses ongles sur la musculature dense et ferme de son abdomen.

La main de Neal s'affairait sur le devant de sa robe. Il n'y avait plus ni subtilité ni délicatesse dans ses gestes. Ses doigts lui pétrissaient les seins, tirant si brutalement sur ses mamelons qu'elle gémit.

Elle sentit son doigt s'enfoncer dans la fente de ses culottes tandis qu'il ôtait son pantalon. Leurs regards se croisèrent. Elle retint son souffle et se haussa sur les genoux tandis qu'il introduisait son sexe au cœur de son intimité battante et humide. Elle ne le quittait pas des yeux tandis qu'elle chavirait de plaisir, observant le battement de ses cils soyeux et sa bouche grande ouverte.

Cela l'excitait d'attiser son désir, d'être à l'origine de cette sauvagerie qui montait en lui.

Leurs bouches se collèrent l'une à l'autre. Emprisonnant ses hanches dans ses mains, il l'emplissait, la distendait, la comblait. Il prenait racine en elle et, comme une fleur qui s'épanouit, elle répandit son nectar, les bras noués autour de son cou.

Elle donna des coups de reins jusqu'à l'épuisement puis se laissa retomber, haletant sous ses violents coups de boutoir qui la faisaient frissonner. Les halètements de Neal menaçaient de séparer leurs bouches soudées l'une à l'autre, alors elle lui saisit la mâchoire entre les mains. Elle voulait à son tour darder sa langue dans sa bouche, le remplir comme lui l'avait remplie. Il lui enserra plus étroitement les hanches et lui imposa un rythme plus rapide. Il se contorsionnait, entrait toujours plus profondément en elle qui le tenait en étau entre ses cuisses.

Elle renversa la tête en arrière et poussa un cri. Il l'enveloppa de ses bras et l'embrassa, étouffant les mots qu'elle s'apprêtait à prononcer.

Je vous aime.

Il avait un goût de soleil.

Il se mit à ruer sous elle, puis il se raidit, cala ses mains sous ses aisselles et la souleva. Avec un gémissement, il bascula sur le flanc et se répandit. Elle s'accrocha à ses épaules secouées de soubresauts jusqu'au moment où il s'apaisa.

En riant, il roula sur le dos et s'étendit sur les fleurs en l'attirant à lui dans le joyeux désordre de ses jupes et jupons tout chiffonnés.

Elle posa son oreille sur sa poitrine et écouta son cœur qui battait la chamade tandis qu'il passait les doigts dans ses cheveux. Elle était encore toute chaude et abandonnée, avec ce goût de soleil dans la bouche et sur ses membres alanguis. Très haut au-dessus d'eux, l'astre solaire les surplombait.

— Vous avez dit que vous ne me laisseriez pas partir, murmura-t-il en lui caressant le dos.

Elle acquiesça en frottant sa joue sur la partie découverte de sa poitrine.

— Non, fit-elle, secouée d'un ultime et délicieux frisson de plaisir.

Elle s'accrocha d'une main ferme à la chemise de Neal et porta l'autre à ses lèvres pour embrasser la marguerite qui ornait toujours son doigt. Les pétales étaient ébouriffés mais intacts.

Elle l'avait toujours. Et elle la conserverait.

Bientôt, il faudrait qu'elle se relève, qu'elle emprunte de nouveau le labyrinthe et qu'elle se faufile dans Harcott House.

Mais pas tout de suite.

22

Neal acheva de vérifier l'étiquetage des nouveaux spécimens, puis il traversa toute la serre des palmiers pour inspecter le système d'arrosage. Mme Buddington, une cliente de longue date de Varnham, montrait à ses petits-enfants les bambous géants. Neal les accueillit et prit le plus jeune dans ses bras pour qu'il puisse cueillir des bananes pour ses frères et sœurs.

— Mon Dieu, quelle chaleur ! fit Mme Buddington en s'asseyant sur un banc et en regardant avec attendrissement les enfants batailler avec leurs fruits.

Neal s'inclina courtoisement et la quitta sous prétexte d'aller vérifier la ventilation. Juste avant qu'il arrive dans le couloir, il se fit alpaguer par un ethnobotaniste qui souhaitait accéder à l'*elaeis guineensis* en dehors des heures d'ouverture.

— Cela ne pose aucun problème. Je vous laisse vous arranger avec mon gérant.

Neal ne cessait de regarder par-dessus l'épaule de l'individu. C'était parfaitement inutile. Le pavillon des palmiers était une construction de briques, de fer et de panneaux de verre teinté. Il ne pouvait rien voir de la pelouse à l'extérieur.

Quand il parvint enfin à s'échapper, la pelouse déserte le découragea. Il attendit, bien sûr. Fit mine de se plonger dans l'examen attentif de la bordure fleurie de l'allée principale.

Mais il savait déjà.

Elle ne viendrait pas.

Ces deux dernières semaines, Lavinia n'avait honoré que trois de leurs rendez-vous. Son deuil, les funérailles et toutes les obligations que cela entraînait l'accaparaient. Il n'y avait pas eu d'enquête, Dieu merci. Tout le monde savait que le duc de Cranbrook avait souffert d'une angine de poitrine. Sa mort si peu de temps après son remariage avec une jeunette avait suscité des sourires narquois mais aucun soupçon.

Neal n'aimait pas penser à ces sourires. Il mourait d'envie de les effacer de ces visages suffisants. Néanmoins, il se réjouissait de ce coup de chance inespéré. Personne à Londres ne parlait de la disparition de Lavinia en Cornouailles. Tous ceux qui étaient au courant se taisaient.

Le dimanche précédent, elle avait prétexté une promenade dans Hyde Park pour venir le voir dans la maison du jardinier d'Umfreville House. Elle était très pâle dans sa robe de soie noire, timide et étrangement distante. Mais une fois sa voilette relevée, une fois qu'ils s'étaient retrouvés peau contre peau, emplis l'un de l'autre, tout était revenu. Elle avait retrouvé des couleurs. Et lui son assurance. Le lit était étroit. Ils tenaient à peine couchés sur le flanc, ils étaient trop serrés et avaient chaud, mais ils s'étaient refusés à relâcher leur étreinte. Ils avaient parlé la bouche collée l'un à l'autre. Elle lui avait annoncé la nouvelle.

Le testament avait été lu. Aucune disposition particulière n'était prévue. Légalement, elle avait droit à un douaire, c'est-à-dire à une part des revenus sur les biens du défunt duc. Assez pour mener le mode de vie auquel elle avait été habituée. Le nouveau duc de Cranbrook s'apprêtait déjà à emménager à Harcott House avec sa famille. La mère de Lavinia s'était trouvé un appartement près de Grosvenor Square.

— J'ai de l'argent, avait soufflé Lavinia à son oreille.

Elle était si près qu'il ne voyait que ses immenses yeux bleus dans lesquels il aurait voulu se noyer.

— Et mon roman va bientôt être publié. M. Watt veut le faire sortir en feuilleton dans une revue hebdomadaire, ce qui veut dire que je dois le terminer le plus rapidement possible.

Elle avait ri doucement contre son visage. Elle avait donc tout de même trouvé le temps de rencontrer l'ami d'Alan, l'éditeur. Mais comment lui en tenir rigueur ?

Puis elle s'était calmée et lui avait parlé avec ferveur :

— Je vais devenir une veuve légendaire !

— Légendaire, avait-il acquiescé avant de marquer une hésitation. Mais vous n'aviez pas besoin d'être veuve pour être exceptionnelle. Et j'espère que votre veuvage sera exceptionnellement court lui aussi.

Pour toute réponse, elle lui avait souri, un sourire si fragile qu'il avait décidé de le soutenir par un baiser.

Si elle l'épousait, elle perdrait son titre et les revenus de son défunt mari. Elle redescendrait l'échelle sociale et, légendaire ou non, elle retrouverait un rang plus ordinaire. Cela lui donnait-il à réfléchir ? Quelque chose en lui l'avait empêché de lui poser la question.

Un peu plus tard, elle avait caché son visage dans son cou et murmuré :

— Savez-vous ce que je suis encore ?

— En plus d'une légende ? avait-il demandé, le menton sur le sommet de son crâne.

— Une orpheline, avait-elle chuchoté. Il y a des parents qui renient leurs enfants. Moi, j'ai renié mes parents. Dans mon cœur, ils sont morts.

Il avait deviné la blessure sous la dureté des mots, derrière l'attitude de défi. Alors il avait retenu ce qu'il s'apprêtait à lui répondre. « Votre colère finira par s'apaiser. Et si vous avez de la chance, votre père et votre mère seront encore en vie et vous pourrez leur dire ce que vous avez sur le cœur, et peut-être qu'ils l'entendront. Et peut-être qu'il se passera quelque chose. En vous ou en eux. »

Au lieu de cela, il lui avait simplement dit :

— Qui que vous soyez, vous n'êtes pas seule.

Il était sincère. Et il pensait toujours la même chose.

Il aimait cette femme. S'il avait fallu défendre sa cause, donner des arguments, pourquoi Lavinia et pas Muriel ou n'importe qui d'autre, il n'aurait pas su le dire. Cela n'avait rien de rationnel ni de logique. Cela allait à l'encontre de sa compréhension des causes et des effets. Cela reposait sur tout et sur rien.

Cela démontrait que la science requiert la foi.

Oui, ces dernières semaines avaient été épuisantes. Il était resté à Londres plus longtemps que prévu, traitant des affaires que son directeur était parfaitement en mesure de gérer, se rajoutant du travail afin de justifier sa présence.

Il était resté à cause d'elle.

Chaque fois qu'elle lui écrivait pour le prévenir qu'elle pensait pouvoir s'échapper et qu'elle lui donnait rendez-vous, il se rendait au lieu-dit et il l'attendait. Le plus souvent en vain. Il comprenait. Elle se libérait d'un notaire pour se retrouver aux prises avec une comtesse. Toute la bonne société se pressait pour lui présenter ses condoléances dans l'espoir de récolter de croustillants ragots. Peut-être même prenait-elle un certain plaisir à se retrouver au centre de toutes ces attentions. L'encre avait coulé dans les journaux mondains quand le duc et la duchesse de Weston étaient venus la voir non pas une, mais deux fois. Lavinia avait été bannie de la société à cause des malversations de son père et des torts qu'il avait causés à la famille du duc. Maintenant qu'elle jouissait des faveurs de Weston lui-même, ses détracteurs en étaient pour leurs frais. Elle s'était débarrassée du funeste duc de Cranbrook et demeurait duchesse. Il ne la blâmait pas d'être l'objet de tant d'attentions. Une succession de malheurs l'avaient fait chuter, et elle avait réussi à se hisser à nouveau au sommet. Une telle trajectoire ne pouvait que susciter un mélange d'émotions contradictoires.

Donc, ce n'était pas sa faute. C'était ce dont il essayait de se persuader quand, quelques heures plus tard, le valet d'Alan vint frapper à la porte de son cottage pour lui donner une enveloppe au liseré noir qui était arrivée à Umfreville House par le dernier courrier. Le papier à lettres de Lavinia. Neal le déchira. La lettre commençait ainsi :

Très cher Neal,
J'ai été coincée toute la journée par des visites et je n'ai pas réussi à atteindre la porte.

Il sortit la lettre de son enveloppe, lut le reste en vidant un verre et s'en versa un autre avant de relire les derniers mots.

Samedi, comme chaque année, les Sambourn donnent une garden-party. Je n'ai pas d'autre choix que de m'y rendre, alors je vous adjure de venir. Mon pirate n'adore-t-il pas escalader les murs et se laisser retomber derrière les houx ? Tous les regards seront fixés sur le court de tennis. Personne ne vous verra vous faufiler dans l'allée sauf moi, votre chère Lavinia qui vous aime.

Il se leva, laissa tomber la lettre et pressa ses doigts contre ses sourcils. Puis il se jeta sur son lit. Les draps sentaient encore son odeur, un parfum ténu de rose et de gardénia.

Un bruit enfla dans sa poitrine, se bloqua derrière ses côtes. Il n'aurait su dire si c'était un rire ou un gémissement.

Lavinia buvait du champagne sous un arbre. Elle avait l'impression d'être le cœur noir d'une anémone, avec cette demi-douzaine de jeunes filles qui l'encerclaient dans leurs robes de couleurs vives. Grâce à son titre et à la bienveillance d'Anthony, elle était passée de l'état de paria à celui de princesse dont elle jouissait jadis.

Tout l'après-midi, Cora, Agnès et Élise étaient restées près d'elle, à bavarder avec animation. Les interminables fiançailles de Cora avec un comte écossais obsédé par les grouses touchaient à leur fin. Le mariage devait avoir lieu prochainement, et Cora espérait de tout son cœur que Lavinia y assisterait. Agnès, mariée depuis plusieurs années, ne quittait pas des yeux le court de tennis et commentait avec amertume le jeu de son mari, qui se faisait battre par tous ses adversaires, jeune ou vieux, homme ou femme. Élise ne cessait de ricaner.

Elles étaient insupportables et ne débitaient que des sottises. Lucy avait raison, bien sûr. Elles avaient été élevées pour ça, exactement comme Lavinia. Elles liraient peut-être son roman, le roman de Mlle Laliberté. Elles découvriraient l'histoire de la duchesse pirate, de cette enfant gâtée qui découvre qu'un monde existe au-delà des salons, qui brise les tabous et voit ses transgressions récompensées en rencontrant l'amour et la liberté. Alors elles se languiraient d'horizons plus vastes, elles aussi. Leurs cœurs s'élargiraient. En écrivant, Muriel Pendrake voulait faire vibrer ses lecteurs et leur inspirer le désir d'entreprendre. Eh bien, Lavinia aussi. Pas seulement par amour pour les découvertes botaniques, mais pour que ses lecteurs et lectrices se découvrent eux-mêmes.

Quel était le talent de Cora ?

— Cora ? interrogea Lavinia, coupant la parole à Agnès. Jouez-vous toujours au tennis ? Je me souviens que vous étiez très douée. Vous laissiez les garçons vous battre parce que vous aviez peur qu'ils ne vous invitent plus à danser. Mais vous jouiez bien mieux que la plupart d'entre eux.

Cora parut étonnée, puis mécontente. Elle avait toujours minimisé ses talents de sportive. Qu'allait s'imaginer Lavinia ? Qu'elle allait laisser son comte à ses grouses, se visser une casquette sur la tête et entamer une carrière de championne ?

Toutes ces demoiselles ouvrirent soudain des yeux ronds. D'habitude, Lavinia ne disait jamais rien d'incongru. Tout à coup, Agnès soupira.

— J'aimerais bien que quelqu'un laisse Stokes gagner – elle appelait invariablement son mari par son nom de famille. Cela devient gênant.

— Voilà Mlle Powell, à côté du buffet, fit Élise en désignant la jeune fille en question avec sa flûte de champagne. Peut-être pourrait-elle suggérer à sir Vincent d'y aller un peu moins fort sur son service. Mais je doute que cela serve à quelque chose. Vous ne croyez pas que Stokes aurait besoin de lunettes ?

— Il lui faudrait plus que ça, répliqua Cora. Il tient sa raquette comme s'il tordait le cou d'une oie. Je ne suis même pas sûre qu'il viendrait à bout d'une oie !

Elle leva les yeux au ciel, puis fit signe à Mlle Powell de les rejoindre.

— Cela ne vous dérange pas que Liz se joigne à nous ? demanda-t-elle à Agnès. Cela lui ferait plaisir que votre mari soit battu à plate couture.

Elle lança aux autres un petit sourire narquois avant d'ajouter :

— Cela prouverait que son fiancé n'est pas le pire joueur de tennis du royaume. Seulement le pire cavalier. Saviez-vous qu'il était tombé dans la Serpentine ?

Un petit récit désobligeant s'ensuivit pour leur résumer rapidement la piteuse promenade matinale de sir Vincent dans Hyde Park.

Lavinia écoutait d'une oreille distraite. Elle fixait Mlle Powell, qui approchait. Une jolie tête de linotte blonde. Lavinia ne s'était jamais attardée sur elle, sauf pour relever qu'elles se ressemblaient un peu, et pour s'assurer que la comparaison ne lui était pas préjudiciable. Jamais, au grand jamais, elle ne l'avait appelée « Liz ». Ni même « Elizabeth ».

Elizabeth Powell, fiancée à sir Vincent, baronnet de son état.

Lavinia porta une main à sa poitrine. Elle avait pris l'habitude de cacher l'étui à cigarettes en argent de Neal dans son corsage, sous les fronces de dentelles noires. Elle y voyait un bouclier qui protégeait son cœur. Mais ce talisman n'était pas suffisant. Il fallait qu'elle s'en aille. Tout de suite.

Elle ouvrit son ombrelle noire.

— Parfois, le chagrin m'étouffe, murmura-t-elle en traversant la pelouse.

La propriété des Sambourn était vaste. La maison se trouvait en hauteur, et le jardin descendait en pente douce. Cela compliquait les parties de croquet, et elle évita soigneusement celle qui était en cours. Des débutantes en claires robes d'été évoluaient entre les courts de tennis, tandis que des dames et messieurs plus âgés, installés dans des fauteuils en osier ou allongés sur des tapis d'Orient, les observaient et commentaient leurs mouvements. Un orchestre déployé en demi-cercle jouait des musiques connues censées inspirer la gaieté.

Rien n'avait changé. Hormis la taille des chapeaux, peut-être.

Le jardin s'étendait jusqu'à l'arrière de la maison. On avait fait pousser des rosiers sur le mur du fond. Les fleurs, hérissées d'épines d'un rouge macabre, embaumaient. Elle avait oublié les roses ! Elles prédisaient une escalade difficile, douloureuse même. Impossible de prévenir Neal, alors elle retourna au bord du patio pour l'attendre. Il n'allait sûrement pas tarder. Elle tourna la tête et le vit. Il était *dans* la maison, près du piano, et riait avec Graham, le fils aîné des Sambourn. Tous deux portaient des vestes crème sur des pantalons de golf.

Il n'avait pas eu besoin d'escalader à toute vitesse le mur du fond comme un pirate. Il était passé par la porte d'entrée, comme un gentleman. Un gentleman jadis fiancé à Mlle Elizabeth Powell, le clone de Lavinia Yardley.

Elle quitta le patio en toute hâte. Saisissant ses jupes dans la main gauche, elle courut dans le jardin en direction du mur d'enceinte, si vite qu'elle sentit son ombrelle la ralentir. Elle la lâcha et le manche vola par-dessus son épaule. Elle atteignit le mur et resta immobile un instant, clignant des yeux devant les pierres et les roses. Allait-elle l'escalader ?

Elle avait trop chaud et éprouvait des picotements rien qu'à la vue des épines.

— Les roses peuvent se révéler pires que les griffes d'un chat, fit la voix de Neal dans son dos.

Elle se retourna. Il faisait tournoyer son ombrelle avec un grand sourire.

— Si vous portez une robe Worth, vous feriez mieux d'y réfléchir à deux fois.

La robe de Lavinia, en crêpe de Chine et dentelles noires, était de facture simple.

— Elle ne vient pas de chez Worth, rétorqua-t-elle en secouant sa jupe. C'est une Stirling. La tante de Lucy l'avait conçue pour la fameuse Celestia Jordan, qui devait jouer Ophélie. Mais la comédienne voulait du blanc.

Neal abaissa l'ombrelle et l'inspecta de la tête aux pieds.

— Charmante.

— Non, répliqua Lavinia avec raideur. « Charmante », c'est un mot tellement... galvaudé. « Charmante », c'est...

Elizabeth Powell. Lavinia Yardley. Et elle qui croyait avoir changé ! Sotte elle était, sotte elle resterait.

— « Charmante », marmonna-t-elle, et soudain elle se sentit étouffer.

Neal jeta l'ombrelle dans la bordure de pensées et fit un pas en avant. Elle trébucha et se serait retrouvée prise dans les roses et leurs épines s'il n'avait été plus rapide. Il l'attira contre sa poitrine.

— Calmez-vous, lui dit-il d'une voix apaisante.

— Elle est là ! Votre Elizabeth.

Elle s'accrocha à lui. Il ne dit rien.

— Le monde est petit, lâcha-t-il enfin en la serrant encore plus fort.

Elle sentait son menton posé sur son bonnet de veuve.

— Oui, n'est-ce pas ?

Elle avait écrit un roman sur le vaste monde mais, en fin de compte, c'était le petit monde de la bonne société qu'elle connaissait le mieux. Elle laisserait Neal repartir en Cornouailles. Elle n'était qu'une autre Elizabeth Powell. En la voyant, cela lui avait sauté aux yeux.

Elle lutta pour retrouver son sang-froid.

— Je ne savais pas que vous seriez invité à la réception, reprit-elle en se dégageant de son étreinte.

— Graham Sambourn et moi étions ensemble à Oxford.

Ses lèvres s'incurvèrent en un sourire. Un gentleman qui avait étudié à Oxford. Où était passé son pirate des Cornouailles aux cheveux ébouriffés et aux bras musclés ? Les biceps de Neal comprimaient sa veste, mais il était bien peigné, élégant, resplendissant de santé.

Il portait même des chaussures de sport à lacets. Il avait donc prévu de jouer au tennis, de participer à la fête. Alors qu'elle les avait imaginés s'attardant dans les buissons, là où régnait la fantaisie et où se dissipait la routine.

— Vous ne devriez pas rester, objecta-t-elle. Pauvre Elizabeth.

— Si ma présence l'avait embarrassée, je serais parti, répondit-il avec son beau regard franc. Mais je vous assure que ce n'est pas le cas. En réalité, nous nous sommes vus la semaine dernière. C'est Varnham qui s'occupe des fleurs pour son mariage.

— Mais vous ne m'avez rien dit.

— Je ne vous vois plus. Cela ne m'a pas paru important.

Il examinait son visage.

— Croyez-moi, je vous en prie. Vous n'avez aucune raison de vous inquiéter.

Elle n'arrivait plus à parler ni à bouger. Elle était bel et bien inquiète. Pas parce qu'il l'avait préférée à Elizabeth, mais parce qu'il l'avait choisie, elle, en reproduisant la même erreur. Elle avait bien essayé de repousser cette crainte depuis ce terrible et merveilleux après-midi dans les jardins d'Harcott House. Elle n'avait jamais rien connu d'aussi bon que son amour. Elle y avait vu une chance inouïe. Elle l'avait accepté, égoïstement.

Mais l'amour qu'elle éprouvait pour lui ne suffirait pas à le combler.

Comme le silence s'éternisait entre eux, il tira malicieusement sur sa cravate, plus courte en prévision des exercices physiques.

— Si ma présence *vous* met mal à l'aise, je peux aussi m'en aller. Je suis venu parce que vous m'y avez obligé.

Un sourire retroussa ses lèvres.

— Ma reine pirate.

Elle se jeta brusquement dans ses bras. Il la désirait, et elle aussi le désirait. Tout le reste était oublié.

« Je vous adjure de venir, avait-elle ordonné. Derrière les houx. »

Il s'éclaircit la voix.

— J'aurais dû vous dire qu'Elizabeth serait présente. Et votre mère est ici aussi. Je l'ai vue dans la maison. Je crois que je l'aurais reconnue, mais j'ai aussi entendu quelqu'un s'adresser à elle.

Elle tressaillit, stoppée dans son élan. Oh ! Elle aurait dû s'en douter.

— J'ai poursuivi mon chemin, ajouta-t-il, mais j'aimerais faire sa connaissance.

— Non ! s'exclama-t-elle en attrapant son ombrelle.

La colère l'envahissait. Il ne l'avait donc pas écoutée ? N'avait-il pas encore compris ce que ses parents lui avaient fait ?

— Vous feriez mieux de partir.

Ce que Neal lut sur son visage le sidéra. Il passa un doigt ganté sous son menton et le souleva pour la contraindre à relever la tête.

— Je vous aime, dit-il.

Il la regarda droit dans les yeux, avant de lui donner un long baiser passionné. Ses lèvres taquinaient les siennes. Elle frémit de la tête aux pieds. Des picotements délicieux montaient de ses orteils.

Elle n'était pas ivre, mais elle avait l'impression d'être une flûte de champagne. Délicieuse, pétillante, effervescente sous ses baisers.

Il se détacha d'elle.

— Je voudrais aussi rencontrer votre père, murmura-t-il.

Les unes après les autres, les petites bulles éclatèrent. Elle se rembrunit.

— Vous ne comprenez donc rien ! dit-elle en lui tournant le dos.

Le manche de son ombrelle posé sur son épaule n'offrait à Neal qu'un grand dôme noir comme perspective.

— Mes parents sont d'affreuses personnes, reprit-elle, s'adressant aux roses sur le mur.

Regardez la fille qu'ils ont engendrée.

— N'imaginez pas qu'ils vous accueilleront à bras ouverts.

Elle eut un rire cassé.

— Ils ne verront pas en vous un fils. Ils se diront qu'ils ont perdu une duchesse. Mon titre est la seule chose dont ils peuvent se vanter après s'être démenés, après avoir intrigué et volé pendant des années...

Sa gorge se serra.

Après avoir vendu leur âme.

— Loin de moi le désir ou le besoin d'être accueilli à bras ouverts.

Neal leva doucement l'ombrelle, petit à petit. Elle lâcha le manche et sentit un souffle d'air quand il envoya voler l'engin en soie noire. Ses doigts se posèrent sur son épaule, et elle se détourna des roses. Elle préférerait toujours son visage aux fleurs.

— Je désire les connaître pour mieux vous connaître, vous, expliqua-t-il.

— Et m'aimer moins.

Elle se mordit la lèvre. Elle s'était figuré que son amour pour elle décroîtrait à cause de sa famille à lui, mais finalement cela pouvait aussi bien commencer par la sienne.

— Jamais, affirma-t-il. Je peux me rendre utile...

— Vous pouvez vous rendre utile en abandonnant cette idée, trancha-t-elle.

Il inspira profondément.

— Très bien. Aussi longtemps que vous le désirerez.

Elle avait presque envie de fuir la flamme qui brillait dans ses yeux.

— Mais d'autres choses pressent, hélas.

Il renversa la tête en arrière et regarda le ciel bleu.

— Aujourd'hui, c'est la Saint-Jean, le plus long jour de l'année.

Elle sentit ses poumons se contracter.

— Vous êtes en train de manquer la fête, dit-elle d'une voix rauque. À Golowan.

Le dernier festival pour sa mère. C'était ce qu'il avait dit à Tomas et à Kelyn. Et il le manquait par sa faute.

— Cela dure jusqu'à la Saint-Pierre.

Il avait senti son trouble et souriait doucement.

— Je n'ai rien manqué. Je pars pour Penzance lundi. Mais je voulais vous revoir avant pour vous demander de m'accompagner, dit-il en souriant de plus belle. Il y aura tout ce qu'il faut de tonneaux, mais ce seront des tonneaux de goudron qui flamberont dans les rues. Nous danserons la farandole autour des feux de joie. Jenni et Johannes, son mari, apportent toujours des fusées et des feux d'artifice.

— Je ne peux pas. Comment expliquer mon absence ?

Elle le dévisageait. Son bonnet lui donnait des démangeaisons. Elle était en nage, moite et particulièrement mal à l'aise.

— Vous avez suffisamment d'imagination, répliqua-t-il en haussant les sourcils. Qui pourrait bien vous empêcher de venir avec moi ?

Personne. Seulement elle. Il fallait qu'elle se freine. Le dernier Golowan de sa mère. Et il voulait s'y rendre avec la reine des têtes de linotte. Peut-être la voyait-il d'un autre œil, lui. Mais pas sa mère. Heddie Traymayne serait effondrée.

Elle secoua la tête.

— Le fils de Cranbrook. C'est la semaine où il s'installe à Harcott House. Et nous avons un autre rendez-vous chez le notaire mercredi.

— Ah. Je n'avais pas compris que vous aviez tant de mal à annuler vos rendez-vous.

Elle rougit. Ce ton persifleur était nouveau.

— Mon époux, un duc, est mort il y a moins de deux semaines, déclara-t-elle. J'ai une multitude d'obligations. Vous le savez bien.

La mâchoire de Neal se durcit, faisant ressortir ses pommettes saillantes.

Elle se baissa pour ramasser son ombrelle et demeura sous son petit cercle d'ombre en fixant ses drôles de chaussures, ses bas blancs qui moulaient ses mollets musclés et le bas de ses pantalons de golf.

— Je suis conscient que cela représente un sacrifice pour vous de m'épouser.

Elle releva les yeux. Il croyait donc qu'elle rechignait à faire ce sacrifice, alors que c'était exactement le contraire qui se passait.

— Oh, pas financièrement, poursuivit-il. Je ne me suis pas étendu sur ma situation, mais je vais le faire, crénom de nom. Je suis riche, même si je vis simplement. La plupart du temps, ma fortune me fait horreur. Mais je m'en réjouis dans la mesure où je peux employer mon argent pour servir de bonnes causes. Je donnerais sans hésiter toute ma fortune à un membre de ma famille ou de la vôtre. À votre père ou à votre mère. Je suis prêt à les accueillir. Vous disposeriez d'un bureau à Truro pour écrire vos romans sanguinaires jusqu'à la saint-glinglin.

Il esquissa un bref sourire, qui s'évanouit pour laisser placc à nouvcau à cct air sombrc.

— Vous m'avez dit que vous étiez Lavinia, juste Lavinia. Vous m'avez dit que vous ne vouliez porter ni le nom de votre père ni celui de votre époux.

Il reprit son souffle et le retint longuement.

— Mais un titre, c'est différent. Les titres vous ouvrent des portes. Je le sais. Les portes devraient s'ouvrir devant vous. Ma stupéfiante et intrépide duchesse aux yeux bleu jacinthe.

Elle renversa son ombrelle, les lèvres sèches.

— Une marguerite ne vous lie pas à moi. Si vous voulez reprendre votre liberté, allez-y.

Ses yeux brillaient d'une lueur invraisemblable.

— Vous êtes une rêveuse. Ne laissez personne vous dicter vos rêves.

Elle essaya de parler, coassa quelques mots inintelligibles.

Il valait mieux que n'importe quel rêve.

Dis-le-lui.

Il la croyait versatile. Il pensait qu'elle préférait rester duchesse de Cranbrook plutôt que de devenir Mme Traymayne.

Mme Traymayne. Les syllabes résonnaient dans sa tête. *Mme Traymayne.* Romancière, épouse, mère, danseuse sur barrique, boulangère et amateur de petits pains au safran, grande voyageuse de par le monde, excepté la Chine. *Mme Traymayne.* Ces syllabes annonçaient une vie entière de petites et de grandes joies, de défis et d'aventures.

Elle s'humecta les lèvres du bout de la langue pour les décoller. Elle n'était pas versatile. Mais elle n'était pas égoïste non plus. Cette Lavinia-là avait disparu. Elle lui gâcherait la fête de Golowan, anéantirait les espoirs de sa mère et ruinerait leurs derniers moments ensemble.

— Je vous aime, dit-elle. J'aimerais vous accompagner, bien sûr, mais je...

Dans l'expression de Neal, quelque chose changea. Toute son attention était rivée sur elle.

Son sourire mit un certain temps à atteindre ses yeux. Soudain, ils se plissèrent. Elle mourait d'envie de caresser ces petites rides au coin de ses yeux, d'embrasser ses pommettes, la bosse de son nez, ses lèvres fermes et pleines qui lui souriaient envers et contre tout.

— Très bien, souffla-t-il. Je ne vous ai pas obligée à venir, mais je vais vous forcer à sortir.

Il lança un coup d'œil au mur.

— Mais les roses..., protesta-t-elle faiblement.

— Vous avez des gants, répliqua-t-il en montrant ses mains. Pour une fois que la mode sert à quelque chose.

Il passa ses doigts dans ses cheveux, les ébouriffant. Il ressemblait davantage à l'homme qu'elle avait rencontré la première fois.

— Neal, dit-elle. Je suis désolée.

Il se figea sur place, et ils se dévisagèrent. Il ne souriait plus. Il se pencha en avant et lui vola un baiser, un baiser de pirate qui lui fit lâcher son ombrelle.

— Quand... quand vous serez rentré à Londres, balbutia-t-elle lorsqu'il la relâcha.

Ses lèvres humides brillaient, son regard était voilé. Mais son côté sauvage était toujours là. Il lui effleura la joue.

Quand reviendrait-il ?

Elle ouvrit la bouche, mais il avait déjà reculé de plusieurs pas. Il prit son élan et se mit à courir vers le mur. Il bondit comme un ressort, se servant à peine de ses mains, insérant ses pieds dans des fissures invisibles à l'œil nu. Une fois arrivé en haut, il se hissa d'un coup de reins, passa une jambe de l'autre côté et marqua un arrêt, en la regardant du haut de son perchoir. Il sortit un bout de tissu de sa poche. Ce n'était pas un carré de lin brodé, mais un foulard comme il les aimait, bleu. Il l'agita dans sa direction pour lui dire adieu, ou peut-être, se dit-elle en le voyant onduler, comme s'il s'agissait d'un drapeau.

Puis il disparut.

23

Le duc de Cranbrook, cinquième du nom, arriva le dimanche après-midi pour prendre possession de Harcott House. Lavinia le tenait en aussi piètre estime que son père. Il était un peu plus vieux qu'elle, mais il insista pour l'appeler « mère » avec un air lubrique qui lui noua l'estomac.

— Vous serez toujours ici chez vous, lui dit-il au dîner en lui faisant du pied sous la table.

Lavinia n'avait pas eu l'intention d'observer une longue période de deuil avant d'épouser Neal. Elle avait envisagé de passer quatre mois à Harcott House, peut-être cinq.

À présent, rien qu'à la perspective de devoir attendre jusqu'au fromage, elle frémissait.

Le lendemain matin, elle se leva tôt et, sortie se promener dans le jardin, elle s'enfonça dans le dédale de haies vertes. À chaque virage, elle espérait tomber sur lui. Neal. Souriant au milieu des branches et des feuillages. Posant sur elle son étincelant regard brun.

Mais non, il devait être dans le train à l'heure qu'il était. Il avait peut-être décidé qu'en fin de compte, il ne voulait plus l'épouser. Elle ne l'avait pas abandonné, mais tout de même, elle n'était pas partie avec lui. Par abnégation, pour être plus digne de lui. Mais peut-être l'avait-elle perdu.

Était-ce vraiment de l'abnégation ? Ou de la lâcheté ? Elle avait eu peur de revoir ses cousins et de devoir rendre compte de ses mensonges, elle avait eu peur d'être soumise à la question par sa mère, d'être interrogée sur la morphologie des *plesiosaurus*. Elle avait craint que ses sœurs ne décèlent sur elle l'odeur des plumes après toutes ces années où elle en avait porté sur ses chapeaux et qu'elles ne frémissent d'horreur. Elle aurait pu endurer leurs moqueries, mais pourquoi ? Pour que Neal puisse leur faire part de sa décision insensée ?

Il avait choisi le genre de femme qui s'effaçait.

Comme elle continuait à marcher, les larmes lui montèrent aux yeux et se mirent à ruisseler sur ses joues.

Pauvre Lavinia, qui arrosait les jardins de ses larmes.

Lui ne pensait pas qu'elle s'effacerait à ses côtés. Il lui avait dit une fois qu'elle forgeait des mots. Quand elle lui avait trouvé des idées de nom pour son onguent, il en avait pris note avec empressement. Il lui demandait son avis. Il appréciait son imagination. Avec lui, elle se sentait indispensable, comme l'air et la terre. Avec lui, elle était l'eau et le sel, l'électricité et la lumière, la mousse et le limon. Elle était la petite pousse tendre qui se déploie à partir d'une souche profonde, ancienne et nourricière. « Charmante » était bien loin de décrire tout ce que cela représentait.

Peut-être devait-elle lui faire confiance, faire confiance à tout cela.

Elle pénétra au cœur du labyrinthe et flâna au milieu des haies et des parterres de fleurs. Elle s'assit sur un banc qui faisait face à un énorme pot. Il débordait de nouveaux plants, des anneaux concentriques de feuilles vert tendre et rose pâle.

Où était le train de Neal ? À Reading ? Didcot ? Swinton ?

Un peu plus tard dans la journée, elle se rendit à Weston Hall pour demander au duc et à la duchesse de prendre Nan à leur service, et elle découvrit Anthony à son bureau, penché sur une montagne de papiers. Ce n'était pas un homme très livresque, et écrire lui coûtait visiblement. Elle s'assit une chaise près de lui et tira de sous son coude son dernier pensum. C'était le début d'un discours sur l'autonomie de l'Inde.

L'autonomie de l'Inde, ce n'était vraiment pas son domaine. La rédaction des phrases, en revanche...

— Maintenant que je comprends ce que vous voulez dire, ici, je suis sûre que je peux rendre le texte plus agréable, fit-elle avec vivacité en lui montrant le document.

— Mais je ne veux pas qu'il soit plus agréable, fit Anthony, qui lui reprit le papier.

Lavinia fronça les sourcils.

— Alors je peux au contraire le durcir, répliqua-t-elle en attrapant son stylo.

Anthony la dévisagea, surpris, puis il se renversa dans son fauteuil en riant.

— Très bien. Dans ce cas, rédigez-moi un texte musclé.

— Gladstone va en trembler dans son pantalon !

Elle s'installa à l'extrémité du bureau, la feuille étalée devant elle.

— À propos, déclara Anthony en toussotant, j'ai rejoint les libéraux.

— Vraiment ? répondit distraitement Lavinia.

Elle fronçait les sourcils, à la recherche de la première phrase. L'écriture d'Anthony était brouillonne, et sa syntaxe pire encore.

— Bon, je vous garantis qu'il y en a qui vont trembler. Je suis un écrivain à la prose incendiaire.

Plusieurs heures s'écoulèrent. Elle batailla, rit aussi, et fit appel à toutes les Lavinia qui se cachaient en elle. Celle de son enfance qui se chamaillait avec Anthony pour lui imposer sa volonté. Celle qui aspirait à devenir écrivain, avec son assurance toute neuve et son désir de voir ailleurs. Et ils finirent par en tirer un document exploitable qu'Anthony lut assis par terre.

Lorsque Lavinia descendit ensuite au rez-de-chaussée prendre le thé avec Lucy et les membres de son club de peinture, elle flottait sur un petit nuage de félicité. L'avenir de Nan était assuré, et Anthony et elle avaient porté un coup à la rude emprise coloniale. Le thé se transforma en souper, et quand elle quitta Weston Hall, elle détenait plusieurs croquis de Gwen Burgess qui correspondaient parfaitement aux passages les plus haletants de son roman.

Elle avait redouté son retour à Londres, et voilà qu'elle s'y était construit une nouvelle vie, bien différente de celle d'avant.

À présent, c'était le retour en Cornouailles qu'elle craignait. Mais si elle y allait, si elle retrouvait Neal, ne pourrait-elle pas se construire une vie là-bas aussi ? Une vie qui les satisferait l'un et l'autre ?

Peut-être qu'elle n'y parviendrait pas. Mais à deux ? Ensemble ?

De retour à Harcott House, elle se posta à la fenêtre de la chambre d'amis en attendant la tombée du jour. Mais le ciel restait obstinément clair. Le soleil était immobile. Le jour s'étirait indéfiniment. Tout était si lumineux.

C'étaient les journées les plus longues de l'année.

Les dernières que connaîtrait la mère de Neal.

Elle dormit à peine.

Le lendemain matin, elle demanda une voiture qui la bringuebala jusqu'au nord de Londres. Quand elle en sortit, son cœur cognait. Elle s'arrêta dans la rue et contempla la prison de Holloway avec ses tourelles, puis elle entra dans la cour et s'arrêta devant l'énorme porte voûtée flanquée de deux griffons qui tenaient des clés de pierre dans leurs griffes. Un garde s'approcha, et elle baissa la tête en reculant.

L'heure n'était pas encore venue.

Elle n'était pas encore prête à parler à son père, à entendre ses réponses aux questions qu'elle voulait désormais lui poser. Elle prendrait son temps, le temps qu'il lui faudrait. Et quand elle se sentirait prête, elle accepterait volontiers l'aide de Neal.

Neal, qui était à Penzance en ce moment. Son soutien à elle n'était peut-être pas à la hauteur du sien, même si elle avait probablement fait ce qu'il fallait en refusant de l'accompagner. Un geste désintéressé.

Mais l'abnégation ne faisait pas partie de ses qualités.

Neal l'aimait pour tout ce qu'elle était. Ne devrait-elle pas réunir toutes les facettes de sa personnalité et se précipiter pour le retrouver telle qu'elle était ?

Elle s'arrêta près des grilles, le regard attiré par les cœurs jaune d'or des pissenlits en fleur. Et leurs feuilles... non, ce n'était pas que de la saleté... elles étaient tachetées de violet.

Elle salit ses gants en grattant la terre et en cueillant la plante avec ses racines. Le cocher ouvrit des yeux ronds comme des soucoupes quand il lui ouvrit la portière de la voiture.

Elle lui sourit.

Si elle prenait le train du lendemain pour Plymouth, qu'elle passait la nuit à l'hôtel, qu'elle attrapait ensuite le premier train pour Truro et qu'à la gare elle changeait pour prendre la correspondance des chemins de fer de Cornouailles, elle pouvait être à Penzance avant la fête de saint Pierre.

Ces longues journées d'été jouaient en sa faveur.

Cette année pour Golowan, la maison débordait de Traymayne. La salle à manger ne réussissait pas à contenir cette bouillante assemblée. Les enfants, qui ne tenaient pas en place, semblaient innombrables, mais Neal savait qu'ils étaient neuf. Sans compter celui qu'attendaient Nessa et Cyril.

Nessa leur avait annoncé la bonne nouvelle la veille, sur le quai. La mère de Neal marchait très lentement, une main posée sur le dos de son vieux terre-neuve, l'autre glissée sous le bras de Neal. Elle tournait la tête pour regarder les enfants monter dans un bateau. Elle l'avait lâché pour aller embrasser sa fille, et Neal l'avait sentie trembler.

Elle souriait, mais ses yeux étaient cernés.

Ces journées ensoleillées passées ensemble avaient un goût doux-amer. L'été suivant, ils fêteraient l'arrivée d'une nouvelle vie dans la famille.

Mais où serait alors Heddie Traymayne ?

C'était une question métaphysique, ou religieuse. Neal se disait même parfois qu'elle était scientifique. Le corps revenait à l'état d'humus et les fleurs poussaient. Le révérend Curnow pouvait bien dire qu'elle resterait parmi eux en esprit et qu'avec son cher mari à ses côtés, ils les verraient de là-haut, Neal n'y croyait pas, du moins pas dans ces termes. Mais depuis qu'il était à Penzance, il entendait la voix de son père. Claire et sonore depuis le début.

Alors, mon garçon, quand vas-tu te décider à leur annoncer la bonne nouvelle ?

Il ne savait pas quoi répondre. Avait-il réellement une bonne nouvelle à leur annoncer ? Pendant sa dernière conversation imaginaire avec son père, il s'était vanté au sujet de sa future épouse. De l'eau avait coulé sous les ponts depuis cet après-midi à Kyncastle.

Il n'avait pas su quoi dire quand Emmeline lui avait demandé des nouvelles de Muriel le soir de son arrivée. Il avait bredouillé sous les yeux de sa mère, ce qui n'avait fait qu'aggraver les choses. Tomas et Loveday s'étaient empressés de chanter les louanges de Muriel Pendrake.

— Elle est à Londres, avait-il finalement lâché.

Sa mère s'était penchée en avant, très intéressée, mais avant qu'elle ait pu prendre la parole, Molly, la cadette d'Alice, avait fait irruption dans la pièce, trempée de la tête aux pieds. La dinde l'avait pourchassée jusque dans l'étang.

— C'est parce que ses pieds sont sales ! avait glapi son frère John en lui courant après.

Soulagé de ne plus être le centre d'intérêt, Neal s'était levé pour aider Kelyn et Loveday à débarrasser les assiettes.

Aujourd'hui, toute la famille se tenait dehors. Ils avaient traversé la rivière et flâné au milieu des vergers et des champs jusqu'à la mer. Les adultes piqueniquaient pendant que les enfants et Neal s'ébrouaient dans l'eau. Une fois changé, Neal retrouva Perran, Jory, Nessa, Jenni, Kelyn et Emmeline, qui s'étaient installés dans des fauteuils à l'ombre des aulnes. On avait surpris les jumeaux en train de manger des sauterelles, et Perran et Jory affirmaient à Kelyn que consommer des insectes ne pouvait leur faire aucun mal.

Neal croisa le regard de Jenni, qui lui tira la langue.

— Tu te souviens que toi, tu mangeais les mouches ? lui dit-elle.

Ah ! Le jeu préféré de la famille allait pouvoir commencer. Un bruit de roues sur le gravier lui fit tourner la tête.

Une voiture remontait l'allée. Neal jeta un coup d'œil interrogateur à Perran, qui haussa les épaules.

Les sœurs de sa mère, ses nièces, ses neveux et ses cousins étaient venus pour la fête de la Saint-Jean, puis étaient partis rejoindre l'oncle Arthur à Penryn. Tous les autres étaient là, sauf William, qui était resté s'occuper des vaches à Kyncastle.

Était-ce lui qui venait les rejoindre ?

Le conducteur tira sur les rênes du cheval et sauta à terre. Neal crut reconnaître la malle qu'il descendit sur l'herbe. La porte s'ouvrit, et Lavinia apparut, serrant dans ses bras un carton à chapeau.

Neal resta figé, le cœur battant. Elle se tenait sur la pente, en contrebas. Elle était obligée de lever la tête pour observer sa famille. Dieu merci, ils n'étaient pas tous sur la pelouse. Elle aurait pu se croire confrontée à une meute.

Emmeline le devança et courut à sa rencontre.

— Muriel !

Neal reçut un bon coup de coude.

— Je m'en doutais ! dit Jenni en lui donnant un second coup de coude pour souligner ses propos. Je l'avais deviné à la façon dont tu as éludé le sujet. Tu t'es fermé comme une huître.

Elle adressa un clin d'œil à Nessa.

— Neal a une bonne amie ! Je le croyais vacciné après l'histoire d'Elizabeth.

Nessa donna une tape à sa sœur.

— Tu ne peux pas te fermer comme une huître de temps en temps, toi aussi ?

— Mais je veux juste te faire profiter de mes déductions et de mes observations, riposta Jenni en lui rendant sa tape. Tu ne trouves pas qu'elle ressemble étonnamment à Elizabeth, d'ailleurs ?

À son cri étouffé, Neal devina que Nessa lui avait écrasé le pied.

Emmeline et Lavinia remontaient vers eux. Kelyn s'approcha de la table où Tomas s'efforçait de se lever, un jumeau sous chaque bras.

— Vous vous souvenez de cette belle dame ?

Il effectua un ou deux bonds, et les garçonnets se mirent à piailler et à ruer.

— Chère Muriel ! fit Kelyn, le front soucieux. Mais vous portez le deuil. Oh ! Comme je suis navrée. Neal ne nous a rien dit.

— Oh ! Non, ce n'est rien.

Lavinia posa son carton à chapeau sur une chaise et défroissa ses jupes. La soie noire soulignait sa pâleur. Elle battit des cils et s'humecta les lèvres, très embarrassée.

— C'était mon mari, ajouta-t-elle tout à trac.

Son bonnet de veuve était planté sur ses cheveux blonds et brillants. Neal vit Kelyn lancer un regard perçant à Tomas, dont la tête pencha d'un côté puis de l'autre pour signifier qu'il n'était au courant de rien.

Quand ils avaient fait sa connaissance, Muriel Pendrake était déjà veuve. Comment une veuve pouvait-elle perdre deux fois son époux ? Était-ce possible ?

Neal ouvrit la bouche puis la referma. Si Lavinia l'avait prévenu, il aurait pu préparer le terrain. Il se serait probablement confié à Jenni. Il aurait élaboré un plan pour approcher sa mère. Pour expliquer la situation à ses cousins.

Elle ne lui facilitait jamais la tâche.

Il avait envie de la secouer. Depuis qu'il l'avait quittée dans le jardin des Sambourn, il ne savait plus quoi penser à son sujet, à leur sujet.

Il avait envie de la serrer dans ses bras. De l'emmener dans cette petite plage abritée du vent où il pourrait comparer le bleu de ses yeux avec celui des vagues jusqu'à en perdre le souffle, et chercher alors dans les poumons de Lavinia l'air qui lui manquait.

— Madame Pendrake, déclara chaleureusement Jenni, vous êtes un modèle pour nous. Je rêve de me rendre en Chine un jour, d'aller à l'observatoire de Pékin.

Neal sursauta. Cela commençait mal. Très mal, même. La peau de Lavinia prenait une teinte suspecte. Il fallait qu'il intervienne. Qu'il dise quelque chose avant que Jenni se mette à parler de la population des aigrettes sur le fleuve Yang-Tsé.

— Nous avons tous tellement entendu parler de vous ! renchérit Jory. Et je vous suis si reconnaissant. Vous avez sauvé la vie de notre petit frère dans le port.

Neal sentit sa mâchoire se décrocher. Il ne s'était pas rendu compte que ses cousins et ses frères et sœurs avaient échangé tant de détails sur son séjour avec Lavinia à Kyncastle.

— Cela fait de vous un membre d'honneur de la famille Traymayne, poursuivit Jory. Nous avons tous à un moment ou à un autre sauvé la vie de Neal. Au cas où vous ne l'auriez pas remarqué, il a l'art de s'attirer des ennuis. Une fois, il devait avoir cinq ou six ans, il a essayé de monter sur le mouton de M. Knight, là, dans ce champ juste en haut de la colline.

Il agita le bras pour donner vie à son récit.

— Il a grimpé dans un sapin et il a sauté sur le dos du bélier, une vieille bête teigneuse qui s'appelait Boreas. Eh bien, Boreas a rué comme un diable et l'a envoyé valser à trois mètres en l'air. Il est tombé comme une pierre, sur la tête. Assommé. Boreas allait le piétiner quand j'ai sauté par-dessus la barrière et...

— Je suis complètement d'accord pour embarrasser Neal, l'interrompit Nessa, mais si nous laissions d'abord Mme Pendrake s'installer ? Ensuite, nous nous présenterons. Je suis Nessa, la sœur de Neal, et voici mon mari, Cyril.

— Moi, c'est Perran, fit Perran. Au total, nous sommes plus de vingt, alors bonne chance pour retenir nos noms.

— Mme Pendrake est ici ?

La mère de Neal émergeait de la maison. Elle devait être en train de lire près de la fenêtre du salon, car ses lunettes étaient encore sur son nez.

Il fallait que cela s'arrête, toute cette confusion.

— Non, pas exactement, lâcha brusquement Neal.

Lavinia lui jeta un regard étrange, où se mêlaient l'appréhension et l'espoir. Il vit qu'elle tordait ses mains gantées. Quelle mouche le piquait de la livrer ainsi en pâture à sa famille qui l'observait comme un animal de foire qu'ils ne pouvaient identifier ?

Il se ressaisit et courut la rejoindre, les bras tendus. Elle s'accrocha à sa main de toutes ses forces, presque désespérée.

— Mère, dit-il en se présentant devant Heddie Traymayne et en balayant des yeux le reste de l'assistance. Et vous tous... Je suis heureux de vous présenter...

Il déglutit.

— Ma fiancée...

Encore un petit effort.

— La duchesse de Cranbrook.

Stupeur. Même les insectes avaient cessé de vrombir. Cette observation n'était pas juste sur le plan entomologique, pourtant Neal, lui, n'entendait plus un bruit à cet instant. Le silence régnait.

Lavinia fit une révérence.

— Je vous en prie, appelez-moi Lavinia.

— Une duchesse ! dit Emmeline en applaudissant. Alors c'est donc vrai que vous connaissez Sarah Bernhardt et le prince de Galles ! Je pensais que vous me mentiez.

— Elle mentait bel et bien, déclara Kelyn d'une voix douce. Elle n'a pas menti qu'à ce sujet. Elle nous a menti sur sa personne. Neal, tu étais au courant ?

— Non, intervint Lavinia sans lui laisser le temps de répondre. J'ai menti à tout le monde, y compris à Neal. Pour fuir mon mari. J'ai usurpé l'identité de Mme Pendrake. Mais elle l'a reprise, ne vous inquiétez pas. Elle est en tout point extraordinaire, comme elle l'a toujours été, et elle fait toutes sortes de choses formidables pour faire avancer la science et l'éducation des femmes. Je suis certaine que vous l'auriez tous adorée. C'était exactement le genre de femme qu'il fallait à Neal, et si j'avais pensé qu'elle pouvait le rendre plus heureux que moi, je ne me serais pas mise en travers de leur route. Parce que j'aime Neal.

Elle s'interrompit pour reprendre son souffle.

— J'aurais aimé venir plus tôt, mais je voulais lui épargner cet embarras. Je savais que vous seriez déçus de le voir arriver avec une débutante. Mais je le décevais, lui, en me tenant à distance. Alors je suis venue vous dire que je suis peut-être une tête de linotte, mais que je l'aime de toutes les fibres de mon être. Je le fais rire et je me tiens prête à voler à son secours dès qu'il essaiera de se faire tuer. Et comme nous ne partageons pas les mêmes centres d'intérêt, nous ne nous ennuierons jamais tous les deux, ce qui se produirait forcément si nous étions toujours d'accord sur la meilleure façon d'emballer les bulbes ou si nous dissertions indéfiniment sur la vie de Darwin !

Elle dut de nouveau reprendre sa respiration et, cette fois, on entendit Jenni renifler de mépris. Lavinia la regarda, les sourcils froncés.

— Je pense qu'il vaut mieux épouser quelqu'un avec qui on a peu en commun pour empêcher la vie de devenir insipide, poursuivit-elle. Et il m'aime.

La mère de Neal se laissa tomber sur une chaise, la main accrochée à la natte blanche qui pendait sur son épaule.

— Pardonnez-moi, dit-elle. Mon cerveau est un peu ralenti ces derniers temps. Vous n'êtes pas une botaniste. Vous êtes une duchesse qui a abandonné son mari. Votre époux, à en juger d'après votre tenue, est décédé entre-temps.

— C'est exact, répondit Lavinia avec une concentration touchante.

Elle avait la mine d'un écolier que l'on sermonne parce qu'il a mal récité sa leçon.

— Je suis duchesse douairière.

— Et après avoir rencontré mon fils sous une fausse identité, vous avez maintenant l'intention de l'épouser, en partie parce que vous avez très peu en commun.

La voix de sa mère était aussi sèche qu'un fossile.

— Et quels sont vos centres d'intérêt ? J'ai bien compris que ce n'était pas la botanique.

— La mode, répondit Lavinia, qui s'était crispée. En particulier les costumes de théâtre. La danse. La France. Je parle couramment français. Les romans, aussi. J'aime en lire et en écrire. En réalité, je viens d'en terminer un qui se passe en haute mer. Et j'aime faire les magasins.

La mère de Neal avait l'air de se trouver devant un dinosaure qu'on aurait reconstitué avec la tête du mauvais côté.

— Vous me présenterez au prince de Galles ? s'enquit Emmeline.

Jenni et Nessa échangeaient des regards. Perran articulait silencieusement « roman en haute mer » à Jory, qui tentait de cacher un sourire. Seigneur. Les Traymayne la jugeaient, tous autant qu'ils étaient. Quels affreux snobs ! Péremptoires. Sûrs de leur bon droit. Trop contents de faire la leçon au benjamin de la famille, qui, laissé à lui-même, avait tendance à se mettre dans le pétrin. Neal se mordit les joues. La vieille ritournelle était enclenchée. Soit il se rebellait, soit il essayait de leur faire plaisir. C'était difficile de savoir ce qu'il voulait, de séparer ses convictions des leurs, si catégoriques.

Foutaises, souffla la voix de son père. *Que se passe-t-il dans ta tête ? Ne reste pas planté là comme un piquet. Tu aimes cette femme, oui ou non ?*

— Lavinia a raison, reprit Neal.

Toutes les têtes pivotèrent vers lui. Soudain, il se retrouva à la croisée de tous les regards. Le sien se posa sur Lavinia.

— Je l'aime, déclara-t-il tandis qu'elle ouvrait des yeux ronds. C'est comme ça. Un point, c'est tout.

Oui. C'est ainsi.

Il sourit.

— Même s'il devait y avoir un chapeau orné du dernier dodo en vie dans ce carton qu'elle a apporté, je l'aimerais encore.

Jenni retint son souffle

— Mazette !

— Cela m'ennuierait, bien sûr...

Neal ne put s'empêcher de rire à cette idée.

— Nous nous disputerions probablement. Mais ensuite, je suis sûr que nous verrions le monde d'un œil légèrement différent. Et que nous nous aimerions d'autant plus.

Une rougeur envahit les joues de Lavinia. Elle recula de plusieurs pas, comme si elle avait besoin de place pour l'accueillir, lui et ce qu'il venait de dire.

Il comprit à cet instant qu'il l'avait surprise. Elle avait les yeux brillants. Resplendissants.

— Le dernier dodo, répéta Jenni, les sourcils froncés, mais en riant malgré elle. S'il doit y avoir un morceau de dodo dans cette boîte à chapeau, il faut que nous l'apportions au Musée d'histoire naturelle.

Soudain, Lavinia se mit à rire elle aussi, et ses épaules se relâchèrent.

Neal comprit alors qu'elle n'avait pas été certaine de la confiance qu'il lui portait. Elle ne s'était pas attendue à ce qu'il prenne la parole, à ce qu'il leur réponde, en leur présentant leur amour comme un acte de foi.

Savoir qu'elle avait douté de lui était douloureux, mais la joie qui inondait à présent son visage agissait comme un baume. Il n'avait jamais rien vu d'aussi beau.

— Ce n'est pas un dodo.

Elle riait encore quand elle souleva le couvercle de la boîte à chapeau posée sur la chaise.

— J'ai déterré des pissenlits, ajouta-t-elle, le souffle court.

Perran, Jory, Nessa et Jenni encerclèrent la chaise pour jeter un coup d'œil à l'intérieur de la boîte. Lavinia l'avait tapissée d'un papier journal généreusement recouvert de terre. Neal effleura la fleur soyeuse du plant de pissenlit fané.

L'idée insensée que le vent pouvait souffler et emporter son cœur avec lui comme une graine de pissenlit lui traversa l'esprit. Il eut l'impression que le monde formulait un vœu en sa faveur.

Le vœu de l'amour.

Il releva la tête et croisa le regard de Lavinia. Plus bleu que la mer, et plus profond.

Il s'éclaircit la gorge et regarda sa mère à la dérobée. Elle avait le menton posé sur sa main. Ses sourcils étaient relevés bien au-dessus de la monture de ses lunettes.

— J'ai découvert une nouvelle variété de pissenlit à Kyncastle, expliqua-t-il, pris d'une étrange timidité en présence de toute sa famille et de Lavinia. Il s'avère que... père ne la connaissait pas. Je voulais vous apporter la description que j'ai publiée, mais le journal ne sortira pas avant le mois de juillet.

Ses poumons comprimés le brûlaient. Il s'approcha du fauteuil de sa mère et prit sa main si frêle et si froide.

— Je lui ai donné votre nom, dit-il. *Taraxacum hedrae.*

Lentement, sa mère se dérida. Ses paupières s'abaissèrent, et sur ses lèvres apparut un sourire. C'était l'expression qu'il avait observée chez elle au cours de ces derniers jours. Une douce amertume. Elle lui serra la main.

— Je voulais en faire sécher un spécimen pour vous le montrer, ajouta-t-il. Mais je n'en ai malheureusement pas trouvé quand je suis passé à Kyncastle.

— Alors Muriel vous en a apporté un plant, dit Kelyn en s'approchant de la boîte, qu'elle souleva. Elle vous l'a apporté pour que vous le mettiez sous presse et que vous l'offriez à votre mère.

Elle donna la boîte à Neal et se tourna vers Lavinia.

— C'est gentil de votre part.

— Mais elle vient de Londres, objecta Jenni en croisant les bras. Il y a des *taraxacum hedrae* là-bas ?

Jenni pensait trop vite. Jamais elle ne lui laissait le temps de développer une stratégie. Il soupira.

— Je doute qu'il en pousse à Londres, admit-il.

Il hésita, trop longtemps. Le visage de Lavinia s'était déjà rembruni.

Il jeta un coup d'œil dans la boîte.

— Ce n'est pas un *taraxacum hedrae.*

— Mais ces taches violettes...

Lavinia fit un pas en avant et s'appuya contre lui tandis qu'elle observait la plante.

— Voyez ! fit-elle en pointant le doigt.

Comment le lui expliquer ? Cela n'avait rien à voir.

— Donnez-la-moi, intervint sa mère. Je crois que c'est à moi qu'elle est destinée.

Elle prit la boîte des mains de Neal et la posa sur ses genoux. Puis elle s'adressa à Lavinia.

— Vous avez fait tout le trajet depuis Londres avec cette boîte ?

C'était une question purement rhétorique, mais Lavinia hocha la tête.

— Et pourquoi dans un carton à chapeau ?

— Je n'ai pas de *vasculum*, répondit Lavinia. La botanique m'intéresse, mais je n'en ai pris conscience que récemment. J'ai appris beaucoup de choses sur moi récemment.

Elle prit son élan.

— Par exemple, j'ai appris que je préférais porter une marguerite enroulée autour de mon doigt plutôt que le diamant d'un duc.

Elle serra les poings et croisa les bras pour cacher le tremblement de ses mains.

— Quand Neal m'a parlé des pissenlits auxquels il avait donné votre nom, j'ai compris. J'ai compris à quel point cela comptait pour lui et combien il vous aimait. Et j'ai su que je voulais mener la même vie.

Les larmes perlèrent sous ses cils.

— Une vie où l'amour est aussi répandu que les mauvaises herbes, chuchota-t-elle.

Elle regarda, réunis autour d'elle, tous les membres de sa famille qui la dévisageaient.

— Si vous saviez la chance que vous avez.

Elle riva son regard à celui de Neal et lui sourit, un sourire qui l'éclairait comme un soleil d'été.

Il lui avait promis de forger leur propre destin. Crénom de nom, c'était le moment ou jamais. S'il l'embrassait, Perran, Jory et Jenni ne le lui feraient jamais oublier. Ils n'en finiraient pas de le taquiner.

S'il ne l'embrassait pas...

Mais c'était tout bonnement impossible d'imaginer un monde sans baisers.

Il l'attira contre lui, glissa une main dans ses cheveux et chercha ses lèvres. Elles s'écartèrent pour accueillir son baiser, douces et pleines, un peu salées de larmes. Son visage ruisselait de pleurs, mais elle se mit à rire contre sa bouche, à nouveau surprise. Il aimait la surprendre. À cet instant précis, il se jura de la surprendre tous les jours.

Elle noua ses bras autour de ses épaules, et il la renversa en arrière sans cesser de l'embrasser et de sourire. Quand il se redressa et la relâcha, il lui tint la main, bien conscient de leur entourage. Jory tambourinait sur l'épaule de Perran, avec un sourire d'une oreille à l'autre. Tomas et Cyril inspectaient leurs chaussures. Kelyn était toute rouge et Emmeline soupirait d'attendrissement. Nessa et Jenni avaient l'air amusées. Sa mère... sa mère versait des larmes derrière ses lunettes. Elle avait passé un bras autour de la boîte à chapeau comme si celle-ci contenait un trésor.

Ce qui était le cas. Une herbe commune mais précieuse.

— Il me semble qu'il s'agit bien d'un *taraxacum hedrae*, fit-elle remarquer d'une voix enrouée. Je suis la mieux placée pour le savoir.

Elle s'adressait à tous, puis elle se tourna vers Neal.

— Neal.

Elle sourit en s'essuyant les yeux, puis elle releva le menton.

— Va acheter à cette jeune femme une vraie bague.

Pendant le dîner, Lavinia fut plongée dans une extrême confusion. Elle essaya de parler d'insectes à Jenni et d'étoiles à Nessa, elle confondit Mary et Maude et finit par perdre espoir avec les enfants. Le joyeux tintamarre du repas l'étourdissait. Les coudes se heurtaient, les couverts s'entrechoquaient, des plaisanteries incompréhensibles fusaient. Elle sentait peser sur elle la curiosité des membres de la famille de Neal, mais elle les devinait bienveillants.

Ils désiraient mieux la connaître, mettre en place les pièces manquantes du puzzle. Elle aussi avait envie de mieux les connaître.

Pas ce soir, bien entendu. Ils auraient tout le lendemain pour le faire.

Après le dîner, Neal et elle traversèrent un verger planté de vieux arbres noueux et empruntèrent un chemin bordé d'une rangée de haies fleuries. Elles dégageaient un parfum de miel, et les vers luisants constellaient l'herbe de leurs microscopiques lumières. Puis le chemin s'arrêtait, et les champs descendaient en pente douce jusqu'à la mer. Le soleil avait sombré au-delà de la ligne d'horizon, mais le ciel était encore brossé de couleurs, séparé des flots sombres par un trait mauve.

Neal la conduisit jusqu'à la plage. Ils dépassèrent les tas de bois empilé pour les feux de la Saint-Pierre. Le lendemain, la plage serait bondée de gens venus faire la fête, et la nuit serait illuminée. Les feux d'artifice retomberaient en pluie d'étoiles sur la mer. Elle fêterait cela avec les Traymayne, elle célébrerait la convivialité et le zénith de l'année.

Ce soir, la plage était déserte et le sable doux sous la couverture qu'avait étendue Neal à l'abri d'un gros rocher. Bientôt, l'expérience se reproduisit. Ils s'accordaient parfaitement, à l'unisson avec leur environnement.

Au rythme de la marée, leurs baisers montaient et décroissaient mais jamais ne cessaient. Parfois, somnolents, ils restaient bouches soudées et langues emmêlées, faisant courir leurs doigts sur la peau de l'autre.

— Je nous ai trouvé une maison en ville avant de partir, dit Neal en lui caressant le cou avec son pouce. Mon travail à Londres le justifie amplement. Et je ne veux pas que vous dépérissiez par manque de spectacles ou de sorties dans les magasins.

Elle soupira. Dans ses bras, elle ne manquait de rien. Mais il avait raison, elle n'en avait pas fini avec Londres. Elle était prête pour la nouvelle vie qui l'attendait là-bas, et aussi en Cornouailles.

Elle lui mordilla le lobe de l'oreille.

— Où ça, en ville ?

— À Kensington, soupira-t-il avant de pousser un cri quand les dents de Lavinia se refermèrent sur son cou.

— Non, pas Kensington.

Elle donna un coup de langue sur la petite marque laissée par ses dents. Elle trouvait son cou irrésistible. Elle avait envie de le dévorer.

— Plutôt Mayfair, reprit-elle.

Il s'allongea sur elle, et elle sentit peser sur elle une exquise et inconvenante pression. Il s'empara de ses lèvres et darda sa langue dans sa bouche. Quand il fut à nouveau en mesure de parler, il se fit conciliant.

— Très bien. C'est moi qui choisis pour les Cornouailles et vous pour Londres.

Elle le repoussa des deux mains, et il se laissa renverser sur le dos. Elle l'enfourcha et couvrit ses mains de baisers quand il voulut lui caresser les joues.

— Alors, en Cornouailles, nous sillonnerons le pays en attrapant d'affreuses taches de rousseur et nous recevrons des révérends botanistes à dîner, et à Londres nous irons au bal, au théâtre et dans les salons littéraires et artistiques.

— Exactement, haleta Neal.

— Il faudra que vous fassiez pousser des citronniers. Le jus de citron est un excellent remède contre les taches de rousseur.

Il l'attira dans ses bras, et elle s'allongea de tout son long sur lui. La joue posée contre sa poitrine, elle contempla les vagues qui miroitaient en se brisant sur la plage.

— Si on me proposait d'embarquer, là, tout de suite, pour une destination inconnue sous le pavillon pirate, je n'irais pas.

Elle releva un peu la tête pour déposer un baiser sur sa poitrine.

— Je préférerais rester ici.

Il referma ses bras sur elle. Que c'était bon ! Mieux que bon. Elle montait et descendait au rythme de sa respiration.

— Quand nous serons mariés, je ne serai plus duchesse.

— Mmm, murmura-t-il en appuyant sa main sur sa nuque. Je vous embrasserai, et vous vous transformerez en Mme Traymayne, tout simplement. À l'inverse des contes de fées.

Elle se mit à rire, étonnée. C'était bel et bien un conte de fées à l'envers.

C'est la fin et le début le plus heureux qu'elle aurait pu imaginer.

— À présent, embrassez-moi, dit-elle, et il s'exécuta.

Note de l'autrice

Après avoir achevé d'écrire *Le tableau du bel inconnu*, je n'avais aucune intention de reprendre le personnage un peu effacé de Lavinia Yardley. En tant que lectrice et romancière, je suis plutôt attirée par les héroïnes hors normes et iconoclastes. J'ai à cœur de soutenir leurs ambitions, leurs idéaux, leurs projets démesurés et courageux. Lavinia me paraissait trop futile pour susciter un quelconque intérêt. Elle ne se rebellait pas et ne remettait pas en cause les conventions sociales. Elle faisait partie intégrante de la bonne société, jolie et populaire, avec la mentalité étriquée du XIXe siècle. Je l'avais abandonnée, puis cet abandon a commencé à me chagriner. J'ai décidé de la faire vivre au-delà du *Tableau du bel inconnu* pour voir comment elle réagirait dans l'adversité. Et je m'en félicite ! Elle a fini par renverser mes *a priori* et a conquis mon cœur.

Le secret de la botaniste se situe dans une version des Cornouailles où j'ai délibérément mélangé la réalité et la fiction. Je m'y suis d'abord rendue en pensée, à travers les romans de Daphné du Maurier à qui j'ai emprunté une atmosphère, une auberge et un bateau. Bien plus tard, j'ai exploré pour de vrai les côtes des Cornouailles. Durant l'été 2019, j'ai codirigé une master class à Londres sur le thème des sorcières dans la littérature. Nous avons emmené nos apprenties sorcières à l'ouest du pays pour visiter les ruines arthuriennes et nous promener dans le Musée de la sorcellerie et de la magie. Ce fut un week-end d'aventures et de mésaventures. Nous nous sommes perdues dans les bois en essayant de trouver l'église St Juliot, qui a été restaurée au XIXe siècle sous la houlette de l'architecte (et écrivain) Thomas Hardy. Nous avons tremblé d'effroi dans les taxis qui nous bringuebalaient sur des routes sinueuses bordées de haies vives. Nous nous sommes réfugiées sous de gros rochers quand un violent orage s'est abattu sur le port pendant que la pluie et le vent nous fouettaient. Bien des expériences que j'ai vécues en Cornouailles, dans la réalité ou en imagination, réapparaissent dans *Le secret de la botaniste*. Les villages de Kyncastle et de Mawbyn sont de pures inventions, mais les deux m'ont été inspirés par de vrais lieux, y compris deux endroits que nous avons visités lors de notre périple, Boscastle et Tintagel.

Les pépinières de Varnham sont calquées sur les pépinières Veitch. Au XIXe siècle, ces dernières employaient plus d'une vingtaine de chasseurs de plantes, et elles ont introduit des milliers de plants en Angleterre. Muriel Pendrake m'a été inspirée par Marianne North, célèbre artiste paysagiste et chasseuse de plantes (1830-1890). Vous trouverez une exposition permanente des peintures de North à la galerie Marianne North à Kew Gardens.

Si je devais ne recommander qu'un ouvrage découvert lors de mes recherches pour *Le secret de la botaniste*, ce serait *A London Child of the 1870's* de Molly Hugues. Cette mémoire vivante de la vie à l'époque victorienne plonge ses lecteurs dans l'univers de la famille Hughes et nous dépeint Londres et les Cornouailles à travers les yeux de Molly. C'est un livre vivant, très émouvant, et rempli d'informations inestimables. Il décrit la vie quotidienne d'une famille de la classe moyenne qui n'est pas sans rappeler les Traymayne.

Remerciements

Merci à Tara Gelsomino, mon agente si avisée qui voit toujours plus loin que moi. Merci à ma formidable éditrice, Kate Seaver, et à l'extraordinaire équipe de Berkleyelfes, y compris Bridget O'Toole, Jessica Brock, et Mary Geren. Et merci à tous les Berkletes : vous m'avez émerveillée par votre talent et votre bravoure !

J'ai une chance folle de travailler avec des collègues et des étudiants fantastiques à la Wake Forest University. Soyez tous vivement remerciés ! Sarah Hogan, notre magicienne d'un songe d'une nuit d'été, a permis à ce livre d'exister. Je suis si heureuse que nous ayons partagé ce mois de juin à Londres, heureuse aussi de l'avoir partagé avec des étudiantes aussi intrépides. J'en ai adoré chaque instant, sauf quand l'alarme incendie s'est déclenchée au milieu de la nuit.

J'ai d'abord évoqué l'intrigue de ce livre à voix haute avec Julia Scarborough dans Bushy Park alors que le cerf royal bondissait au loin. Merci, Julia, de m'avoir écoutée, d'avoir toujours posé les bonnes questions et de m'avoir proposé les détails les plus précis et captivants. Pour ce livre et pour d'autres, j'ai trouvé mon inspiration chez Joanna Howard à la Pierre du Poète. Merci à Joanna et à nos vacances ensemble !

Marcia Underwood m'a servi de modèle pour Muriel Pendrake. Merci, Marcia, d'avoir arpenté avec moi la campagne et de m'avoir patiemment répété les noms de tous les arbustes à fleurs. Radhika Singh, j'ai adoré votre Gchat. Merci pour votre accompagnement dans les méandres des genres et des formes. Mir Yarfitz, vous connaissez maintenant tous les tropes ! Merci d'être un *cinnamon grump*.

Et pour finir, j'adresse toute ma gratitude et mon affection à mes amis, aux Wolves et aux Ruocco, y compris Blackberry. *Spem in alium !*

14455

Composition
FACOMPO

Achevé d'imprimer en Italie
par GRAFICA VENETA
le 20 juillet 2025

Dépôt légal : août 2025
EAN 9782290415399
OTP L21EPSN002690-644770

ÉDITIONS J'AI LU
82, rue Saint-Lazare, 75009 Paris

Diffusion France et étranger : Flammarion